악녀는 모래시계를
되돌린다

III

악녀는 모래시계를 되돌린다 3

1판 1쇄 발행 2018년 1월 30일
1판 9쇄 발행 2022년 1월 5일

지은이 ｜ 산소비
발행인 ｜ 신현호
편집장 ｜ 예숙영
편집 ｜ 이혜영
편집디자인 ｜ 한방울
영업 ｜ 김민원
물류 ｜ 이순우 박찬수

펴낸곳 ㈜디앤씨미디어
출판등록 2002년 5월 1일 제117-90-51792호
주소 서울시 구로구 디지털로 26길 111 JnK디지털타워 503호
대표전화 (02)333-2513 팩스 (02)333-2514
전자우편 dncbooks@dncmedia.co.kr
디앤씨북스 블로그 http://blog.naver.com/dncbooks

ISBN 979-11-6140-020-9 04810
ISBN 979-11-6140-017-9 (SET)

악녀는 모래시계를 되돌린다
III

산소비 장편소설

iQ
BOOK

Contents

—

15. 세기의 스캔들

15. 세기의 스캔들

대화를 중단하면서까지 시선을 피하고자 했던 노력과는 달리, 아리아에게 모인 시선은 식이 끝날 때까지 흩어지지 않았다.

"밖으로 나가는 게 좋겠습니다."

빈센트 후작이 사라의 어깨를 감싸 그녀를 보호하며 말했다. 달리 들러붙거나 정말 투자자가 맞냐며 묻는 것은 아니었지만, 소문과 현실의 괴리감을 해소하려 부단히 아리아를 관찰했다.

'저 아름다운 영애가 소문의 그 악녀라고? 소문과 너무 다른데? 게다가 그 악녀가 아카데미 사업에 일조한 투자자라니, 천사가 아니고서야 수익을 보장할 수 없는 사업에 투자를 할 리가!'

'설마 지금까지의 소문은 모두 모함이었던 거야? ……그러고 보니 누가 흘린 소문이었지?'

아리아는 알아서 소문을 정정하고 의심을 키워 가는 그 목소리를 하나하나 음미하며 사뿐사뿐 걸음을 내디뎠다. 거하게 뒤통수를 맞은 대중들은 그 발걸음 하나에도 어떤 깊은 뜻이 담겨 있지 않을까 싶어 집요하게 따라붙었다.

　"……아무래도 빨리 여기를 벗어나는 편이 좋겠구나."

　백작 부인이 주변을 의식하며 걸음을 빨리했다. 제 딸아이가 벌여 놓은 엄청난 결과물에 대해 심문을 하기도 전에 사람들의 시선에 깔려 죽을 것만 같았기 때문이다.

　사라와 빈센트 후작 또한 없는 시간을 쪼개 아리아의 설명을 들으려는 모양인지 백작저에 방문을 해도 되겠느냐 조심스레 물어 왔다.

　'식이 끝나면 아스와 대화를 나누게 될 줄 알았는데.'

　그는 바쁜지 인사도 한마디 없이 어디론가 사라져 버려 그럴 수 없게 되었다. 때문에 당연히 그렇게 해도 된다고 대답을 하려던 그때였다.

　"죄송하지만, 아리아 영애께선 저와 선약이 있습니다."

　"……세상에."

　사라졌던 아스가 어느새 제 뒤에서 모습을 나타냈다.

　"편지에 언급했던 것 같습니다만…… 그렇지 않습니까?"

　그가 어서 자신에게 시간을 내어 달라며 아리아를 보챘다. 이에 백작 부인이 들고 있던 부채를 떨어뜨리며 숨을 삼켰다.

　"그랬었죠."

　확실히 피노누아 루이와 주고받은 편지에는 완공식에서 보자는 언급이 있었다. 그래서 그리 대답하자, 아스가 에스코트하겠다는 듯 손을 내밀었다. 아주 정중한 그 모습에 백작 부인이 호들갑을 떨며 아리아를 재촉했다.

"어, 어서 가지 않고 뭐하니? 설명은 나중에 돌아와서 들어도 늦지 않으니, 선약을 먼저 지키렴."

"감사합니다, 부인."

제국에서 가장 고귀한 신분인 황태자에게서 감사하다는 말을 듣게 된 백작 부인은 당장 쓰러지더라도 이상하지 않을 정도로 새파랗게 질렸다. 그런 백작 부인을 제시가 서둘러 부축했다.

"어쩌죠? 미안해요, 사라."

"……아니에요. 당연히 선약을 우선해야죠. 시간이 될 때 연락 주세요. 기다리고 있을게요. 편지라도 좋아요."

그 누가 황태자와 선약이 있다는데 말릴 수 있을까. 당연하게도 사라 역시 고개를 끄덕이며 다음을 기약했고, 그나마 아스와 면식이 있는 빈센트 후작만이 작은 염려를 덧붙였다.

"영애께선 아직 미성년이시니 보호자가 함께하는 것이 좋을지도 모르겠습니다."

"후작의 염려는 고마우나 이미 몇 번이고 단둘이 만난 전례가 있으니 걱정하지 않아도 돼."

그것이 마음에 들지 않았는지 아스가 퉁명스럽게 대꾸하며 아리아에게 자신의 손을 잡을 것을 재촉했다. 자칫 혼삿길을 막을 수도 있는 발언이었지만 기분이 나쁘기는커녕 왠지 모르게 입가에 미소가 그려졌다.

그래서 아스의 그 충격적인 발언에 찬물을 끼얹은 듯 꽁꽁 얼어버린 분위기 속에서도 아리아는 달리 변명하지 않은 채 아스의 손을 잡고 모인 인파를 지나 유유히 사라졌다.

"세상에……. 내 딸이 황태자 전하와 엮이게 되다니……."

공작가와 엮인 미엘르를 얼마나 부러워했던가. 하다못해 후작 부인이라도 된다면 평생에 남을 원이 없을 것이라 홀로 생각했었는데 알고 보니 황태자와 만남을 가져 왔다니. 늘 천덕꾸러기에 미천하다 욕을 들어 먹던 자신의 딸이 아닌, 다른 누군가의 이야기를 하는 것같이 느껴졌다.

그것은 백작 부인뿐만 아니라 그간 아리아의 정체를 몰라 온 모든 이들에 해당했다. 지척에서 말도 안 되는 이야기를 들은 청중들도 함께였다.

'저 말이 정말 사실이라면……. 세기의 스캔들이 아닌가!'

심지어 아리아가 투자자라는 것을 알고 있던 애니마저도 아스의 정체를 알지 못했기에 얼굴을 새빨갛게 물들인 채 이미 사라진 아리아의 흔적을 뒤쫓았다.

* * *

아스가 아리아를 데리고 간 곳은 전에도 방문했던 숲속의 작은 별장이었다. 아무리 사람들의 눈을 피하려 한다고는 해도 자꾸 어둡고 음침한 곳으로 이끌기에 조금 긴장했었는데, 어떤 건물 모퉁이를 돌자 곧바로 숲이 나타났다.

몇 번을 경험해도 참으로 신기하다며 감탄을 삼킨 아리아가 아스의 에스코트에 따라 저택 정원에 놓인 테이블에 자리했다.

"……어?"

착석한 아리아가 의아함을 표하자, 아스가 왜 그러냐고 물었다.

"의자와 테이블이 바뀐 것 같은 느낌이 들어서요."

분명 일전에 보았던 의자와 테이블은 조금 낡고 투박했던 것 같은 기억이 났다. 귀족이 사용하기에는 조금 평범할 정도로 말이다.

하지만 지금 아리아가 앉은 의자는 아주 푹신하고 편한 데다 세공이 아름다웠고, 테이블 또한 장식품으로 가져다 놓아도 손색이 없을 정도로 고급스러웠다. 그것을 손으로 쓸며 말하자, 아스가 아무렇지 않게 대답했다.

"아, 영애께 어울리지 않는 것 같아 바꿨습니다."

"……저 때문에 바꿨다고요?"

고작해야 한 번 방문했을 뿐인데? 그리 물으며 눈을 끔뻑이자 그가 당연하다는 듯 대답했다.

"예, 이렇게 다시 방문하시지 않았습니까. 그리고 또 모르지요. 몇 번이고 이곳에 오게 되실지."

그가 눈초리를 부드럽게 휘어 웃어 보이며 아리아의 동의가 떨어지기 이전에 앞으로 지속적인 만남을 원한다는 제 의사를 표현했다. 물론 동의를 구해 온다고 해서 거절할 리는 없었지만. 쿡쿡 작게 웃었더니 그가 사뭇 진지한 얼굴로 오늘 있었던 일을 입에 담았다.

"제게 정체를 숨기셨더군요."

조금 여유를 찾았을 때 갑작스레 들어온 그 직설적인 물음으로 인해 순식간에 차가운 공기가 숲에 만연했다. 뒤늦게 차를 가져온 집사가 아니었다면 딸꾹질을 했을지도 모를 차가움이었다. 달리 거친 언사로 채찍질을 하는 것도 아니건만, 괜히 찔린 아리아가 시선을 피하며 대답했다.

"……필요성을 느끼지 못했을 뿐이에요. 아스 님도 제게 투자자 냐고 묻지 않으셨잖아요."

말하면서도 변명이 되지 못한다는 사실을 알지만 달리 내뱉는 것을 멈출 수가 없었다. 말꼬리를 잡혀 추궁할 것이 분명했다. 아스가 그녀에게 정체를 숨겼을 때처럼, 그 역시 답답하고 배신감을 느꼈을 테니까.

하지만.

"그럼 궁금한 걸 전부 물어도 되는 겁니까?"

아스는 화를 내거나 말꼬리를 잡는 대신 마치 확인이라도 하듯 그녀의 의사를 물었다. 설마 그가 질문 하나하나에 신경을 쓰고 있을 줄은 몰랐기에 조금 당황한 아리아가 고개를 끄덕였다.

도대체 무슨 질문을 하려고 물어도 되느냐 양해까지 구하는 걸까. 긴장한 채 침을 꼴깍 삼키며 아스의 물음을 기다리는데, 그가 아리아에게 한 질문은 뜻밖의 것이었다.

"그간 잘 지내셨습니까?"

"……네?"

"못 뵌 지 조금 된 것 같아서요. 영애께서 투자자라는 사실을 알게 되고 나니, 제가 바빴던 만큼 영애께서도 바쁘지 않으셨을까 걱정되더군요."

자신이 아무리 수십의 사업가를 거느린 투자자라고 하더라도 어떻게 황태자인 아스에 비할 수 있을까.

"아뇨, 고작해야 저택에서 편지를 읽고 답신을 쓸 뿐이었는걸요. 그것보다는……."

그것보다는 아스가 걱정이었다. 이시스 공녀의 소식은 들었을

지, 들었다면 현재 그녀가 타국의 왕과 혼인을 하고자 하고 귀족파를 집결시키고 있는 사실을 알고 있을지 말이다.

"저는 아스 님이 걱정이 되었는걸요."

그래서 본심을 담아 그렇게 말하자, 그의 얼굴에 다정함이 깃들었다. 그는 아리아가 자신을 걱정하였다는 사실이 퍽 기쁜 모양이었다.

"영애께 걱정을 받게 되다니……. 어쩐지 고생을 하고 싶어지는 기분이 드는군요."

"굳이 그러시지 않아도 얼마든지 걱정해 드릴 테니, 부디 그런 생각 마세요!"

장난인지 진심인지 알 수 없는 대답에 아리아가 조금 화를 내자 아스가 눈매를 접어 크게 웃었다. 이토록 환하게 웃는 그의 모습은 처음이었기에 아리아는 제 뺨이 붉어지는지도 모르고 한참이나 그의 모습을 응시했다.

"저는 영애께서 생각하시는 것만큼 약하지 않습니다."

아니, 그녀가 기억하는 과거 황태자는 귀족파에 휘둘려 제 이름조차 알리지 못한 약한 자였다. 어째서 지금 이렇게 날개를 단 듯 활개를 칠 수 있는 건지 이해가 되지 않을 정도로 말이다.

아리아의 눈빛에서 걱정과 불안을 읽은 것인지, 아스가 그녀의 신뢰를 얻기 위한 설명을 보탰다.

"물론, 나약하게 보였다고 해도 할 말은 없습니다. 사실 이렇게 빨리 귀족파에게서 우세를 얻게 될 줄은 저조차 상상도 못했으니까요. 장기전이라고 생각했거든요. 필요하다면 ……공녀와 혼인을 할 생각도 있었습니다. 그만큼 빠져나갈 구멍 하나 보이지 않아 절박했습니다."

아스가 공녀와의 혼인 이야기를 꺼내자, 아리아의 낯빛이 사뭇 어두워졌다. 이에 그녀에게 안심하라는 듯 아스가 찻잔을 꼭 쥔 아리아의 손을 잡았다. 조금 핏기가 가셔 차가워진 손에 아스의 온기가 닿자 불안이 가시는 기분이 들었다.

"그런데, 아마도 영애를 만난 이후부터였을지도 모르겠습니다."

아스가 아리아를 처음 만났던 그날을 회상하는 듯 작게 웃으며 말을 이었다.

"그토록 당황했던 기억은 손에 꼽을 정도였죠. 어릴 때 큰 변을 당한 이후부턴 늘 철저히, 완벽히 계획을 세워야 한다는 강박 관념에 사로잡혀 있었는데…… 영애의 한마디에 무용지물이 되었으니까요."

"……카지노 사건에 대해서 말씀하시는 거군요."

만물상의 주인에게 경매권을 되팔라는 그 한마디로 시작된 인연이었다.

미래를 알고 있기에 가능했던, 과거에는 절대 불가능했던 인연.

"예. 오랫동안 준비한 일이었는데 그르치게 될 참이었죠. 그 후로 영애께서 말씀하신 대로 소문이 퍼졌는지 확인했고, 그렇지 않다는 사실을 알게 되어 뒷조사를 하게 되었습니다."

그사이에 오해가 생겨 미엘르와 자신을 혼동했고, 아리아 역시 아스의 정체를 오해해 무례를 저지르기도 했었다.

"영애께선 알면 알수록 신비한 분이셨습니다. 영애의 슬기로운 조언에 생각지도 못한 기회를 얻기도 했으니까요."

그것은 아리아도 인지하고 있는 부분이었다. 하지만 공녀의 일은 달랐다. 정식적으로 확정된 것은 아니더라도 몇 년이나 혼담 이야기가 오가던 사이였다. 그런데 그녀가 돌연 타국의 왕과 결혼을 하게 된다니.

"하지만 공녀님께서……."

"무엇을 걱정하시는지 압니다. 하지만 영애께서 조금만 더 절 믿어 주셨으면 합니다. 저는 기회가 오면 놓치지 않는 사람이거든요."

말도 다 꺼내지 않았건만, 정말 해결책이 있는 것인지 부드럽게 대답한 아스의 눈빛이 확신을 띠고 있었다.

"조만간 백작저에 방문해도 되겠습니까?"

지난번에는 허락도 받지 않고 와 놓고는. 그래서 지난번처럼 공간을 이동해 나타날 생각인가 싶었는데, 바로 뒤에 이어지는 말에 그렇지 않다는 것을 알 수 있었다.

"정식으로 인사를 드리고 허락을 구하고 싶거든요. 백작과 백작부인께 말입니다."

"정식으로 인사라니요……? 허락은 또 무슨……."

"앞으로도 제가 영애를 좋아해도 되겠느냐는 인사와 허락 말입니다."

"……!?"

쿵. 가슴 위로 무언가 무거운 것이 떨어진 것처럼 쿵쿵 울리기 시작했다. 그가 자신에게 호감이 있다는, 아니, 호감 그 이상의 감정을 갖고 있을지도 모른다는 생각은 했지만 그의 입을 통해 직접 말로 들으니 형용할 수 없는 감정이 몰려와 숨이 가빠 올 정도였다.

"예전에도 몇 번이나 그랬지만……. 오늘 완공식에서 영애를 만나게 될 줄 몰라 준비한 거라곤 튤립밖에 없군요."

미리 입이라도 맞춘 것인지, 어느새 나타난 집사의 손에는 아름다운 튤립 꽃다발이 들려 있었다. 그것을 건네받은 아스가 아리아의 앞에서 정중하게 한쪽 무릎을 꿇었다.

"정식으로, 교제를 신청해도 되겠습니까?"

꽃다발을 내밀며 묻는 그 눈에는 걱정이나 불안이라곤 전혀 담겨 있지 않았다. 아리아가 자신의 꽃다발을 받아 줄 것이라는 확신이 있었다. 그는 정말로 기회를 놓치지 않는 남자였다.

"다음에는 조금 더 화려하고 웅장한 곳에서 받고 싶네요. 일생에 한 번뿐이니까요."

그래서 그의 기대처럼 아주 당연하게도 꽃다발을 받으며 대답하자, 아스가 다시금 눈매를 접어 환하게 웃었다.

"영애를 위해서라면 제국을 전부 사용하는 한이 있더라도 그렇게 하겠습니다."

  *   *   *

먼저 백작저로 돌아가게 된 백작 부인은 자세한 설명은 듣지 못했으나 당시의 상황과 대화를 정리하여 나름의 결론을 도출했다.

'세간에서 입에 침이 마르도록 칭찬을 아끼지 않았던 그 투자자가 바로 아리아이고, 황태자와 오랫동안 만남을 지속해 오기까지 한 데다가, 황태자의 약혼녀로 이름을 떨쳤던 공녀마저 타국의 왕과 결혼을 하게 되었으니…….'

어쩌면 황태자가 신흥 세력을 등에 업은 아리아를 제 황태자비로 삼기 위해 공녀를 내친 것이 아닌가 하는 아주 타당한 결론이었다.

'……세상에나!'

그리 정리하자 괜히 벅차오르는 가슴에 새된 비명이 흘러나왔다. 외모가 아름다우니 좋은 혼처를 구할 수 있을 것이라 생각은 했지만, 설마 그것이 황실이 될 줄이야!

좋은 혼처로 시집을 보내 딸아이의 덕을 보려던 생각은 아주 조금밖에 없었지만, 그것이 제국에서 가장 고귀하고 그 어느 귀족 가문이라 할지라도 견줄 수 없는 황실이라는 사실에 괜히 콧대가 높아졌다. 그것은 마차가 저택에 도착한 뒤로도 계속되었다.

"아버지께서 그리도 불편해하셨던 완공식에 꽤 빨리 다녀오셨네요."

외출을 하려던 모양이었던지, 곱게 차려입고 1층으로 내려오던 미엘르가 백작 부인의 귀가를 맞이했다. 엠마의 죽음 이후로 갑자기 성격이 변해 버린 그녀는 퍽 불편한 기색을 내비치며 백작 부인의 행동을 질타했다. 그간 애써 착한 척했던 것들을 버리고 본연의 모습을 찾은 것 같은 말투였다.

백작이 싫어할 것을 알면서도 무리해서 외출을 강행했던 것은 사실이었기에 평소 같았다면 웃음으로 얼버무렸겠지만 이제는 아니었다. 감히 그 완공식에서 어떤 사실들이 밝혀졌는지도 모르고.

그에 백작 부인이 즐거운 미소를 띠며 답했다.

"미엘르 너도 같이 참석했다면 좋았을 것을. 아주 굉장한 일이 있었단다."

한껏 쏘아붙이고 싶은 마음이 가득했지만, 이내 인자한 어미의 미소를 띤 백작 부인이 조금 흥분한 목소리로 대답했다. 좋은 일이 생겼다고 하여 갑자기 천방지축으로 날뛰는 것은 하수들이나 하는 짓이었기에.

"그래요? 그것참 흥미롭네요. 그럼 저는 용무가 있어 외출할게요."

미엘르가 피식 숨을 내쉬고는 전혀 흥미가 없어 보이는 표정으로 저택을 나섰다. 그 가증스러운 뒷모습이 사라지자마자 백작 부인을 뒤따르던 애니가 이를 갈았다.

"저러다가 나중에 사실을 알고 포크나 찻잔을 떨어뜨리겠죠!"

아리아의 시중을 들 때 몇 번이나 목격한 적이 있던 탓에 그 얌전하던 제시마저 서둘러 제 입을 막으며 웃음을 참았다. 이에 특유의 눈썰미로 애니의 성격을 파악한 백작 부인이 그녀의 머리카락을 쓰다듬으며 말했다.

"네 특기를 살릴 때가 온 것 같구나."

"……제 특기요?"

"그래, 오늘 있었던 일이 다들 궁금하지 않겠니?"

"아아!"

그제야 백작 부인이 뜻하는 바를 깨달은 애니가 눈을 빛냈다. 그간 숨겼던 제 주인의 자랑스러운 모습을 널리 떨칠 때가 된 것이다.

이미 외부에는 수많은 사람들의 입을 통해 그 사실이 전해지고 있을 터였다. 그러니 저택에도 그것을 알려야 하지 않겠는가. 곧 돌아올 아리아에게 그에 맞는 대우를 하기 위해서 말이다.

신이 난 애니가 서둘러 저택 이곳저곳을 쑤시고 다니기 시작했다.

"다들! 아주 대단한 일이 있었다고요! 나중에 후회하지 말고 빨리 모여 봐요!"

아주 대단한 일이라니? 늘 새롭고 흥미로운 소식을 몰고 왔던 애니였기에 저택 곳곳에서 일을 하던 시종들과 하인들이 무슨 일이냐며 고개를 내밀었다.

'외출한 백작과 카인, 그리고 미엘르는 과연 아리아의 소식을 어디서 듣게 될까.'

그 어디가 되었든 지금까지 본 적 없는 아주 흥미롭고 즐거운 반응이 될 게 틀림없었다. 매춘부에서 백작 부인으로, 거기서 다시 황태자비의 어미라는 칭호를 얻게 될지도 모른다는 생각에 백작 부인이 콧노래를 부르며 제 방으로 사라졌다.

＊　＊　＊

공작저로 향하던 미엘르의 마차는 중간에 유명 베이커리 앞에서 정차했다. 미리 예약을 해 놓은 케이크를 찾기 위해서였다. 갓 구운 신선한 케이크를 가져가기 위해 일부러 시간까지 정해 예약을 해 놓은 참이었다. 시녀가 그것을 찾으러 간 사이, 창문을 가린 커튼을 치우고 밖을 구경했다.

'오늘따라 사람이 많네.'

근처에서 아카데미 완공식이 진행되었는데, 식이 끝나 참석자들이 빠져나온 모양이었다. 위로 올라가면 황성이니 내려오는 길은 이쪽뿐이었다.

'그러고 보니 아리아와 함께 외출했던 백작 부인은 왜 혼자 돌아온 걸까.'

의문을 표하던 그때, 미엘르가 탄 마차를 보고 흠칫 놀란 이들이 마차 앞에 멈췄다.

"……?"

보통이라면 귀족의 마차를 발견하면 조금 피해서 가거나 고개를 숙이는 것이 마땅하거늘. 아주 이상하게도 마차를 뚫어지게 응시하거나 가까이 다가와 기웃대는 이들이 점점 늘어났다.

"무슨 일이지?"

미엘르의 물음에 대기 중이던 기사가 확인해 보겠다며 마차 밖으로 나갔다. 그에 힐끗 창밖을 보자, 무례한 행동을 취해 기사가 등장했음에도 피하기는커녕 기쁜 얼굴을 감추지 못하는 사람들의 모습에 미엘르가 눈을 동그랗게 떴다.

사람들은 한껏 상기된 얼굴로 기사에게 열심히 무언가를 말했고, 기사가 고개를 갸웃거리며 한참이나 그들과 대화를 나누었다.

'도대체 뭘까.'

낯선 상황에 궁금증이 일었다. 주의를 주고 흩어지게 만들면 끝나는 문제인데 왜 저리도 길게 대화를 나누는 것인지. 케이크를 든 시녀가 나타날 때까지 계속된 대화는, 이내 모인 평민들의 얼굴에서 점차 기쁨이 사라지고 그들이 흩어지고 나서야 끝이 났다. 당황한 기색을 담고 돌아온 기사에게 미엘르가 까닭을 물었다.

"그게……."

하지만 기사는 미엘르의 물음에 쉽게 대답을 하지 못했다. 이에 옆에서 눈치를 보던 시녀가 대답을 가로챘다. 기사와 평민들의 대화가 케이크를 들고 나올 때까지 끝나지 않았던 탓에 내용을 파악하고 있었다. 그녀의 얼굴이 마치 생일 선물을 받은 것처럼 상기되어 있었다. 잔뜩 흥분한 상태였다.

"제가 말씀드릴게요. 세간에서 유명했던 투자자 아시죠? 신분을 막론하고 젊고 유능한 사업가들에게 지속적으로 투자를 한 그분이요!"

"……투자자 A?"

"네네! 글쎄 그 투자자 A라는 분이 오늘 있었던 아카데미 완공식에서 모습을 드러내셨대요!"

고개를 끄덕이며 밝게 대답하는 그녀의 머리카락에 아리아에게서 받은 머리핀이 반짝였다.

"아, 역시 거기 참가했던 사람들인 모양이구나. 그래서 그것과 지금 이 상황이 무슨 관계가 있는데?"

중요한 부분은 말하지 않았기에 미엘르가 고개를 갸웃거리며 물었다. 이에 기사의 표정이 어두워졌고 시녀가 침을 삼키며 목소리를 높였다.

"그 투자자가 글쎄, 아리아 아가씨라시지 뭐예요! 그래서 로스첸트 가문의 인장이 찍혀 있는 마차를 보고 사람들이 모여든 모양이에요! 혹시나 아리아 아가씨가 타고 계실까 봐요!"

"……뭐?"

자랑스러운 듯 대답하는 시녀에 미엘르가 돌처럼 굳었다. 미엘르는 숨을 쉬는 법마저 잊은 듯 미동 없이 제 시녀를 응시했다. 어떻게 그런 말도 안 되는 소리를 하냐는 듯한 모습이었다.

'……그 천박한 매춘부의 딸이 소문의 투자자라고? 공녀님께서 그리도 자신의 편으로 끌어들이고 싶어 했던?'

이것이 말이 되는 소리일까. 지금 자신이 들은 건, 대체 뭐지.

믿기지 않을 만큼 충격이 컸던 탓에 미엘르가 조금 크게 뜬 눈으로 제 다리 위에 가지런히 올려놓은 손에 힘을 주었다.

아리아는 얼굴밖에 내세울 게 없는 멍청한 여인이었다. 그런데 그 대단한 투자자가 그녀라니. 누군지는 모르겠으나 참으로 안목이 대단하고 영민하다며 공녀 앞에서 투자자 A를 칭찬했던 과거의 자신이 떠올랐다. 되묻는 목소리가 힘없이 떨렸다.

"……그게 정말이야? 저자들이 그런 소리를 했다고? 다른 이를 착각한 게 아니고……?"

"그렇다지 뭐예요! 악녀로 소문이 자자했던 '로스첸트 아리아'라고 직접 언급하던 걸요?"

사실이라며 몇 번이고 대답하는 시녀의 말을 들으면서도 믿을 수 없었던 미엘르가 자신의 기사를 응시하며 대답을 재촉했다.

부디 아니라고 해 주길. 어리석은 시녀의 착각이라 해 주길.

하지만 미엘르의 기대와는 달리 기사는 조용히 시선을 피하는 것으로 미엘르의 의문에 대답을 던졌다.

어떻게 그런 말도 안 되는 일이……! 창백하게 질린 미엘르가 잠시 넋을 놓고 있다가 이내 마차 밖으로 뛰쳐나갔다. 귀족이라고는 생각할 수 없는 거친 동작이었다. 뒤에서 기사가 그녀를 부르며 뒤를 서둘러 쫓았다.

혹시나 하는 마음에 마차 근처를 배회하며 아직 떠나지 않은 이가 마차에서 내리는 미엘르를 아리아로 오해하며 기쁜 얼굴로 달려왔다. 손에는 아리아에게 보여 주기 위해 급조한 서류가 들려 있었다.

"……앗, 죄, 죄송합니다!"

그러나 이내 머리색과 눈동자색 이외의 모든 부분이 다르다는 것을 깨닫고 서둘러 고귀한 귀족에게 허리를 숙였다. 평민에게도 아낌없이 투자하는 아리아와는 달리, 보통 귀족이란 평민들을 하찮은 존재로 여겼기 때문이다.

"그 투자자라는 분이…… 로스첸트가의 사람이라고? 그래서 기다린 거야?"

창백한 낯의 미엘르가 그리 묻자, 고개를 조아린 남자가 조심스레 그렇다고 대답했다.

"예? 아, 예······. 성함이 '로스첸트 아리아.'라고 하셨습니다."

"머, 머리색은? 눈동자색은? 키는? 피부색은? 말투는 어땠어? 나이는 어느 정도였지?"

쉴 새 없이 쏟아지는 물음에 잠시 당황한 남자가 이내 하나하나 답변을 시작했다. 찬란하게 빛나는 금발, 아름다운 외모, 보석을 담은 듯한 녹색 눈동자. 그 모든 것이 아주 아리아의 외형과 똑같아 미엘르가 쓰러질 듯 몸을 비틀대자, 기사가 서둘러 그녀를 부축했다.

"······어, 어서 공작저로!"

기사에 의해 부축 받아 다시 마차로 향하는 내내 주변에서는 무슨 일인가 하여 사람들이 모여들었지만, 충격 탓인지 미엘르의 귀에는 주변에서 웅성거리는 소리는 들리지 않았다.

공녀님은 이 사실을 알까? 만약 아신다면 어떻게 해야 하지? 내게 불똥이 튀진 않을까? ······설마, 그 천박한 매춘부의 딸과 손을 잡으려고 생각하시진 않겠지······!?

당장이라도 멎을 것처럼 급박하게 뛰는 심장을 부여잡은 미엘르가 한시라도 빨리 공작저로 가 달라며 목소리를 높였고, 한계까지 속도를 낸 마차가 부서질 듯 덜컹거리며 목적지로 향했다. 손님과 이야기 중이던 공녀는 아직 세간의 소문을 듣지 못한 듯, 방문한 미엘르를 반갑게 맞아 주었다.

"이런, 안색이 좋지 않네요. 미엘르 영애, 무슨 일이죠?"

"그게······!"

미엘르가 이시스의 뒤이어 응접실에서 나오는 비카 영식의 눈치를 보며 대답을 잇지 못했다. 그에 자신이 방해꾼이라는 것을 파악한 비카 영식이 뜻 모를 미소를 지으며 작별 인사를 고했다.

"이시스 님. 저는 용무가 끝났으니 이만 가 보겠습니다."

"늘 조언 고마워요, 비카 영식."

그가 떠나고 공녀와 둘만 남게 된 미엘르는 차마 아리아에 관한 이야기를 꺼낼 수가 없어 바들바들 떨었다. 자신의 방문 소식에 오스카마저 내려와 더더욱 말을 꺼내기 어려웠다. 그럼에도 언제까지고 입을 닫고 있을 순 없었기 때문에, 미엘르가 이내 눈을 꼭 감고 비고를 알렸다.

"……오늘 있었던 완공식에서, 투자자 A가 모습을 드러냈다고 해요."

"세상에나, 그래요? 그것참 흥미로운 이야기군요. ……그런데, 얼마나 의외의 인물이었기에 영애께서 이리도 떨고 계실까요."

심상치 않은 반응에 이시스가 눈을 가늘게 떴고 오스카가 미간을 찌푸렸다. 도대체 누구기에. 더 이상 지체할 수 없음에 떨리는 손으로 차를 한 모금 마신 미엘르가 아주 작은 목소리로 정체를 말했다.

"그게……. '그 여자'라고……."

그 여자.

아리아의 이름조차 부르기도 싫어 이시스가 대신하였던 명칭이었다.

"……지금 '그 여자'라고 하셨나요? 장난이 심하시네요."

헛웃음을 가미한 이시스의 되물음에 미엘르가 눈을 꼭 감으며 긍정했다.

"정말이에요……."

이에 조금 아까 그랬던 것처럼 이시스 역시 차갑게 굳었다. 말도 안 되는 소리에 말문이 막혀 한참을 그렇게 굳어 있던 이시스가 이내 제 시종을 불러 진위 여부를 파악해 오라 지시했다.

"……당장 진짜인지 확인해 와."

홀로 누구를 지칭하는지 알 수 없었던 오스카가 몇 번이나 정체를 물었으나 아무도 대답하는 이가 없었다.

그렇게 아무런 대화도 오가지 않는 정적이 이어지고. 이시스의 지시에 따라 투자자 A에 대한 정보를 알아보러 간 시종이 사색이 된 채 헐레벌떡 돌아왔다.

"……이시스 님. 투자자 A라는 분께서 스스로를 '로스첸트 아리아'라고 밝히셨다고……."

쨍그랑.

시종의 보고가 다 끝나기도 전에 이시스가 제 찻잔을 집어 던졌다. 그에 놀란 미엘르가 몸을 잔뜩 웅크리며 떨었고, 그제야 '그 여자'의 정체를 눈치챈 오스카가 손바닥으로 제 입을 가리며 충격을 금치 못했다.

"……그래, 처음 만났을 때부터 또박또박 말대꾸를 하는 게 범상치 않았지."

그렇게 말한 이시스가 어처구니없다는 듯 크게 웃었다. 몇 번이나 편지와 사람을 보냈음에도 단호하게 거절했던 이유를 알겠다는 말도 덧붙였다. 그렇게나 정성을 들이면 한 번쯤 만나 줄 법도 한데 말이다. 그런 그녀의 옆에서 아직 보고를 마치지 못한 시종이 제 입술을 깨물며 안절부절못했다.

"그 요망한 것을 진즉에 없애 버렸어야 했는데."

이를 갈며 내뱉는 목소리에 살기가 어렸다. 눈앞에 아리아가 있다면 당장이라도 그 가녀린 목을 비틀어 버릴 것 같은 살기였다.

그렇게 한참 저주를 퍼붓다가 이내 좋은 생각이 떠오르기라도 한 듯 이시스가 눈을 빛냈다.

"어차피 이쪽으로 끌어들이지 못해 없애려고 생각했던 세력이었으니, 지금이라도…….."

자신의 편으로 끌어들이지 못한 투자를 받은 이들도, 아리아도 거슬리는 존재였으니 없애 버리면 그만이었다. 아무리 대단하다 칭송받는다한들 한낱 매춘부의 딸일 뿐이었다. 살수를 고용한다면 그리 어렵지 않게 없앨 수 있으리라.

그렇게 홀로 납득한 이시스가 시종에게 축객령을 내리자, 그가 고개를 조아리며 마치지 못한 말을 이었다.

"저…… 아가씨. ……보고드릴 것이 하나 더 있습니다."

아리아가 투자자라는 것을 보고했을 때보다 더욱더 몸을 사리며 떠는 시종의 모습에 이시스가 거대한 두려움을 감지했다. 설마 지금보다 더 나쁜 일이 생기는 건 아니겠지.

황태자에게서 모욕을 당해 자신을 따르던 이들에게 고개를 숙이기까지 했다. 그것을 만회하려 타국의 왕과 손을 잡기까지 했다. 미약하게나마 황족의 피를 이은 고귀한 태생인 그녀에겐 말로 다 표현하지 못할 수치였다.

그러니 그보다 더 충격적인 일은 없을 텐데.

어째서인지 빠르게 뛰는 심장이 입 밖으로 튀어나올 것 같았지만 애써 태연한 척을 하며 보고를 종용했다. 그러자 조금 뜸을 들이던 시종이 눈을 질끈 감고 천천히 말을 이었다.

"식이 끝난 뒤에……. 그…… 황태자 전하와 함께…… 사라지셨다고 합니다. 아주 오래전부터 만남을 이어 온 것처럼 말씀하셨다고……."

"……뭐?"

"로, 로스첸트가의 아리아 영애께서…… 황태자 전하와 인연이 깊은 것 같다는 소문이 돌고……."

그러니까 이 모든 모욕과 수치가……. 그 천박한 악녀 때문에 벌어진 일이라는…….

털썩.

"공녀님……!"

"누님!"

시종의 말이 끝나기도 전에 분노와 충격으로 정신을 잃은 이시스가 차가운 바닥으로 쓰러졌다.

* * *

"아리아!"

아스와 숲을 산책하거나 별장을 둘러보는 등 시간을 보내다 백작 저로 돌아가자, 어쩐 일인지 밤늦게야 돌아올 예정이었던 백작이 아리아를 반겼다. 한껏 상기된 얼굴과 표정, 그리고 눈빛이 그가 빠르게 귀가한 이유를 알려 주었다.

"빨리 돌아오셨네요."

"일이 금방 끝나 서둘러 돌아왔지."

그 어느 때보다 다정한 말투와 자애로운 얼굴의 백작이 오랜만에 가족끼리 차를 마시는 것이 어떻겠냐며 환하게 웃어 보였다.

'오랜만? 처음이 아니고?'

마음 같아선 지금 여기서 궁금한 것을 모두 물어보고 싶지만, 그는 애써 차를 마시며 고상한 척을 할 생각인 모양이었다.

그런 그의 뒤로 무너진 얼굴을 한 카인이 보였다. 그는 마치 나라라도 잃은 표정을 짓고 있었다. 애초에 그가 가졌던 것은 아무것도 없었음에도 어째서 무언가를 잃은 얼굴을 하는 걸까.

황태자와 정식으로 교제를 하기로 한 마당에 이들의 비위를 맞추며 귀찮은 짓을 할 필요가 있을까? 공녀의 편을 들기로 결정한 백작이었기에 가족이라는 가죽을 뒤집어쓴 적에 가까웠다. 때문에 어떻게 해야 이득이 될지 고민하며 아리아가 대답을 미루자, 백작이 어서 이동할 것을 재촉했다.

"여보, 아리아가 피곤하지 않겠어요? 아침부터 나갔다가 이제야 들어온 아이인데."

그런 아리아를 구원한 것은 다름 아닌 백작 부인이었다. 평소와는 달리 그 아름다운 얼굴을 한껏 치켜든 그녀가 2층에서 내려오며 백작을 질책했다.

"그러니, 배려해 줘야 하지 않겠어요?"

그간 눈치를 보며 설욕을 겪었던 것을 모두 털어 낼 속셈인지 그녀는 거침없는 언사를 구사했다. 그에 이번에는 백작이 눈치를 보기 시작했다.

"……흠, 아무래도 그렇겠지? 다시 생각해 보니 쉬고 내일 아침에 이야기하는 게 좋을 것 같기도 하구나."

순식간에 말을 바꾸는 백작에게 화사한 미소를 지어 보인 아리아가 먼저 올라가 보겠다고 말을 하려는데, 공작저로 외출을 했던 미엘르가 새빨갛게 충혈된 눈으로 귀가했다. 그것이 자신과 관련이 있을 것이라 확신한 아리아가 살갑게 웃으며 그녀의 귀가를 반겼다.

"어서 오렴, 미엘르."

"……!"

설마 저택에 돌아오자마자 아리아를 마주할 것이라고는 생각하지 못했는지 그녀가 화들짝 놀라며 뒷걸음쳤다. 눈동자가 방황하며 이리저리 흔들렸다.

'세상에나, 이렇게 재미있을 수가.'

아리아는 그것이 아주 즐겁고 재미있어 곧장 방으로 올라가려던 마음을 지우고 등을 꼿꼿이 폈다.

"그러고 보니 먼저 보고를 드렸어야 했는데. 너무 늦어 버렸네요. 그간 숨겨 죄송했어요."

그렇게 운을 떼자 순식간에 시선이 모였다. 이미 모두가 알고 있는 사실을 공표할 아리아에 대한 기대감과 좌절, 그리고 분노였다. 제국의 새로운 세력의 핵심 인물인 투자자 A가 바로 그녀라는 것 말이다.

이를 즐기듯 온몸으로 모두의 시선을 받은 아리아가 아주 행복하다는 듯 웃으며 입을 열었다.

"그리고 저와 교제를 하고 있는 분이 조만간 저택을 방문하고 싶다고 하셨어요. 허락을 구하고 싶다 했는데, 무슨 허락인지는 저도 자세히 듣지 못해 당일이 되어야 알 것 같아요."

하지만 모두의 기대와는 다른 폭탄을 던진 아리아는 충격과 당황으로 말문이 막힌 그들을 뒤로한 채 유유히 제 방으로 통하는 계단을 올랐다.

그녀가 떠난 홀에는 사람이 있음에도 마치 아무도 없는 것처럼 고요함과 정적이 흘렀다.

＊　＊　＊

"아가씨. 식당으로 내려가셔야죠."

다음 날, 아침 식사 시간이 되었음에도 식사하지 않은 채 가벼운 차를 마시며 편지를 작성하고 있는 아리아에게 제시가 걱정 어린 목소리로 말했다.

"오늘은 좀 피곤하네. 몸이 좋지 않아 아침은 거를게."

그러나 오매불망 아침 식사 시간만을 기다린 백작저의 사람들의 기대를 배반하며 아리아는 옅은 미소로 고개를 내저었다. 사실 몸이 좋지 않은 것은 아니었지만, 그들의 애간장을 조금이라도 태우기 위함이었다.

별다른 계획이 있어 그런 것은 아니었다. 그저 재미있어서였다. 왜 굳이 자신이 나서서 그들에게 즐거움을 주어야 하는가? 그럴 필요는 하등 없었다.

"제시, 이 편지를 사라에게 전해 줘. 그리고 간단한 식사도 방으로 가져오고."

아리아가 사라에게 보낼 상황을 정리한 편지를 작성하여 곱게 봉한 후 제시에게 건넸다. 방금 전에 몸이 좋지 않다고 하셨는데. 의아해하는 제시를 대신해 애니가 냉큼 식사를 챙겨 오겠다 대답했다.

가벼운 수프와 음료로 속을 달래고 앞으로의 계획을 정리하며 한

가로이 아침을 보내는데, 환기를 위해 열어 놓은 창밖에서 미약하게 소음이 들려왔다. 밖을 내다보자, 저택 대문 앞에서 경비병과 씨름하고 있는 듯한 작은 인영 몇몇이 보였다.

"……님을……! 잠시만……!"

거리가 꽤 떨어져 무어라 말하는지 자세히 들리지 않았지만, 완공식이 있고 난 다음이기에 자신과 관련이 있을지 모른다고 생각되었다. 때문에 아리아가 소란에 대해 알아보라 애니를 보냈고, 그녀의 짐작대로였다.

"아가씨께 사업 계획서를 보여 드리고 싶다고 소란을 피우고 있어요."

"그래?"

"돌아가라고 해도 통 듣지를 않는다고 하네요. 제발 한 번만 뵙기를 바란다나 뭐라나? 제가 버붐 남작님께 계획서를 전달해 달라고 해도 듣지를 않아요! 무례하기 짝이 없죠!"

이해는 됐다. 아무런 기반이 없는 평민들에게 투자를 해 줄 이는 아주 드물기 때문이다. 게다가 투자자 A가 투자한 사업들은 모두 대박이 났다는 이야기까지 세간에 퍼져 있다.

더불어 자선 사업과도 같이 아카데미에도 투자를 하였고, 앞으로도 투자하겠다고 당당히 선언을 한 참이었다. 그러니 제 사업을 한 번 보기라도 했으면 하는 거겠지.

"들어오라고 해."

"……아가씨?"

"사업 계획서를 보는 게 내 일이잖니? 이렇게 먼 길을 찾아온 이를 문전박대 할 수야 없지."

겨우 이미지를 쇄신할 길을 찾았는데 작은 것이라도 이대로 버릴 수는 없었다. 이제야말로 불쌍한 이들을 포용하며 악녀와 성녀의 자리를 뒤바꿀 때가 온 것이다.

"이른 아침부터 발걸음 했을 테니, 간단한 식사라도 같이 드는 것이 좋겠구나. 시종들에게 전해 정원을 꾸며 달라고 하렴. 손님을 대접하기에 충분하도록 말이야."

"하, 하지만 아가씨……! 저런 정체도 모르는 이들을 함부로 들였다가 어떤 봉변을 당할지 모르는걸요!"

맞는 말이지만 자신에겐 그런 일들에 대비할 수 있는 모래시계가 있었다. 아리아가 장식장에 고이 넣어 둔 모래시계를 힐끗대며 부드럽게 미소 지었다.

"애니, 내가 그렇게 어리석은 사람으로 보이니?"

그제야 아리아가 엠마와 베리의 무서운 꾀도 어려움 없이 넘어갔던 것을 떠올린 애니가 마른침을 꼴깍 삼켰다.

최근 아리아는 분명 자애롭고 부드러운 표정을 지으며 마치 성녀처럼 선의를 베풀고 다녔지만 가까이 있는 애니는 알 수 있었다. 그녀의 안에 소문대로의 악녀가 숨어 있다는 것을.

"그러니 늦지 않도록 준비해 주렴."

"……예, 예! 아가씨!"

발 빠른 애니의 도움으로 곧장 실외 정원에 손님을 맞을 준비가 되었다. 아리아에게서 자세한 내용을 듣기 위해 외출도 하지 못한 백작이 이를 의아하게 여기며 시종에게 까닭을 물었다.

"그게……. 아리아 아가씨께서 준비하라고 하셨다는 얘기밖엔……."

"아리아가?"

이에 백작이 그녀가 자신에게 자세한 내용을 설명하기 위해 이 자리를 마련한 것이라고 멋대로 착각하며 뿌듯함에 가슴을 폈다. 그것이 아주 큰 오해인지도 모르고.

"세상에, 아리아 님! 정말로 감사드립니다! 그저 사업 계획서만 받아 주셔도 감지덕지인데, 이렇게 식사 자리까지 마련해 주시다니!"

"이렇게 친히 찾아오셨는데, 그리 홀대할 수야 없지요. 고생하셨을 텐데, 부디 천천히 식사를 즐기시기를 바랄게요. 여러분들께서 드시는 동안, 저는 사업 계획서를 살펴볼게요."

"가, 감사합니다!"

부드럽고 따뜻한 볕을 맞으며 열 명에 가까운 청년들이 허겁지겁 식사를 시작했다. 그리고 멋대로 착각하고 달려와 이를 본 백작과 백작 부인, 그리고 카인이 아연실색한 얼굴을 했다.

마음이 여린 미엘르는 창문 밖으로 이 참상을 지켜보다 이내 잔뜩 일그러진 얼굴로 창문을 닫고 칩거했다. 진지한 얼굴로 서류를 검토하는 아리아에게 백작이 다가와 조용히 물었다.

"……아리아, 그냥 서류만 받아도 되지 않았겠니?"

"아침부터 기다리고 계신 분들인데, 그냥 돌려보낼 수야 없지요."

"나는……."

어제 밤부터 기다렸는데. 차마 이을 수 없는 말에 백작이 쓴웃음을 지었다.

어쩌다가 의붓딸에게 속마음을 털어놓을 수 없는 위치가 되어 버렸을까. 뼛속까지 상인 기질이 다분한 그는 지금은 그렇게 말할 때가 아니라는 사실을 깨달아, 입을 닫고 식사 자리에 끼어들었다.

"안에서 드시지 않으시고요?"

"젊은 사업가들과 함께하는 자리에 빠질 수야! 훗날 제국의 기둥이 될 자들이니 궁금해서 말이지."

전혀 그렇게 생각하지 않는 백작이 그럴듯한 말로 포장하며 자리를 지켰고, 카인과 백작 부인이 뒤를 이었다. 퍽 불편해 보이는 기색이었지만 입 밖으로 꺼내는 자는 아무도 없었다.

"좋은 아이디어라도 있니?"

백작의 물음에 아리아가 의미심장한 미소를 지었다. 보여 달라는 의도인 듯싶었다. 하지만 그럴 수야. 순수하게 투자만을 생각하는 자신과는 달리, 백작은 젊은 사업가들의 뛰어난 아이디어를 빼먹을 것처럼 보였기에 그저 고개를 끄덕이는 것으로 대답을 대신했다.

"좋아요. 다들 좋은 계획서를 가져 오셨네요."

이에 식사를 하던 청년들의 얼굴에 화색이 돌았다. 아리아에게 인정을 받았다는 것은 사업성이 뛰어나다는 것과 일맥상통했기에.

"참신하고 독특해요. 묻히기엔 아까운 사업들이에요. 음……. 그런데 아직 다듬을 곳이 조금 보이는군요."

물론 빈말이었다. 기억을 되짚어도 훗날 대성할 사업은 없었다. 게다가 그간 수십, 수백 개의 사업을 검토해 온 지식으로 판단했을 때, 이들은 사업과는 어울리지 않은 범인에 불과했다.

그렇다고는 해도 이렇게 깔끔하게 분석하고, 계획을 정리할 정도의 능력이라면 다른 이를 도울 수는 있으리라 판단되었다. 아주 좋은 기회였다.

"그러니 여러분들께 기회를 드리고 싶어요."

아리아가 그들에게 아카데미에서 공부할 것을 제안했다.

그러자 그것을 거절로 받아들인 것인지 청년들이 저마다 표정에서 실망을 감추지 못했다. 점심까지 대접했는데 이리 끝낼 수는 없지. 아직 말을 마친 것이 아니었기에 아리아가 다음 말을 덧붙였다.

"여러분들께서 아무런 재능도 없으셨다면 권유도 하지 않고 이대로 돌려보냈겠지만……. 특별히 재능이 있으신 분들 같으니 아카데미 학비는 제가 지원하도록 할게요."

어차피 자신의 이름을 딴 장학금을 지원하는 것도 나쁘지 않겠다고 생각하던 중이었다. 아스의 제안이기도 했고, 이들에겐 생색을 내기 위함이었다. 고작해야 푼돈일 뿐이니까 말이다.

거절에 가까웠음에도 재능을 인정받았다는 칭찬과 함께 학비까지 지원하겠다는 말에 청년들이 감격하며 아리아에 대한 칭송을 늘어놓았다.

"차라도 드시고 가시지 그러셔요."

"아닙니다. 이렇게 큰 은혜를 입게 되었는데 가만히 있을 수야 없죠!"

씩씩하게 사라지는 청년들의 뒷모습을 지켜본 아리아가 그들이 사라지자, 이내 천천히 얼굴을 굳히며 포크와 나이프를 내려놓았다. 식사는 훌륭했지만 입맛이 떨어졌다. 청년들의 식사 예절 때문이었다.

과거 식사 예절이 없다시피 했던 자신과 겸상했던 이들의 기분을 알 것 같은 느낌이 들었다. 드디어 방해꾼이 사라졌다는 생각에 백작이 기회를 놓치지 않고 아리아에게 물었다.

"아리아, 소문이 정말 모두 사실인 게야?"

그는 아주 급박해 보이는 표정을 짓고 있었다. 사업 계획서를 들고 찾아온 청년들까지 보았으니 그럴 만도 했다. 그것이 귀족이라기보단 마치…… 거리를 떠도는 굶주린 짐승 같아 웃음이 나왔다.

"……소문이라니요?"

백작의 저런 표정을 쉬이 볼 수 없었기에 모른 척 운을 떼자, 그가 답답하다는 듯 목소리를 높이며 되물었다.

"네가 투자자 A라는 그 소문 말이다! 더불어 황태자 전하와도 친분이 있다는 그 소문!"

이미 청년들까지 오간 것을 보았음에도 굳이 말로써 확인받고 싶어 하다니. 고개를 끄덕이며 긍정의 표시를 하자, 그제야 의문이 풀려 시원하다는 얼굴로 백작이 환하게 웃었다. 이미 수많은 입을 통해 소문을 확인하고, 직접 본 백작 부인까지 있었기에 백작이 또 한 번 재차 확인하는 일은 없었다.

"역시! 내가 어릴 때부터 알아보았지!"

모피 사업을 말하는 것인가. 레인이 미엘르의 고안으로 오해를 했음에도 달리 행동을 취하지 않았던 그 모피 사업. 창고 사업에도 지대한 공을 끼쳤지만 백작은 자신을 알아보기는커녕 사업이 어떻게 되어 가는지 언급조차 하지 않았다.

"그러셨군요. 저는 아무런 언급이 없으시기에 잊으신 줄 알았지 뭐예요? 그래서 독자적으로 움직인 건데."

이에 아리아가 비웃음을 섞은 미소를 지으며 대답했다. 더는 눈치를 볼 필요가 없었기에 그의 잘못을 질책하는 말투였다. 찔리는 것이 있는 백작이 헛기침을 하며 민감한 화제를 돌렸다. 마치 과거에 자신이 저지른 잘못이 아무것도 없었던 것처럼.

"그래, 그래. 이제 알았으니 되었지. 이제부터 카인과 함께 너도 외부로 나가는 게 좋을 것 같구나. 할 일이 아주 많아졌어!"

그가 앞으로 자신의 사업에 도움을 줄 것을 당당히 요구했다. 아리아가 자신을 도울 것이 당연하다는 듯한 말투였다. 아니, 그렇게 만들겠다는 말투였다.

"아뇨, 아시다시피 저는 바빠서요. 이렇게 찾아오는 청년들도 있으니 그들을 맞이해야죠. 외국에서도 편지가 날아오는 탓에 자리를 비울 수가 없어요."

그러나 단호하게 거절하는 탓에 백작의 입이 꿰맨 듯 닫혔다. 확실히 누가 보아도 바빠 보이는 탓이었다. 이미 기회를 놓쳐 버린 것을 깨달은 것인지, 백작의 눈동자가 허공을 방황했다.

"……황태자 전하와는 어떻게 알게 된 거지?"

이에 겨우 틈을 찾은 카인이 물었다. 그의 표정이 꽤 심각했다. 백작 부인 또한 궁금한 모양인지 눈을 빛내며 대답을 기다렸다.

"제가 열네 살 때이니, 2년이나 되었네요."

스스로 내뱉고도 놀랄 만한 기간이었다.

그 악연이 인연이 되어 벌써 2년이나 지났다니. 소년이었던 황태자는 올해의 생일을 기점으로 스무 살이 되어 성인이 된다. 그리고 성인식을 시작으로 공식 석상에도 모습을 드러낼 테고, 과거와는 달리 만천하에 그 위엄을 떨칠 것이다.

그 옆에 자리하는 것은 과연 자신이 될 수 있을까. 기대감과 불안감에 오묘한 미소를 짓는데, 그것을 어떻게 받아들인 것인지 카인이 미간을 한껏 좁혔다. 백작 부인은 왜 그동안 숨겼냐며 호들갑을 떨었다.

"서로의 정체를 모른 채 만났거든요. 최근에야 황태자 전하라는 것을 알게 되었어요."

"세상에나……! 마치 소설 속 이야기 같구나! 서로를 잘 모르는 사이에 어느새 빠져들었다니! 어쩜 그리고 로맨틱할 수가."

감탄하는 그녀는 마치 소녀 같았다. 감히 자신이 꾸지 못한 꿈을 제 딸아이가 이루어 기쁜 듯 보이기도 했다.

"설마, 이전에 법정에서 만났던 그 남자가 황태자 전하이신가? ……피노누아 영식이 아니고?"

"아아, 그러고 보니 만난 적이 있으시네요. 맞아요. 피노누아 는…… 잠시 빌린 이름이라고 하셨어요."

"어머나, 네가 걱정되어 법정까지 찾아오셨던 거니? 바쁘실 텐데도?"

"그렇다고 하셨어요. 질문은 이게 끝인가요? 더 자세한 이야기는 아스 님께서 오시면 듣는 게 좋을 것 같아요. 제가 모두 말했다간 대화거리가 사라질 테니까요."

그렇게 말한 아리아가 제 방으로 돌아갔다. 따듯한 볕이 내리쬐 는 정원에는 각기 다른 생각과 마음으로 물든 세 사람만이 남았다.

*　*　*

다짜고짜 찾아온 청년들에게 친히 식사까지 대접했다는 소문이 수도를 뒤덮은 것은 이틀이 채 걸리지 않았다.

소문의 그 악녀. 아니, 이제는 신분 상승을 꾀하여 평민들의 마음을 헤아리는 소문의 그 아름다운 투자자가 된 아리아가 오늘도 저택 대문에 산뜩 모인 젊은이들을 구경하며 미소를 지었다.

"아가씨! 분부하신 대로 매주 정해진 날짜와 시간에 오라고 전했어요!"

제시가 밝은 얼굴로 말했다. 젊은 사업가들과 매주 이야기를 나누는 투자자라니. 이 얼마나 아름다운 울림인가.

"수고했어."

"그리고 조금 이르지만 신문도 가져왔어요. 한스가 저택까지 직접 가져다주었어요."

"그래?"

신문을 꺼내는 제시의 표정이 퍽 밝았다. 이에 아리아가 신문에 자신의 이야기가 실려 있음을 직감했다. 과연 어떤 찬사를 쏟아 내고 있을까. 기대하며 신문을 펼치는데, 제시가 덧붙였다.

"그러고 보니 한스가 아가씨께서 투자하신 아카데미에 입학했다는 모양이에요! 무려 장학금을 받았다고 해요! 그래서 시간이 부족할 것 같아 짬이 나는 대로 저택에 신문을 가져오겠다고 했어요."

"……그래?"

생각지도 못한 이야기를 듣자 괜히 기분이 이상해졌다. 과거에 그리도 참혹한 최후를 맞이했던 그가 나름의 행복을 찾았기 때문이다. 그리고 자신 또한 그처럼 그런 미래를 맞이할 수 있을 거란 기대가 들었다.

진짜 악녀를 해치움으로써.

『소문의 악녀가 사실은 성녀였다!?

─신분을 막론하고 수많은 사업가를 구원한 투자자 A의 정체가 로스첸트가의 아리아 영애로 밝혀졌다.

게다가 최근, 아카데미 완공식 이후 황태자 전하와의 염문설까지 불거지며 세간에 팽배해 있던 로스첸트 아리아 영애에 대한 소문들이 악의적이었다는 의견이 모이고 있다.

　그리고 해당 소문의 출처 또한 충격적이기 그지없다. 혹자는 아름다움을 질투한 그녀의 여동생, 로스첸트 미엘르 영애가 아닐까 의심을 하고 있는 상황이다. 진실이라면 이보다 더 끔찍한 일이 있을까!』

　자신의 마음을 대변하기라도 하듯 쓰인 기사에 아리아의 입꼬리가 하늘 높은 줄 모르고 올라갔다. 미리 내용을 읽은 것인지 제시 또한 표정이 밝았다.

　비단 그녀가 소문의 투자자라는 사실을 밝혀지며 단번에 민심이 돌아선 것은 아니었다. 2년 동안 차근차근 아주 사소한 것들부터 바꾼 덕분이었다. 예를 들면 사라와 모임에서 만난 영애들이라든가, 저택의 시종들이라든가, 혹은 투자자의 지원을 받은 이들의 모임이라든가.

　더불어 이따금 공식 석상에 자리해 소문과는 전혀 다른 찬란하고 아름다운 외모와 우아한 품행을 가졌다는 것을 밝혀 둔 덕분이기도 했다. 그리고 엠마의 사건에서 대대적으로 피해자를 연기한 것도 한몫했다. 그렇게 그간 쌓아 올린 그 모든 작은 노력들이 이번 기회를 통해 빛을 발했다.

　'처음에는 이렇게 사업까지 대성할 줄은 상상도 하지 못했는데.'

　처음 사업에 대해 말을 꺼냈던 것도 그저 미엘르에 대한 복수심에 불타 어떻게든 백작의 마음을 얻기 위해서였다.

　하지만 이후 그것이 잘못되었음을 깨닫고 미엘르와 공녀로부터 살아남고자 제 세력을 만들기 위해 스스로 사업의 길에 뛰어든 것이었는데, 설마하니 이렇게까지 대성할 줄은 그녀조차 예상하지 못했다.

심지어 그로 인해 이렇게 누군가와 인연을 맺으며 행복해지리라 곤 더욱이 상상도 하지 못했다. 그때와 지금을 비교하면 마치 자신이 다른 사람인 것처럼 느껴질 정도였다.

"아가씨에 대한 소문이 악질적이었다는 게 드디어 밝혀질 모양이에요!"

처음 아리아가 저택에 들어왔을 때 당했던 것은 기억도 나지 않는 모양인지, 제시가 제 주인에 대한 일말의 불안감을 지우고 순수한 신뢰를 드러냈다.

'되돌아오려거든 갓 저택에 들어왔을 때가 좋았으련만.'

그랬다면 이 귀찮은 일련의 행위가 필요 없었을 텐데. 제시에게 심하게 굴지도 않았을 것이다.

하지만 제시에게 못된 짓을 일삼던 애매한 때로 회귀하게 되었고, 못된 짓을 한 만큼 제시에게 보답하였기에 이내 고개를 저어 후회를 머릿속에서 털어 냈다. 얻은 것들을 유지하기 위해선 고민할 시간조차 부족했기 때문이다.

아리아가 다시 신문으로 시선을 돌렸다. 아무리 평민들이 보는 싸구려 신문이라 할지라도 백작과 카인, 미엘르에게도 신문에 적힌 이야기가 전해졌을 것이다.

그래서인지, 아니면 정말로 바쁜 것인지 백작과 카인은 한동안 묵묵히 제 일에 전념했고 얼굴을 보기 힘들 정도로 귀가 또한 늦었다. 그럼에도 그는 자신에게 이익이 될 것을 놓치지 않는 상인이니 분명 다른 꿍꿍이가 있을 것이라 의심한 아리아가 제시에게 물었다.

"미엘르는?"

"아……. 일찍 외출하신 모양이에요."

그리고 무슨 속셈인지 미엘르 역시 최근 들어 외출하기 바빴다. 그에 아리아가 눈을 가늘게 좁혔다.

'나라면 얼굴을 들고 다니지 못할 텐데. 대단한 철면피야.'

엠마의 사건 이후로 날이 갈수록 평판이 떨어지고 있음에도 미엘르는 어느새 다시 일어나 외출을 강행했다. 목적지는…… 아마도 공작저일 터였다. 그녀를 오스카와 이어 준 공녀를 만나기 위해서.

저택의 시녀들이 일러 준 바에 따르면 늘 큰 사건이 터지면 미엘르는 공녀에게서 편지를 받았다고 했다. 그리고 사건이 터지기 전에도 종종 편지가 도착한 적이 있다고 고했다. 그러니 이번에도 조언을 구하러 간 것이 틀림없었다.

'게다가 천박한 내가 황태자를 가로챘다고 생각할 테니, 공녀가 얼마나 화가 나고 속이 탈까.'

황태자 이전에 이시스의 사랑스러운 남동생과도 염문설을 뿌렸던 아리아였다. 몇 번 마주치지도 않았지만 좋지 못한 일로만 엮였기에 분명 찢어 죽이고 싶다 생각하고 있겠지.

'미엘르가 그녀에게 의존하고 있으니, 진짜 적은 공녀인가.'

어차피 황태자와 만남을 지속하려면 그녀는 자연스레 적이 되겠지만, 그것과는 별개로 개인적인 원한으로도 묶인 관계였다. 미엘르의 생일 파티에서 보았던 그녀의 적의 담긴 눈빛을 잊을 수가 없었다.

그래서 타국의 왕과 혼인하여 새로운 세력을 꾀하려는 그녀를 어떻게 막아야 할까, 어떤 방법을 이용해 견제해야 할까 고민하며 하루를 보내는데, 저녁 늦게 손님이 방문했다. 쉽게 시들지 않는 튤립 꽃다발과 선물 상자를 손에 든, 뜻밖의 손님이었다.

"……레인 님?"

"밤늦게 죄송합니다. 먼 곳으로 출장을 다녀온 탓에 통 짬을 낼 수가 없어서 말입니다."

그가 방문했다는 것은 아스의 소식을 들을 수 있다는 뜻이었다. 이에 반색하며 서둘러 차를 준비하려 하는데, 아주 불행히도 때마침 백작과 카인이 귀가했다.

백작은 카인에게 일을 알려 줌과 동시에 쌓인 일들을 처리해야 했기에 퍽 힘에 부쳐 보이는 얼굴이었다. 제 두 딸 사이에 흐르는 소문 때문이기도 했다. 의붓딸이 악녀일 때는 신경도 쓰지 않았던 그였지만, 친딸이 악녀가 되니 얼마나 마음이 아플까.

하지만 그 소문들이 모두 근거가 있었기에 달리 행동을 취하지는 못했다. 소문에 근거가 없었다면 이 모든 것이 아리아가 꾸민 일이라며 해명을 하고 다녔을지도 모르는 일이었다.

그래서인지 백작은 오랜만에 찾아온 레인을 달가워하지 않았다. 더는 빼먹을 것이 없기 때문이기도 했다.

"이렇게 늦은 시간에 무슨 일인가? 더는 오지 않겠다고 하지 않았던 걸로 기억하는데. 설마, 우리 아리아에게 관심이 있어서 찾아온 건 아니겠지?"

과거에 레인에게 아리아를 떠넘기려 했던 백작은 이제 레인이 혹시라도 아리아에게 관심을 가질까 눈을 부릅떴다. 그 이중적이고 계산적인 모습에 아리아가 코웃음을 치는 것도 모르고. 카인 역시 제 아비와 비슷한 얼굴로 레인을 쏘아보았다.

보는 이가 불편해질 정도로 반기지 않는 기색에 민망할 법도 하건만, 레인이 전혀 개의치 않는 얼굴로 당당히 대답했다.

"하하. 그러고 싶었는데, 백작님이 잘 계시는지 궁금해서 말입니다. 주인님께서도 안부를 여쭤보라 하셨고요. 주인님께서 백작님의 사업에 아주 관심이 많으시거든요."

"그래? 뭐…… 그렇다면야."

레인이 백작에게 도움을 주었던 제 주인까지 들먹이자 더는 불편해할 수만은 없어졌는지 백작이 지친 몸을 이끌고 레인에게 같이 식사를 하자고 제안했다. 그는 당연하게도 레인이 자신을 만나러 왔다고 생각한 듯싶었다.

이에 레인이 조금 곤란한 표정을 지었으나 거절할 이유를 찾지 못해 이내 고개를 끄덕이며 식당으로 향했다. 준비해 온 꽃다발과 선물은 이미 아스의 지시대로 아리아에게 전해 주었기 때문에 그의 볼일은 모두 끝이 났음에도.

'왜 아스 님께서 직접 오지 않은 걸까.'

이전에는 직접 방으로 찾아오기도 했었는데. 궁금해진 탓에 서둘러 방으로 올라가 편지를 뜯어 보았다. 선물은 뒷전이었다.

『찾아뵙기 어려운 곳에 와 있어 레인을 통해 편지를 보냅니다.』

첫 문장을 통해 아리아는 그가 찾아오지 않은 것이 아니라 찾아올 수 없다는 것을 깨달았다. 도대체 어디에 갔기에 오지 못하는 걸까. 또다시 예전처럼 적대 세력에 의해 이상한 곳을 전전하고 있는 것은 아닐까 걱정하며 서둘러 편지를 마저 읽었다.

『영애께서 걱정하실 만한 일은 아닙니다. 이렇게 편지를 보낸 이유는, 마지막 만남에서 조만간 방문하겠다고 해 놓고 연락을 드리지 못했기 때문입니다. 언제가 좋을지 생각하다가, 역시 영애와 시일을 함께 조정하는 편이 좋겠다고 생각했습니다.』

이어지는 편지에는 마치 눈앞에서 그와 대화를 나누는 것처럼, 제 마음을 읽은 것처럼 그를 걱정하고 있는 자신의 마음을 헤아린 듯한 내용이 적혀 있었다.

그 뒤로 아스가 방문을 희망하는 시간이 적혀 있었는데 꽤 늦은 밤이었다. 혹시 모르니 그날은 방을 비워 달라고 적혀 있어 잊지 않도록 그것을 머릿속에 채워 넣었다.

'……이게 뭐지?'

편지를 다 읽었음에도 여운이 남아 한동안 그것을 바라보다 테이블 위에 내려놓고 옆에 두었던 선물을 열어 보자, 처음 보는 모양의 장신구가 들어 있었다. 팔찌인 것 같은데 가느다란 실을 겹겹이 묶어 하나의 줄로 엮은 모양이었다. 처음 보는 형태였다.

'혹시 외국에 나가 계신가.'

그래서 이런 신기한 장신구를 보낸 것인가 싶었다. 그곳이 어디가 되었든 부디 건강히 돌아오기를 바라며 자신이 해야 할 일을 다시 펼쳐 들었다.

*　*　*

"이 쿠키 좀 보세요. 모양부터가 참신하네요."

"그러게요. 귀여워라."

화려한 정원에 마련된 고급스러운 테이블에 둘러앉은 영애들이 저마다 과장된 감탄을 내뱉었다. 그 중심에는 미엘르가 있었다.

"공녀님께서 특별히 보내 주신 것들이에요."

"역시 그랬군요."

"안목이 남다르시니까요."

그녀들은 자신들의 영역에 떨어진 폭탄을 모른 척하며 애써 평온함을 가장하고자 애를 썼다. 그러기 위해서 모인 참이었다. 혼자서는 불안하고 걱정이 되니, 모두가 서로에게 그렇지 않다는 세뇌를 걸기 위해서.

"그러고 보니 소문의 그 악녀 말이에요. 그렇게 추문을 흘리고 다니더니, 결국…… 흠흠, 최악의 선택을 했더군요."

"피가 어디 가겠어요? 어미와 똑같이 기생하지 않으면 안 되는 생물이겠지요."

"제국의 미래가 어두워 걱정이에요."

그리고 공공의 적을 힐난하기 위해서.

"그걸 막기 위해서 공녀님께서 고군분투하시는 거겠죠."

"맞아요. 더러운 피를 제국의 후예로 잇느니, 타국과 손을 잡는 것이 낫겠어요."

마지막으로 그녀들이 믿고 따라야 할 존재를 치켜세우기 위해서였다. 자신에 관한 소문과 귀족파에 대한 믿음이 흐려진 이 상황에서 귀족 영애들의 마음을 다잡고 결집시키는 것이 미엘르의 일이었다.

제 능력으로 자신의 세력을 구축한 아리아와는 다르게 여타 귀족 영애들이 현 상황에서 할 수 있는 일이라고는 모여서 다과를 즐기며 험담을 하는 것뿐이었지만.

"영애들의 의견은 이시스 님께 전해 드릴게요. 분명 기뻐하실 거예요."

실제로 전할 것은 그녀들의 이름뿐이었지만, 대의를 위해 없는 소리를 한 미엘르가 적당히 영애들과 시간을 보낸 뒤 공녀에게 향했다.

황태자가 아리아와 만나고 있다는 사실을 알게 된 뒤로 부쩍 신경이 날카로워진 이시스였다. 다른 누구도 아닌 매춘부의 딸이 자신의 자리를 꿰차게 될 것이라는 충격 때문이었다. 그것도 그에게 새로운 힘을 실어 주는 존재로 등극하면서까지 말이다.

'비교라도 당하지 않았다면.'

미엘르 역시 충격에 몸을 가누지 못할 지경이었지만 이시스만큼은 아니었다. 그녀는 그토록 혐오하던 더러운 피와 비교를 당하게 되었으니까.

심지어 미엘르와 아리아가 비교당했을 때와는 다르게 미약하게나마 황족의 피를 이은 이시스보다 천박한 출생의 아리아가 낫다는 의견이 존재했다.

그녀의 요사스런 외모에 홀린 이들이 그러했으며, 거짓 성품에 홀린 이들이 그러했다. 미엘르가 최대한 공녀의 심기를 건드리지 않으려 노력하며 그간의 일들을 보고했다.

"영애들은 걱정하실 필요 없으세요. 이시스 님에 대한 충성이 대단하니까요. 변절자라도 나온다면 제 몸을 던져서라도 막아 내겠다고 다짐했는걸요."

비록 그것이 이시스가 바라는 중요한 보고가 아니었음에도 아주 중요한 일들이라 여기며 열과 성을 다했다. 그래서인지 이시스가 차가운 얼굴로 대꾸하곤 다른 것을 물었다.

"······그렇군요. 전하께선 혹시 저택에 방문하셨나요?"

"네? 아, 아니요. 아직이요······."

괜히 보고를 했나 싶을 정도로 이시스는 그것에 집착하고 있었다. 꽤 시간이 흘렀음에도 황태자의 그림자조차 보이지 않는데 말이다.

이에 미엘르가 분위기를 바꿔 보려 입을 열었다.

"혹시 그 여자의 거짓말은 아닐까요? 혹은 허세라거나요. 전하께서도 아직 아무런 말씀도 하지 않으시잖아요. 그 여자가 혼자 날뛰는 걸지도 모르겠어요."

하지만 미엘르가 그렇게 말을 할수록 이시스의 기분만 더욱더 나빠졌다. 그렇지 않다는 것을 알기 때문이었다. 짐작이 가는 과거도 있었다. 바로, 빈센트 후작의 약혼식이었다.

몰래 정원에서 밀회한 듯한 정황을 포착한 적이 있는 이시스로서는 지금 이 상황이 거짓이라거나 허세로 보이지 않았다. 심지어 그 자리에서 자신과 혼인을 할 생각이 없다고 하지 않았는가. 차마 더는 흉한 모습을 보일 수 없는 탓에 이시스가 떨리는 제 손을 테이블 밑으로 감추고 깊은 한숨을 내쉬며 말했다.

"······무슨 수를 써서라도 그 두 사람 사이를 갈라 놔야 해요. 귀족의 명예를 위해서요."

"······그럼요. 맞는 말씀이세요."

"저는 저대로 방법을 알아볼 테니, 영애께선 최대한 백작을 설득해 주세요."

이제는 도와줄 엠마가 없어 막막했지만, 미엘르가 고개를 끄덕이며 긍정을 표했다. 이시스의 말이 아주 당연했기 때문이다. 그렇지만 이미 몇 번이나 실패했는데, 이제 와서 뭘 어떻게 할 수 있을까. 미엘르의 얼굴에 비친 불안감을 감지한 이시스가 그녀의 용기를 북돋을 주문을 외웠다.

"아직 나이가 맞지 않지만…… 늘 예외는 있었으니 미엘르 영애와 오스카의 약혼도 서두르는 편이 좋겠지요. 귀족파의 단결을 위해서요."

"……네?"

"어차피 전하께서도 전례가 없는 미천한 여인을 황성으로 들이려 하는데 이쪽도 못할 것은 없겠죠. 오스카도 그리 생각하고 있으니 영애께서도 도와주셔야 해요."

"……정말인가요?"

이시스의 능청스러운 대답에 미엘르의 눈에 생기가 돌았다. 사실이라면 한없이 기쁠 테지만, 설령 사실이 아니라고 하더라도 이시스라면 그렇게 만들어 줄 것을 알았기 때문이다.

"걱정 마세요, 이시스 님. 제가 무슨 수를 써서라도 이번에는 꼭 이시스 님의 도움이 되어 보일게요."

생각지도 못했던 보상에 미엘르의 대답에 힘이 들어갔다.

*　*　*

아리이의 소문은 순조롭게 퍼져 나갔다.

미담이 미담을 만들고, 저들끼리 그녀를 칭송했다. 이따금 저택에서 열리는 만찬에서 투자할 젊은이를 한두 명 뽑고, 영특한 자들은 장학금을 줘 아카데미로 보내면 그만인 아주 쉬운 일이었음에도 불구하고.

"한스가 그렇게 총명하다는 모양이에요. 가십거리이긴 하지만, 아주 어렸을 때부터 신문을 대여해 지식도 풍부하다고 하네요."

그리고 제시는 이따금 한스의 이야기를 꺼냈다. 몇 년 동안이나 주기적으로 만난 탓이기도 했다. 게다가 최근 들어 아리아라는 매개체로 급속도로 친분을 쌓은 모양이었다.

"그래? 한스의 나이가 몇이었지?"

"올해로 스물이 된다고 했어요."

"제시, 너와 비슷하구나."

"네. 그래서인지 말이 잘 통해요."

수줍게 웃는 제시의 얼굴에서 그간 보지 못했던 진실 된 기쁨이 느껴졌다. 눈매를 가늘게 뜨고 이를 지켜본 아리아가 이내 알겠다는 얼굴로 고개를 끄덕였다.

'제시에겐 조금 더 능력 있는 사람을 붙여 줄 생각이었는데.'

애니보다 훨씬 더 좋은 사람을 말이다. 그녀에게는 그럴 자격이 있다고 생각했다. 군식구가 많이 딸린 한스는 제시에게 고생만 시킬 것 같았다. 그래서 조금 아쉬운 속을 달래려 차를 마시는데, 문득 좋은 생각이 떠올랐다.

'한스를 키우면 되는 거잖아?'

자신이 소금도 높지 않았음에도 스스로 능력을 인정받아 장학금을 받고 아카데미에 입학까지 한 그였다. 가만히 내버려 두어도 승승장구한 이였으니, 지원을 해 준다면 대단히 성공할 것이 틀림없었다.

"그래…… 좋아. 한스에게 기대하고 있다고 전해 줘."

"네? 네, 아가씨."

그녀 자신이 칭찬받은 것도 아닌데, 활짝 웃으며 기뻐하는 제시를 응시하던 아리아의 표정이 오묘했다. 과거였다면 몰랐을 감정이었겠지만, 어쩐지 제시의 기분이 이해가 되었기 때문이다.

"그럼, 이만 물러가 볼게요. 무리하지 마시고요."

차를 새로 갈아 온 제시가 아리아의 방을 나섰다.

제시가 나간 후, 평소 같았다면 침대에 누웠어야 할 시간이었지만 오늘은 아니었다. 잠이 오기는커녕 점점 더 말똥말똥해졌다.

왜냐하면.

"아리아 영애."

"……아스 님."

바로 아스가 방문하는 날이었기 때문이다.

일이 끝나자마자 바로 온 것인지, 그가 퍽 지쳐 보이는 얼굴로 안개처럼 나타났다. 어쩐지 옷깃에 더운 바람이 느껴졌다. 뜻밖의 모습에 차 한잔과 독서를 하며 아스를 기다리던 아리아가 화들짝 놀라며 그를 반겼다.

"세상에. 피부가 조금 타신 것 같아요."

"……더운 지방에 다녀와서 그런 모양입니다."

대답하는 아스의 눈이 아리아의 가녀린 손목에 닿았다.

지난번에 그가 선물한 팔찌가 눈에 띠었다. 일견 평범해 보이는 팔찌였지만, 속에 담긴 의미는 평범하지 않았다. 부드럽게 미소 짓는 그의 눈에 만족감이 서렸다.

이를 눈치채지 못한 아리아가 이럴 줄 알았다면 차가 아니라 음료를 준비해 두는 게 좋았겠다며 후회했다. 아리아의 표정이 좋지 못한 것을 확인한 아스가 눈을 가늘게 뜨며 물었다.

"제가 와서 기분이 나쁘십니까?"

"아뇨……! 그럴 리가요."

이날을 얼마나 손꼽아 기다렸는데. 하루하루가 바빴음에도 시간이 더디게 흐르듯 느껴질 정도였다. 아쉬운 대로 서둘러 따뜻한 차를 따라 주려 하자, 그가 고개를 저으며 스스로 찻잔에 차를 따랐다.

"바빠 고생을 하시는 영애께 그런 일을 시킬 수야 없죠."

그렇게 말하며 아리아의 잔에도 차를 채워 넣었다. 무려 황태자인 그가. 단 한 번도 이런 일을 해 보지 않았을 그가 말이다.

어서 앉으라는 말에 부담을 느끼며 조금 거칠어진 것 같은 그의 손을 내려다보는데, 그가 색은 다르지만 자신과 같은 반지를 끼고 있는 것이 눈에 들어왔다. 처음 보았을 때 귀족 여성이 착용하기에는 조금 단출하다 생각한 반지였는데, 그 역시 착용하기 위해 일부러 심플한 디자인을 고른 듯싶었다. 그래서인지 불편한 마음은 어느새 눈이 녹듯 사라지고 따뜻한 봄볕이 가슴을 뒤덮었다.

"그 반지……. 색은 다르지만 아스 님께서 제게 선물하신 반지와 같네요."

"아아, 같은 반지입니다. 지금은 잠시 색이 변해 있을 뿐이죠. 시간이 조금 지나면 색이 돌아옵니다."

색이 변한다고? 그런 것치고는 푸른색으로 은은하게 빛이 나는 것이 아주 신비로웠다. 그것을 신기하게 쳐다보자, 아스가 제 손가락에서 반지를 빼 테이블 위에 올려놓았다.

"……세상에."

그러자 반지가 언제 푸른빛을 발했느냐는 듯 순식간에 색이 바뀌었다.

"황실에 전해 내려오는 반지입니다. 능력을 사용하면 색이 바뀌죠. 영애께 드린 반지도 같습니다."

이에 놀란 아리아가 눈을 동그랗게 뜨며 물었다.

"……그럼 설마, 황실의 가보 같은 건가요?"

"비슷하다고 볼 수 있습니다. 아버님과 어머님께 물려받은 거니까요."

그렇게 대단한 의미를 가진 반지였다니. 특별히 화려하지 않아 큰 의미가 담겼으리라곤 생각하지 못했는데. 아리아가 퍽 당혹스러워 했다. 제 손에 끼워진 반지를 내려다보는 시선이 흔들렸다.

"그런 걸, 감히 제가 받아도 될지……."

그런 아리아를 물끄러미 응시하던 아스가 천천히 손을 뻗어 반지를 낀 그녀의 손을 잡았다.

"이 반지의 주인은 영애밖에 없습니다."

그리고 진중함을 담은 눈동자로 부드럽게 웃어 보이며 아주 당연하다는 듯 대답했다. 반지의 주인이라니. 아무리 정식으로 교제를 하게 되었다고 해도 ……조금 부끄럽지 않은가.

괜히 눈 밑이, 볼이 달아올랐다. 지금까지 숱하게 많은 남성들에게 아름답다거나 좋아한다는 말을 들었지만 이렇게 미래를 함께하자는 듯 진지하게 대했던 이는 없었다.

게다가 과거와 현재를 살고 있는 그녀에게 아스는 늘 처음을 경험하게 주었다. 실제 삶을 살아온 나이로 친다면 한참이나 어린 그

이건만, 어쩜 이렇게 자신을 설레게 만드는 걸까.

반지의 의미를 고백한 후, 아리아에게서 대답이 없어 불안해진 모양인지 아스가 마른침을 삼켰다. 대담하게 말을 잇던 것과는 사뭇 다른 긴장한 모습이었다.

설마 그렇게까지 생각해 보진 않았다며 아리아가 반지를 돌려주기라도 하면 어쩌지, 하고 걱정하는 모양이었다. 아직 시작에 불과한 단계였기에 서로의 마음을 가늠하기가 어려웠다. 이에 잠시 대답을 고르던 아리아가 이내 제 손을 덮은 아스의 손을 맞잡았다.

"제게 그런 자격이 있는지 의문이 들지만…… 고마워요."

조금 놀라고 부끄러워지긴 했지만, 어차피 거절이란 없었다. 이제 아스의 옆에 다른 이가 서게 되는 모습은 상상할 수 없게 되었으니까. 아리아가 그리 대답하자 슬며시 귀를 붉힌 아스가 눈을 곱게 접으며 맞잡은 손에 힘을 더했다.

"오히려 제가 감사할 따름입니다."

그렇게 간지러운 말을 주고받으며 가만히 손을 잡고 있자 왠지 모를 만족감에 휩싸였다. 특별한 행동이나 말을 주고받은 것은 아니었음에도. 이래서 누군가를 만나고 연애를 하나 싶기도 했다. 그것을 아리아는 20년이 훌쩍 넘는 세월을 거쳐서야 알게 되었다.

그리고 그 새로운 감정이 아리아의 미래를 바꾸어 놓았다. 새카만 어둠으로 점철되었던 음습한 미래에서, 다소 고난이 예상되지만 빛이 존재하는 미래로 말이다. 잠시 그렇게 행복을 느끼던 아리아가 벌써 한참이나 지나 있는 시간을 확인하고 서둘러 준비했던 말을 꺼냈다.

"아스 님께선 혹시 사라 영애를 기억하시나요? 새로이 후작 부인이 될 로렌 자작가의 사라 영애요."

"아, 물론 기억합니다."

"시간이 날지는 모르겠지만…… 사라 영애께 아카데미에서 학생들의 지도를 부탁해 볼까 하는데 어떻게 생각하세요? 모두가 평민이니 예절을 배우는 편이 좋지 않을까 생각되어서요."

아리아는 그녀가 과거 자신의 가정 교사였으며, 아이들을 가르치는 데 보람을 느껴 후에 선생님이 되고 싶다 하였다고 덧붙였다.

이에 단순히 사라의 꿈이 선생님이기 때문에 꺼낸 말이 아니라는 것을 깨달은 아스가 어느새 사랑스러운 연인을 대하는 부드러운 미소를 지우고 황태자의 얼굴을 꺼냈다.

"그렇게 된다면 중도에 자리한 이들이 꽤 동요하겠군요."

"그렇겠죠. 이미 일련의 사건으로……."

거기까지 말한 아리아가 조금 아스의 눈치를 보았다. 이미 공녀에 관한 일을 알고 있으리라 생각하지만 혹시나 해서였다. 그러자 아스가 '최근에 일어난 일이라면 알고 있습니다.'라고 대답하여 다시 자신감을 갖고 말을 이었다.

"저를 지지하겠다고 선언한 빈센트 후작님과 사라 영애이니 태세를 전환할 귀족들도 생길 거라고 봐요."

아리아 역시 투자자의 얼굴로 돌아와 조곤조곤 얻을 수 있는 것을 설명했다. 두 사람이 단순한 남녀 사이의 호감으로 이어진 인연이 아닌, 서로의 미래를 바꾸어 나가는 데 도움을 주는 인연이었기에 가능한 일이었다.

그렇게 한참을 이야기를 나누다가 밤이 깊어 돌아가려 준비를 하던 아스가 갑자기 뜬금없는 질문을 했다.

"아참, 그리고 혹시…… 법정에서 재판관과 무슨 사적인 이야기라도 나누셨습니까?"

이에 아리아가 고개를 저으며 대답했다.

"재판관이요? 아니요……? 이름조차 기억이 나지를 않는걸요."

"역시 그러셨군요."

"무슨 일이라도 있으셨나요?"

"아뇨. 그분께서 영애를 궁금해하셔서 말입니다. 혹시 괜찮다면 자리를 마련해 달라고까지 하더군요."

"……저와요?"

얼굴조차 기억이 가물가물하건만, 도대체 왜? 설마, 아스와 만나는 것이 마음에 들지 않아서? 그러고 보니, 법정에서 자신의 얼굴을 확인하고 멈칫했던 그녀의 모습이 떠올랐다. 때문에 부정적인 생각밖에 떠오르지 않아 미간을 좁히자, 그런 것은 아닌 것 같다며 애써 안심을 시킨 아스가 아리아의 손등에 입을 맞췄다.

"하지만……."

"이미 권력과는 먼 곳에 배치된 분입니다. 혼인을 하지 않은 여성이시기도 하고요. 제게 아무런 관여도 할 수 없죠. 아마도 영애의 소문이 대단해 호기심을 가진 모양입니다."

"그렇다면 다행이지만요."

그럼에도 정체 모를 불안감이 엄습했다. 그런 아리아를 다시 한번 달랜 아스가 다음 주중에 정식으로 방문을 하겠다고 말했다.

"저택으로 편지를 보내겠습니다."

그러고는 환영처럼 사라지는 모습에 잠시 제 손등을 매만지던 아리아가 이내 미소를 지었다.

그리고 며칠 뒤, 도착한 황실의 인장이 찍힌 편지에 저택이 한바탕 소란스러워졌다. 하필이면 아침 일찍 도착한 탓에 백작은 외출마저 미루며 고민에 빠졌고, 백작 부인은 소녀처럼 얼굴을 붉혔다.

"세상에 정말로 전하께서 백작저에 방문하시게 되다니……!"

목소리를 높인 백작 부인이 서둘러 저택을 꾸며야겠다며 시종들을 닦달했다.

"먼지 한 톨 없이 깨끗하게 닦으렴! 커튼도 카펫도 모두 새로 갈아야겠어! 제일 고급스러운 걸로 말이야! 정원 손질도 해야 하고, 그리고……!"

백작 부인의 입에서 쉴 새 없이 지시가 떨어졌다. 그녀는 마치 저택을 새로 지을 것처럼 굴었다. 이에 시종들은 귀찮을 법도 하건만 아리아에 관한 일이었기에 모두가 한마음 한뜻으로 열과 성을 다했다. 이것 또한 아리아가 차근차근 일군 업적이었다.

드레스를 맞춰야겠다며 호들갑을 떠는 백작 부인을 만류하는데, 싸늘한 표정을 지은 미엘르가 아리아를 불러 세웠다.

"무슨 용건이라도?"

짐작이 감에도 모른 척 까닭을 묻자, 미엘르의 눈이 차갑게 내려앉았다. 내뱉는 말에는 가시가 돋쳤다. 아리아에게만 몰래 향한 날카로운 가시였다.

"설마 정말로 황태자 전하의 비가 되리라고 생각하는 건 아니겠죠?"

'너 따위가 감히.'라는 얼굴이었다. 그에 아리아가 여유로운 표정을 하며 받아쳤다.

"글쎄, 외국과 손을 잡아 나라를 팔려 하는 공녀보다야 어울릴지도."

이에 같은 수준으로 대하자, 그녀가 몸을 부들부들 떨며 어떻게 그런 저급한 말을 하냐며 몰아세웠다.

"사실이잖아? 귀족들을 모두 집결시켜 반역이라도 할 것처럼 굴고 있으니 말이야. 설마…… 공녀님께서 남자 하나를 빼앗겼다고 그러시는 건 아니겠지? 평민들도 그렇게는 하지 않는데."

"……공녀님을 욕보이지 마세요!"

갑자기 미엘르가 소리친 바람에 잠깐 시선이 모였다.

먼저 시비를 걸어 놓고 저리 화를 내다니. 유연하게 표정 관리를 하는 아리아와는 다르게 잔뜩 화가 난 미엘르의 표정은 참혹하기 그지없었다.

'추해.'

상상도 하지 못한 일이었다. 과거에는 모두 반대였으니까. 기분이 좋아진 아리아가 놀란 듯 눈썹 끝을 내리며 슬픈 표정을 지은 채 그 누구에게도 들리지 않게 미엘르에게 속삭였다.

"사실인 걸 어쩌겠어? 그리고 네가 이렇게 화를 내도 아무것도 바뀌지 않는다는 사실 또한 알아 두는 게 좋을 거야. 이제 네겐 엠마처럼 희생해 줄 사람이 없잖니?"

설마 머리채를 잡히는 건 아니겠지. 그랬으면 좋겠는데.

기대하며 아리아가 승리자의 미소를 짓는데, 분을 참지 못하고 전신을 바들바들 떨던 미엘르가 이내 이를 악물었다. 진정으로 감탄이 나올 정도의 자제력이었다.

"……역시 어리석은 매춘부의 딸답네요. 세상 일이 그렇게 쉽게 돌아가는 것이 아닌데 주제 파악도 하지 못하고 설쳐 대다니. 천박한 피는 영원히 천박한 채로 남아 있는 게 마땅한데 말이에요."

그러더니 말을 마친 미엘르가 몸을 돌려 위층으로 사라졌다.

설마 저런 충격적인 언사를 행할 줄 몰랐던 탓에 당황한 아리아가 얼빠진 얼굴로 잠시 멈춰 서 있다가 헛웃음을 내뱉었다. 그녀에게 아주 잘 어울리는 천박한 말씨였다.

* * *

황태자를 태운 황실의 마차가 로스첸트 백작저로 향했다.

화려한 금장을 두른 마차가 한 대도 아니고 무려 두 대였다. 한 대에는 아스가 타고 있었고, 나머지 한 대에는 선물로 준비한 금은보화가 실려 있었다.

"세상에, 저게 뭐람!?"

마차는 사람들의 왕래가 잦은 번화가를 지났기에 아주 많은 사람들이 이 광경을 목격했다. 공식적인 행사가 아닌 이상 황족들의 행동은 대부분 비밀리에 이루어졌기에, 뜻밖의 외출을 목격한 이들이 눈을 휘둥그레 뜨며 저마다 추측과 소문을 만들어 냈다.

'설마, 황태자 전하께서 아리아 영애를 만나러 가시는 건……!?'

마차가 로스첸트 백작저가 있는 방향으로 향했기에 사실에 근거한 소문이 순식간에 수도를 뒤덮었다. 세기의 스캔들에 모두의 관심이 쏟아졌다.

그리고 이에 마차 안에서 서류를 검토하는 아스의 입꼬리가 미미하게 올라갔다. 평소 늘 무표정한 얼굴을 고수한 것과는 다르게 퍽 기분이 좋아 보였다. 아리아를 만나러 가는 길이었기 때문이었다.

물론 이렇게 티를 내지 않고도 일마든지 방문할 수 있었지만, 아스는 일부러 황실의 인장이 찍힌 화려한 마차를 골랐다. 이유는 간단했다. 자신과 아리아의 사이를 더욱더 널리 퍼뜨리기 위함이었다.

이미 모르는 이가 없음에도 굳이 그런 선택을 한 것은 과시를 하고 싶어졌기 때문이었다. 제국을 아우르는 대단한 여인이 바로 자신의 연인이란 것을 말이다.

"황태자 전하를 뵙습니다."

모두의 시선을 한 몸에 받으며 수도를 가로질러 어느새 마차는 백작저에 도착했다. 마차가 멈추자마자 백작과 백작 부인이 마차를 향해 한껏 머리를 조아리며 말했다. 아직 아스는 마차에서 내리지도 않았지만 잔뜩 긴장한 모습이었다.

백작 부인 주변에서 대기 중이던 시종들 역시 한껏 머리를 조아렸다. 미엘르와 카인 또한 공손한 태도를 취했다. 그 가운데서 아리아 홀로 등을 빳빳이 세운 채 아스를 맞이했다. 그녀만의 특권이었다.

"아리아 영애."

뒤늦게 마차에서 내린 아스는 그간 본 적이 없는 화려한 의복을 걸치고 있었다. 흰색 정장에는 금의 수가 놓여 있어 눈이 부셨고, 곱게 정돈한 머리카락과 수려한 외모가 감탄을 자아냈다. 그간 검은색 일색으로 존재감을 없앴던 것과는 다르게 누가 보아도 황태자임이 분명한 외형이었다.

'진작 이렇게 차려입고 다녔다면 한눈에 황태자라는 것을 알아볼 수 있었을 텐데.'

아카데미 완공식 때보다 더욱 신경을 쓴 그 모습에 아리아가 홍조를 띠며 그를 맞이했다.

"아스 님, 먼 길 오시느라 고생하셨어요."

"영애를 만나러 오는 길이라 즐겁기만 했습니다."

아스가 더없이 다정한 말투로 대답했다. 목소리밖에 듣지 못했지만 그가 얼마나 아리아를 위하는지 절실히 느껴져 듣는 이마저도 행복하게 만들었다.

"그리고 고생은 저택에 계신 분들이 하셨겠죠."

자애로우시기도 해라. 황태자라면 조금 거만할 법도 한데, 아리아의 주변인들에게 호감을 얻고자 아스가 마음에도 없는 소리를 했다.

"그렇지 않아도 많은 이들이 고생을 했으니, 부디 정성을 다한 저택을 둘러봐 주시기를 바라요."

"그렇게 하겠습니다. 기대가 되는군요. 영애께서 안내해 주시는 겁니까?"

"그럼요. 저 말고 누가 있겠어요."

이에 아리아마저 장단을 맞추며 가식적인 모습을 연출했고, 이는 목소리밖에 들리지 않는 이들에게 큰 감동과 기쁨을 선사했다.

"……아스테로페 님."

그렇게 두 사람이 고개를 한껏 조아린 이들을 앞에 두고 한참을 쓸데없는 이야기를 이어 나가자, 결국 보다 못한 아스의 측근이 그의 이름을 부르며 눈짓했다. 마차에 실은 선물을 모두 내릴 때까지 대화가 이어진 탓이다.

말을 건 이는 아리아도 익히 아는 자였다. 만물상에서 만났던 그 기사, 소르케였다. 아리아와 눈이 마주친 소르케가 그녀에게 짧게 묵례했다.

"아아, 실례를 범했군요. 다들 일어나셔도 좋습니다."

그제야 고개를 든 저택의 사람들이 아스의 얼굴을 확인했다. 그간 귀족파에 밀리는 모습만을 보여 은밀하게 돌았던 소문과는 달리, 훤칠하고 잘생긴 얼굴에 저마다 터져 나오는 반응을 애써 삼켰다.

게다가 저 금은보화는 도대체 무엇이란 말인가. 마차 한 대 분량의 생전 듣도 보도 못한 양의 대단한 선물이 그들의 시선을 빼앗았다. 마치 동화 속에서나 보았던 대단한 선물이었다.

"제 아버지와 어머니세요."

아리아의 소개에 잠시 넋을 놓고 있던 백작과 백작 부인이 다시금 고개를 숙였다.

"좋은 분들이시라고 들었습니다. 특히 백작께선 사업 수완이 뛰어나시더군요. 영애께서 그 총명함을 물려받은 걸지도 모르겠습니다. 그리고 부인께선…… 정말 미인이시군요. 제국에서 가장 아름다운 여인은 아리아 영애 한 분이라고 생각했는데, 어쩌면 둘일지도 모르겠습니다. 이렇게 방문을 허락해 주셔서 감사합니다."

입에 기름칠이라도 한 듯 술술 나오는 칭찬에 백작 부부의 얼굴에서 조금이나마 긴장이 사라졌다. 황태자라 하여 대단히 걱정했는데 너무나도 딴판이었기 때문이다. 백작 부인이 홍조를 띤 얼굴로 아스를 황홀하게 응시했다.

"그리고 여긴…… 제 오라버니 카인과 여동생 미엘르예요."

뒤를 이은 아리아의 소개에 카인과 미엘르가 예를 취했다. 밝은 표정은 아니었지만, 크게 지적할 만한 얼굴도 아니었다. 긴장했다고 둘러대며 넘길 수 있는 표정이었다. 과연 제 본모습을 숨길 줄 아는 고귀한 귀족다웠다.

"그렇군요."

하지만 그럼에도 아스의 반응은 냉담했다. 그가 카인의 얼굴을 알아본 탓이었다. 법정에서 아리아에게 소유욕을 드러냈던 그를 좋게 볼 수 있을 리가. 여동생을 위한다는 가면을 쓴 더러운 소유욕을 말이다.

게다가 옆에는 소문의 그 미엘르였다. 더러운 수를 써 아리아를 죽음으로 몰고 갔던 여동생 말이다. 그리고 그 꼴도 보기 싫은 이시스 공녀의 앞잡이이기도 했다.

살갑게 굴어도 시원치 않은데, 저리도 무뚝뚝한 얼굴이라니. 이에 잠시 주먹을 쥐어 힘을 주던 아스가 백작 부부에게 호의를 표했던 것과는 다르게 카인과 미엘르는 잠시 훑는 것으로 인사를 마무리했다.

"허기가 지는군요. 영애를 만나러 아침부터 부산을 떤 탓일지도 모르겠습니다."

어쩜 이리도 만족스러운 반응을 내보일 수가. 아스의 한마디에 아리아가 환하게 웃었고, 백작과 백작 부인의 얼굴이 다시금 사색이 되었다. 그러곤 '그가 먼저 말을 꺼내기 전에 이동을 했어야 했는데!'라는 표정으로 어서 정원에 마련한 식당으로 이동하자며 소란을 떨었다.

제대로 소개를 끝내지 못해 딱딱하게 굳어 미동도 하지 못하는 카인과 미엘르는 뒷전이었다. 애초에 그는 그들을 무시해도 전혀 이상하지 않은 위치였고, 지금 여기서 가장 중요한 것은 아스의 허기였기에 그 누구도 이를 신경 쓰지 않았다.

"날씨가 좋아서 다행이에요. 오찬을 정원에 마련했거든요."

아스가 내민 손을 잡고 오찬 장소로 이동하며 뒤를 힐끗 확인하자, 분노에 찬 표정을 애써 숨기는 오누이가 보였다.

'황태자가 방문했는데 먼저 자리를 비울 수도 없을 테고.'

이 얼마나 불편한 자리일까. 그토록 아리아를 출신으로 업신여겼던 그들이 이제는 자신들보다 더 높은 출신에 거역하지 못하고 화를 삼키고 있었다.

'뿌린 대로 거두는 법이지.'

아스 덕분에 기분이 좋아진 아리아가 화사하고 우아한 미소를 지었다.

정원을 가득 채운 백합보다 아름다운 미소였다. 그러자 아스 또한 기분이 좋아진 것인지 아리아를 마주하며 미소를 지었다. 막 연애를 시작한 다정한 연인 그 자체였다. 이에 감격한 백작 부인이 눈을 빛내며 그 모습을 주시했다.

모두가 식탁에 자리하자마자 식사가 지체되지 않고 곧장 시작되었다. 밤낮을 가리지 않고 연습을 한 것인지 시종들의 움직임이 실수 하나 없이 깔끔하기 그지없었다.

"꽤 신경을 쓰신 모양이군요."

아스의 말대로 정성을 들인 요리들이 차례차례 식탁을 채웠다. 최고급 재료를 사용한 코스 요리였다. 그렇지만 저녁이라면 모르겠지만 점심으론 조금 과할 정도의 음식들이었다.

식사에 관한 일을 모두 백작 부인에게 맡겼던 탓에 지금에서야 그 사실을 알아챈 백작의 가슴이 철렁 내려앉았다. 반어법이라 생각한 모양이었다. 부적절한 응대에 그가 화를 내지는 않을지 걱정하며 백작이 침을 꼴깍 삼켰다.

"과한 대접이라 몸 둘 바를 모르겠습니다."

그러나 그런 백작의 걱정과는 달리 아스는 그것을 타박을 하기는커녕 이내 감사의 표시까지 하며 즐겁게 식사를 했다. 이에 백작이 곧 어리둥절한 표정을 지었고, 분위기를 파악하지 못한 백작 부인이 자신의 공을 칭찬받았다고 생각하여 기쁜 듯 얼굴을 붉히며 물었다.

"입맛에 맞으실지 모르겠어요."

"무슨 말씀이십니까. 대단히 맛있습니다."

굳이 잘 보일 필요가 없을 정도의 위치이면서도 식사 내내 아스는 백작과 백작 부인에 대한 호감을 표현했다. 그는 마치 이곳에서 자신이 가장 낮은 위치인 것처럼 행동했다.

이에 아무리 적대 세력이라고는 하나 감히 다음 황제가 될 황태자가 자신을 낮추고 친근하게 말을 걸어옴에 백작이 점점 들떴고, 이내 스승에게 칭찬을 받고 싶어 하는 제자처럼 괜한 말까지 쏟아내며 입방정을 떨었다.

"모피 사업으로 고생을 하셨다고요?"

"예. 그렇습니다. 사치재의 세금은 대단하니까요!"

"이런……. 제가 미리 알았다면 도움을 줄 수도 있었을 텐데, 안타깝군요."

"말씀만으로도 감사합니다. 그래서 세금 때문에 한동안 고생했는데, 다행히도 아리아가 창고 사업을 제안해 세금을 대폭 줄일 수 있었습니다. 천운이었죠."

분위기에 휩쓸려 자신이 무슨 말을 하는지도 모르다니. 애초에 누가 그 세금으로 고생을 하게 만들었는데. 아리아의 친부가 아닌 것을 증명이라도 하듯 그 어리석은 모습에 아스가 눈매를 가늘게 뜨고 비웃음을 삼키며 대답했다.

"아아, 그러셨군요. 역시 영애께선 참으로 영민하십니다. 그러니 제가 이렇게 안절부절못하고 따라다니는 거겠죠."

"……어머나."

백작 부인이 벌써 몇 번째인지 모를 감탄사를 내뱉었고, 결국 대화는 아리아의 칭찬으로 끝이 났다. 당연한 일이었다. 오늘의 주인공은 아리아와 아스였기에. 그리고 아리아는 칭찬받아 마땅한 업적을 몇 개나 가지고 있었다. 그러한 수순을 밟는 것이 아주 당연하게도 말이다.

식사 자리가 불편한지 내내 아무것도 입에 넣지 못한 미엘르의 얼굴이 창백했다. 이따금 원망하듯 아리아의 칭찬을 늘어놓는 제 아비를 쏘아보기도 했다.

그리고 카인 역시 제 앞에 놓인 음식에는 손도 대지 않은 채 화기애애한 대화에 이를 갈았다. 그럼에도 후환이 두려웠기에 차마 티는 내지 못했다. 그 둘의 모습을 곁눈으로 흘깃 지켜본 아리아가 빙긋 웃고는 입을 열었다.

"아버지, 그리고 아스 님. 무슨 그런 말씀을 하세요. 저는 아직 미엘르의 발끝만큼도 따라가지 못하는걸요. 그녀야말로 제가 본받아야 할 최고의 귀족 영애이죠."

누가 그렇게 생각할까. 아무도 그렇게 생각하지 않음을 알기에 일부러 아리아가 겸손한 척 그리 말하자, 순식간에 찬물을 쏟아부은 것 같은 분위기로 돌변했다.

누구 하나도 긍정은 하지 않지만 이는 미엘르를 수치스럽게 만들기 충분했다. 모르는 사람이라면 자신에게 피해를 끼친 여농생을 감싸는 성녀로 보였겠지만, 아리아의 본모습을 아는 아스는 그녀가 의도한 바를 깨달았기에 침묵을 깨고 입을 열었다.

"……그러셨습니까? 전혀 그런 이야기를 듣지 못해 미처 몰랐군요. 아리아 영애께서 그리 칭찬을 하시니, 대단하신 것 같습니다. 백작께선 영민한 두 따님이 계셔 든든하시겠습니다."

"……감사합니다."

마치 난생처음 듣는다는 그 말투에 백작이 손수건으로 이마를 훔치며 긍정했고, 미엘르는 눈 밑을 발갛게 물들이며 수치를 삼켰다. 차라리 타박을 하는 것이 나았다.

하지만 황태자까지 보고 있는 자리에서 화를 낼 수도, 자리를 비울 수도 없었다. 이에 상황을 보다 못한 카인이 중재를 나섰다.

"……허락을 구하러 오셨다 하지 않으셨습니까?"

미엘르에 관한 화제는 그다지 중요하지 않았기에 기다렸다는 듯 순식간에 화제가 바뀌었다. 미엘르의 추한 모습을 관람하던 아리아 역시 궁금하다는 듯 눈을 빛냈다. 예상을 하고 있음에도 직접 말로 듣고 싶어 하는 눈치였다.

"아아, 그렇지요."

아스 역시 더 이상 쓸데없는 곳에 시간을 낭비할 생각이 없었던 모양인 듯 곧장 본론을 꺼냈다. 이 지겨운 시간을 끝내고 저택을 둘러보며 아리아와 단둘이 산책이라도 하는 게 낫겠다고 생각한 모양이었다.

"영애께는 이미 제가 고백해 교제를 하게 되었습니다만, 역시 두 분께 정식으로 허락을 받는 편이 좋겠다고 생각했습니다. 아무래도……."

백작과 백작 부인에게 구하는 허락이었지만 시선은 아리아에게 향해 있었다. 마치, 그녀에게 허락을 구하는 눈빛이었다.

"그 이상이 될 가능성이 크니까요. 영애와는 지난번에 미리 이야기를 나눈 참이었지만, 아무래도 두 분께 양해를 구하는 편이 좋을 거라 생각했습니다."

그 이상. 교제 이상이라면 단 하나밖에 없었다.

예상은 했지만 막상 황태자에게서 직접 그러한 말을 들으니 충격을 금치 못하겠는 듯 아무도 반응을 내보이지 못했다. 상상과 현실의 차이가 침묵을 몰고 왔다. 달리 무슨 대답을 할 수 있을까. 싫어도 거절할 수 없는 존재이거늘. 침묵이 내려앉은 정원에서 아리아만이 조용히 미소로 화답했다.

"어떻게 생각하십니까, 백작. 그리고 부인."

"……예!? 예, 예……."

당혹스러움에 백작이 말을 잔뜩 더듬으며 대답했다. 좋다는 것인지 싫다는 것인지 알 수 없는 대답이었다.

"그것이 어떻게 허락을 구할 일인가요? 두 사람이 좋다면 그렇게 해야 마땅하겠지요."

그리고 백작 부인은 자신이 청혼이라도 받은 것처럼 눈시울을 붉히며 대답했다. 그 누구도 이뤄 내지 못한 신분 상승에 대한 감동이 기인했다.

모두의 손이 멈췄기에 그로부터 얼마 지나지 않아 식사가 끝이 났고, 지체하지 않고 바로 준비된 차를 몇 모금 마신 아스에게 아리아가 물었다. 얼굴에는 행복이 가득 담겨 있었다.

"아스 님. 어머니께서 손수 마련하신 실내 정원을 둘러보시는 게 어떠세요?"

"그런 대단한 곳이 있습니까? 꼭 둘러보고 싶군요."

"그럼 먼저 자리를 비울게요."

방금 전 아스의 말에 그 누구보다 놀라야 했을 사람인 아리아가 화사한 미소만을 지은 채 자리에서 일어나자, 백작이 고장 난 인형처럼 고개를 끄덕였다. 그리고 옆에선 함께하고 싶었는지 백작 부인이 아쉬운 얼굴을 했다.

두 사람이 실내 정원 쪽으로 사라지자마자 백작 부인이 시종들에게 서둘러 정원과 저택을 조금 더 정돈할 것을 지시했다. 그 틈을 타 미엘르가 조금 멍한 얼굴로 자리를 털고 일어나던 백작을 불렀다.

"아버지."

그리 부르는 그녀의 표정은 마치 세상을 다 잃은 것처럼 보였다.

"……미엘르? 무슨 일이라도 있는 거니?"

미엘르에게 이런 표정을 짓게 만들 만한 일이 있었던가. 있었음에도 기억하지 못한 백작이 걱정하며 서둘러 그녀에게 다가갔다. 그러자 미엘르가 잠시 주변을 살피며 눈치를 보더니, 이내 아주 작은 목소리로 용건을 꺼냈다.

"……황태자 전하와 아리아 언니는 절대 안 돼요. 어울리지 않아요."

말하는 그녀의 표정이 퍽 절박했다.

"그게 무슨 말이지?"

영문을 모르겠다는 듯 백작이 되묻자, 이번에는 이유를 곁들여 제 의견을 피력했다.

"공녀님을 돕기로 하셨잖아요. 그런데 어떻게 언니와 황태자 전하의 사이를 허락하실 생각을 하실 수가 있으시죠? 공녀님을 돕는 것은…… 폐하를 견제하기 위함이 아니었나요?"

"그거야…… 그랬지."

긍정을 하고 있는데, 어째서 대답이 과거형일까. 미엘르가 미간을 잔뜩 찌푸리며 다시금 백작을 설득했다.

"게다가 아버지께선 그간 귀족파를 손수 이끌어 오신 분이시잖아요. 지금 와서 황실과 인연을 맺는다니……! 그간의 노력이 모두 수포로 돌아가도 괜찮으시다는 거예요? 그런 수치를 입으실 생각이 있으시다고요? 아니시잖아요!"

"……미엘르."

"아버지께서 그렇게 실망스러운 모습을 보이신다면 분명 귀족파는 뿔뿔이 흩어지고 말 거예요. 겨우 다시 뭉쳤는데 말이죠."

"미엘르, 네가 무슨 생각을 하는지 잘 알겠으니 조금 진정하거라."

잔뜩 흥분하여 계속해서 말을 잇는 미엘르에게 백작이 그녀의 어깨를 가볍게 두드리며 진정시켰다. 그녀의 마음을 십분 이해한다는 다독임이었다. 전혀 이해하지 못했음에도 말이다.

"물론, 나도 너와 같은 생각이란다. 하지만 그리 쉽게 결정할 수 있는 문제가 아니야. 무려 황태자 전하가 아니시냐. 게다가 아리아를 저리도 좋아하시니, 얼마든지 이용 가치가 있지 않니."

마냥 들떠 있는 것처럼 보였던 백작은 그간 아리아와 아스의 관계로 인해 얻을 수 있는 것을 나름 정리했던 모양이었다.

"마침 공작님께도 보고를 드린 참이니 의견을 구해 봐야지. 다른 귀족들도 매정하게 내치기엔 아쉬운 부분이 많다고 동의한 참이고."

"……아버지!"

마냥 결혼을 못하게 막겠다는 것이 아니라는 뉘앙스에 미엘르가 백작의 소매를 붙들었다. 제발 그렇게 하지 말라는 애원이었다.

하지만.

"그럼, 나는 이만 더 준비할 것은 없는지 확인을 하러 갈 테니,

자세한 이야기는 나중에 하자꾸나.”

백작은 모처럼의 기회를 놓칠 생각이 없었고, 결국 내쳐진 것은 미엘르의 설득이었다. 긴가민가했던 그를 결심하게 만든 것은 오늘 아스가 보여 준 태도 때문이었다. 온 세상을 다 아리아에게 바칠 것처럼 굴었던 아스의 태도가 백작을 움직였다.

“미엘르.”

점점 작아지는 백작의 뒷모습을 원망하며 응시하는 미엘르의 이름을 부른 것은 다름 아닌 카인이었다. 그가 백작과 미엘르의 대화를 엿들은 모양인지 표정이 퍽 심각했다. 백작을 잃은 가여운 미엘르가 이번에는 제 오라비에게 매달렸다. 그 역시 전쟁에서 참패하여 나라를 잃은 이처럼 참담한 얼굴을 하고 있었기에.

“오라버니……!”

“그래. 일단 방에 올라가자.”

하지만 미엘르와는 달리 카인은 애써 내색을 하지 않으려 노력했다.

다른 이라면 모를까 어떻게 자신이 황태자를 상대할 수 있겠는가. 화를 내면 낼수록 비참해질 뿐이었다.

게다가 애초에 아리아와는 피는 섞이지 않았다고 하더라도 여동생이었다. 백작이 이혼이라도 하지 않는 이상 영원히 말이다. 그리고 백작 부부의 사이는 소원해질 틈이 없었기에 그는 거의 포기 상태에 가까웠다.

하지만 미엘르는 그렇지 않았다. 그녀는 아리아와 아스의 사이를 갈라놓아야 할 임무가 존재했다. 이번에야말로 반드시 성공해야 할 임무였다. 엠마를 잃은 그녀는 더는 방패가 없어 스스로의 몸을 담보로 걸어야 했기 때문이었다.

"오라버니께서도 그 여자가 황태자 전하와 엮이는 걸 바라지 않으시지요?"

그 직설적인 물음에 카인이 고개를 끄덕였다. 상황이 여의치 않아 어쩔 수 없어 포기하는 것과는 달리, 바라지 않는 마음을 숨길 수 없었기 때문이다.

이에 카인의 소매를 잡은 미엘르가 그를 빈 응접실로 데려갔다. 엠마를 잃은 그녀에게 조력자가 필요했기에. 그리고 카인이 아주 적절하고 유용한 조력자가 되리라 믿어 의심치 않았다.

"우리가 함께 아버지를 저지해요! 절대 그 여자를 황태자 전하와 엮이게 만들 순 없어요!"

"미엘르…… 무슨 소리를 하는 거냐. 두 사람이 좋다는데 어떻게 반대를 하지? 설령 아버지가 반대를 한다고 해도 강행하면 그만인 것을."

열성을 다해 설득하는 미엘르에게 카인이 논할 가치가 없다는 듯 대답했다.

"무슨 말씀이세요! 이대로 가다간 백작가 자체가 큰 봉변을 당할지도 모르잖아요! 변절자라 욕을 먹을지도 몰라요!"

"……그만하자. 아버지께서 공작님과 이야기를 나누신다고 하셨으니 방법을 찾으시겠지."

그리고 카인 역시 그 방법이 떠오를 것 같기도 했다. 변절자라 욕을 듣지 않으며 이익을 챙길 방법을 말이다.

아주 간단했다. 아스가 아리아에게 흠뻑 빠진 상태이니 그녀를 이용해 아스를 조종하면 그만일 것이다. 공녀와는 조금 다른 방법이지만, 황태자를 인형으로 만들기 위한 방법 중 하나였다.

아리아가 따라 주기만 한다면 아주 실현 가능성이 높은 방법이었다. 그녀 역시 백작가의 일원이니 따르지 않을 수 없을 것이다. 그러니 분명 백작과 공작은 그 방법을 택하려 할 것이다.

"아뇨! 그래선 안 돼요. 절대로요!"

미엘르 또한 그 방법을 떠올린 것인지 마치 떼를 쓰는 아이처럼 소리를 쳤다. 아직 어린 나이이긴 하지만 그녀에게 어울리지 않는 모습이었다. 엠마에게만 보여 주었던 그 모습은, 이제 보여 줄 이가 없어 이따금 불필요한 장소에서 드러나곤 했다. 그 생소한 모습에 당황한 카인의 시선이 그녀에게 닿았다.

"……만약 확실하게 그 여자와 전하를 떨어뜨릴 방법이 있다면 어쩌시겠어요?"

"……다시 말하지만, 그런 방법은."

"아뇨! 있어요, 오라버니. 제게 있어요. 떨어뜨리는 것뿐만 아니라 그 여자가 영원히 누군가와 맺어지게 만들지 못할 방법이요. 조금…… 위험하지만요."

카인의 본심을 꿰뚫은 미엘르가 그가 혹할 만한 제안을 던졌다. 빈말이 아닌 모양인 듯 표정이 확신에 차 있었다. 정말로 그런 방법이 존재한다면…… 아무리 위험하다고 하더라도 감수하지 않을 리가. 그럼에도 쉽게 고개를 끄덕일 수 없었던 것은, 그녀의 표정이 아주 음험했기 때문이었다.

* * *

황성과 비교하면 마구간보다 못한 저택이 분명할 테지만, 아스는 정원으로 향하는 길목을 하나도 빠뜨리지 않고 눈에 담았다. 빛을 내는 푸른 눈동자에 흥미와 감탄이 깃들어 있었다. 이에 사람들의 시선을 피해 아리아가 아스에게 물었다.

"별 볼일 없는 작은 저택일 뿐인데, 무엇이 그리도 재미있으세요?"

"영애께서 이곳에서 지난날을 보내 왔다고 생각하니 재미가 없을 수 없지요."

아스가 뜻하는 바는 그녀가 백작가에 들어온 다음인 지난 몇 년 뿐이겠지만, 이곳에서 10년을 넘게 살며 죽음까지 맞이한 전적이 있는 아리아에겐 그 의미가 사뭇 남달랐다. 이에 아리아가 가만히 입을 닫자, 이를 눈치챈 아스가 서둘러 화제를 돌렸다.

"오늘 저, 어땠습니까?"

"……네?"

"백작 내외께서 만족하셨을지 물었습니다."

이에 이번에는 다른 의미로 아리아의 말문이 막혔다. 진심으로 그들에게 호감을 얻으려 했다는 사실이 새삼 충격적이었기 때문이다. 그저 방문을 해 준 것만으로도 크나큰 영광이거늘.

"……별로였습니까?"

다시금 그가 물었기에, 아리아가 작게 웃으며 고개를 저었다

"그럴 리가요. 아스 님께서 달리 호의를 표하지 않으셨더라도 좋아하셨겠지요. 애초에 그럴 만한 위치에 계시니까요."

"흠……. 나름 노력했는데 그 노력이 아무런 소용이 없었다고 대답하시면 조금 섭섭해집니다."

"……!"

그가 마치 아이처럼 투정을 부리며 칭찬을 요구해 왔다. 세상에,

겉보기엔 다 큰 어른이건만 어울리지 않는 이 모습이 왜 이리도 귀여울까.

"말을 해 보았자 입이 아플까 봐 그런 거니 노여워 마세요."

그래서 그렇게 말하며 그의 손바닥을 은근하게 매만졌다. 그러자 그가 귀를 조금 붉히며 걸음을 빨리했다. 창피해져 사람의 눈을 피하고 싶어 하는 듯 보였다.

올해 생일이 지나면 각각 스무 살과 열일곱 살이기에 공식적인 나이는 아스가 훨씬 많았지만, 실제 삶을 산 것은 아리아가 위였다. 때문에 아스는 평생을 살아도 아리아의 연륜을 당해 낼 수 없을 것이 분명했다. 아리아가 놀리듯 물었다.

"빨리 실내 정원으로 가실까요?"

"……부끄러우니 그렇게 합시다."

귀여움과 솔직함을 동시에 내 보인 그 모습에 아리아가 조금 크게 웃었다.

* * *

아스가 지난번에 언급한 대로 재판관이 아리아에게 관심을 갖고 있다는 말이 사실이었는지 그녀의 이름으로 된 편지가 저택에 도착했다. 성을 제외하고 '프레이'라는 이름으로 보낸 편지였기에 투자를 받고 싶어 한 사업가라고 생각하며 대수롭지 않게 봉투를 뜯었으나, 이내 내용을 읽고 벌어진 입을 다물지 못했다.

『재판관이었던 프레이라고 합니다. 황성에서 나와 성은 없습니다. 몸은 어떠신지 걱정입니다. 좋은 차와 과자가 들어와 로스첸트 영애와 즐기며 이야기를 나눠 보고 싶습니다. 부디 가능한 날짜를 적어 답변을 주셨으면 합니다.』

세상에. 도대체 무슨 꿍꿍이일까. 정말 아스의 말대로 소문 때문에 관심을 보인 걸까? 그러기엔 자신의 얼굴을 보고 흠칫 놀랐던 프레이가 마음에 걸렸다.

'도대체 왜 놀란 것일까. 혹시 나를 아는 사람일까?'

황성에서 나온 여인이? 그럴 리가 없다고 생각됐지만 확인을 위해선 그녀를 만나야 했다. 정식으로 편지를 보낸 그녀가 해코지를 하리라곤 생각되지 않아, 방문할 수 있는 가장 빠른 날짜 몇 개를 적어 답장을 보냈다.

아리아의 편지를 기다리고 있었던 모양인지, 회신이 도착하기까지 채 하루가 걸리지 않았다. 그녀는 아리아가 보낸 날짜 중에 가장 빠른 날에 만나자고 제안했다. 그리고 그날은 생각보다 빠르게 찾아왔다.

"아가씨, 조금 더 화려하게 꾸미시지 않으시고요. 이제 곧 황태자비가 되실 몸이신데……."

아스가 다녀간 이후, 아리아가 그 어떤 의복을 걸치든 저리 말하는 애니였다. 이제 곧 황태자비가 될 몸. 비단 그녀뿐만이 아니었다. 저택의 시종들을 시작으로 모르는 이들까지 모두 아리아를 지금까지보다 훨씬 더 대단히 여겼고, 존경을 표했다.

'아마도 아스 님께서 휘황찬란한 마차로 수도를 가로질렀기 때문이겠지만.'

마치 일부러 과시하듯 번화가를 모두 지나왔다는 소리를 뒤늦게 듣고 얼마나 놀랐던가. 자신이 지금 누구를 만나러 가는지 똑똑히 보고 소문을 내라는 듯 말이다.

'그렇게 안 봤는데……. 아무리 황태자라 해도 남자는 남자구나.'

그렇다고 싫었냐고 묻는다면 대답은 '아니오'였다. 좋아서 자랑까지 하고 싶다는데 싫어할 리가 없지 않은가. 다른 누구도 아닌 아스가 말이다.

"아가씨, 역시 지금이라도 드레스를 갈아입으시는 게 어떠세요?"

어디로 가는지도 모르면서 무조건 화려한 드레스를 갖춰 입으라는 그녀의 잔소리가 우스워 비웃음을 머금자, 애니가 멋쩍은 웃음을 지었다.

그리고 잠시 뒤.

"마차가 준비되었어요, 아가씨."

시종의 부름에 읽던 책을 내려놓고 자리에서 일어났다.

'나쁜 일이 아니었으면 좋겠는데.'

이리도 일이 쉽게 풀리니 괜한 곳에서 불안이 음습했다. 혹시 몰라 거울로 제 모습을 다시금 확인한 아리아가 깊게 숨을 내쉬고 저택을 나섰다.

* * *

프레이의 저택은 교외에 자리했다. 황족임에도 백작저와는 비교도 할 수 없을 만큼 소박한 저택이었다. 그지 여타 귀족 저택과는 다르게 드높은 담장만이 그녀의 혈통을 짐작하게 할 수 있었다.

프레이의 저택이 작은 것은 당연한 일이었다. 그녀가 후계자가 아닌 황족인 탓이었다. 황권을 지키기 위해 황태자를 제외한 황족들에게는 최소한의 지원만이 존재했다. 간혹 황태자나 황제가 아주 신뢰하는 이들에게는 주요 직책을 내리기는 했지만 극히 드문 일이었고, 여성인 프레이에게는 전혀 관계가 없는 일이었다.

재판관이라는 직책을 얻은 것만으로도 그녀에게는 대단한 처우였다. 미혼의 여성 황족은 거의 없을뿐더러, 있어도 수치로 여겨 대부분 제국에서 얻는 지원금으로 조용히 살아갔기 때문이다.

"아가씨! 슬슬 도착할 모양이에요!"

창밖으로 보이는 저택이 점점 가까워져 그것을 확인한 애니가 말했다. 황족의 저택에 방문하는 것은 처음인 탓에 애니의 긴장한 표정이 역력했다. 이는 프레이의 의도를 파악하지 못한 아리아 역시 마찬가지였다.

애니의 말이 끝나고 얼마 지나지 않아 마차가 저택 대문에서 멈췄다. 황족을 지키는 자라서 그런지 창문 너머로 보이는 경비병의 얼굴에 깐깐함이 서려 있었다. 그러나 아주 의아하게도, 경비병은 아주 간단한 절차를 끝으로 대문을 활짝 열어 마차가 통과할 수 있도록 해 주었다.

작지만 꽤 아름답게 꾸민 정원을 지나 저택 현관 앞에 마차가 멈췄다. 도착을 알리는 마부의 목소리 또한 들렸다. 기사와 애니의 시선이 아리아에게 쏠렸음에도 그녀는 곧바로 밖으로 나가지 않고 제 머리와 옷을 매만지며 물었다.

"애니, 내 옷 어때?"

"완벽하세요!"

애니가 그리 대답했음에도 혹시나 하는 마음에 한 번 더 옷매무새를 가다듬었다. 고작해서 법정에서 한 번 본 것이 전부인데, 이렇게 초대까지 할 정도이니 분명 중요한 용건일 터였다.

'의도는 모르겠지만, 사소한 것 하나도 책잡힐 순 없지.'

그렇게 긴장을 늦추지 않은 채 아리아가 우아한 자태로 마차에서 내리자, 기다리고 있었던 듯 저택 앞에서 대기 중이던 프레이가 반갑게 그녀를 맞이했다.

"먼 길 오느라 고생하셨어요. 어서 와요."

"……초대해 주셔서 감사합니다."

그녀는 아리아의 걱정과는 달리, 아주 밝은 표정과 친근한 태도로 맞아 주었다. 법정에서 보았던 냉철한 재판관의 모습은 온데간데없었다. 그곳에는 부드러운 미소를 지닌 중년의 여인만이 존재했다.

이에 놀란 아리아가 한 박자 느리게 대답했으나, 별다른 트집을 잡지 않으며 프레이가 아리아를 손수 응접실로 안내했다. 그녀의 품위 있는 걸음걸이에 아리아가 등을 꼿꼿이 세우며 뒤를 따랐다.

'역시 황족은 황족인가…….'

작은 규모와는 달리 저택 내부는 화려하기 그지없었다. 비치된 작은 장식품들 하나하나가 장인의 손길이 닿은 예술품처럼 보였다. 온갖 파티를 통해 꽤 화려한 금은보화를 접할 기회가 많았던 아리아조차 혀를 내두를 만한 물건들이었다.

그렇게 잠시간 주변을 구경하며 걷자, 어느새 응접실에 다다를 수 있었다. 그곳에는 아리아를 위해 방금 준비한 듯 향긋한 차와 달콤한 과자가 테이블 위에 놓여 있었다.

"법정에서 본 이후로 오랜 시간이 지났군요. 갑자기 초대해서 놀랐을 거예요. 갑자기 영애 생각이 나서 그만 저도 모르게 편지를 보냈어요. 같이 차라도 마시며 소소한 이야기를 나누고 싶어져서요. 영애께 폐가 되진 않았을지 걱정이네요."

"아니에요. 이렇게 초대해 주셔서 감사할 따름입니다."

"그렇게 말해 주니 마음이 놓이네요. 오랜 시간 기다려 들여온 다과이니, 영애께서도 분명 좋아하실 거라 생각해요."

프레이가 향을 음미하며 그리 말했기에 아리아 역시 찻잔을 들어 향을 음미하며 대답했다. 그녀의 말대로 향기로운 차였다.

"정말 향이 좋네요."

"맛은 더욱 좋답니다."

"그런가요? 어떤 맛인지 너무 기대되는걸요."

아리아가 부드럽게 웃으며 찻잔을 입가에 가져갔다.

이토록 신경을 쓴 차를 대접하는 이유가 뭘까. 프레이의 호의에 놀란 마음을 감추며 그녀의 본심을 알아내려 애를 썼지만 불가능했다. 부드러운 미소를 지으며 차와 날씨 이야기를 꺼내는 그녀에게서 얻을 수 있는 정보라곤 없었기 때문이다.

그래서 아리아 역시 쓸데없이 차와 날씨 따위의 이야기에 장단을 맞추며 차를 마시고 과자를 먹으며 본론을 기다리는데, 갑자기 프레이가 이상한 질문을 시작했다.

"영애께선 취미가 어떻게 되시지요?"

고작해야 취미이거늘. 단순히 대화를 잇기 위한 질문이 아님에도 아주 궁금해 하는 얼굴이었기에 아리아가 열심히 눈을 굴리며 없는 취미를 찾았다.

"취미요? 음……. 달리 무언가에 열중하고 있는 것은 없는 것 같아요. 그나마 찾자면 독서 정도일까요?"

"그러셨군요, 독서였군요. 그래서 그리도 지식이 넘치셨던 거였어요. 타고난 총명함도 있겠지만, 역시 완성은 독서겠지요."

"좋게 봐주셔서 감사합니다."

"그럼, 좋아하는 음식은 어떻게 되시지요?"

이번에도 프레이는 아리아가 좋아하는 음식을 무척이나 궁금해하는 얼굴이었다. 여전히 의도를 알 수 없음에 조금 당황한 아리아가 고민하며 말을 이었다.

"음식은……. 음……. 고기류인 것 같아요."

"그렇군요. 고기는 성장에 중요하지요. 그럼 좋아하는 색은 어떻게 되나요?"

"……푸른색이요?"

"아름다운 색이지요. 좋아하는 꽃은요?"

"튤립…… 과 백합이요."

도대체 왜 이런 질문들을 하는 걸까. 그저 대화를 잇기 위한 질문이 아닌 진심으로 궁금하여 묻는 얼굴이었기에 아리아의 의문이 계속되었다.

백작저에 들어와 새로이 맞이한 아버지인 백작에게서도 들은 적 없는 질문과 관심이었다. 아니, 어미마저 그녀에게 이토록 지대한 관심을 표하며 무언가를 물은 적은 없었다. 이성이라면 모를까, 자신에게서 얻을 것이 없는 이에게 이토록 지대한 관심을 받게 되니 기분이 이상했다.

게다가.

"신기하기도 하여라……."

프레이가 이따금 아주 감탄하거나 놀라워하는 탓에 화제를 돌릴 수도 없었다. 결국 예측할 수 없는 그녀의 반응에, 긴장으로 불편했던 처음과는 다른 의미로 불편함을 느끼게 되었다.

이에 손수건으로 이마를 닦아 내며 그것을 표현하자, 그제야 자신이 처음 저택에 방문한 손님에게 과한 반응을 보였다는 것을 깨달은 프레이가 서둘러 사과했다.

"아, 미안해요. 영애를 불편하게 할 의도는 없었는데, 제 욕심을 채우느라 저도 모르게 그만 무례를 범한 것 같네요."

"아니에요. 괜찮습니다."

"어쩜, 이렇게 마음이 넓으실까요. 영애께선 올해로 열일곱이 되신다고 하셨나요?"

"네? 아, 네. 생일이 지나면 그렇게 되어요."

"시기도 참으로 비슷하니……."

이제는 영문을 모를 소리까지 하여 아리아가 고개를 갸웃거렸다. 그러자 잠시 아련한 표정을 내 보이던 프레이가 폐가 되지 않는다면 한 가지 부탁을 해도 되겠느냐고 조심스레 청해 왔다.

"네, 물론이죠. 제가 할 수 있는 일이라면 괜찮습니다."

처음 방문한 손님에게 이상한 부탁을 할 리 없으리라 생각해 부드럽게 웃으며 마음씨 고운 영애인 척 뭐든 들어 주겠노라 대답했건만. 프레이의 부탁은 아리아에게 가능한 것이었지만 이상한 것이었다.

"사이즈가 조금 크지만 정말…… 잘 어울리네요……. 마치 그 애가 돌아온 것처럼 말이에요."

"……."

차마 이 말에는 어떻게 반응해야 할지 몰라 아리아는 그저 침묵을 고수했다. 어디서 난 것인지 모를 남성의 옷을 입어 달라니! 심지어 그 모습을 보며 눈시울을 붉히기까지 했다.

"아가씨……."

아리아의 표정이 좋지 못함에 어색하게 입은 남성의 의복을 고쳐 주는 척하며 애니가 아리아를 불렀다. 여러 가지 복잡적인 감정과 충격에 말을 잃은 아리아는 마치 인형이 된 듯 잠시 동안 프레이의 요구에 따라야만 했다.

도대체 이게 무슨 일이냐는 물음은 할 수 없었다. 남성의 의복을 입은 자신을 보며 즐거워하기라도 했으면 모를까, 저 쓸쓸해 보이는 표정은 무엇이란 말인가.

"……미안해요. 이럴 작정은 아니었는데, 실제로 영애를 뵈니 이런저런 추억에 휩싸여서 저도 모르게 추태를 부리게 되었군요."

"……아니에요."

충격을 받아야 할 사람은 자신이건만. 프레이는 아리아가 다시 옷을 갈아입는 사이 자리를 비웠고, 한참이 지난 뒤 다시 돌아왔을 땐 눈가를 붉게 물들인 채였다. 이에 더는 불평도 불만도 할 수 없게 된 아리아가 없는 약속을 만들며 이만 돌아가 보겠다고 운을 뗐다. 이해하기 어려운 상황은 달갑지 않았다.

"더 오래 있지 못해 정말 죄송해요. 선약이 있었던 터라."

"아니에요. 이렇게 방문해 주셔서 정말 감사했어요. 이건 오늘 드신 차예요. 정말 귀한 치이니 부디 돌아가신 뒤에도 즐겨 주시기를 바라요."

"……감사합니다."

애니가 선물을 받았고, 기사의 에스코트를 받은 아리아가 마차에 오르려던 순간이었다. 갑자기 프레이가 아리아의 이름을 크게 불렀다.

"저, 로스첸트 영애!"

"……예?"

놀란 아리아가 뒤를 돌아보자 다급한 얼굴의 프레이가 있었다.

그녀는 잠시 말을 고르는 듯싶더니, 이내 아리아를 부른 까닭을 꺼냈다.

"혹시……. 혹시 백작 부인께서 무언가 언질을 해 주시진 않으셨나요?"

"네? 무슨……?"

설마 어머니와 아는 사이였나? 프레이의 질문을 이해할 수 없어 반문하자, 그녀가 무언가 말을 하려는 듯싶더니 이내 아니라는 듯 체념한 얼굴로 고개를 저었다. 도대체 뭘까.

"……미안해요. 노망이 날 나이가 아닌데, 벌써 노망이 왔나 보군요. 그럴 가능성은 아주 희박한데 말이죠."

"프레이 님……? 무슨 말씀이신지 전혀……."

"아니에요. 늦었을 테니 어서 돌아가 보시는 것이 좋겠네요."

그 뒤로 프레이가 조심해서 돌아가라는 말을 끝으로 아리아가 마차에 오르기도 전에 저택 안으로 사라졌다.

"도대체 뭐였을까요?"

돌아가는 마차에서 아리아가 묻고 싶었던 말을 애니가 대신 물었다.

하지만 대답을 해 줄 이는 남겨 둔 채 떠났기에 마차에는 정적만이 흘렀다. 잔뜩 긴장하고 초대에 응했거늘, 생각도 못한 의문스러운 일들만 잔뜩 경험하고 조금의 소득도 얻지 못했다.

그에 복잡한 기분을 느끼며 아리아는 곧바로 저택으로 향했다.

* * *

저택에 도착한 후, 신경을 곤두세운 탓에 조금 피곤해진 몸을 누이다가 저녁 식사 시간이 되어 식당에 내려갔다. 그러자 식사가 시작되고 얼마 지나지 않아, 곧 오누이가 미리 준비한 듯 담합하여 백작을 억압하기 시작했다.

"아버지, 황태자와 인연을 맺는 것은 저도 아니라고 생각합니다."

"카인, 이미 여타 귀족들과도 이야기를 끝냈다지 않았느냐."

"재고하시는 편이 좋으실 듯합니다."

카인이 단호한 눈빛으로 대답했다. 이에 백작이 답답하다는 듯 포크를 식탁에 큰소리로 내려놓으며 화를 냈다.

"그건 네가 관여할 문제가 아니야! 이미 아리아의 의지가 그러하고, 나 또한 백작가의 가주로서 찬성을 한 바니까!"

반박하며 목소리를 높이려는 카인을 미엘르의 고운 손이 멈춰 세웠다.

"오라버니, 아버지께서 그리 결정하셨다니 어쩔 수 없겠지요. 가주시잖아요?"

하지만 얼굴은 표독하기 그지없어 그녀 또한 이번 일을 대단히 반대하고 있음을 나타냈다. 그럼에도 카인을 막는 이유는 뭘까. 샐러드를 천천히 씹으며 미엘르를 관찰하는데, 카인이 침음과 함께 그녀의 이름을 불렀다.

"······미엘르."

"어서 식기 전에 저녁부터 드세요, 오라버니."

아비의 말보다 여동생의 말을 따른 카인이 힐끗 아리아를 흘기곤 조용히 식사에 임했다. 그렇지 않아도 낮에 일어난 이상한 일 때문에 고민이 산더미 같았는데, 카인과 미엘르까지 그 고민과 의문에 힘을 실었기에 결국 아리아는 식사를 제대로 마치지 못하고 먼저 자리를 떠났다.

머리를 식힐 겸 가볍게 차를 한잔 마시고 잠자리에 드는 것이 좋겠다고 생각하며 방으로 돌아간 아리아는, 아무도 없어야 할 자신의 방에서 낯선 인영을 발견하고 소스라치게 놀랐다.

"누······!"

"쉿."

놀란 아리아가 비명을 지르려던 그때, 초대받지 않은 낯선 방문객이 서둘러 다가와 그녀의 허리에 부드럽게 손을 감았다. 나머지 한 손으로는 잠시 시간을 벌기 위한 요량으로 그녀가 답답하지 않도록 가볍게 입을 막았다.

"영애, 접니다."

내뱉는 목소리가 다급했다. 그럼에도 익숙한 목소리였다. 때문에 아리아가 질끈 감았던 눈을 뜨고 침입자의 얼굴을 확인했다.

그러자 부드러운 빛을 띠고 있는 아스의 얼굴이 보였다. 식사를 하고 왔는데 방금까지 백작저 사람들의 입에 오르내리던 그 아스가 방 안에 있다니, 그 누가 믿어 줄 이야기일까. 그가 눈앞에 있는 것을 확인한 아리아가 눈을 끔뻑이며 당혹감을 표했다.

"알아보시겠습니까?"

아스의 물음에 아리아가 빠르게 눈을 깜빡이며 긍정을 표했다. 아직 입이 막힌 상태였기 때문이다. 자신을 알아본 아리아의 기색을 읽고 그제야 입을 막은 손을 뗀 아스가 안심한 듯 한숨을 뱉었다.

"……어떻게……?"

무슨 연유로 찾아온 걸까. 여전히 당혹스러워하는 아리아가 그리 묻자, 아스가 퍽 섭섭해 하는 표정을 지었다.

"오늘 온다고 말씀드리지 않았습니까."

그랬나. 최근 정신이 없어 깜빡한 듯했다.

다시 온다고 했던 것 같기는 한데 그게 오늘이었나. 참으로 타이밍이 절묘했다. 까딱 잘못했다간 시녀들과 함께 있는 사이에 아스가 나타났을지도 모르는 일이었기에 소름이 끼쳤다.

"죄송해요. 생각할 일이 너무 많아서 깜빡한 것 같아요……."

그래서 짧게 사과했다. 이제는 약속도 하지 않고 그가 갑자기 나타날 리가 없었으니, 이번에는 자신의 잘못일 것이라 생각했기 때문이다. 그러자 아리아의 이마에 붙은 그녀의 금빛 머리카락을 넘긴 아스가 다정하게 미소 지으며 괜찮다고 대답했다.

긴장을 한 탓에 식은땀을 흘린 모양이었다. 그의 손길이 퍽 다정하고 따뜻했음에도, 진정은커녕 도리어 심장이 조금 더 빠르게 뛰기 시작했다.

"무엇이 영애를 이리도 힘들게 했는지요."

"아……. 그냥 이것저것이요……."

개중 가장 큰 고민은 오늘 있었던 프레이의 일이었다.

그러고 보니 아스가 미리 언질을 했었지. 분명 그녀가 자신에게 관심을 보였다고 했었다. 그녀에 대한 고민과 아스의 손길 때문에 여전히 긴장과 불안한 모습이 역력한 그녀를 소파에 조심스럽게 앉힌 아스가 물을 따라 주며 다시 물었다.

"제게 털어놓을 수 없는 일입니까?"

"아뇨, 그런 건 아니에요……. 그냥 조금 황당한 일이 있었어요."

오히려 털어놓을 이는 아스밖에 없었기에 아리아가 오늘 있었던 당혹스러웠던 일을 조심스레 꺼내기 시작했다. 프레이에게서 편지가 도착하여 그녀의 저택에 방문을 했고, 연달아 질문을 하던 그녀가 마지막엔 자신에게 남성의 의복을 건네며 착용해 볼 수 있느냐고 부탁을 한 것까지.

거기까지 설명을 하자 아스의 표정에도 당혹감이 어렸다. 과연 꾸며 낸 이야기라고 해도 무리가 없을 정도로 일반적이지 않은 이상한 상황이었기 때문이다.

"이상하군요. 처음 방문한 손님에게 그럴 분이 아니신데."

그가 고개를 갸웃하며 말했다. 이에 아리아가 목소리에 조금 힘을 주며 반박했다.

"그렇지만 모두 사실이에요. 제 시녀인 애니도 똑똑히 보았으니까요."

"아, 의심을 하는 건 아닙니다. 그저 그녀가 왜 그런 건지 생각을 하던 참이었습니다. 자주 뵌 건 아니지만, 그럴 분이 아니라고 생각했거든요."

아스가 서둘러 변명했다. 확실히 재판관일 때의 그녀를 생각하면 믿겨지지 않을 정도로 이상한 일이었다. 때문에 잠시 동안 고민에 휩싸여 생각에 빠져 있던 그가 이내 무언가를 떠올린 듯 미간을 찌푸리며 말했다.

"그러고 보니 그녀에게 쫓겨난 남동생이 있다고 들었습니다. 혹시 영애를 보며 그를 떠올린 건 아닐지요?"

"남동생이요?"

"저도 어릴 때 일어난 일이라서 자세히는 기억하지 못하지만…….
불미스러운 사건으로 인해 쫓겨난 황족이 있는데, 그게 그분의 남동생이라고 알고 있습니다."

"……세상에. 그럼 제가 입었던 그 옷이?"

"아마도 그분의 남동생이 입은 옷이 아닐까요."

그런데 여동생도 아니고 남동생이라고? 어째서 여자인 자신에게서 남동생을 떠올린다는 말인가. 아리아의 의문을 알아챈 아스가 설명을 덧붙였다.

"저도 아주 어릴 적에 우연히 그분의 초상화를 본 적이 있습니다.
꽤 눈에 띄는 외모셨죠. 영애를 처음 보았을 때 어딘가에서 본 것 같은 기시감이 들었는데, 그분과 조금 닮으신 것 같기도 하군요."

"저랑 닮았다고요……?"

그렇다면 왜 그런 행동을 했는지 이해는 하지만…… 그렇다고 해서 납득이 가는 행동은 아니었다. 고작해야 얼굴이 조금 닮은 것을 가지고, 황성에서 쫓겨난 제 남동생의 의복까지 입어 줄 수 있는지 부탁하는 것은 이상하지 않은가.

"머리색과 눈동자색은 다르지만, 이목구비나 분위기가 그런 것 같습니다. 초상화로만 본 거라서 실물은 모르겠지만요."

이목구비와 분위기가 닮았다면 대부분이 비슷하다는 이야기가 된다. 여자도 아니고 남자를 닮았다는 사실이 당혹스러워 황급히 거울을 가져와 제 얼굴을 살폈다. 저도 모르는 사이에 얼굴이 변한

것은 아닌지 걱정이 되어서였다. 하지만 다행히도 아름다운 얼굴
은 여전했다.

'여자인 나도 삶이 이리도 복잡하거늘. 이토록 아름다운 얼굴을
가진 남자가 있었다니, 어떠한 이유로 황성에서 쫓겨났는지 알 것
같기도 하고…….'

신경이 쓰인 아리아가 한참이나 제 얼굴을 들여다보고만 있자,
잠시 그 행동을 지켜보던 아스가 물었다.

"신경이 쓰이신다면 어떤 일이 있었는지 알아봐 드릴까요? 초상
화를 구할 수 있을지도 모르겠습니다."

"그래 주시면 감사하겠지만…… 바쁘실 것 같아서 죄스럽네요."

"어차피 알아 오는 건 제가 아니라서 괜찮습니다."

그 말에 내내 불안에 미간을 찌푸리던 아리아가 작게 웃음을 터
뜨렸다. 아스의 말대로 바빠지는 것은 그의 밑에 있는 자들이었기
때문이었다. 이를테면 레인이라거나.

오히려 아스는 아리아를 도울 수 있게 되어 기쁘다는 얼굴을 하
고 있었다. 그렇다고는 해도 스스로 저 자신이 아닌 부하들을 부려
먹겠다는 말을 하는 아스가 귀여웠다.

"부디 그분들께서 저를 미워하지 않으셨으면 좋겠네요."

"감히 영애를 미워할 사람이 어디 있을까요."

글쎄. 너무 많아서 탈이 아닐까. 당장 저택에만 해도 미움을 넘
어서 증오하여 죽이고 싶다고 생각할 이가 떠올랐다.

아무것도 하지 않았던 과거에조차 그리 미워했는데 지금은 오죽
할까. 미엘르를 떠올린 탓에 아리아의 입꼬리가 다시금 내려가자,
아스의 표정 또한 진지해졌다.

"떠오르는 인물이라도 있으신 모양이군요."

"······모두에게 사랑받는 사람은 없으니까요."

"아무리 그렇다고는 하더라도 단박에 떠올려 미소를 사라지게 만드는 사람은 드물죠."

그래. 원한 관계에 있지 않은 이상 드문 일이었다. 두 사람 모두 그런 존재가 있었기에 방 안에 잠시 침묵이 흘렀다. 다과라도 있었다면 좋았으련만, 불행히도 테이블 위에 놓인 것은 차가운 물뿐이었기에 괜히 어색함이 더했다. 차라리 손수 차라도 내올까 고민하던 그때였다.

"아가씨! 차를 내왔어요!"

문밖에서 애니의 목소리가 들렸다. 아리아가 식사를 마치고 돌아왔을 시간이 되었기 때문이었다. 아스가 와 있어 어떻게 할까 고민하던 아리아가 이내 애니에게 들어오라 기척을 냈다.

직접 나타나는 것을 본 것도 아니고, 애니라면 자신에게서 얻어갈 것이 아직 많을 테니 아스가 왔다는 것을 누군가에게 발설할 리 없다고 생각했다. 게다가 발설한다고 하더라도 이미 공식적으로 교제한다고 선언했는데 무엇이 문제일까.

"선물로 받으신 차를······ 헉!"

아리아의 기척에 방에 들어선 애니가 아주 당연하게도 아스를 발견하고는 화들짝 놀라며 돌처럼 굳었고, 아리아가 그런 그녀를 타박했다.

"거기서 뭐 하니? 마침 목이 마르던 참이었는데 잘됐구나."

"예? 예······."

애니는 아스가 어떻게 여기에 와 있냐고 묻고 싶어 하는 얼굴이었지만 눈치가 빠른 아이였기에 달리 묻지 않고 다과를 준비했다. 물론, 그러면서도 귀를 쫑긋 세워 작은 정보라도 얻으려 애를 썼지만 이미 중요한 대화는 끝나 버렸고, 설상가상으로 이만 방에서 물러가라고 한 탓에 아무런 정보도 얻을 수가 없었다.

"바키안스산 흑차입니까? 굉장히 좋은 차군요. 쉽게 구할 수 없는데."

"아, 프레이 님께서 방문 선물로 주셨어요."

"……그랬군요. 이런 귀한 차를 선물로 주신 정도라면 어지간히도 영애가 마음에 드셨던 모양입니다. 꼭 남동생에 관한 자세한 내막을 알아오겠습니다."

짧은 시간 동안 차를 즐긴 아스가 이만 가 봐야겠다며 자리에서 일어났다.

"벌써 가시나요?"

"밤이 깊지 않았습니까. 여성분과 단둘이 있기에는 늦은 시간이죠. 원래 얼굴만 확인하고 돌아가려 했으니까요."

이에 아리아가 퍽 아쉬워하자, 아스가 웃으며 그녀의 손을 잡았다.

"다음 주, 같은 시간에 다시 찾아뵙겠습니다. 이번에는 잊어버리지 마시기를."

그러곤 늘 그랬듯 아스가 아리아의 손등에 입맞춤을 하고 사라졌다. 조금 뒤에 테이블을 치우라며 다시 애니를 부르자, 그제야 숨겼던 반응을 내 보이며 입을 쩍 벌린 애니가 오두방정을 떨며 아리아에게 물었다.

"……세상에. 어디로 들어오셨대요? 분명히 오시는 걸 보지 못했는데? 아니, 또 어디로 사라지셨대요?"

"창문으로 오셨다가 나가셨지."

"저, 정말요!?"

"오시면 하도 유난을 떠니까. 조용히 차를 마시기 위해선 그것밖엔 방법이 없잖니?"

정말로 창문으로 오가는 방법 외엔 다른 방도가 없었기에 아리아의 말을 믿은 애니가 제 입을 틀어막으며 놀라움을 감추지 못했다.

"그, 그건 그렇지요……! 하지만 너무 위험한 방법 같아요."

"그게 특기라고 하시니 걱정하지 않아도 돼."

더는 이 문제에 대해 언급하고 싶지 않다는 뉘앙스로 말하자, 눈치 빠른 애니가 알겠다며 대답했다. 그러고는 냉큼 화제를 돌렸다.

"아 참, 그러고 보니 미엘르 아가씨께서 또 공녀님과 편지를 주고받으신 모양이에요. 슬쩍 내용을 훑어본 시녀의 말에 의하면, 공녀님께서 미엘르 아가씨를 칭찬하셨다던데요?"

"……그래?"

또 무슨 일을 꾸몄기에. 혹시 최근 들어 열렬히 아스와 자신의 사이를 반대했던 걸 칭찬한 걸까. 아니면 그와 관련해 무슨 나쁜 짓이라도 꾸미고 있는 걸까. 뭐가 됐든 나쁜 짓을 꾸미기 전에 공녀와 편지를 주고받는다는 시녀의 증언으로 미루어 보아, 예삿일이 아닐 거라는 생각이 들었다.

"앞으로도 무슨 일이 있으면 꼭 전해 달라고 말해 줘. 작은 선물이라도 하나 챙겨 주고."

"네, 네. 아가씨! 걱정하지 마세요. 이미 저택의 모두가 아가씨 편이니까요."

애니의 말대로 과거와는 달리 모두가 자신의 편임에도 왜 이리 불안한 걸까. 뒤에서 음모를 꾸미고 있는 공녀 때문일까. 그도 아니면 미엘르를 확실히 내칠 수 있는 무언가가 없어서일까.

'그래. 차라리 이게 기회일지도 몰라. 미엘르가 나쁜 짓을 저지르는 걸 역으로 이용하면 되니까.'

잃을 것이 없었던 과거와는 달리, 손에 쥔 것이 많아진 지금은 어설프게 독약을 타는 행위로는 미엘르를 해치울 수가 없었다. 지난번에 엠마를 내쳤던 것처럼 그녀 스스로 자멸하는 길을 선택하기를 바라는 수밖에 없었다.

16. 복수(Ⅲ)

16. 복수(Ⅲ)

그렇게 며칠 뒤, 미엘르가 무언가를 꾸미고 있다는 것이 사실이었던지, 저택에 영애들이 모여들었다. 미엘르가 주최하는 티 파티 때문이었다. 전례가 없는 규모였기에 외출을 자제하고 싶었지만 그럴 수가 없었다.

"아가씨, 시간이 다 되셨어요."

"……그래."

하필이면 오늘 아카데미의 장학생들에게 장학금을 수여하는 날이었기 때문이었다. 아리아 역시 막대한 금액의 장학금을 지원하고 있기에 꼭 참석해야 했다.

물론, 대리인을 보내도 상관은 없겠지만 이제 막 자신에 대한 좋은 이미지가 널리 퍼지기 시작한 참이었다. 저택에서 예비 사업가들을 만나는 것에 그치지 않고 기세를 몰아 여기저기 얼굴을 비출 필요가 있었다.

"외출하세요?"

1층 홀로 내려온 아리아에게 미엘르가 살갑게 말을 걸어왔다.

마지막 대화는 분명 저주로 끝이 났던 것 같은데. 비웃음을 머금은 아리아가 그렇다고 대답하자, 미엘르가 곱게 눈을 접어 웃으며 다시 물었다. 근래에 본 적이 없는 달콤한 미소였다.

"언제 돌아오시죠?"

"글쎄. 오늘 안 들어올 것 같은데?"

그래서 헛구역질이 나오는 것을 간신히 참아 내며 거짓으로 답하자, 보드라운 꽃잎 같던 미엘르의 얼굴이 순식간에 얼음장처럼 차가워졌다.

"……정말이에요?"

"정말이든 아니든, 그걸 네게 보고할 의무가 있을까? 우리가 언제 그런 사이였지?"

미엘르의 주변에 다른 영애들이 있었음에도 그리 대답하며 매정하게 몸을 돌렸다. 어차피 잘 보여서 득이 될 것이 없는 여인들이었기 때문이다.

"……세상에, 어쩜 저리도 말투까지 천박할까."

"도대체 누가 저 악녀더러 제국의 별이라 칭하는 거죠?"

"지는 별이 아닐까요? 꼬리를 길게 늘어뜨린 채 떨어지는 별 말이에요."

"그럴지도 모르겠네요."

"가여운 미엘르 영애……."

수군대는 목소리에 애니가 이를 갈며 작게 저주의 말을 내뱉었다. 어떻게 저런 나쁜 년들을 상대하며 그렇게 의연하게 대처할 수 있냐는 찬사도 함께였다.

'의연할 리가.'

이미 손에는 땀이 한가득이었다.

단순히 미엘르와 시비가 붙었기 때문은 아니었다. 오늘 돌아오지 않겠다는 대답에 과하게 반응한 그녀 덕분이었다. 그녀는 정말 오늘, 자신이 염려한 것처럼 무슨 일을 벌일 생각임이 분명했다.

* * *

"오셨군요."

아카데미에 도착하자 버붐 남작이 환한 미소로 아리아를 반겼다.

그러곤 바로 그녀의 뒤에 있는 애니에게 시선을 보내는 것으로 두 사람의 관계가 아주 진척되었다는 사실을 알렸다. 그 모습에 빙긋 웃은 아리아가 입을 열었다.

"대화를 나눌 시간이라도 드릴까요?"

"……예? 아, 아닙니다!"

그래서 괜히 짓궂게 놀리자, 버붐 남작이 화들짝 놀라며 손사래를 쳤다. 애니 역시 괜히 손으로 부채질을 하며 딴청을 부렸다. 그것이 참으로 귀여워 조금 더 놀리려던 그때였다.

"아리아 영애!"

누군가 아리아의 이름을 불렀다.

설마. 목소리가 들린 곳으로 몸을 돌리자, 그곳에는 한껏 차려입은 사라가 있었다. 매사에 바쁜 빈센트 후작과는 함께 오지 못한 탓인지 기사를 셋이나 대동하여 사람들의 시선이 잔뜩 쏠려 있었다.

"사라…… 영애?"

그런데 어째서 그녀가 이곳에 온 것일까. 초대장을 보내지도 않았고, 명예를 드높일 만한 대단한 행사도 아닌데. 심지어 늘 그녀를 걱정하며 따라붙었던 빈센트 후작마저 없는 상태였다.

도대체 왜? 의도를 파악할 수 없어 당혹스러움을 감추지 못하는데, 사라가 부드럽게 웃으며 손에 들고 있던 편지를 아리아에게 건넸다.

"답장이에요. 조금 늦은 것 같네요. 고민을 한 탓도 있었고, 후작님을 설득한 탓도 있었어요."

답장? ……설마, 지난번에 아카데미의 선생님이 되어 달라고 부탁했던 그 편지!? 답장이 조금 늦는다고는 생각했지만, 아무래도 정치적인 입장까지 고려해야 했을 테니 어쩔 수 없다고 생각했었다.

그런데 설마 이렇게 직접 가져올 줄이야. 그리고 저리도 자애로운 얼굴이라니. 자신의 부탁이니 거절하지 않을 거라 생각은 했지만 내심 불안했던 것은 사실이었다.

아리아가 사라에게서 받은 편지를 서둘러 열어 보았다. 내용은 아주 간결했다. 그럼에도 아리아의 마음에 쏙 드는 내용이었다.

『**사랑스러운 아리아 영애의 제안을 받아들이도록 할게요.**』

……이러니 어찌 사라를 좋아하지 않을 수가.

사라의 편지를 읽은 이후, 제국의 별이자 투자자 A로서 사람들의 시선을 의식해 한껏 우아한 척을 했던 아리아는 없었다.

"영애께서 이토록 좋은 일을 하시는데 거절할 수야 없죠."

"사라……!"

사라의 말이 끝나기도 전에 때와 장소를 잊은 아리아가 그녀를 덥석 껴안았다. 아리아의 이런 모습을 처음 보는 버붐 남작이 눈을 동그랗게 뜨고 돌처럼 굳었다.

"영애께서 언젠가 스치듯 말한 제 꿈을 기억해 주고 있으셔서 얼마나 놀랐는지 몰라요. 이제 꿈과는 너무 멀어졌다고 생각해서 잊고 있었는데, 이런 기회가 찾아오다니."

사라가 아리아의 머리카락을 쓰다듬으며 말했다. 내내 참고 있었던 듯 태연했던 방금 전과는 달리, 당장 눈물을 흘려도 이상하지 않을 만큼 퍽 감동받은 얼굴이었다.

이제 아리아 또한 겉모습만은 어른이 되어 버려 아주 이상한 모습이었지만, 사라와 아리아는 쏟아지는 주변의 시선을 의식하지 않은 채 둘만의 세계에 빠졌다.

그렇다고 그녀들을 비웃는 이는 아무도 없었다. 무슨 대화를 나누는지는 모르지만, 저리도 서로를 의지하며 감동을 나누는데 그 누가 비웃을 수 있을까.

"빈센트 후작님께서 절 미워하시진 않을까요?"

"그럴 리가요. 빈센트 후작님께서 영애를 얼마나 좋아하는데요. 어린 나이에도 대단하다며 칭찬을 아끼지 않으셨어요. 그저…… 영애께서 황태자 전하와 관련이 있어 조금 고민을 하셨을 뿐이죠."

사라가 그리 대답하며 주변의 눈치를 살폈다. 아무래도 정치적인 이야기인 만큼 신경이 쓰이는 모양이었다. 그리고 그 기색을 눈치 챈 아리아와 사라의 기사들이 주변의 시선을 차단하고자 그녀들을 둘러쌌지만 대화까지 차단하기에는 역부족이었다.

이에 아리아가 사라의 손을 잡고 어서 안으로 들어가자 재촉했다. 눈치 빠른 버뷰 남작이 서둘러 아리아와 사라를 위해 자리 배치를 변경했고, 그 덕분에 아리아는 식 내내 사라와 자유로이 대화를 나눌 수 있었다.

"그리고 이건 비밀인데요……. 영애께는 말씀드려야 할 것 같아서요. 사실 프레데리크 공작님께서 몇 번이나 후작님을 찾아오셨어요."

"……공작님이요?"

"네. 후작님뿐만 아니라 다른 분들도 찾아가신 모양이에요. 중립을 지키시는 분들이요. 보잘것없는 가문임에도 저희 아버지께도 찾아오셨어요."

"……세상에."

공녀가 이렇다 할 업적을 남기지 못해서일까, 아니면 아스가 세력을 불려서일까. 어쩌면 둘 다일지도 모르겠지만 과거와는 달리 직접 공작까지 나섰다니 쉽게 볼 사안이 아니었다.

'……아스 님은 괜찮으실까.'

그는 이 사실을 알고 있을까? 겨우 얼굴만 보고 갈 정도로 바쁘니 무언가 열심히 하고 있는 것 같기는 한데……. 알아서 잘하리라고 믿고는 있지만, 과거에 속수무책으로 당했던 그가 떠올라 안심할 수 없었다. 어서 빨리 그에게 이 사실을 알려야 할 텐데…….

그가 방문하기까지는 아직 조금 시간이 남아 있어 괜히 마음이 조급해졌다. 얼굴에 그것이 드러났는지 사라가 아리아의 손을 잡으며 덧붙였다.

"그래서 후작님도 결심하신 모양이에요."

"……결심하셨다고요?"

"네. 더는 중립을 지킬 수만은 없는 상황이 되어 버렸으니까요."

어느 쪽 세력에 힘을 실어 주기로 한지는 묻지 않아도 알 수 있었다. 만약 빈센트 후작이 공작의 편에 섰다면 사라가 이 자리에 나왔을 리 없을 테니까.

이에 아리아가 조금 안심하며 사라에게 물었다.

"혹시 다른 분들께서도 후작님처럼 결심을 하셨나요?"

"아마도요? 후작님을 뵈러 자주 방문하셨으니까요. 최근까지도요. 모두 나라를 사랑하는 마음이 대단하신 분들이셨답니다."

그렇다면 나라를 버리고 외국과 손을 잡으려 하는 공작의 편이 아니라는 말이었다. 이미 후작을 비롯한 중립을 지켜 온 귀족들이 아스를 만난 것 같다고 덧붙이는 사라의 말에, 그제야 겨우 안심한 아리아가 본연의 얼굴을 되찾을 수 있었다.

그럼에도 마음 한편이 불편했던 이유는 이 소식을 아스가 아닌 사라에게서 들었기 때문이었다. 알려 준다고 하여 떠벌리고 다닐 리가 없는데, 아스는 알아서 잘하고 있다며 아무런 언질도 주지 않았다. 자신이 이토록 그를 생각하며 불안에 떨고 전전긍긍하는데도 말이다.

'이번에 만나면 한마디 해 줘야겠어.'

그렇게 다짐하며 다시금 등을 꼿꼿이 펴고 우아한 미소를 지었다. 그럼에도 자애로움을 숨기지 않은 아리아가 당당히 단상 위에 올랐다.

아리아가 단상에 오르자, 아리아에게 은혜를 입은 수많은 학생들이 존경과 경외가 담긴 눈으로 그녀를 응시했다. 이에 한 명, 한 명

호명하여 자비를 내린 그녀가 마지막으로 한스의 이름을 불렀다.

이미 우수한 성적으로 다른 장학금을 받고 있었던 그였기에, 그는 어째서 또다시 자신의 이름이 불리었는지 모르겠다는 어리둥절한 얼굴로 단상 위에 올랐다.

"방금 호명한 사람들은 성적이 우수하고 총명하여 졸업까지 장학금을 비롯한 생활비를 지원할 것을 약속합니다."

아리아의 말이 끝나자마자 객석이 술렁였다. 전례가 없는 지원이었기 때문이다. 단순한 장학금이 아닌 생활비까지 지원한다니. 그것도 아카데미 본래의 취지대로 일을 한 것도 아닌데.

당혹감을 감추지 못하는 한스에게 부드럽게 웃어 보인 아리아가 이내 시선을 돌려 제시가 있는 곳을 확인했다. 그녀가 지원을 받는 것도 아닌데 손바닥으로 입을 틀어막은 채 감격에 겨워하고 있었다. 고작해야 푼돈일 뿐인데.

"한스, 그저 과거의 인연으로 이런 결정을 내린 건 아니니 부담 갖지 말고 받아 줬으면 좋겠어."

네가 잘되어야 제시가 행복해지거든.

마지막으로 한스의 어깨를 가볍게 두드린 아리아가 모두의 찬사를 받으며 단상에서 내려왔다. 부디 그가 지원 받은 만큼의 능력을 키우기를 바라며.

* * *

식이 끝난 뒤, 모처럼 만난 사라와 도란도란 대화를 나누고 돌아가던 길이었다. 맞은편에 앉은 애니의 가슴에 이상한 브로치가 달려 있는 것이 눈에 들어왔다.

'그러고 보니 아카데미의 학생들도 달고 있던데, 저게 뭐지?'

그에 궁금하여 묻자, 애니가 의미심장한 미소를 지으며 대답했다.

"이제야 눈치를 채셨군요? 아가씨를 향한 제 충성이 담긴 업적이 에요!"

"그게 무슨 뜻이야?"

영문을 모를 대답에 아리아가 되묻자, 애니가 그제야 길고 긴 이 야기를 풀어 놓기 시작했다.

"이거, 아가씨가 처음 제게 주신 브로치와 비슷하지 않은가요?"

"그러네."

"사실 제가 이 브로치를 아가씨께 받았다고 자랑을 했거든요! 아 가씨께 인정을 받은 증거라고 했지요. 그랬더니 다들 부러워하지 뭐예요? 그래서……."

"그래서?"

평소와 달리 애니가 꽤 뜸을 들이기에 제시마저 귀를 쫑긋 세우 며 관심을 표했다. 티는 내지 않았지만 동승한 기사마저 궁금한 눈 치였다.

이에 애니가 가슴을 활짝 펴고 말했다.

"비슷하지만 싼 브로치를 만들었어요! 아가씨에 대한 충성을 다 하는 자들에게 나누어 줄 요량으로요."

"그러니까, 일종의 아가씨 추종자 증명이라는 말이야?"

고개를 갸웃거리며 묻는 제시의 물음에 애니가 그렇다며 목소리 를 높였다.

"그렇지! 여타 세력이나 모임들은 모두 자신들만의 표식이 있으니까. 뭐…… 평민들은 그런 게 없잖아? 그러니 우리도 한번 만들어 보자는 취지로 일단 만들었는데, 세상에. 이렇게나 많은 사람들이 아가씨를 따를 줄은 몰랐지 뭐야!"

"아가씨께선 그럴 만한 분이시니까."

당연하다는 듯 대답한 제시가 자신도 하나 달라며 손을 내밀었다. 이에 애니가 아리아의 눈치를 보더니 나중에 주겠다며 말을 얼버무렸다.

'팔았구나.'

애니라면 분명 그랬을 것이다. 아무리 값싼 브로치라도 제작하는 비용이 들어갈 테니 돈을 받는 것이 마땅하겠지만, 이를 주인인 자신에게는 아무런 언급도 없이 행하다니.

'그래, 이번에는 깜찍하니 봐주도록 하지.'

사람들의 마음을 한데 모으는 것엔 표식만 한 것이 없었으니 아주 잘한 일이기도 했고. 게다가 눈치 빠르게 행동하는 것도 마음에 들었다.

그렇게 저택에 도착했을 땐 벌써 해가 져 가고 있었다. 사라와의 수다가 제법 길었기 때문이다.

그럼에도 저택을 나서기 전, 미엘르의 손님으로 온 영애들은 여전히 정원을 채우고 티 파티를 즐기며 돌아가지 않은 채였다. 미성년자가 주최한 티 파티치고는 그 시간이 꽤 길었다.

아리아가 마차에서 내리자마자 주변에 모여 있던 영애들의 날카로운 시선이 쏟아졌다. 그 속에는 성인 여성들도 섞여 있었는데, 진정으로 주제를 모르는 여인들이었다.

"파티는 즐거우신가요?"

그런 어리석은 여인들에게 아리아가 더할 나위 없이 우아한 몸짓으로 인사했다. 평민들보다 나은 점이라고는 고상한 척하는 것밖에 없으면서. 그럼에도 바로 그 평민보다 몸가짐이 천박하다는 것을 일깨워 주기 위함이었다.

"……그럼요. 어느 분께서 초대하신 파티인데요."

이에 수치심을 느낀 영애들이 바짝 털을 세웠다. 곳곳에 구멍이 나 침몰하는 배라는 것도 모르고 아리아를 폄훼했다.

"세상에, 아리아 영애께선 굉장히 특이한 팔찌를 착용하고 계시군요? 평민들 사이에서 유행하는 팔찌인가요?"

얼마나 트집을 잡을 게 없었으면 그녀가 차고 있는 팔찌를 모욕하기까지 했다. 감히 누가 준 팔찌인데. 아주 궁금해하는 눈치였기에 아리아가 부드럽게 웃으며 대답했다.

"특이하지요? 황태자 전하께서 선물하신 팔찌랍니다."

"……!"

아무리 황태자와 적대하고 있다고는 하나 황태자는 황태자였다. 후에 황제가 될 이의 선물을 모욕하다니. 만약 아리아가 그대로 일러바친다면 황족 모욕죄로 처벌을 받을지도 모르는 일이었다.

그러나 더는 이런 멍청한 여인들을 더 이상 상대할 가치를 느끼지 못했기에, 아리아가 새파랗게 질린 얼굴의 영애를 무시하며 주변을 둘러보았다. 사람들이 빼곡히 모인 곳의 중심에 밝은 표정의 미엘르가 있었다.

'도대체 무슨 꿍꿍이일까.'

아리아는 오늘 하루 미엘르의 일과를 알아오라 애니에게 언질하고는 방으로 올라갔다. 이어 혹시 모를 위험을 대비해 다시금 청소를 지시하고 창문을 활짝 열어 정원을 흘깃대며 주의를 기울이는데, 불행인지 다행인지 아무런 일도 일어나지 않았다.

"아가씨, 파티를 즐기실 뿐 다른 행동을 취하시진 않으셨대요."

애니의 보고 또한 그러했다. 미엘르가 달리 이상한 행동을 하지 않았다는 소리에 아리아의 기분이 더욱더 가라앉았다.

'괜히 신경이 예민해진 건 아닌지.'

그럼에도 창밖을 주시하며 손에 든 책을 읽는 둥 마는 둥 하는데, 밤늦게나 귀가할 백작이 벌써 돌아오는 것이 보였다.

파티를 한창 즐기던 미엘르가 백작을 살갑게 맞이하는 것도, 뒤를 이어 내린 카인이 자신의 방을 슬쩍 올려다보는 것도 눈에 들어왔다. 까르르 웃으며 저택 안으로 들어가는 진짜 백작 일가의 모습도.

늘 있어 왔던 일상의 풍경이 눈에 담기자 점점 긴장감이 사라졌다. 그래서 괜한 걱정을 했나 싶어 안도의 한숨을 내쉬고 자세를 편하게 고쳐 쉬려는데, 누군가 방문을 두드렸다.

"언니. 할 말이 있어요."

미엘르였다. 다시금 전신이 빳빳하게 긴장 상태에 접어들었다.

"무슨 일인데?"

"나와 보세요."

"옷을 갈아입는 중이라서, 거기서 말해."

"그럼 기다릴게요."

돌아오는 미엘르의 대답이 단호했다. 평소 같았다면 시녀를 시키거나 했을 텐데, 문 밖에서 기다리겠다고? 왠지 무슨 안 좋은 일이 일어날지도 모른다는 생각에 모래시계 상자를 집어 들었다. 무슨 일이 생기면 바로 모래시계를 돌리자. 그렇게 다짐하며 문을 열었다.

"······할 말이 뭔데?"

그리 묻는데 미엘르의 뒤로 백작이 보였다. 그 역시 영문을 모르겠다는 얼굴을 하고 있었다.

잠시 아리아가 든 상자에 시선을 주던 미엘르가 답지 않게 살갑게 웃으며 셋이 이야기를 나누고 싶다며 불러냈다. 이상하고 이상했다.

그래서 모래시계를 든 상자에 힘을 주며 천천히 방밖으로 나가 백작의 옆으로 다가서는 그때였다. 돌연 미엘르가 계단 끄트머리에서 기다리던 백작을 있는 힘껏 아래로 밀어 버렸다.

아주 순식간에 일어난 일이었다.

"······!?"

"······!"

계단 밑으로 떨어지는 백작이 반사적으로 아리아의 손목을 잡으려 했으나, 그가 잡은 것은 그녀의 손목이 아닌 아스가 선물한 팔찌의 끄트머리였다. 이에 아리아의 팔찌만이 백작과 함께 바닥으로 추락했고, 미엘르가 비명을 질렀다.

"누가! 누가 도와줘! 언니가, 언니가 계단에서 아버지를 밀었어!"

진정으로 미친 것인가! 설마 제 아비를 계단에서 밀 줄은 몰랐기에 당황하여 다리에 힘이 풀린 아리아가 바닥에 주저앉았다. 차라리 죽인다면 자신을 죽일 줄 알았는데, 제 아비를 해치다니!

'모, 모래시계를······!'

충격으로 상자를 여는 손이 파르르 떨렸다. 아주 짧은 시간이었음에도 억겁과 같이 느껴졌다. 심장이 튀어나올 만큼 쿵쾅거렸다. 다행히 곧 상자를 열어 모래시계를 손에 쥘 수 있었고, 서둘러 그것을 돌리려던 그 순간, 믿기지 않게도 이 참상 사이로 누군가 불쑥 환영처럼 나타났다.

"영애!?"

그것은 창백한 얼굴의 아스였다. 방문하는 날이 아님에도, 누군가 있음에도 어째서, 어째서 이렇게 무모하게 능력을 써서 나타난 것인지!

계단 밑으로 추락한 백작, 소리를 지르다가 아스를 보고 눈을 동그랗게 뜬 미엘르, 그리고 바닥에 쓰러진 아리아.

이 모든 것을 순식간에 훑어 사태를 파악한 아스가 아리아의 손을 잡았다. 그리고 소리를 치는 미엘르를 남겨 둔 채 모습을 감췄다.

무슨 일이냐며 몰려오는 사람들 속에, 백작과 미엘르만이 남겨졌다.

* * *

미엘르가 백작을 계단에서 밀어 떨어뜨린 그 참상이 순식간에 숲으로 변했다. 이제는 조금 익숙한 숲이었다. 갖가지 꽃과 장식물들로 지난번보다 조금 더 아름답게 꾸며진 저택 또한 눈앞에 있었다.

"영애! 아리아 영애! 제 말 들리십니까? 어디 다치신 곳은……!?"

옆에선 아스가 계속해서 아리아의 이름을 불렀다. 그가 봉변을 당한 것도 아니건만, 금방이라도 쓰러질 듯 창백하게 질린 얼굴이었다. 그것이 마치 환영인 듯 보였디.

"영애!?"

자신의 이름을 부르는 아스의 걱정 가득한 목소리가 귓가에 또렷하게 들림에도, 마치 들리지 않는 것처럼 아무런 반응도 할 수가 없었다.

조금의 망설임 없이 자신의 아비를 밀어 떨어트리던 미엘르와 떨어지는 그 순간에 크게 뜬 눈으로 자신에게 손을 뻗은 백작, 그리고 그 믿기지 않는 순간에 등장한 아스. 미처 상상도 하지 못했던 일이 연달아 일어난 탓에, 아리아는 아스에게서 수차례나 더 이름을 불린 뒤에야 정신을 차릴 수 있었다.

"아스 님……."

황급히 자리에서 일어나던 아리아가 몸에 힘이 들어가지 않아 다시 바닥으로 넘어지려 했기에, 아스가 서둘러 그녀를 부축했다.

"괜찮으십니까!?"

"네? 네……. 괜찮아요."

몇 번 눈을 깜빡여 제정신을 찾은 아리아가 제 손을 확인했다. 다행히 모래시계는 온전히 제 손에 들려 있었다. 어서 이 모래시계를 되돌려서 미엘르가 백작을 밀기 전으로 돌아가야 했다. 그래서 그녀가 자신의 방에 왔을 때 문을 열어 주지 않고, 없는 척을 하여 모든 일을 없었던 것으로……!

"……."

하고자 모래시계를 돌리려던 바로 그 순간, 머릿속을 스친 생각에 아리아가 흠칫 몸을 굳혔다.

'……시간이, 얼마나 흘렀지?'

미엘르가 백작을 민 뒤로 얼마나 시간이 지났는지 감이 안 잡혔다.

모래시계로 되돌릴 수 있는 시간은 고작해야 5분이었다. 아주 짧은 시간이었기에 본래라면 늘 모래시계를 사용하기 전에 회중시계를 확인하고 계산하였는데, 방금 일어난 일은 정말이지 순식간이었기에 차마 회중시계를 확인하지 못했다.

과연 맞춰서 과거로 돌아갈 수 있을까 고민하는 지금 이 순간에도 시간은 1초, 2초 계속하여 흐르고 있었기에 망설임은 점점 더 커졌다.

게다가.

'여기서 모래시계를 되돌린다면…… 나 혼자 여기에 남게 되잖아.'

아리아가 경험해 온 바, 모래시계를 되돌리면 주변 모두는 5분 전 과거로 돌아가지만 아리아는 돌아가지 않고 그대로였다. 만약 모래시계를 되돌렸는데 자신은 이 숲속에 그대로 남고 미엘르가 백작을 계단에서 민 상황에 팔찌가 끊어진 뒤라서 아스가 저택에 나타난 시점으로 시간이 돌아간다면?

최악도 그런 최악이 없었다. 모래시계로는 현 상황을 해결할 수 없었기에 침착하게 마음을 가다듬고 다른 방법을 찾아야 했다.

"일단 저택으로 들어가시는 게 좋겠습니다."

아스의 걱정스러운 목소리가 머리맡에서 울렸다. 아스가 쓰러진 그녀를 부축하고 있는 상태이긴 했지만 여전히 흙바닥에 주저앉은 채였기 때문이다. 이에 고개를 끄덕이며 일어나려는데, 문득 기시감이 들었다.

'……그러고 보니 아스 님은 어떻게 그 자리에 나타나신 거지?'

어떻게 나타난 것일까. 방문하기로 한 날도 아니었고 늘 나타나던 제 방도 아니었다. 마치 사건이 일어난 것을 알기라도 한 듯 아리아의 바로 옆에 나타났었다.

어쩌면……. 그가 오지 않았다면 그대로 모래시계를 돌려 상황을 면할 수 있지 않았을까. 그렇게 생각하자 어쩐지 조금 억울하고 화가 나 억눌린 목소리가 튀어나왔다. 그가 훼방을 놓았다는 생각이 들어서였다.

"……어떻게 오신 거죠? 약속한 날이 아니었잖아요."

그러자 아스가 조금 뜸을 들이다가 대답했다.

"……팔찌가 끊어져서 그랬습니다."

"팔찌요?"

"……실은, 영애께 선물한 팔찌에 마법을 걸어 놨습니다. 이상이 생기면 알 수 있도록요. 그런데 갑자기 끊어져서…… 팔찌가 끊겼다는 것을 알고……. 영애께 무슨 큰일이 생긴 건 아닌지 놀라서 그만."

일견 특이한 모양이라고 생각했었는데 그런 깊은 뜻이 담겨져 있을 줄이야. 이제는 그러한 마법이 있다는 것이 놀랍지도 않았다. 공간을 이동하고 시간을 되돌리는데, 그깟 마법쯤이야.

게다가 자신이 걱정되어 앞뒤 재지도 않고 곧장 달려왔다는 이에게 이 이상 무엇을 묻고 따질 수 있을까. 줄곧 숨겨 온 능력이 그대로 드러나기까지 했는데.

만약 그곳에 있었던 것이 미엘르 혼자가 아니라 수십, 아니, 수백의 사람이었다면……. 아리아가 제 어깨를 감싼 아스의 손에 제 손을 겹쳤다.

"……와 줘서 고마워요."

누그러진 목소리가 사뭇 떨려 나왔다. 단순히 아스가 나타나 이 참상을 되돌릴 수 없게 되었다는 것만이 머릿속을 지배해 저도 모르게 화를 냈는데, 그것이 미안해서였다. 이 세상에 이토록 자신을 위해 주는 사람이 있었던가. 아니, 없다고 단언할 수 있었다.

솔직한 아리아의 고백에 잠시 숨을 멈춘 아스가 돌연 그녀를 강하게 끌어안았다. 당장이라도 아리아가 사라져 버릴까 두려워하며 소중히 제 품에 품었다.

"무사하셔서 저야말로 감사합니다."

어둠이 내려앉은 숲속에서 두 사람은 한참이나 말없이 서로의 소중함을 느꼈다.

* * *

아무리 여름이라고 하더라도 밤은 꽤 쌀쌀했기에 아스의 별장 안으로 들어갔다. 숲속에 마련된 별장은 소박한 외관과는 다르게 안이 꽤 휘황찬란했다. 바닥도 벽지도 장식품도, 모두 하나하나 감상하고 싶어질 만큼 아름다웠다.

작지만 화려했던 프레이의 저택이 떠올랐다. 황족들은 다 그런가 싶어 웃음이 나올 법도 한데, 상황이 상황인 만큼 차마 웃을 수 없었다. 손을 잡은 아스의 안내에 따라 응접실로 들어간 아리아는 보드랍고 푹신한 소파에 앉아 별장을 지키는 집사가 가져다준 차를 한 모금 마셨다.

꿀을 넣은 홍차였다. 이에 엉망이었던 머릿속이 조금 진정되는 것도 같았다. 달콤하면서도 향긋한 향을 맡자 기분 또한 훨씬 나아졌다. 무엇보다 이 어려운 상황에 아스가 함께 있다는 것이 가장 큰 위안이 되었다.

그녀의 표정이 점점 돌아오는 것을 지켜본 아스가 조심스레 오늘 있었던 일을 물었다.

"제가 추측한 게 맞다면…… 영애께선 함정에 빠지신 겁니까?"

"……아마도요. 미엘르가 불러 방 밖으로 나갔더니, 갑자기 아버지를 계단 밑으로 밀었어요."

그리고 그 죄를 자신에게 뒤집어씌우려 비명을 지르려 하고 있었다. 아스만 오지 않았다면 모래시계를 되돌려 얼마든지 막을 수 있었던 상황이었다.

'……아니, 다시 생각하니 그렇지만도 않은가.'

방 밖으로 굳이 나가지 않아도 어차피 목격자가 없었으니 우기면 그만이었다. 확실하게 하기 위해 자신을 불러낸 모양인데, 백작을 밀고 방으로 도망쳤다고 말했겠지. 물론 아리아 역시 아니라고 우기면 그만일 테지만, 문제는 그날 저택에 방문해 있던 사람들이 누구의 편이냐는 것이었다.

"그래서 영애들을 잔뜩 불러 티 파티를 연 모양이었나 봐요."

영문을 모르는 아스가 되물었다.

"무슨 말씀이십니까?"

"목격자가 없으니 자신의 주장에 힘을 싣기 위해서 말이에요."

그들은 설마 미엘르가 백작을 밀었을 리 없다고 생각할 테니, 자연스레 범인은 아리아가 되었을 것이다. 아무런 증거가 없음에도 말이다.

아리아가 아스에게 오늘 있었던 일을 짤막하게 설명했다. 답지 않게 큰 티 파티를, 그것도 아주 오랫동안 열기에 의아하다고 생각했는데 참석한 영애들이 자신의 목격자가 되어 주기를 바란 모양이었다.

"참으로 영악한 여인이군요."

아스가 이를 갈며 말했다. 눈앞에 미엘르가 있다면 당장이라도 그녀를 찢어 죽이기라도 할 듯 살기 어린 목소리였다.

"영애의 가족이기 때문에 로스첸트 백작가는 최대한 건들지 않으려 했는데……."

그래서 귀족파가 차례차례 처단을 당하는 와중에도 백작은 무사했던 모양이었다. 핵심 인물임에도 불구하고. 이에 아리아의 눈매가 사뭇 차가워졌다.

"가족이요? 제게 가족은 어머니 한 분뿐이에요. 나머지는…… 보시다시피 가족보다 못한 존재들이죠."

이용하고 죽이려 드는데 그것이 정녕 가족일까. 아리아의 반응이 점점 더 싸늘해졌다. 그 모습을 지켜본 아스가 그녀에 대한 연민과 분노에 주먹을 꽉 쥐었다.

"……영애께서 그렇게 생각하신다면, 이번 일에 대해 제대로 죗값을 치르게 해야겠습니다."

"……어떻게요? 작정을 하고 누명을 씌우려 하는 그녀인걸요."

이번에는 걸린 덫을 빠져나가는 것이 최선이 아닐까 생각하던 참이었다. 그러자 아스가 뜬금없이 아리아에게 하루 일과를 물었다.

"오전에 아카데미에 들렀다가 오후에 사라 영애와 차를 마셨고, 해가 질 무렵에 저택에 돌아왔어요. 이상하게도 티 파티가 한창이었죠. 때문에 불안하여 방에 틀어박혀 있었어요."

"방에 들어가신 이후론 누군가를 만나거나 하진 않으셨습니까?"

"시녀인 제시가 청소를 하고 중간에 나갔어요."

그 뒤로 백작이 귀가했고, 미엘르가 방문을 두드렸다. 거기까지 설명을 들은 아스가 갑자기 깊은 숨을 내쉬었다. 그것이 어쩐지 안도하는 것처럼 들렸다.

"다행입니다."

그러고는 영문을 모를 소리를 내뱉었다.

"다행이라뇨?"

"제 능력을 이용해 영애를 도울 기회가 생겼으니까요. 그리고 영애께 해를 가하려 했던 자에게 죗값을 치르게 만들 수도요. 그간 영애께 받은 도움을 갚을 기회가 온 것 같기도 하군요."

영문을 모르겠다는 듯 아리아가 고개를 갸웃댔다. 이에 차를 한 모금 마셔 여유를 되찾은 아스가 아리아를 구하고 미엘르에게 엄벌을 내릴 계획을 설명했다.

"오늘, 영애께선 저택에 귀가하신 뒤 곧장 저와 수도를 빠져나오신 겁니다."

"······네?"

"그래서 저택에 없으셨던 거죠. 비밀리에 몰래 빠져나오신 거니까요. 그리고."

여전히 영문을 알 수 없다는 듯, 눈을 끔뻑이는 아리아에게 아스가 부드러운 미소를 지으며 말을 이었다.

"저와 함께 국경을 통과하며 당시 현장에 영애가 없었다는 증거를 만드는 겁니다. 영애께서 저택에 귀가하시자마자 저택을 나와야 맞는 시간에 맞춰서요. 빠듯한 편이 좋을지도 모르겠습니다. 인간의 속도로 거기까지 이동이 가능하냐고 되물을 만큼요. 그 누구도 의심할 수 없게."

"······!"

그제야 아스의 의도를 알아챈 아리아가 숨을 삼켰다. 하지만 제시가,

그리고 애니는 자신이 외출을 하지 않았다는 것을 알고 있는데…….

'아니, 현명하고 충직한 그녀들이라면 쓸데없는 말을 내뱉진 않을 거야.'

이렇게도 간단한 일이었다니. 하지만 아스의 계획은 그것이 끝이 아니었다.

"그리고 영애를 모함하려 한 그 못된 자에게 엄벌을 내리는 겁니다."

"역으로 이용하자는 말씀이시군요."

그리 대답하는 아리아의 눈빛이 다시 반짝반짝 빛이 나기 시작했다. 그동안 숱하게 노려 온 먹잇감을 포획할 기회를 얻었기 때문이었다. 그리고 아주 좋은 생각이 떠올랐다.

"그러고 보니, 팔찌를 떨어뜨렸어요. 혹시 같은 팔찌를 구할 수 있을까요?"

그 악녀가 팔찌를 증거랍시고 내밀 가능성이 있었다. 그러니 같은 팔찌를 구해 철저를 기해야 한다는 생각이 들었다. 아스가 아리아의 의도를 알아챈 모양인지 제 왼손을 들어 소매를 걷고 웃으며 대답했다.

"그럼요."

                    * * *

"……이걸 입으라고요?"

"마음에 들지 않으십니까?"

"그런 건 아니지만……."

너무 화려하지 않은가. 타들어 갈 듯 붉은 드레스에 넥 라인을 따라 촘촘히 박힌 다이아몬드와 금의 수, 그리고 치맛단에 별빛처럼 흩뿌려진 작은 진주알들이 눈이 아플 지경이었다.

"영애를 여기저기에 자랑해야 하지 않겠습니까."

"……."

결국 선택의 여지가 없었기에 아스가 손수 준비해 온 드레스로 갈아입었다. 어떻게 이렇게 사이즈를 맞춰서 가져온 건지 의문스러울 정도로 딱 맞았다.

치장을 도울 시녀가 없었기에 홀로 드레스를 갈아입고 머리카락을 곱게 정돈한 뒤, 감탄이 저절로 나올 정도로 아름다운 제 모습을 확인한 아리아가 방을 나섰다. 시간이 조금 걸렸기 때문일까, 소파에 앉아서 서류를 읽던 아스가 아리아의 기척을 느끼고 뒤를 돌아보더니 눈을 크게 뜨고 그대로 굳었다.

"……."

뭐라고 말 좀 하지. 아무런 말없이 가만히 응시하는 눈빛에 괜히 얼굴이 붉어졌다.

"……이상한가요? 그러니까 너무 화려하다고 했잖아요."

은근하게 붉어진 그의 귀에 그런 것이 아니라는 것을 알면서도 원하는 대답을 듣고자 그리 묻자, 아스가 몇 번 눈을 깜빡이더니 이내 제정신을 차린 듯 자리에서 일어났다.

"영애께 잘 어울릴 거라 생각해서 준비해 두었던 드레스입니다만……. 이렇게 잘 어울리시면 곤란해집니다."

"……왜죠?"

모르는 척 다시 묻자, 입매를 단단히 굳힌 아스가 천천히 아리아에게 다가왔다. 얼마 떨어지지 않은 거리였기에 금세 지척까지 다가온 그가 천천히 아리아의 전신을 훑은 뒤 그녀의 손을 잡아 손등에 키스하며 말했다.

"영애께 다른 사람들이 빠져들까 봐 겁이 나서 그렇습니다. 그리고 저 또한 주체를 하기 힘들어지니까요."

숱하게 들어온 말이건만. 아무렇지 않은 척, 어른인 척 말하는 그의 귀가 붉어진 것이 가슴을 떨리게 만들었다. 저 말을 내뱉는 그 역시 심장이 터질 듯 울리고 있을 것이다. 아리아가 그의 손을 꼭 마주 잡았다.

"……그래도 제가 선택할 사람은 아스 님이겠지요."

설령 아스가 황태자가 아니라고 하더라도 자신은 그를 선택했을 것이 틀림없었다. 아니, 그가 만약 평범한 사람이었다면 오히려 지금보다 더 손쉽게 마음을 결정했을지도.

그 대답에서 아리아의 진심을 읽은 것인지, 아스의 눈동자가 한차례 흔들렸다. 수천 번을 들어도 질리지 않을 대답이었다. 그럼에도 어쩐지 점점 원망 섞인 눈빛으로 변모했다.

"하아……."

"제가 무슨 잘못이라도……?"

놀란 아리아가 눈을 동그랗게 뜨며 되묻자, 그가 다시금 깊은 한숨을 내쉬었다. 시선은 이미 그녀에게서 돌린 지 한참이었다.

"아닙니다. 그저 제가 너무 파렴치한 인간이구나 싶어서요. 영애께선 아직 이렇게 어리고 순수하신데……."

세상에나. 만약 다른 남성이 저런 말을 했다면 뺨이라도 올려 쳤을 텐데, 아스는…… 왜 이렇게 귀여울까. 실제 자신이 그보다 훨씬 나이가 많고 순수하지 못한 인간인 것도 모르고.

상황만 아니었다면 파렴치해도 괜찮다는 대답을 했을지도 모르겠다는 생각이 들었다. 그가 어떤 생각을 떠올렸는지는 알 수 없었지만, 그렇게 해도 괜찮다고 대답을 했을지도 모르겠다는 생각 또한 들었다.

그는 제 마음을 진정이라도 시킬 요령인지 시선을 허공에 둔 채 한참이나 미동도 하지 않았다. 그러다가 이내 파렴치한 자신을 인정하기라도 한 듯, 아무런 일도 없었다는 얼굴로 아리아에게 손을 내밀었다.

"가실까요?"

그에 작게 웃은 아리아가 고개를 끄덕이자마자 숲속의 작은 별장에서 두 사람의 모습이 순식간에 사라졌다.

＊　＊　＊

"귀, 귀하신 분께서 어떻게 이런 누추한 곳에……!"

한밤중에 갑자기 나타난 황태자 때문에 수도에서 조금 떨어진 작은 영지를 관리하는 자작이 바람처럼 나타났다. 시종도 하나 없이 웬 아름다운 여성과 나타난 황태자가 자신을 찾는다는 말을 들었기 때문이다.

자작은 막 취침을 하려던 모양이었는지 제대로 옷도 갖춰 입지 못한 채 헐레벌떡 황태자가 기다린다는 레스토랑을 찾았다. 얼마나 마음이 급했으면 마차를 타고 왔음에도 제가 달려온 것처럼 가쁜 숨을 내쉬고 있었다. 이를 신경도 쓰지 않으며 아스가 전혀 미안해하지 않는 얼굴로 말했다.

"밤늦게 미안하군. 작은 영지라서 그런지 마땅히 머무를 곳이 없어서 말이야."

그가 반대편에 앉은 아리아의 잔에 자신의 잔을 부딪치며 한마디를 덧붙였다. 그의 눈에는 애정이 가득 담겨 있었다.

"나 혼자라면 모르겠는데, 내 연인이 함께라서 말이지."

이에 자작의 시선이 자연스레 아리아에게 향했다.

"……!?"

세상에, 이토록 아름다운 여인이 세상에 존재할 수 있다니.

한눈에 보아도 최고급임이 분명한 의복과 장신구를 걸쳤음에도 눈에 들어오는 것은 오직 그녀의 아름다운 외모뿐이었다. 세상 그 어떤 미사여구를 붙여도 부족하리라. 때문에 자작은 아리아가 감히 황태자와 함께 온 여인이라는 사실도 까맣게 잊은 채, 멍하니 그녀에게 시선을 빼앗겼다.

"흠, 자작의 그 눈은 별로 마음에 들지 않는군."

이에 아스가 테이블을 가볍게 두드리며 경고하자, 몸을 흠칫 굳히며 재빨리 주제를 파악하고 정신을 차린 자작이 코가 땅에 닿을 만큼 고개를 조아렸다.

"죄, 죄송합니다! 바로 성으로 모시겠습니다……!"

생각보다 무능한 자는 아닌 모양인지, 불빛에 홀린 나방처럼 단 한 번 아리아에게 무례를 저지른 이후, 그는 철저히 자신의 행동을 제어했다.

"아스 님, 시종을 데려오지 않아 가진 금화가 없는데 어떻게 하죠?"

아리아가 돈이 없다는 말을 아주 우아한 자태로 내뱉었다.

잔을 든 그녀의 손목에 찬 화려한 장신구가 조명을 반사해 반짝였다. 그것만 팔아도 이 영지에 있는 대부분의 상점을 구입할 수 있을 정도였다.

"그렇군요. 그럼 외상을 해야겠군요."

하지만 그런 아리아의 장신구는 눈에 들어오지도 않는지, 아스가 태연하게 대답했다. 황태자가 외상을 하겠다는 소리에 자작이 화들짝 놀라며 목소리를 높였다.

"아, 아뇨! 제, 제가 지불하겠습니다! 아, 아니! 지불하게 해 주십시오!"

그러나 아스는 반드시 외상을 '해야' 했기에 가볍게 고개를 저었다.

"아니, 내 이름으로 달아 둬. 지금 이 날짜와 시간도 정확히 말이야. 후에 시종을 보내 값을 치르도록 시킬 테니."

"예……? 예, 예……."

지불할 수 없는 것이 아니었다. 일부러 외상을 하여 흔적을 남길 필요가 있었기 때문이다. 굳이 한밤중에 그를 부른 연유도 그런 이유 때문이었다.

이곳에서 수도에 있는 로스첸트 저택까지는 말을 타고 쉼 없이 달려도 한나절이나 걸렸다. 해가 지기 시작했을 때쯤부터 쉬지 않고 말을 달려야 자정 근처에 도착할 수 있다는 말이었다.

아직 자정까지는 조금 시간의 여유가 있었지만, 일부러 지금 여기에서 흔적을 남겨 아리아가 저택에 머물지 않고 곧장 수도를 떠났다는 증거를 만들 참이었다.

물론 바로 국경을 넘는 편이 가장 좋았겠지만, 제국에서 가장 가까운 크로아 왕국까지는 말을 타고 쉼 없이 달려도 이틀은 더 걸렸다. 때문에 먼저 국내에서 증거를 남겨 둬야 했다.

결국 소심한 자작은 더 이상 제 의견을 피력하지 못했고, 레스토랑의 주인에게 없는 외상 장부를 만들도록 지시했다.

『오후 열한 시. 프란츠 아스테로페 황태자 전하, 로스첸트 아리아 백작 영애 : 외상 5골드.』

레스토랑 주인의 서명까지 적힌 외상 장부를 확인한 아스가 그 옆에 자신의 서명을 남겼다. 그러고는 아리아에게 장부를 건네며 그녀 또한 서명할 것을 제안했다.

"확실한 것이 좋겠지요. 그렇지 않습니까, 영애?"

사실 관계를 모르는 이가 본다면 어떻게 동행한 여인에게까지 외상 장부에 서명을 하라고 할 수가 있냐며 비웃음을 당할지도 모르는 일이었다.

하지만 아리아는 아주 당연하다는 듯 서명을 했고 두 사람이 무척이나 즐겁다는 표정을 짓고 있었기에, 그래서 이 장면을 목격한 이들은 수도에서는 이런 것이 유행일지도 모른다며 납득하였다.

"절대 잃어버리면 안 돼. 내 수하가 돈을 지불하러 올 때까지 말이야. 알겠나?"

"예, 예!"

감히 어떻게 황태자가 직접 서명한 장부를 잃어버릴 수가 있을까.

더불어 혹시나 했지만 역시나 동행한 여인은 무려 그 로스첸트 아리아였다. 황태자와 교제를 한다는 소문은 들었지만, 정말 이렇게 함께 나타날 줄이야. 유명 인사가 하나도 아닌 둘이나 있었기에 모인 이들의 눈과 귀, 그리고 머리가 바삐 움직였다.

"한나절 동안 이동하여서 피곤하실 텐데, 이만 쉬는 편이 좋겠습니다."

"그렇게 할까요?"

그런 그들을 위해 이야깃거리를 몇 가지 흘린 아스와 아리아가 자작에게 쉴 곳을 마련해 줄 것을 요구했다.

"……물론이죠! 당장 모시겠습니다!"

눈치 빠른 자작이 곧바로 자신이 머무는 성으로 아스와 아리아를 안내했다. 아주 작은 영지였지만 영주는 영주였던 터라 성을 보유하고 있었다. 그곳에서 극진한 대접을 받으며 취침 준비를 마친 아리아가 침대에 누워 잠시 눈을 감고 있다가, 이내 쉬이 잠이 오지 않아 자리에서 일어났다.

'술기운 때문인가.'

샴페인에 든 극소량의 알코올이었지만 술은 술이었다. 술을 물 마시듯 마신 익숙했던 과거와는 달리 처음 마시는 술이기도 했다. 그래서인지 괜히 얼굴에 열이 올라서 잠에 들 수 없었다.

"잠깐 바람을 쐴 곳이 있니?"

"아, 예! 실내 정원이 있습니다. 환기를 위해 밤에 창문을 열어 놓으니 시원한 공기를 쐴 수 있으실 거예요."

아무래도 이대로는 잠을 잘 수 없을 것 같아 시종의 안내를 받아 실내 정원으로 향했다. 그리고 실내 정원에 도착한 아리아는 눈을 크게 뜰 수밖에 없었다. 자정이 넘은 시간이었기에 아무도 없을 줄 알았는데…….

어떻게 된 일인지 그곳에는 이미 아스가 와 있었다. 그 역시 잠이 오지 않는 걸까. 손에 든 서류가 꽤 많았다. 간소한 복장에 겉옷

한 장만 걸치고 나타난 아리아에 아스가 화들짝 놀라며 성큼성큼 다가왔다.

"어디 불편하시기라도 하신 겁니까, 영애?"

"전혀요. 오히려 로스첸트 저택보다 훨씬 마음이 편하네요. 그저 잠이 오지 않아서 나왔을 뿐이에요. 술을 마셨잖아요."

자작의 지극한 정성으로 이동도, 숙소도 모두 마음에 들었다. 작은 영지의 작은 성이었지만 내부는 깨끗하고 쾌적했으며 침대는 보드라웠다. 게다가 마음 편히 같이 있을 수 있는 사람과 함께인데 무엇이 불편할까.

바쁜 그에게 폐를 끼치고 있다는 사실이 마음에 걸리긴 했지만, 늘 있는 일도 아니고 그 역시 어떻게 하면 아리아에게 도움이 될까 고민하는 눈치였기에 이내 좋게 받아들이기로 했다.

"그러고 보니 얼굴이 조금 달아오르셨군요."

아스의 손이 아리아의 뺨에 닿았다. 밤공기에 차갑게 식은 손이 기분 좋아 뺨을 가볍게 비비자, 아스의 눈매가 가늘어졌다.

"……그래도 방에 계시는 편이 좋을 것 같습니다만. 밤은 위험하니까요."

가라앉은 그 목소리와 말투에 흠칫 놀랐으나 달아오른 뺨을 식히기 위해, 그리고 조금 더 아스와 대화를 나누고 싶어 모르는 척 대답했다. 그가 지칭하는 위험이 외부가 아닌 바로 아스 자신임을 알면서도.

"어째서요? 여기 이렇게 아스 님도 계시는걸요."

"……."

이리도 순진무구하게 대답하는데 달리 무슨 반박을 할 수 있을까.

결국 짙은 한숨을 내쉰 아스가 방금 전까지 서류를 검토하던 테이블로 아리아를 에스코트했다.

"열이 식으면 바로 돌아가셔야 합니다."

물론, 그는 아리아를 방으로 돌려보내는 것을 완벽하게 포기하진 않았다. 이에 아리아가 조금 웃으며 대답했다.

"좋아요. 그런데, 무슨 일을 이렇게 늦게까지 하고 계신가요? 혹시…… 저 때문인가요?"

"아……. 비슷합니다. 내일 아침에 말씀드리려고 했는데, 지금 드리는 것이 좋겠군요."

"무슨 일이라도 있었나요?"

"예. 잠시 상황을 알아보려 수도에 다녀왔는데, 로스첸트 백작가에서 영애를 경비대에 고발했다는 소식을 들었습니다."

"……."

예상은 했지만 벌써……. 마치 준비라도 했다는 듯 빠르게 이루어진 상황에 헛웃음이 나왔다. 정말 아스가 오지 않았다면 증거도 없이 잡혀갔을지도 몰랐겠다며 주먹을 꼭 쥐었다. 이에 아스가 그 여린 주먹을 감싸며 걱정하지 말라고 덧붙였다.

"영애의 말씀대로 티 파티의 참석자들이 증인이 된 모양입니다. 다행히 영애께서 아직 수도에 머물고 있다 생각한 모양인지 그곳에서만 영애를 찾고 있었습니다. 소문도 퍼지지 않았고요."

"……일단은 범죄자가 되었단 말씀이시군요."

"일단은 그렇지요. 그러니 확실하게 하기 위해 서둘러 국경을 넘어야겠습니다."

이미 증거를 만들어 둔 상태였지만, 이곳저곳을 돌아다니며 더욱 확실하게 증거를 만들어 두는 편이 좋았다. 그리고 그것은 국내 보다는 국외가 훨씬 나았다.

'어차피 아스 님의 능력이 있다면 어려운 일도 아닐 테니까.'

그렇게 생각하며 마음을 편히 가지려는데, 문득 아리아의 머릿속에 그가 능력을 사용하면 자신과 마찬가지로 대가를 치르게 된다는 사실이 떠올랐다.

"······!"

몇 번이나 능력을 사용했는데, 괜찮은 걸까? 자신은 모래시계를 사용하면 하루를 내리 잠에 빠져 있어야 했다. 오늘만 해도 대체 몇 번을 사용한 걸까. 걱정이 된 아리아가 아스에게 물었다.

"몸은 괜찮으신 건가요? 몇 번이나 능력을 사용하셨는데······."

"이 정도 거리는 괜찮습니다. 별로 먼 거리가 아니니까요."

"그렇다면 다행이지만요······."

하루에 단 한 번, 일회성인 아리아와는 다르게 그는 스스로 거리를 조절할 수 있어 대가 또한 천차만별인 듯싶었다. 그래도 걱정이 되는 것은 사실이었기에 주먹을 펴고 아스의 손을 마주 잡았다.

"영애께서 걱정하실 정도는 아니니, 마음 놓으셔도 됩니다. 그보다 어서 주무셔야지요. 아침 일찍 일어나셔야 하니까요."

"······알겠어요."

순순히 대답한 아리아였으나 바로 제 방으로 돌아가지 않고 서류를 넘기고 검토하는 아스를 한참이나 기다렸다가 함께 돌아갔다.

* * *

아침 일찍 아리아와 아스가 떠나고, 누군가가 한시름 돌리며 여유를 즐기던 자작의 집무실 문을 두드렸다. 그에 기척을 내어 들어오라 대답하자, 자작의 충실한 기사 중 한 명이 소란을 떨며 안으로 들어왔다.

"자, 자작님! 자작님! 들으셨습니까? 제국의 별이라고 불리는 로스첸트 백작가의 아리아 영애께서 지난밤, 백작님을 살해하려 하셨답니다!"

기사의 입에서 나온 충격적인 소식에 자작이 놀라며 자리에서 일어났다.

"……뭐? 지난밤에? 무슨 헛소리를 하는 건가! 로스첸트 아리아 영애라면 어젯밤에 여기 계시지 않았나!"

"예……!? 하지만……! 설마, 황태자 전하와 함께 오셨던 그 아름다운 영애분이 로스첸트 아리아 영애셨습니까!?"

"그래! 내 이 두 눈으로 똑똑히 보았지. 외상 장부에 적힌 이름을 말이야!"

그 말도 안 되는 장부를 떠올린 자작이 목소리를 높였다. 서명까지 한 외상 장부를 말이다. 자작이 반박하자, 기사가 고개를 갸웃대며 의문을 표했다.

"그렇다면…… 이상하군요. 수도에서 범죄를 저지르고 곧바로 도망쳐 왔다기엔 불가능한 거리가 아닙니까."

"경이 잘못 들은 건 아니고?"

"아뇨, 문서로 직접 전달 받은 거라서 잘못되었을 리가 없습니다. 보십시오!"

기사가 수도에서 날아온 문서를 자작에게 건넸다. 이를 확인한 자작이 믿을 수 없다는 듯 눈을 끔뻑이며 몇 번이고 그것을 확인했다.

"이게 무슨 말도 안 되는…….."

인장까지 찍힌 공문서였다. 자작이 더는 말을 잇지 못하며 침음을 흘리자, 기사가 그럴듯한 가설을 내뱉었다.

"설마, 누명이라도 쓰신 걸까요?"

"그렇다고밖에 생각할 수가 없군."

"누군지는 모르겠지만 이런 터무니없는 주장을 하다니 참으로 멍청하기 그지없군요. 황태자 전하와 함께 계셨던 로스첸트 영애를 얼마나 많은 이들이 보았는데 말입니다."

"흠……. 서명까지 하신 장부가 있으니 확실한 증인에 이어 증거까지 존재하는군."

이 말도 안 되는 공문서를 사이에 두고 집무실에 잠시 침묵이 흘렀다. 그러다가 이내 자작이 그 문서를 사정없이 구겨 쓰레기통에 넣으며 말했다.

"수도의 경비대도 갈 데까지 갔군. 뒷감당을 어떻게 하려고…….. 쯧, 쓸데없는 일에 신경 쓰지 말고 우린 우리 일이나 하자고."

"예, 자작님."

그러고는 이내 아무런 일도 없었다는 듯 각자의 위치로 돌아갔다.

* * *

그렇게 첫 흔적을 남기고 영지를 떠날 때도 혹여 아스가 능력을 사용할까 걱정했는데 다행히도 그렇지 않았다. 어디서 구한 것인지 자작의 성 앞에 그럴듯한 마차가 대기 중이었기 때문이었다.

마차가 너무 화려했다간 자칫 도적들의 표적이 될 수도 있었기에 적당히 불편하지 않아 보일 정도의 마차였다. 이에 그가 더 이상 능력을 사용하지 않기를 바랐던 아리아가 가슴을 쓸어내리려는데, 뜻밖의 얼굴이 그녀를 놀라게 만들었다.

"좋은 아침입니다. 아스테로페 전하, 로스첸트 아리아 영애님. 다음 도시로 출발하시겠습니까?"

다름 아닌 레인이었다. 그가 어쩐지 조금 피곤해 보이는 얼굴로 아리아와 아스에게 인사했다. 어째서인지 가짜인 듯 보이는 덥수룩한 머리를 하고 있어 알아보기 힘들었으나, 눈을 가늘게 뜨고 자세히 보니 레인이 분명했다. 게다가 옆에는 아스의 기사인 소르케가 함께였다.

이리도 아침 일찍 마중을 나왔다는 것은……. 설마, 수도에서 밤새 달려온 걸까. 아스에게 마차까지 이동시킬 수 있는 능력이 있는지는 모르겠으나, 그의 안색을 보아하니 아마도 밤새 달려온 것이 분명했다.

"……아스 님."

그런데 참으로 이상하게도 마부도, 시종도 없이 그 둘뿐이었기에 이게 도대체 무엇이냐고 이름을 부르며 가만히 눈으로 묻자, 아스가 아리아의 눈빛을 알아채고 조용히 대답했다.

"이동을 하고 있다는 증거를 남기기 위해섭니다."

무슨 뜻인지 이해가 되지 않았지만, 티를 낼 수 없었기에 일단은 그가 준비한 대로 마차에 올랐다. 그러곤 코가 땅에 닿도록 인사하는 자작과 작은 영지의 사람들의 배웅을 받으며 그곳을 떠나사마자 아스에게 다시 물었다.

"증거를 남기기 위해서라는 게 무슨 말씀이신가요? 게다가 시종도 하나 없는 마차라니…….”

“말 그대로 이 마차는 증거용입니다. 출발할 때와 국경을 통과할 때만 저희를 태울 증거용이지요. 그래서 시종이 없습니다. 굳이 그럴 필요도 없고요.”

세상에. 그렇다면 중간에 어딘가로 이동한다는 말인가? 또 그의 능력을 사용해서? 지난밤에도 아스는 괜찮다고 하였지만 자신이 모래시계를 사용할 때마다 대가를 치렀던 것처럼 그 또한 대가가 있음을 알기에 아리아는 계속 걱정이 되었다. 때문에 아리아의 표정이 사뭇 어두워지자, 아스가 다시금 아리아에게 괜찮다는 설명을 덧붙였다.

“제가 괜히 대가를 치른다는 말을 한 모양입니다. 저는 아주 오래전에 제 한계를 깨달았기에 그 이후론 절대 쓰러질 정도로 능력을 사용하지 않으니 너무 걱정하지 않으셔도 됩니다.”

“하지만…….”

이렇게 먼 거리를 계속해서 오가는데 저도 모르게 한계를 초과할지도 모르는 일이지 않은가. 몇 번이나 설명을 했음에도 아리아의 얼굴에 걱정의 빛이 가시지 않자, 아스가 그녀의 손을 부드럽게 잡았다.

“게다가 저는 반인반신이라 불리었던 초대 황제의 피를 이은 몸입니다. 대로서 내려오는 황족의 피를 잇지 않고 외부에서 유입된 황족의 경우에는 대가를 심하게 치른다는 고문서를 보긴 했습니다만……. 저는 이 정도로는 기별도 가지 않으니 부니 불안을 떨치시기를 바랍니다.”

본인이 그렇게 말하며 주의하겠다고 하니 더는 반박을 할 수가 없었다.

생각해 보면 바로 어젯밤에도 몇 번이나 능력을 사용하지 않았는가. 한 번 능력을 사용하면 하루 종일 쓰러져 잠을 자야 하는 자신과는 달리, 아스는 멀쩡했다.

물론 걱정이 되는 것은 별개의 문제였다. 능력이 만능이 아니라는 것을 이번 기회를 통해 절실히 깨달았기 때문이다. 그리고 그에 의존했다간 뜻하지 않은 봉변을 당할 수도 있다는 사실 또한 말이다.

"……알겠어요. 그 대신, 무리는 하지 않으셨으면 좋겠어요."

그래서 한마디 덧붙이자, 태산 같은 아리아의 걱정을 이해한 아스가 그녀의 손등에 부드럽게 입을 맞추며 그렇게 하겠노라 약속했다.

"영애의 말씀, 새겨듣겠습니다."

그제야 걱정을 한시름 덜은 아리아가 안도하는데, 아스가 그녀의 모래시계 상자를 손에 들며 말을 이었다.

"그렇지만 오늘은 괜찮으니 일단 이동하시는 게 좋겠습니다. 마차가 불편하니까요. 편한 마차를 구했을 때 마차를 타고 이동하도록 하시지요."

은근히 고집이 센 아스였기에 그냥 넘어갈 리가 없을 거라 생각은 했지만, 변명까지 덧붙이는 탓에 타박할 마음조차 들지 않았다.

"……알겠어요. 제 물건은 제가 들도록 할게요."

그래서 포기하고 그에게서 다시 모래시계 상자를 돌려받자, 아스가 기다렸다는 듯 공간을 이동했다. 순식간에 변한 시야가 이제는 놀랍지도 않았다. 아리아가 마을 외곽으로 보이는 한적한 공터를 둘러보는데, 언제 챙긴 것인지 아스가 검은색 망토를 건넸다.

"일단은 이 망토를 쓰십시오. 옷부터 구입해 갈아입어야겠습니다."

지금 입고 있는 의복으로는 사람들의 시선을 끌 뿐이었기에 아리아가 군말 없이 그것을 뒤집어써 전신을 감추었다. 아주 수상한 모습이었다. 때문에 곧장 의상점에 들러 간소한 의복을 구입하여 갈아입었다.

"……마음 같아선 머리카락도 전부 감추고 싶군요. 얼굴도 가리는 게 좋을 것 같기도 하고……."

간소한 의복으로 갈아입었음에도 지울 수 없는 아리아의 아름다움에 아스가 미간을 찌푸렸다. 너무 과한 그녀의 아름다움을 어떻게든 더 숨기고 싶어 하는 모습이었다. 이에 아리아가 웃으며 아스의 걱정을 덜어 주려 물었다.

"머리카락이라도 묶을까요?"

"아뇨, 그런다고 해결될 문제가 아닌 것 같습니다."

"그럼, 모자라도 쓸까요?"

"아뇨. 그렇게 해도……. 역시 사람이 없는 곳에 가는 편이 낫겠습니다."

"사람이 없는 곳이요?"

그런 곳이 있었던가. 의아해하며 되묻는 아리아에게 아스가 고개를 끄덕이며 대답했다.

"예, 숙소라도 잡는 편이 좋겠군요."

"……네?"

전혀 생각지도 못한 대답에 놀란 아리아가 뒷걸음하다 삐끗하자, 아스가 서둘러 그녀의 허리를 감싸 부축했다.

어디? 숙소? 사람이 없는 숙소? 그게 지금 만날 때마다 귀를 붉히며 부끄러워하던 남자의 입에서 나올 소리인가. 혹시 잘못 들었나 싶어 아리아가 되물었다.

"……그, 어디라고요?"

"숙소 말입니다. 사람이 없는."

"…….'

세상에. 놀라 저절로 나오는 딸꾹질을 참느라 아리아의 얼굴색이 점점 창백해지자, 그제야 그녀가 이해한 '숙소'의 의미를 깨달은 아스가 눈매를 가늘게 접었다.

"음, 영애께서 그런 대담한 분이신 줄은 차마 몰랐습니다. 진작에 말씀을 하셨다면…….'

"아, 아니에요!"

언제 창백한 얼굴을 했냐는 듯 이번에는 새빨갛게 달아오른 얼굴로 목소리를 높이는 아리아에, 아스가 참으로 귀엽다는 듯 소리를 내어 웃었다.

아리아의 괜한 걱정과 우려와는 달리 숙소는 두 개로 잡게 되었다. 해가 질 때쯤에 맞춰 레인이 이끄는 마차가 도착할 예정이라 굳이 두 개나 잡을 필요는 없었지만, 터질 듯 새빨갛게 달아오른 아리아의 얼굴이 식을 기색을 보이지 않았기 때문이었다. 더불어 그런 그녀를 놀리고자 하는 아스의 장난이 섞여 있었다.

그렇게 방을 두 개를 잡았음에도 아스와 아리아는 각자의 방에 머무르지 않고 한곳에서 책을 읽고 서류를 검토했다.

"의도한 것은 아니지만 모처럼의 휴가가 생겼는데, 뭔가 하고 싶은 건 없으십니까?"

창문으로 들어오는 바람을 맞으며 독서를 하는데 아스가 물었다.

그의 말대로 달리 할 수 있는 일이 없는 휴가나 마찬가지였기에 아리아가 고민에 빠졌다.

'휴가라…….'

이미 과거에 실컷 놀았기 때문에 딱히 휴가를 즐긴다거나 논다는 생각을 해 본 적이 없었다. 오히려 무의미하게 놀며 지내던 그때보다 지금 이렇게 바쁜 나날이 즐거울 정도였으니까.

"글쎄요……. 딱히 생각을 해 본 적이 없어서. 쉬는 것보다는 무언가를 하는 편이 즐겁기도 하고요. 아무것도 안 하면 불안해지기만 할 뿐이라서요."

"음……. 그러시군요."

아리아의 대답에 아스가 조금 공감한다는 듯 고개를 끄덕였다. 그러나 그가 어딘가 석연치 않은 표정을 지었기에 책을 덮은 아리아가 아스에게 되물었다. 그는 무언가 하고 싶은 것이 있어 보였다.

"아스 님께서는요?"

"저 말씀이십니까?"

"네. 아스 님께서는 휴가를 어떻게 보내고 싶으신가요? 저는 달리 떠오르지 않아서요."

그러자 아스가 기다렸다는 듯 대답했다.

"사실 저는 영애와 거리를 걸어 보고 싶습니다. 그 누구의 방해도 받지 않고 말이죠."

"거리요?"

정말 그런 사소한 것이 하고 싶다고? 아리아가 눈을 동그랗게 뜨고 되물었다.

"예. 영애께서 너무 유명하시니 수도에서는 불가능하지 않습니까."

"그건 그렇지만……."

황태자보다 아리아가 더 유명한 것이 아이러니했으나, 그가 아리아처럼 외부에 얼굴을 자주 비춘 것이 아니었기에 어쩔 수 없는 일이었다.

때문에 아리아가 수긍하며 말끝을 흐렸다.

"그럼, 책은 덮고 일어나시죠."

할 일이 결정이 났기에 아스가 아리아에게 손을 내밀었다. 마침 복장 또한 평민들이 입는 간소한 복장이었기에 거절할 이유가 없었다. 고작해야 산책이니 말이다.

"좋아요. 그럼 잠깐만 나갔다 오기로 해요."

"감사합니다, 영애. 그리고 죄송하지만 후드를 써 주셨으면 합니다."

"좋아요."

아리아가 빙긋 미소 지었다. 게다가 아스가 바라는 일이었으니 어려운 일이라고 해도 얼마든지 들어줄 의향이 있었다.

* * *

방금 전까지 밖으로 산책을 나가자고 권유 받았을 때 망설였던 사람이 누구였는지. 막상 밖으로 나오자, 아리아가 눈을 반짝반짝 빛내기 시작했다. 쉴 새 없이 주변을 둘러보는 것이, 마치 처음 거리를 나온 귀족 영애를 연상케 했다. 분명 평민이었던 시절이 더 길기에 익숙할 법한데도 말이다.

"세상에, 아스 님! 저것 좀 보세요!"

아리아가 가리키는 손끝에는 그럴듯한 마술로 사람들을 현혹하는 이가 있었다. 저보다 훨씬 아름답고 신비로운 마술을 선보이는 자들이 수두룩할 텐데, 거리에 나왔다는 기쁨 때문인지 그녀는 조잡한 마술만으로도 아주 들떠 있었다.

그 누구보다 산책을 즐기며 거리를 장식한 노점상 하나하나를 모두 구경하는 아리아의 모습에, 아스가 만족스러운 웃음을 지으며 그녀의 손을 부드럽게 잡았다.

"그러다 미아가 되시겠습니다."

그제야 자신이 얼마나 들떠 있었는지 깨달은 아리아가 얼굴을 붉히고 시선을 피했다.

"아, 죄송해요. 이렇게 어딘가를 나가 본 적이 드물어서요."

"백작가로 들어가시기 전에도 말씀이십니까?"

평민이었을 때를 가리키는 물음이었다. 외출에 아무런 제약도 없었을 그때를 말이다. 그 물음에 아리아가 잠시 대답하지 못하고 머뭇거리다가 이내 천천히 입을 열었다.

"그땐…… 너무 가난해서 밖에 나갈 수 없었어요. 밖에 나가면 예쁘고 맛있는 것들이 많아서 늘 무언가를 사고 싶어졌으니까요. 게다가 어린 여자아이 혼자 사람이 많은 곳에 나가기도 어려웠고요. 위험했으니까요."

생략했지만 매춘부는 귀족뿐만 아니라 평민들 사이에서도 수치스러운 존재였기에 짓궂은 자들에 의해 모진 말을 듣기도 했다. 그랬기에 더욱 외출을 꺼렸었다.

모처럼 들뜬 아리아를 보게 되었건만. 다시 침울해지는 그녀의 얼굴에 아스가 더는 그 이야기를 이어 나가지 않고 화제를 돌렸다.

"……역시 영애와 함께 외출을 하길 잘한 것 같군요."

"저도 그래요."

그렇게 한참을 구경하던 아리아의 발길을 멈춰 세운 것은 바닥에 나뒹굴며 목이 찢어져라 소리를 치는 아이의 외침이었다. 시끄러운 거리를 가득 채우는 목소리였기에 아스와 아리아의 시선 역시 소리가 나는 쪽을 향했다.

"으아아악! 내 돈! 내 다리! 아악!"

바닥에서 구르는 아이가 가리키는 방향에는 미꾸라지처럼 요리조리 인파를 피해 도망치는 남자가 있었다. 남자는 큰 덩치임에도 불구하고 아주 재빨랐다. 때문에 그가 순식간에 인파 사이로 모습을 감추었고, 소리를 친 아이는 여전히 더러운 바닥에서 일어나지 못한 채 울부짖고 있었다.

아니, 일어나려 노력했지만 일어날 수 없었다. 아이의 가늘고 작은 다리가 이상한 방향으로 꺾여 있었기 때문이었다. 남자의 강한 힘에 밀쳐져 잘못 넘어진 모양이었다.

"아악! 내 다리⋯⋯!"

소매치기에 부상까지 당했지만 아이의 몰골이 퍽 추레했기에 그 누구도 도움의 손길을 뻗지 않았다. 그런 아이에게서 과거의 자신의 모습이 겹쳐 보여 아리아의 미간이 저절로 찌푸려졌다.

"괜찮나!?"

그때, 아스가 서둘러 아이를 부축하려 손을 뻗었으나 한껏 어긋난 다리의 고통에 손을 잡기는커녕 바닥에서 뒹구는 것이 전부였다. 이 모든 모습을 지켜보단 아리아가 입술을 깨물며 조금 망설이다가 상자에서 모래시계를 꺼냈다.

'돈만 잃은 거라면, 적선을 하고 끝냈겠지만⋯⋯.'

저런 빈민가의 아이가 장애까지 얻는다면 죽는 것은 시간문제였다. 그녀 또한 그런 아이들을 수도 없이 보았고, 잃어 왔기에 결심할 수 있었다. 어차피 오늘 일정은 산책이 전부고, 무엇보다 아스가 곁에 있으니까. 또 깨우면 어떻게든 일어날 수 있었다.

그러니, 부디 늦지 않았기를.

아리아가 모래시계를 되돌렸다. 그리고 자신을 제외한 시간이 되돌아갔다.

"영애……? 언제 모래시계를 꺼내 드셨습니까? 그것보다 왜……?"

손을 맞잡고 있었기에 아스가 갑자기 아리아가 든 모래시계를 지적했으나, 아리아에겐 그것을 대답할 틈이 없었다. 곧장 뒤를 돌아보고 아이의 위치를 파악한 아리아가 서둘러 그에게 접근하는 위험한 남자를 발견했다.

'저 남자야……!'

그러곤 잡은 아스의 손을 뿌리치고 황급히 달려가 있는 힘껏 아이를 뒤로 밀었다.

"아악!"

"……영애!?"

난데없이 몸이 떠밀린 아이는 당연하게도 바닥에 굴렀고, 대신하여 그 자리에 남은 것은 갑자기 몸을 격렬하게 움직여 가쁜 숨을 헐떡이는 아리아였다.

저 여자는 대체 뭐지. 갑작스러운 상황에 주변의 시선이 한껏 모였고 아스가 서둘러 아리아에게 달려왔다. 그녀의 돌발 행동에 놀란 남자가 표적을 바꾼 것인지 모르겠으나, 남자는 사라진 지 오래였다.

"괜찮으십니까!?"

"그걸 왜 저 여자한테 물어요! 밀쳐져서 넘어진 건 난데!"

힘껏 떠밀린 것에 비하면 다친 곳은 없는 모양인지, 아이가 바닥을 짚고 일어나며 소리를 버럭 질렀다. 한껏 신경질이 난 얼굴이었다.

이를 확인한 아리아가 안도의 한숨을 내쉬며 대답했다.

"괜찮아요. 갑자기 벌레를 발견해서 놀라서 그만……. 그리고 네게는 정말 미안하구나. 이건 별건 아니지만 사과의 뜻이야."

아리아가 손목에 찬 팔찌를 빼 아이에게 건넸다. 그녀가 가진 팔찌 중 가장 저렴한 물건이었으나, 향후 몇 년간 아이가 먹고 살기에는 무리가 없는 팔찌였다.

그 심상치 않은 팔찌를 받은 아이가 눈을 휘둥그레 뜨고는 정말 받아도 되냐고 몇 번 묻더니 이내 서둘러 거리에서 사라졌다. 다시 돌려 달라고 할까 봐 그런 모양이었다.

"죄송해요. 아무래도 숙소에 돌아가야 할 것 같아요."

소매치기까지 잡았다면 더 좋았겠지만, 연약한 아리아에게 그럴 만한 힘은 없었다. 때문에 그를 잡는 것은 포기한 아리아가 상자에 모래시계를 도로 집어넣으며 말하는데 아스의 표정이 이상했다.

"……저, 아스 님?"

"……영애, 반지의 색이……?"

반지의 색?

제법 심각한 아스의 반응에 아리아가 자신의 손으로 시선을 내렸다.

"……반지 색이 왜요?"

그러나 반지는 아무런 이상도 없었고, 아리아는 고개를 갸웃거렸다. 아스가 잠시 아리아의 반지를 쳐다봤다가 영문을 모르겠단 표정으로 아리아를 응시했다.

"아스 님?"

"분명 색이 변한 것 같았는데⋯⋯."

그러더니 이내 말끝을 흐리며 눈을 찌푸렸다. 반지는 언제 색이 변했었냐는 듯 원래대로 돌아와 있었기에 더 이상 이에 대해 말을 꺼낼 수 없었다.

자신의 반지 또한 시간이 지나면 색이 돌아오긴 하지만 이렇게 빨리 돌아오진 않았다. 능력을 사용한 후에 남은 기운이 반지의 색을 변화시킨다고 알고 있는데, 그 기운이 이렇게 빨리 없어지는 일은 없었다. 적어도 자신이 알기론 그랬다.

참으로 이상하여 그가 다시금 눈을 비비며 반지를 확인했다. 하지만 여전히 반지의 색은 변함이 없었다. 이틀 새 능력을 많이 사용한 탓에 헛것을 본 모양이었다.

"제가 잘못 본 모양입니다."

"역시 피곤하신가 봐요."

"아뇨, 그런 건 아니지만⋯⋯."

그럼에도 아리아의 걱정스러운 눈빛이 따라붙었기에 이내 그런 것 같다며 고개를 끄덕였다. 마침 아리아 역시 모래시계를 되돌린 탓에 돌아가 쉬어야 하는 상태였다. 그랬기에 두 사람은 곧 숙소로 발길을 돌렸다.

바깥으로 나온 지 얼마 되지 않은 상태였기에 숙소에는 금방 도착할 수 있었다. 아리아는 시간을 확인했다. 해가 지기까진 아직 충분한 시간이 남아 있었지만 모래시계를 사용한 대가를 치르기엔 조금 부족했다.

"시간이 되면 문을 두드리겠습니다."

이에 아리아가 자신의 방으로 돌아가려던 아스를 불러 세웠다.

"저…… 아스 님 죄송하지만 마차가 도착할 즈음에 맞춰서 깨워 주실 수 있으신가요?"

"알겠습니다. 그렇게 하겠습니다."

"혹시 제가 일어나지 않는다면…… 때려서라도 깨워 주세요."

"……예?"

때려서라도 깨우라는 말에 아스가 눈을 휘둥그레 떴다. 남이 듣기엔 이상한 부탁이었단 걸 깨달은 아리아가 서둘러 변명을 덧붙였다.

"제가 한번 잠들면 깊게 잠드는 편이라 잘 깨어나질 못해서요. 밖에서만 부르지 마시고, 꼭 안에 들어오셔서 흔들어 깨워 주셨으면 좋겠어요."

다만, 그 자체가 좋은 변명이 못 되는 게 문제였다.

혼자 있는 방에 들어와서 깨워 달라는 말에 아스의 눈매가 가늘어졌다. 어제 보았던 그 눈빛이었다. 아리아의 의도를 파악했으나 그것이 진짜인지 아닌지 가늠하는 눈빛. 그래서 그가 은근한 말투로 그 까닭은 확인하였다.

"……영애가 주무시는데 안에 들어가도 된다는 말씀이십니까? 허락도 받지 않고요?"

"그럼요. 이미 몇 번이나 몰래 제 방에 들어오신 적이 있으시니 어렵진 않으실 텐데요."

하지만 놀림을 당한 것은 아스였다. 이따금 당황할 때도 있지만 기본적으로 아스보다 오랜 삶을 살았고 이성에 대한 대처 역시 능숙한 그녀였다.

아니나 다를까, 그가 항복했다는 듯이 아리아에게 대답했다.

"알겠습니다. 깨워 드릴 테니 푹 주무십시오."

* * *

아리아가 잠이 든 후, 아스는 그녀의 반지에 대한 생각을 재고할 겨를도 없이 미처 다 읽지 못한 서류를 검토했다. 그간 계획해 온 모든 일이 마무리 단계에 접어들었기에 신중에 신중을 기해 면밀히 검토했다.

'이제 곧⋯⋯.'

오랜 시간 동안 귀족들의 손아귀에서 놀아나던 황권을 되찾을 수 있게 된다. 귀족파를 해체시키고 잔당들마저 해치울 절호의 기회인 것이다.

해가 뉘엿뉘엿 서쪽으로 내려가기 직전까지 서류를 꼼꼼히 확인한 아스가 마지막 보고서를 손에 들었다. 아침에 레인에게 받은 새로운 보고서였다. 아리아와 함께였던 탓에 자세한 설명을 듣지 못해서 일에 관련된 보고서인 줄만 알았는데, 첫 문장만 읽고도 그게 아님을 깨달았다.

'어째서 이렇게 빨리 알아 온 거지. 지시를 한 지 며칠이나 지났다고.'

이게 정말 자신이 지시한 보고서가 맞는지 수차례나 확인할 수밖에 없었다. 자신의 예상보다 빨리 도착했기 때문이었다. 이윽고 그 보고서가 맞다는 걸 알게 된 아스가 천천히 내용을 읽어 나가기 시작했다.

『이름은 클로이.

황실에서 추방당해 성은 없는 상태이며, 나이는 37세입니다.

프란츠 데이비드 님의 부인이셨던 바이올렛 님의 장남으로 알려져 황
족으로 자랐으나, 후에 데이비드 님의 친자가 아닌 바이올렛 님의 혼외
자로 판명되어 바이올렛 님과 함께 제국에서 추방당했습니다. 그것이
17년 전의 일입니다.

친부는 바이올렛 님의 과거 연인이었던 크로아 왕국의 피아스트 후
작님으로 추정되며, 피아스트 후작님께서 모든 정보를 비밀에 붙인 탓
에 확인이 불가능합니다. 또한 바이올렛 님과 클로이 님 모두 행방을
알 수 없습니다. 초상화는 찾는 중입니다. 손에 넣는 대로 보고 드리겠
습니다.』

보고서를 전부 읽자 어렴풋이 들었던 이야기가 떠올랐다.

아주 오래전, 황족 중 누군가가 외국의 귀족 여성에게 한눈에 반
하여 그 마음을 전했으나 그 여성에겐 평생을 약속한 이가 있어 결
실을 맺지 못했다. 마땅히 포기해야 했지만 황족 남성은 차마 그녀
를 향한 제 마음을 접을 수 없었고 강제로 여성을 취해 혼인을 했다.

후에 슬하에 자식 둘을 두고 행복하게 살아가지만, 두 아이 중
하나가 여성의 외도로 생긴 혼외 자식이라는 사실을 깨달은 황족
남성이 크게 분노해 두 사람을 모두 내쳐 추방했다는 시답지 않은
이야기였다.

'그게 실화였군. 그래서 보고서가 빨리 도착한 거였어.'

조금 시간이 지나기는 했지만 황성을 뒤집어 놓았던 사건에 연루된 인물이었기에 빠르게 정보를 얻을 수 있었던 모양이었다. 이미 사랑하는 사람이 있는 여인을 강제로 취해 혼인까지 한 쓰레기가 황족의 일원이라니, 참으로 수치스러운 일이 아닌가. 굳게 닫힌 입매 사이로 비웃음이 새어 나왔다.

황족과 혼인하였던 외국 귀족 여성이 밖에서 만들어 온 자식. 황족으로 자랐으나 엄밀히 따지면 제국의 황실과는 전혀 관련이 없는 자였다. 오히려 크로아 왕국의 귀족이었던 어미와 아비 사이에서 태어난 크로아 왕국의 귀족이라 볼 수 있었다.

프란츠 데이비드.

그가 술에 취해 일생을 보내다가 요절한 이유가 바로 거기에 있었다.

'도대체 이런 복잡한 배경을 가진 자가 아리아 영애와 무슨 관련이 있단 말인가.'

프란츠 데이비드와 바이올렛의 사이에서 태어난 장녀인 프레이가 어미와 함께 추방당한 제 동생의 의복을 아리아에게 입혀 보았다고 했다.

초상화는 아직 구하는 중인 탓에 확언할 수는 없지만, 어렴풋한 과거의 기억으로는 얼굴이 닮았던 기억이 났다. 단순히 얼굴이 닮아서 그런 것이라고 생각했는데, 무언가 더 깊은 사연이 있는 것일까. 퍼즐이 맞춰질 것 같으면서도 맞춰지지 않아 미간에 주름이 생겼다.

'일단 더 확실해질 때까지 영애께는 비밀로 하는 게 좋겠군.'

아직 아리아와 어떤 관련이 있는지 확신할 수 없는 상태였기에 부족한 정보를 섣불리 알리는 것은 그녀의 근심만 늘리는 꼴이 될 것이다.

'벌써 시간이 이렇게 되다니.'

어느덧 해가 완전히 사라져 창밖이 어두워지고 있었다. 아무도 타지 않은 마차는 무게가 줄었으니 좀 더 속도가 붙어 예정보다 일찍 도착했을 것이 분명했다. 어서 아리아를 깨워 대기 중인 마차를 타고 성식으로 문을 통과해야 했다.

"영애. 나가셔야 할 시간입니다."

"......"

"영애?"

"......"

그래서 문 밖에서 몇 번이고 아리아의 이름을 불렀으나 들려오는 대답이 없었다. 낮에 말한 대로 정말 한 번 잠이 들면 깨어나지 못하는 모양이었다.

"......들어가도 괜찮다고 하셨으니, 정말 들어가겠습니다."

그래서 아리아가 허락을 했던 것을 미리 고지하고 조심스레 방문을 열었다. 몰래 침입한 적도 있건만, 허락까지 받은 마당에 괜히 부끄러워져 헛기침을 하며 안으로 들어갔다. 누가 보면 오해할 것이 분명했다.

"......영애."

잠버릇이 없는 모양인지 정자세로 누워 자는 아리아의 얼굴이 어쩐지 창백했다. 아파 보이기도 했다. 그러고 보니 오늘 그녀의 모습이 영 이상했던 것 같기도 했다. 벌레 핑계를 대며 갑자기 아이를 밀치지 않았는가.

'괜찮으신 건가.'

의사를 불러야 할까. 혹시 여러 가지 일이 겹쳐 충격을 받아 몸이 탈 난 것은 아닌지 걱정이 되기 시작했다.

무리도 아니었다. 비록 친자매는 아니라고 하나 여동생에게 모함을 당했는데 어찌 멀쩡할 수가 있을까.

"영애."

아스는 그런 생각을 하다 아리아의 머리카락을 조심히 쓰다듬었다. 그다지 흐트러지진 않았지만 어쩐지 그렇게 하고 싶었다. 깨우고 싶지 않다는 마음이 그 손끝에서도 묻어 나왔다.

그냥 이대로 재우는 편이 좋지 않을까. 이미 확실한 증거와 증인은 만들어 둔 참이니 말이다. 그렇게 생각하며 고개를 잠시 돌리는데 침대 옆 탁자에 놓인 상자가 보였다. 아리아가 늘 지니고 다니던 상자.

'모래시계가 든 상자…… 군.'

가지고 있어야 마음이 편하다고 했던 모래시계가 든 상자였다. 여성이 품에 지니고 다니기엔 조금 특이한 물건이었다.

아리아가 잠이 든 것을 확인한 아스가 조심스레 상자를 손에 들었다. 연약한 영애가 들고 다니기엔 조금 무거운 감이 있었다. 그럼에도 빼놓지 않고 가지고 다니는 것을 보면 어지간히 소중히 여기는 모양이었다.

그렇게 생각하니 내용물이 궁금해져, 상자를 열어 모래시계를 확인한 아스가 다시금 아리아의 눈치를 보며 그것을 손에 들었다.

그런데.

'……뭐지?'

어째서인지 사물을 만지는 것이 아닌 느낌이 들었다. 그럼에도 마치 어딘가에서 느껴 본 적 있는 이상한 감각이었다. 모래시계에선 느낄 수 없는 아주 이상한 감각. 익숙하면서도 낯선 그 감각이 걱정에 휩싸여 있던 아스의 심장을 빠르게 뛰게 만들었다.

도대체 이게…… 왜 아리아의 모래시계에서 느껴지는 것일까. 한참이나 그것을 만지던 아스의 시선이 이내 잠든 아리아의 손으로 향했다. 약지에 끼워진 반지가 마치 아무런 일도 없었다는 듯 본연의 색을 띠고 있었다.

황족과 혼인하여 성수를 마신 여성의 아이. 그 아이와 닮은 아리아.

이상한 느낌이 드는 모래시계. 그리고 색이 변했던 것처럼 보였던 반지와 클로이라는 남성이 제국에서 추방당했다던 17년 전. 아리아 역시 올해 생일이 지나면 열일곱 살이 된다.

……설마.

스스로 생각해도 말이 안 되는 생각임에도 모래시계를 든 손이 조금씩 떨려 오기 시작했다. 퍼즐이 이미 제자리를 찾아가고 있었음에도 억측이라며 고개를 내저었다.

그럼에도 손에서 느껴지는 모래시계가 주는 이상한 감각이 그가 제대로 된 답을 찾아가고 있음을 알렸다. 하지만 그런 느낌과 동시에 불안함도 크게 느껴졌다. 이대로 모래시계를 계속 쥐고 있으면 안 될 것 같다는 불안감이었다. 서둘러 모래시계를 되돌려 놓으려던 때였다.

"내 모래시계……!"

갑자기 눈을 번쩍 뜬 아리아가 아스의 손목을 잡았다. 어째서 당신이 제 모래시계를 가지고 있냐는 듯한 눈빛이었다. 아주 싸늘하고 차갑고 마치 다른 사람을 마주하는 듯한 눈빛. 이에 아스가 답지 않게 당황하며 변명을 했다.

"……탁자에서 떨어질 것 같아서 제대로 놓으려던 참이었습니다."

"탁자에서 떨어질 것 같았다고요?"

그러나 되묻는 아리아의 말투에 가시가 잔뜩 돋쳐 있었다. 단순히 탁자에서 떨어질 것 같았다면 왜 상자가 아닌 모래시계 자체를 직접 쥐고 있는지 묻고 싶어 하는 얼굴이었다.

아무리 당황하여 변명을 했다고는 하지만, 아리아에게 거짓말을 하게 된 꼴이 되어 순식간에 대역죄인이 된 기분이 들었다. 이에 아스가 모래시계를 제자리에 돌려놓으며 사실을 고했다.

"……아니요. 사실 영애가 늘 가지고 다니시는 이 상자가 궁금해 몰래 열어 보았습니다. 정말 죄송합니다."

분명 화를 내겠지. 그리도 아끼는 모래시계인데.

기적을 알아채고 잠에서 깨어나기까지 한 그녀였다. 아스의 솔직한 대답에 한동안 말없이 싸늘한 눈빛으로 그를 쏘아보던 그녀가, 이내 몇 번 느릿하게 눈을 감았다 뜨더니 알겠다며 고개를 끄덕였다.

"알겠어요. 말씀하셨다면 보여 드렸을 텐데요."

게다가 갓 잠에서 깨어나 한껏 날카로웠던 표정도 온데간데없었다. 그녀가 아스를 크게 신뢰하고 있기 때문이었다.

"마차는 도착했을까요?"

"예? 아, 예. 가셔야 합니다."

"그럼 의복을 갈아입고 나갈 테니, 밖에서 뵈어요."

"……알겠습니다."

그리 대답하며 아리아의 방을 나서는 아스가 힐끗 뒤를 돌아보았다.

그 시선이 닿는 곳에는 모래시계 상자가 놓여 있었다.

* * *

아스의 계획대로 몇 개의 도시를 거쳐 순조롭게 크로아 왕국에 다다를 수 있었다. 다행히 이동 속도보다 경비대의 공문서의 속도가 늦어 이동에 무리는 없었다. 국경에 도착한 마차가 점점 속도를 늦추더니 이내 멈춰 섰다.

"아스테로페 님."

곧장 마차 밖에서 레인의 목소리가 들렸다. 밖으로 나오라는 뜻이었다. 아무리 황태자의 마차라고는 하지만, 공식적인 방문이 아니었기에 지금까지와는 달리 정식 절차를 거쳐야 했다. 이에 아스가 곧 나가겠다는 의사를 밝히고 아리아에게 시선을 주었다.

"나가셔야겠습니다."

몇 개의 도시를 거치는 동안 사람을 보내 미리 연락해 놓았기에 다행히 절차를 기다린다거나 무언가를 준비할 필요는 없었다. 간단히 얼굴을 비추고 정말 황태자 일행이 맞는지만 증명한 후 서명을 하면 그만이었다.

"어쩐지 밖이 소란스럽네요."

때문에 아스와 함께 밖으로 나가려던 아리아가 문득 밖에서 들리는 웅성거림에 고개를 갸웃거렸다. 의아해하는 아리아의 모습에 아스가 답해 주었다.

"아마도 저희 마차 때문이겠지요."

줄을 서서 지나가야 마땅한 국경이거늘, 줄도 서지 않고 다짜고짜 맨 앞에 위치한 마차가 궁금했을 것이다. 도대체 어떤 대단한 위인이 타고 있기에 이토록 편의를 봐주는 것일까, 하고.

제국의 문장이라도 찍혀 있었다면 감히 수군대기는커녕 고개를 조아렸겠지만, 현재 아리아와 아스가 탄 마차는 별다른 문장이 없는 마차였기에 사람들의 호기심이 증폭되었다.

"영애, 손을."

먼저 마차에서 내린 아스가 내민 손을 잡은 아리아가 천천히 밖으로 나갔다. 정체를 알 수 없는 의문스러운 마차를 바라보며 수군거리던 이들이 마차에서 모습을 드러낸 아리아를 본 순간 눈이 휘둥그레 커지며 숨을 삼켰다.

세상에 저리도 아름다운 사람이 있을까. 꾸미지 않아도 아름답기에 늘 사람들의 이목을 끄는 그녀였다. 그런데 지금은 보통 때보다도 화려하게 꾸몄으니 아리아의 모습은 그곳에 있던 모두의 시선을 사로잡기에 충분했다.

국경을 통과하기를 기다리는 수많은 인파가 두 사람을 주목하는데, 그들을 헤치고 서둘러 달려오는 자가 있었다. 고위 귀족으로 보이는 자였다. 그가 헐레벌떡 달려와 바닥에 무릎을 꿇으며 인사했다.

"크, 크로아 왕국에 오신 것을 환영합니다. 프란츠 아스테로페 전하."

그리고 이내 밝혀진 아스의 정체에 다시 한차례 수군대던 군중들이 순식간에 딱딱하게 굳었다. 감히 제국의 황태자를 눈앞에 두고 고개를 빳빳이 세우고 있었다니! 때문에 구경하던 인파가 코가 땅에 닿을 만큼 서둘러 허리를 숙였다.

"이렇게 환대를 해 주니 몸 둘 바를 모르겠군."

"여, 영광입니다. 서명하신 후 곧장 문을 통과하시면 됩니다."

손수 눈앞에 대령하는 서류에 아스가 곧바로 제 이름을 적었고 이번에는 아리아의 차례였다. 황태자와 함께 온 여성이었기에 여전히 극도의 저자세를 고수한 남자가 미리 전달받은 문서에 적힌 이름을 입에 담았다.

"로, 로스첸트 백작가의 아리아 영애가 맞으신지요?"

로스첸트 아리아……!?

제국의 힘을 빌려 자수성가하고자 하는 이들이 수두룩한 크로아 왕국이었기에, 이미 아리아의 이름이 널리 퍼져 있었다. 때문에 청중들이 저도 모르게 곁눈질을 하며 그녀의 얼굴을 다시금 확인했다.

투자자의 정체가 어여쁜 귀족 영애라는 말은 들었지만 실제로 보니 아름답다는 말로는 다 표현할 수 없을 만큼 그 아름다움이 과해 모인 이들이 저마다 감탄을 금치 못했다. 그것은 아스와 아리아를 마중 나온 자 또한 마찬가지였기에 본분을 잊은 그가 조금 넋이 나간 얼굴로 멍하니 아리아에게 홀려 있었다.

"서명은 어디에 하면 되죠?"

"……여, 여기에 하시면 됩니다!"

익숙하고 뻔했기에 아리아가 웃으며 그의 본분을 다시 일깨우자, 그제야 제 무례함을 깨달은 남자가 다시금 고개를 조아리며 아리아에게 서류를 내밀었다.

그를 탓하지 않으며 우아하게 제 이름을 기입한 아리아가 서류를 돌려주었다. 이에 남자가 마치 큰 은혜라도 입은 것처럼 그녀에게 몇 번이나 감사의 말을 올렸다.

"숙소를 준비해 두었으니, 부디 편안히 지내시다가 가시기를 바랍니다."

남자가 다시금 머리를 조아렸다. 그 소란스러운 신고식 덕분에 제국의 황태자와 제국의 별이 방문했다는 소문이 순식간에 크로아 왕국 전역에 퍼졌다.

＊　＊　＊

"……외출은 불가능하겠어요."

귀족들만이 묵는 고급 숙소였으나, 밖이 인산인해를 이루어 소란스러웠다. 대부분이 아리아를 한 번이라도 눈에 담고자 하는 평민들이었다.

제국 사람이라면 아카데미에 등록하거나 백작저를 직접 방문하는 아리아를 만날 기회가 있었지만, 크로아 왕국의 이들은 그렇지 않았기 때문이다. 창문 너머로 보이는 그 모습에 아리아가 고개를 젓자, 아스가 읽던 서류를 내려놓으며 웃었다.

"이게 다 영애께서 너무 대단하신 탓이지요."

"……그렇게 말씀하시면 무어라 대답을 해야 할지……."

반박할 수 없었기에 말을 흐리자, 아스의 웃음이 짙어졌다.

"국경까지 넘어 저와 영애가 오랫동안 수도를 떠났다는 증거를 만들었으니, 오후에 마차를 먼저 보내겠습니다."

"저희는요?"

"내일 출발하는 게 어떻겠습니까? 제가 잠시 일이 있어 나갔다 와야 할 것 같습니다."

"일이요?"

크로아 왕국에서 볼일이라. 혹시 공녀에 대한 대비라도 해 놓으려는 참인 걸까 싶어 아리아가 더는 까닭을 묻지 않고 고개를 끄덕였다. 그리고 이번에야말로 정말 마차를 타고 이동해 왔기에 쉬고 싶기도 했다.

"크로아에 제법 솜씨가 좋은 요리사가 있습니다. 코스 요리가 상당히 괜찮았던 기억이 나는군요. 저녁에 함께 가는 것이 어떻겠습니까?"

"좋아요. 기대할게요."

아리아가 빙긋 웃으며 대답한 것과 동시에 레인이 똑똑 방문을 두드렸다.

"아스 님, 소재를 파악해 두었습니다."

이에 잠시 모래시계 상자에 눈길을 준 아스가 검은색 망토를 몸에 걸치며 말했다.

"벌써 시간이 된 모양입니다. 금방 다녀올 테니, 조금만 기다려 주십시오."

그 말을 남긴 아스가 서둘러 방을 떠났다. 정말 중요한 볼일인지 퍽 서두르는 모양새였다. 그가 나간 뒤 달리 할 일이 없어진 아리아가 책을 손에 들었다. 여행 중에 몇 번이나 완독하여 지겨웠지만 여분의 책을 갖고 있지 않아 어쩔 수가 없었다.

그렇게 설렁설렁 책을 넘기며 시간을 보내는데 누군가가 방문을 두드렸다.

벌써 아스가 돌아온 건가? 이렇게 빨리? 그럴 리가 없다고 생각한 아리아가 대답을 하지 않고 가만히 기다렸다. 그러자 문을 두드린 이가 목소리를 내었다. 역시 문을 두드린 자는 아스가 아니었다.

"아스, 나야."

오히려 아스를 찾는 이였다. 낯선 남성의 목소리에 아리아가 잔뜩 경계하며 몸을 움츠렸다. 경비를 세워 뒀을 텐데 어떻게 그것을 뚫고 여기까지 도달한 것인지 모를 일이었다. 게다가 어째서인지 아스를 애칭으로 부르고 있었다.

"왜 대답이 없어? 나라고."

재촉하는 목소리에 아리아가 모래시계 상자를 손에 들었다. 언제든 시간을 되돌릴 수 있도록 말이다. 준비를 마친 아리아가 방문자에게 아스의 부재를 알렸다.

"나간 지 오래예요. 그러니 나중에 다시 오시는 게 좋겠어요."

"……어째서? 나를 만나는 게 우선 아닌가?"

아주 의아해하는 반응에 문득 아스가 볼일 있다고 했던 것이 저 남자가 아닌가 하는 생각이 들었다. 길이 엇갈렸을 가능성이 있었기 때문이다.

"혹시 약속을 하신 분이신가요?"

"아니, 그건 아니야."

그래서 그렇게 물었으나, 남자가 단호하게 아니라고 대답하여 어쩐지 맥이 빠졌다. 이럴 땐 거짓말이라도 하는 것이 보통이거늘. 참으로 솔직한 자였다.

"그럼 역시 나중에 다시 오시는 게 좋겠어요."

"……내가 얼마나 협조를 했는데, 정말 너무하는군."

게다가 저도 기운 빠지는 대답이라니. 마치 투덜거리기라도 하는 그 말투에 한계까지 치달은 경계심이 조금씩 누그러졌다. 그가 한동안 아스를 욕하는 듯 무어라 중얼거리더니, 이내 화제를 돌려 뜬금없는 질문을 했다.

"그나저나, 네가 그 소문의 로스첸트 아리아인가? 목석같은 아스가 홀딱 반한?"

참으로 무례한 질문이었으나, 자신의 정체를 알면서도 반말을 하는 탓에 그가 평범한 이가 아니라는 생각이 들어 지적할 수 없었다.

"……그러는 그쪽은 누구시죠?"

"네 얼굴을 보여 주면 알려 주지. 한눈에 반할 정도로 아름다운 영애라던데, 궁금해서 말이야."

"아뇨. 그렇게까지 궁금하진 않으니 이만 돌아가 주세요."

"하하. 재미있는 영애군."

전혀 웃기지 않는데, 문밖의 남자가 큰 소리를 내며 웃었다. 아주 이상한 남자였다.

"좋아, 그럼 영애의 말대로 나중에 다시 오도록 하지. 영애 혼자 있는 방에 막무가내로 들어갈 수도 없으니 말이야."

다행히 그리 말한 남자가 이내 단정한 발소리를 내며 사라졌다.

그제야 겨우 한숨 돌린 아리아가 의자에 몸을 깊숙이 묻으며 눈을 감았다. 차라리 빨리 제국으로 돌아가고 싶다는 생각이 들었다.

* * *

낮에 외출한 아스는 해가 지고 난 다음에나 숙소에 돌아왔다. 얼핏 비추는 표정이 좋지 못한 것을 보니 일이 잘 풀리지 않은 모양이었다.

돌아온 그는 레인에게 한참이나 심각한 얼굴로 무언가를 지시했고, 그 뒤에 그것을 애써 티를 내지 않으려 노력하며 아리아와 함께 저녁 식사를 하기 위해 숙소를 나섰다.

"입맛에는 맞으십니까?"

"네. 아스 님께서 말씀하신 대로네요."

"크로아에 올 때마다 들르는 곳입니다."

"저도 그렇게 해야겠어요."

언제 예약을 한 것인지 아무도 없는 텅 빈 레스토랑에 아스와 아리아의 말소리만 도란도란 울렸다. 실은 아스가 신경 쓰여 달리 맛을 생각할 여유가 없었지만, 아리아 역시 애써 티 내지 않으며 부드럽게 웃었다.

여유를 갖고 저녁을 먹는 것은 이게 마지막이 될 것이라 생각하니 조금 아쉽기도 했다. 이제 더는 도시에 들러 쉴 필요가 없었기에 큰 도시 몇 개만 거쳐 곧장 수도로 향할 예정이었기 때문이다.

게다가 이미 출발한 마차는 아주 잠깐의 휴식만을 취하며 곧장 수도로 향하고 있었다. 제국을 빠져나올 때와는 다르게 금방 수도에 도착할 것이다. 그러니 더는 아스와 이렇게 줄곧 붙어 있을 시간도 없을 것이다.

그렇게 생각하는 것은 아스 역시 마찬가지였는지 지금 이 순간을 위해 최선을 다하는 것이 느껴졌다. 그래서 아리아 역시 아스에게만 집중하여 저녁을 보내는데, 어떻게 된 일인지 통째로 빌린 레스토랑에 방해꾼이 등장했다.

"아스."

"……로한?"

"왜 나를 제일 먼저 보러 오지 않았던 거지?"

갑작스러운 낯선 이의 등장에 아리아가 퍽 당황하며 아스를 쳐다보았다. 대답을 구하기 위해서였는데, 아스 역시 당황한 모양인지 돌아오는 대답이 없었다.

"로스첸트 영애께서 네가 저녁때나 되어야 돌아올 거라 해서 찾아갔건만, 이미 외출을 한 뒤였고 말이야."

제 이름을 언급하여 그제야 아리아가 로한을 알아보았다.

오전 중에 찾아왔던 그 남자였다. 정말 아스와 아는 사이였는지 그는 의자를 끌어다 앉으며 하소연을 했고, 미처 생각지 못한 상황에 아스의 표정이 얼어붙었다.

"영애께서 내 이야기를 해 주셨다면, 이렇게 귀찮은 일은 없었을 텐……."

그렇게 하소연을 하던 로한이 내내 아스에게 머무르던 시선을 아리아에게 돌렸다.

"……."

그러고는 아주 익숙한 반응을 보이며 말을 멈췄다. 아리아의 외모에 현혹된 자들이 보이는 의례적인 반응이었다.

이를 눈치챈 아스가 서둘러 그의 이름을 불렀다.

"로한."

"……지나친 소문일 거라 생각했는데, 아니었군. 아니, 실물에는 미치지도 못할 소문이었어."

그가 아주 노골적일 정도로 아리아를 훑었다. 그에 불쾌해진 아리아가 미간을 찌푸렸다.

"이야기를 전해 달라는 말씀이 없으셨으니까요."

"……아아, 그래. 내 잘못이군."

"……."

"이렇게 아름다운 영애께서 제국을 넘어 크로아마저 들썩이게 만들 정도로 영민하기까지 하시다니. 신은 참으로 불공평하군."

그래서 신경질을 냈으나 씨알도 먹히지 않았다. 오히려 아주 흥미롭다는 시선이 더해질 뿐이었다. 이를 차단한 것은 아스였다.

"그만해. 어디 산속에 던져 버리기 전에."

그답지 않게 꽤 말이 거칠었다. 아스가 한껏 경고를 한 덕에 하나하나 해부하듯 아리아를 훑던 시선이 겨우 떨어져 나갔다. 괜히 입맛을 다시며 아스의 와인 잔을 가져가는 것이 퍽 아쉬워 보였다.

"용건이 뭐지? 저녁 식사를 방해할 만큼의 가치가 있는 건가?"

"아니, 없어. 그냥 네가 크로아에 왔다기에 들렀을 뿐이야."

"수도에서 한참이나 떨어져 있는 곳인데, 얼굴을 보러 왔다고?"

"그래. 이 바쁜 시기에 '휴가'를 운운하며 크로아에 온 목적이 뭘까 궁금하기도 했고."

모르는 척 묻는 말에 아스가 깊은 숨을 내쉬었다. 그는 지금 이 상황이 무척이나 달갑지 않은 모양이었다. 아리아와의 시간을 방해받은 탓도 있었고, 로한이 아리아에게 관심을 표하는 것도 그러했다.

"그건 나중에 레인한테 물어보고, 이만 돌아가."

"지금 말해 주면 안 돼?"

"그래. 방해되니까 빨리 꺼져."

이번에는 바다에 빠뜨리겠다는 경고를 추가하자, 로한이 그제야 어깨를 으쓱이며 자리에서 일어났다.

"좋아. 어차피 앞으로 만날 기회는 얼마든지 있으니까. 필연적으로 말이지."

그렇게 말한 로한이 작별 인사를 하며 아리아에게 상체를 숙였다. 이에 아리아 역시 고개를 숙여 인사를 하려고 했는데.

"……!?"

"로한!"

어느새 아리아의 손을 낚아챈 그가 그녀의 손등에 입맞춤을 하고 쏜살같이 도망을 쳤다. 그에 놀란 아리아가 물 잔을 엎었고, 그를 쫓아갈 요령이었던 아스가 당황하며 아리아에게 다가갔다.

"영애, 괜찮으십니까?"

"……아, 네."

고작해야 한 사람이 나타났다 사라졌을 뿐인데 정신이 하나도 없었다. 어쩐지 기분이 나빠 손등을 거칠게 닦아 내자, 잔뜩 미간을 구긴 아스가 그러지 못하게 아리아의 손을 잡았다.

"그러다가 다치십니다."

그렇게 말한 그가 불쾌함으로 물든 아리아의 표정을 확인하더니 로한이 입을 맞춘 곳에 자신의 입술을 가져다 대었다. 참으로 별것 아닌 늘 해 왔던 행동인데, 신기하게도 손등에 남았던 불쾌함이 조금이나마 사라졌다.

"……어서 돌아가 쉬시는 편이 좋겠습니다. 로한은 제가 어디 산에라도 버리고 올 테니 염려하지 마셨으면 좋겠습니다."

"……알겠어요."

그리고 무척이나 자신을 걱정하는 아스의 얼굴에 불쾌했던 기분이 조금 더 흩어졌다.

"아침 식사 후 바로 출발하는 편이 좋겠습니다. 제 능력으로 단번에 제국까지 가긴 어려우니, 중간에 마차를 타셔야 합니다."

아스의 설명에 아리아가 고개를 끄덕였다.

드디어 휴가를 끝내고 악녀를 처단하러 갈 시간이었다.

＊　＊　＊

"……어, 어디 갔지?"

아리아와 아스가 환영처럼 사라진 후, 홀로 남겨진 미엘르가 눈을 끔뻑였다. 방금 전에 분명 눈앞에 있었는데. 아니, 그보다 황태자는 갑자기 어디에서 나타났던 걸까.

믿기지 않는 상황에 꿈인가 싶어 당황하며 떨리는 손으로 주변을 이리저리 더듬다가 끊어진 팔찌를 발견했다. 아리아가 차고 있던 팔찌였다.

'꿈은 아닌 모양인데…….'

그렇다면 도대체 어디로 사라진 것일까.

"아가씨! 무슨 일이세요!"

생각할 틈도 없이 미엘르의 비명을 들은 사람들이 몰려들었고, 눈앞에 펼쳐진 참혹한 광경에 사색이 되어 소리를 질렀다.

"꺄아아악!"

"세, 세상에!"

"……백작님!"

"어서 의원을 불러!"

아래층에 있던 그들은 미엘르를 발견하기 이전에 백작을 먼저 발견하여 저마다 비명을 지르며 이 끔찍한 상황을 만천하에 알렸다.

그제야 갑자기 눈앞에서 사라진 아스와 아리아에 대한 의문에서 벗어나 제정신을 차린 미엘르가 끊어진 팔찌를 손에 쥐고 이 참상의 주동자를 고했다.

"……언니예요! 언니가 그랬어요! 갑자기 아버지를 계단 아래로 떠밀고는…… 도망쳤어요!"

창백하게 질린 얼굴로 펑펑 눈물을 쏟아 내며 고하는 미엘르에 관객들의 반응이 사뭇 엇갈렸다.

"아, 아리아 아가씨께서요……?"

"역시 그럴 줄 알았어요! 본성을 그리 쉽게 숨길 수 있을 리가요! 여태 모두를 속여 온 거죠!"

"도대체 어디로 도망친 거예요!? 감히! 어서 잡아야 해요!"

당혹스러워하며 머뭇거리는 저택의 시종들과는 반대로 혈안이 되어 목소리 높이는 손님들의 반응에 힘입은 미엘르가 모르겠다며 고개를 내저었다.

"……너무 순식간에 일어난 일이라서 잘 모르겠어요. 흑……."

하지만 시종들의 얼굴엔 불신이 어려 있었다. 그간 몇 번이나 아리아를 모함한 그녀였기 때문이다.

미엘르의 편인 몇몇 영애들 역시 불안한 기색을 띠었다. 차마 입밖으로 꺼낼 순 없지만 그간 그녀의 행보를 미루어 보아 모든 말이 사실이라고 단언할 수 없었기 때문이었다.

이를 눈치챈 미엘르가 없는 목격자를 만들어 내기 시작했다.

"메디아 영애와 웬디 영애께서 보시지 않았나요? 눈이 마주친 것 같았는데."

표정은 퍽 슬퍼 보였으나 눈빛만큼은 흉흉한 미엘르가 두 영애를 지목했다. 지목당한 두 영애는 별 볼 일 없이 하찮은 가문의 여식들이었다. 편을 들지 않고는 배길 수 없는 힘없는 가문의 여식들.

"……예!?"

"……!"

감히 어찌 미래의 공작 부인이 묻는 말에 아니라고 대답할 수가 있을까. 분명 보지 못했음에도, 그 자리에 없었음에도 두 영애가 서로 눈치를 보더니 이내 고개를 끄덕이며 긍정했다.

"네, 네……. 보, 보았어요."

"저도요……. 아리아 영애가 계단 밑으로 도망치는 것까지요."

"세상에……. 어떻게 그런 폐륜을……!"

그녀들의 진술에 모인 이들이 저마다 분노를 표출했다.

"아버지께서 언니가 전하를 만나는 것을 탐탁하지 않게 여기셔서 그런 게 분명해요……."

더불어 매우 설득력 있는 동기를 부여하자 관객들이 한차례 크게 동요했다. 이에 미엘르가 결정적인 쐐기를 박았다.

"게다가 보세요! 이 팔찌를! 제가 아리아 언니를 붙잡으려고 했더니, 끊고 도망쳤어요!"

정말로 아리아가 차고 있던 독특한 팔찌에 그녀의 편을 자청한 시종들 또한 당혹스러움을 감추지 못했다. 이로서 완벽하게 아리아를 궁지에 몰아넣을 덫을 친 미엘르가 고개를 숙여 티가 나지 않게 조금 웃어 보였다.

"……미엘르."

그리고, 조금 떨어진 곳에서 이를 지켜보던 카인이 입술을 깨물었다.

*　*　*

계단에서 떨어진 백작은 곧바로 방으로 옮겨졌다. 계단에서 떨어진 탓에 어딜 어떻게 다쳤을지 몰라 쉽게 옮길 수 없었지만, 그렇다고 그대로 내버려 둘 수도 없었기에 만인이 주의를 기울였다.

그를 살리기 위해 주치의를 비롯한 명망 높은 의사들이 백작가로 모여들었다. 다행히 죽지는 않았지만 머리를 심하게 다친 모양인지 깨어날 기미가 보이지 않았다.

"……죄송한 말씀이지만, 어쩌면 평생 이렇게 깨어나지 못하실 가능성도……."

주치의의 설명을 들은 백작 부인이 사색이 되어 바닥으로 쓰러졌다. 자신을 지켜 줄 백작이 이런 상태가 된 것도 충격적인데, 그를 그렇게 만든 것이 제 친딸인 아리아라니.

"흐윽……. 아버지……."

"……미엘르, 이만 나가는 게 좋겠구나."

카인이 그런 백작의 곁에서 하염없이 눈물을 흘리는 미엘르의 어깨를 두드렸다. 이만 방에서 나가자는 그 말이 위로를 한다고 보기에는 조금 싸늘했다.

카인의 부축을 받은 미엘르는 그와 함께 아무도 없는 손님방으로 이동했다. 문을 닫고 주변을 둘러본 카인이 이내 미엘르를 부축하던 손을 놓고 제 이마를 짚으며 말했다.

"미엘르, 아무리 생각해도 이건 조금……."

"오라버니, 이제 와서 무슨 말씀을 하시는 거예요?"

카인의 말에 곧바로 슬픔 가득했던 표정을 단번에 지워 낸 미엘르가 싸늘한 표정으로 날카로운 말을 쏟아 냈다. 이에 카인의 눈동자가 흔들렸다.

이미 그녀의 계획에 동참한 이상 벗어날 수 없다는 것을 알면서도 막상 정신을 잃고 쓰러진 아비를 마주하니 마음이 흔들렸기 때문이다.

그런 그의 손을 꼭 붙잡은 미엘르가 자애로운 미소를 띠우며 감언이설로 카인을 설득을 시작했다.

"오라버니. 이미 일어난 일이에요. 그러니 이대로 백작 대리를 맡으시고 언니를 저택에 가두시는 거예요. 그 누구도 만날 수 없게 말이죠. 어차피 처벌하지 않겠다는 의사를 재차 밝히면 법정에서도 어떻게 할 수가 없을 테니까요."

"……."

"이대로 황태자와 이루어지도록 내버려 둘 생각이세요?"

"그건……."

아니지. 카인의 미간이 깊게 팼다. 그가 가장 신경 쓰고 있는 부분을 건드려 틈을 만든 미엘르가 더는 벗어날 수 없도록 미끼를 놓았다.

"그러니 어서 경비대에 신고하도록 해요. 언니가 황태자 전하와 멀리 도망치기 전예요."

"……."

"빨리 잡아야 형을 깎을 수 있을 거예요. 늦어지면 늦어질수록 오라버니의 입김이 닿기 힘들 거라고요. 아시잖아요?"

그녀의 말에 일리가 있었기에 결국 카인은 경비대를 불러 아리아가 백작을 시해하려 했다고 고발했다. 감히 백작을 시해하려 했다는 죄목으로 수색대가 급히 조성되었고, 밤새 사라진 그녀를 찾기 위해 사람들이 분주히 움직였다.

하지만 어디로 도망을 친 것인지 밤새도록 수도를 뒤졌으나 아리아의 머리카락 한 올도 발견할 수 없었고, 결국 다음 날 오후쯤부터 수도 근처의 도시까지 공문이 퍼졌다.

『**이번에야말로 잘해 주실 거라 믿어요. 오스카도 기대가 크답니다.**』

밤사이 이시스에게서 도착한 편지를 손에 꼭 쥔 미엘르가 기쁨의 콧노래를 불렀다. 이대로 백작만 깨어나지 않는다면 모든 것이 순조로울 것이 틀림없었다. 자신은 예정대로 공작 부인이 될 것이고, 오스카와 결혼도 할 것이었다.

'어차피 내 앞날에 도움이 되지 않을 아버지라면, 없는 편이 나아.'

미래를 함께할 이는 백작이 아닌 오스카였기 때문이다.

백작에 대한 신뢰는 예전에 매춘부를 새로운 부인으로 들였을 때 이미 버린 터였다. 이 기회를 통해 아비에게 엄벌을 내리고 매춘부와 매춘부의 딸까지 없애 버릴 수 있으니 아주 현명한 선택임이 분명했다.

"어머니는?"

"……그, 방에서 나오지 않고 계세요."

"그래? 식사를 잘 챙겨 드셔야 할 텐데."

조금만 더 지나면 맨몸으로 쫓겨나 전처럼 거리를 헤매고 다녀야 할 테니 말이야. 지금 잘 먹어 둬야 하지 않겠는가.

'그나저나 왜 잡히지 않는 걸까.'

경비대가 사력을 다해 그녀를 찾고 있는 데다가, 이시즈 공녀 또한 사람을 풀었다고 했다. 카인을 설득해 백작가에서도 사병을 풀었는데 어째서 잡히지 않는 걸까.

'설마, 황태자와 관련이 있는 건 아니겠지.'

갑자기 나타나 아리아를 데리고 홀연히 사라진 황태자.

잘못 본 것이 아닌지 눈을 의심하기도 했지만, 끊어진 팔찌가 정말 그녀가 황태자와 함께 사라졌다는 것을 설명했다.

'도대체 어떻게 사라진 거지? 마치 환영처럼, 연기처럼 순식간에 모습을 감췄는데.'

때문에 황태자를 언급할 수 없었다. 갑자기 황태자가 나타나 아리아를 데리고 사라졌다고 말한다면 그 누가 믿어 줄까. 후에 그가 아리아를 변호할 것이 틀림없겠지만 자신에게는 끊어진 팔찌와 증인이 있었다. 그 어떤 방법을 사용해도 빠져나갈 수 없게 말이다.

'게다가 어차피 황태자 또한 공녀님께 희생당할 운명이니.'

아주 이상했지만 크게 신경 쓸 필요는 없을 것이다.

그런 미엘르가 아리아의 소식을 듣게 된 것은 며칠이 지난 뒤였다.

"……수도를, 빠져나갔다고요? 황태자 전하와 함께?"

"……그렇다는군."

카인이 외부에서 급히 알아 온 소식에 미엘르가 한껏 미간을 좁혔다.

도망을 쳤을 거라곤 생각했지만 설마 수도를 빠져나갔을 줄이야. 설마 범죄자로 내몰리는 상황에 직면하고 나서 그렇게 멀리까지 갔을 거라고는 생각하지 못해 근방을 찾은 것이 전부였건만.

게다가 그녀는 황태자와 함께 휴가를 즐기듯 도시마다 들러 얼굴을 비춘 뒤 크로아 왕국까지 거쳐 수도로 돌아오는 길이라고 했다.

"미친 게 아닐까요?"

"그래, 미친 거지."

그리 대답하는 카인은 미엘르보다 한층 더 화가 난 모습이었다. 할 수만 있다면 당장 아스의 목을 비틀어 버릴 것 같은 눈빛이기도 했다. 아리아를 가둬 놓고자 꾸민 일인데, 갇히기는커녕 아스와 함께 며칠이나 둘만의 여행을 떠났으니 속이 터지고도 남을 일이었다.

"어디 여행이라도 다녀와 범인이 아니라고 할 생각인가 보네요. 어리석게도."

증인과 증거까지 있는데 그런 단순한 여행으로 혐의를 벗으려 한다고? 게다가 아무리 말을 타고 급히 수도를 빠져나갔다고 해도 시간을 역행하지 않는 이상 여행 따위로 혐의를 벗을 순 없었다.

"그래서, 포박해서 데려오는 중인가요?"

"아니, 혐의를 전면 부인하며 제 발로 법정에 서겠다고 했다더군. 그래서 포박은 하지 않고 경비대와 함께 수도로 오고 있다고 들었다."

"정말 천박하고 멍청한 계집이네요……."

어쩌면 소문대로 조금이나마 영특할지도 모른다고 생각했는데. 역시 피는 속이지 못한다고 매춘부에게서 나온 자식이니 총명할 리가 없었다.

"돌아오는 대로 재판을 열어 달라 부탁하고 올 테니, 너도 준비한 것을 잘 확인하도록 해라. 실수 없이 말이야."

혼자서 도망친 것이 아닌 아스와 함께였다는 소리를 들은 카인은 아스에 이어 아리아 역시 용서하지 않을 모양이었다.

꽤 강경한 그의 말에 미엘르가 슬며시 미소 지었다.

"그럼요. 이미 준비는 완벽하니 걱정하지 마세요, 오라버니."

그리고 며칠 뒤, 당당히 수도로 입성한 아리아는 경비대에 둘러싸여 저택으로 돌아왔다. 황태자와 함께이기에 차마 강제로 연행할 수 없었던 모양인 듯 경비대가 연신 눈치를 보았다. 아리아의 마차가 수도 근처에 다다랐을 때부터 대기를 하고 있던 미엘르가 눈물 바람으로 마차에서 내리는 아리아에게 달려들었다.

"어떻게 그런 짓을……! 아버지께 그러실 수가 있으세요!"

참으로 연기가 뛰어났기에 터져 나오려던 웃음을 애써 삼킨 아리아가 퍽 겁에 질린 얼굴로 몇 걸음 뒤로 물러섰다.

"거짓말이 아니었던 거야……? 정말 아버지께서……?!"

마치 사실을 확인이라도 하듯 되묻는 그 모습에 범죄자의 그늘은 없었다. 오히려 믿기지 않는다는 모습이었다.

"나는…… 나는 나를 빨리 돌아오게 할 목적으로 그렇게 둘러댄 건 줄 알았어……. 그래서 혼이 날까 봐 서둘러 돌아왔는데……."

그리 말하는 아리아의 어깨가 바들바들 떨리고 있었다. 안타까울 정도로 가녀린 그 어깨를 감싼 것은 다름 아닌 아스였다.

"이상하군. 영애는 절대 범인일 리가 없는데 말이야."

자신의 편을 들어줌에 잔뜩 겁을 먹은 아리아가 아스의 품으로 파고들었다. 방금 전까지만 해도 미엘르를 가만두지 않겠다고 날을 세웠으면서.

혹자는 아리아의 그런 이중적인 모습에 욕을 할지도 모르겠지만 아스는 아니었다. 그는 원하는 바를 이루기 위해 여론까지 만들어 내는 그녀의 모습이 참으로 마음에 들었다. 게다가 품에 안겨 오기까지 했으니 싫을 리가.

"……아무리 전하께서 그리 말씀하셔도 이미 증거와 증인이 있는걸요. 저도 믿고 싶진 않지만……. 제 눈으로 똑똑히 보았고요."

혼신의 연기를 펼쳤음에도 굴하지 않고 증인까지 있다는 말에 아리아가 몸을 흠칫 떨었다. 그것이 두려워서인 줄 착각한 아스가 시선을 내려 아리아를 확인하자, 두려움에 떨기는커녕 슬그머니 올라가 있는 입꼬리가 보였다.

'거짓이구나.'

정말로 증인이 있다고 하더라도 이미 반박할 수 없는 증거를 만들어 놓은 참인데 하물며 거짓 증인이라니. 수많은 사람들이 그녀의 발언만 듣고서 믿고 있는 듯싶었다.

'스스로 만든 덫에 혼신의 힘을 다해 걸려 드는군.'

구제할 길이 없는 그 모습에 아스가 어쩔 수 없다는 듯 말했다.

"그럼 역시 법정에서 진위를 가리는 편이 좋겠습니다."

"……정 그렇게 하고 싶으시다면 어쩔 수가 없겠지요. 가여운 아버지……. 재판은 언제 열린다고 하였죠?"

지금이라도 죄를 시인하라며 퍽 슬픈 표정을 짓던 미엘르가 줄곧 아스를 노려보던 카인에게 물었다. 오누이가 쌍으로 함정을 파고 먹잇감을 기다리고 있었다니, 참으로 아리아가 가엽지 않은가.

쓴웃음을 지은 아스가 보란 듯이 아리아의 등을 두드리며 머리카락을 쓸어내리자, 분을 이기지 못해 얼굴색이 붉게 변한 카인이 이를 악물고 대답했다.

"……죄인이 등장했으니 지금 당장 진행하는 게 좋겠어."

진정으로 패륜을 저지른 자를 처단할 시간이 다가왔다.

17. 거짓에는
거짓으로

17. 거짓에는 거짓으로

카인의 말대로 재판은 기다릴 것 없이 곧바로 열렸다.

고발을 당한 데다가 증인도 있었기 때문이다. 그럼에도 한참이나 도주를 했던 탓에 아리아는 마땅히 죄인의 자리에 앉아야 했지만, 엠마 때와는 다르게 피고인석에 자리할 수 있었다.

스스로 재판에 참석한 점과 그녀가 죄인이 아니라고 극구 부인한 점, 그리고 그녀 또한 증인이 있다고 주장했기 때문이다. 물론, 그녀가 황태자와 인연이 깊다는 점이 가장 큰 참작 요인이었다.

"아리아……."

아리아의 왼편에 앉은 백작 부인이 사뭇 떨리는 목소리로 그녀의 이름을 불렀다. 그에 아리아가 제 어미에게 시선을 주었다.

안쓰러웠다. 제 딸이 살인자가 될까 봐 홀로 얼마나 괴로운 시간을 보냈을까. 아리아가 차디찬 어미의 손을 두 손으로 포개 잡으며 자신의 결백을 주장했다.

"어머니. 전 정말 죄를 짓지 않았으니 걱정하지 마세요."

"……정말이니? 이 어미가 믿어도 되겠니?"

"그럼요. 제가 아버지를 계단에서 밀어 무엇을 얻겠어요? 이렇게 법정에 서는 것 이외에 말이죠. 게다가 아니라는 증거 또한 충분하니 걱정하지 마세요. 오히려 벌을 받을 사람은 제가 아니라……."

대답을 얼버무린 아리아의 시선이 반대편으로 향했다.

그곳에 자리한 미엘르의 옆에는 처음 보는 남자가 함께였다. 아마도 미엘르의 변호를 담당할 대리인인 듯싶었다. 그리고 그 옆에는 카인도 함께였다.

그들은 이 재판의 결과를 미처 예상하지 못하고, 자신들이 이길 것이라 생각하고 있는 모양이었다. 그 당당하고 오만한 얼굴에 한 치의 물러섬이 없었다. 아주 어리석게도.

"영애는 아무런 죄가 없습니다. 그건 제가 보증하죠."

"그렇게 말씀해 주시니 안심이 되네요……."

아리아의 오른편에 앉은 아스의 덧붙임에 백작 부인의 얼굴에서 걱정이 한 움큼 덜어졌다. 그 누구도 아닌 황태자가 보증한다고 하니 걱정이 사라질 만도 했다. 있는 죄도 덜어 줄 신분이 아닌가.

곧이어 재판장에 사람이 들어차기 시작했다. 아리아가 수도 근처에 나타났을 때부터 소문이 퍼졌던 것과, 재판이 열리기 바로 직전에 수도 전역으로 이 사실이 알려져 현 사태를 주시하는 사람들로 인산인해를 이루었다. 그리고 그곳에서 아리아는 뜻밖의 인물까지 만날 수 있었다.

"……세상에. 아리아 영애, 아니지요? 영애가 한 것이 아니지요!? 무엇보다 괜찮으신가요? 이 수척해진 얼굴 좀 봐……."

재판이 시작되기 전, 소식을 듣자마자 서둘러 달려온 듯 사라가 눈물 바람으로 나타났다. 그녀야말로 안색이 좋지 못한 것을 보니 아리아가 수배를 당한 이후부터 마음 편히 잠을 자지 못한 듯싶었다.

사라의 손을 잡고 나타난 빈센트 후작 역시 아리아에 대한 소문은 전혀 믿지 않는다는 듯한 얼굴이었다. 이에 아리아가 고개를 끄덕이며 죄를 부정했다.

"괜찮아요, 사라. 전 정말 범인이 아니니 걱정 마세요. 제 무죄를 꼭 입증할게요."

"그럼요. 믿어요. 아리아 영애."

"저 역시 무운을 기원하겠습니다."

그밖에도 버붐 남작과 애니, 제시, 아리아를 추종하는 이들과 미엘르를 옹호하는 영애들이 다수 재판장에 자리했고, 아리아의 최후를 기대한 모양인지 이시스 또한 미엘르의 뒷자리에 착석했다.

이시스는 황태자와 나란히 앉은 아리아를 찢어 죽일 듯 노려보다가, 이내 미엘르의 어깨를 토닥이며 위로를 건넸다. 아마도 그녀의 공을 칭찬하고 있을 것이다. 더러운 매춘부의 딸을 잘 처단했다고 말이다.

'참으로 어리석은 이들이야.'

조금 후 어떤 얼굴로 법정을 빠져나가게 될지도 모르면서 잔꾀로 이루어진 조악한 관계를 자랑하다니. 용기를 북돋아 줄 생각인지 아스가 아리아의 손을 잡았다. 이와 동시에 재판관이 등장했고, 곧 재판이 시작되었다.

"재판을 시작합니다."

재판관은 다름 아닌 프레이였다. 귀족들의 재판을 주로 담당하는 프레이였기에 이번에도 그녀가 배정된 듯싶었다. 어차피 지지 않을 재판이긴 했지만 과연 프레이의 존재가 득일지 실일지를 고민하는데, 그녀의 등장을 확인한 아스의 표정에서 긴장이 조금 사라져 있었다.

"피고, 로스첸트 아리아 영애께서 로스첸트 백작을 계단에서 밀친 죄로 고발을 당하였는데, 그것이 사실인지요?"

엠마 때와 마찬가지로 프레이가 곧장 아리아의 죄를 물었다.

이에 아리아가 고개를 저으며 자신의 죄를 부인했다.

"아니요. 저는 아버지를 밀치지 않았어요. 애초에 그 자리에 없었고요."

"……그렇군요."

아리아의 대답에 프레이가 미약하게나마 고개를 끄덕였다. 시종일관 차갑게 응대했던 엠마의 재판과는 다른 모습이었다. 게다가 표정 또한 어딘가 석연치 않아 하는 구석이 있었다.

"……로스첸트 미엘르 영애께서 주장하시는 바에 의하면 로스첸트 아리아 영애께서 백작을 계단에서 밀치고 그대로 도망을 쳤다고 하셨는데, 사실인지요?"

"네! 그 장면을 똑똑히 목격했고 저 이외에도 두 사람이 이를 보았습니다. 계단 밑으로 도망치는 것까지요! 그렇죠? 메디아 영애, 웬디 영애?"

"……네? 네……!"

"그, 그럼요. 똑똑히 보았지요……."

미엘르의 물음에 메디아와 웬디가 눈치를 보며 긍정했다. 목격자가 가장 중요한 사건이니 만큼 위증을 하는 것에 조금이나마 가책을 느끼는 모양이었다.

게다가 두려울 것이다. 자칫 잘못하여 아리아가 무죄라는 증거가 나오기라도 한다면 다음에는 증인석이 아닌 정중앙에서 재판관을 올려다보아야 할 테니까.

미엘르 한 명이 아닌 셋이 그렇다고 주장하자 배심원석이 한차례 동요했다. 이에 프레이가 미리 전달받은 고발장과 미엘르의 진술 등을 다시금 눈에 담으며 상황을 정리했다. 불리하게 돌아가는 상황에 아리아와 손을 맞잡은 백작 부인의 손이 점점 차가워졌다.

"……좋습니다. 증인이 충분하니 이대로라면 로스첸트 아리아 영애의 죄가 확실하겠군요. 달리 반박은 없으십니까?"

이번에는 아리아의 차례였다. 아리아가 당당히 자리에서 일어나 자신의 무죄를 주장했다.

"당연히 저는 죄가 없습니다."

아리아의 당당함에 프레이의 미간에 자리했던 주름이 순식간에 사라졌다. 그녀가 어서 말해 보라는 듯 고개를 끄덕였다.

"애초에 저는 해당 시각에 저택에 없었습니다. 옆에 계시는 황태 자 전하와 함께 수도를 떠나 있었으니까요."

"……그것참. 증명하기 어려운 주장이군요."

"아니요. 신께서도 절 가엽게 여기셨는지 증명할 기회를 만들어 주셨더군요."

말도 안 되는 주장을 함에 미엘르가 거짓말하지 말라며 목소리를 높였다.

"그럴 리가 없잖아요? 제가 이 두 눈으로 똑똑히 보았는데! 아버 지를 계단에서 떠밀고는 어떻게 저리도 뻔뻔할 수가 있죠!?"

누가 할 소리를. 양부도 아닌 친부를 민 여인치고는 뻔뻔하기 그지없는 모습에 웃음도 나오지 않았다. 그래, 그러니 과거에도 자신의 찻잔에 독을 넣으면서까지 더러운 계략을 꾸민 것이겠지.

"……아버지를 누가 밀었는데. 뻔뻔한 건 내가 아니라 진범이겠지."

"거짓말 좀 그만하세요!"

"미엘르, 지금이라도 진범을 밝히고 네 위증을 철회하렴."

"진범은 언니잖아요!"

"그만. 그만하세요. 법정입니다."

두 사람이 당장이라도 싸울 기세였기에 프레이가 목소리를 높여 중재했다. 어차피 아리아가 진범이 아니라는 증명만 내세우면 자연히 미엘르의 위증이 확실해졌기에 괜히 열을 내어 싸울 필요가 없었다.

"제가 해당 시각에 저택에 없었다는 증거가 있습니다."

"……거짓말! 분명 모두가 언니를 보았어요!"

증거까지 있다는 아리아의 말에 미엘르가 자신의 뒤에 앉은 영애들을 차례대로 응시하며 눈빛으로 대답을 강요했다.

"그렇지요? 영애들도 보셨지요?"

그러곤 영애들을 닦달하여 대답을 이끌어 냈다.

"……네. 보긴 보았죠."

"맞아요. 저택에 돌아왔을 때 마주쳤어요."

"저는 대화까지 했는걸요."

이번에는 진짜 보았기에 어려움 없이 증언이 튀어나왔다. 진심이 담긴 얼굴들이었다. 이에 아리아가 여상한 미소를 지으며 긍정했다.

"그래요. 저택에 방문한 건 사실이에요. 그런데 혹시, 제가 저택 안으로 들어간 뒤에도 저를 본 사람이 있나요?"

"……!"

"…….."

"없죠? 그도 그럴 것이, 바로 저택을 빠져나갔으니까요."

아무리 미엘르의 편이라고는 하지만, 법을 어기거나 위증을 하여 그녀를 돕고자 하는 영애는 없었다. 게다가 대부분의 이들이 미엘르의 주장을 신뢰하고 있었기에 미처 아리아의 반박을 예상하지 못한 듯싶었다.

"그런데, 이상하네요."

순식간에 싸늘해진 법정에 정말 이상하다는 듯한 의문을 담은 아리아의 목소리가 울렸다.

"계단에서 도망치는 저를 보았다던 두 분의 영애께선, 왜 아무런 말씀이 없으실까요?"

백작을 밀고 계단에서 도망치는 것을 보았다고 증언하였으니, 저택에 들어간 이후의 아리아를 봤다는 말이었다. 그럼에도 왜 아무런 말이 없을까. 어째서 아리아의 질문과 자신들이 본 것을 연관시키지 못하는 걸까.

"그, 그건……!"

"……아, 그러고 보니 보았어요! 저희가 보았네요……. 네……."

아리아가 친절히 일깨워 주고서야 튀어나온 그 어색한 대답에 재판장에 자리한 모든 이가 그녀들의 증언에 의문을 가졌다. 아리아가 차근차근 반박을 계속하자, 프레이가 다시금 그녀에게 사실 유무를 물었다.

"다시 한번 묻죠. 영애가 저택을 빠져나가는 것을 본 사람은 있나요?"

"아뇨, 불행히도 없어요. 그렇지만 제가 저택에 남아 있었다는 걸 본 사람도 없죠. 절 봤다고 말하는 미엘르와 메디아 영애, 그리고 웬디 영애를 제외하고는요. 아, 그리고."

두 명 더 있었다. 아주 불안한 눈빛으로 자신을 응시하는 두 어린양이 있었다. 아리아가 그녀들을 언급했다.

"제 시녀인 제시와 애니도 저를 보았네요."

"마, 맞아요. 저는 아가씨께서 청소를 명하셔서 청소를 끝내고 방에서 나갔어요."

"저도 잠시 아가씨를 뵌 것밖엔……. 그 이후에는 독서를 하신다고 하여 방을 나가 뵙지 못했어요."

결국 이번에도 아리아를 끝까지 본 사람은 없었다. 분위기가 점점 미엘르에게 좋지 못한 방향으로 흘러가자, 그녀의 대리인이 자리에서 일어났다.

"로스첸트 미엘르 아가씨의 대리인입니다. 아가씨께서 아직 충격에서 벗어나지 못한 점을 감안해 제가 대신 변론하겠습니다."

"그렇게 하세요."

프레이의 허락이 떨어지자, 그가 곧장 아리아의 주장에 허점이 있다는 것을 설명했다.

"아리아 영애께선 계속 저택에 없었다는 것을 주장하고 계시지만 그것을 증명할 방도가 없습니다. 게다가 세 분의 영애께서 아리아 영애가 백작님을 계단에서 민 것을 보았다고 증언하고 있고요."

"확실히 그렇지요."

"그러니 신빙성이 있는 것은 미엘르 아가씨의 증언입니다. 불행히도 아리아 영애께선 반박할 자료도, 증인도 없으시지요."

그에 대해선 모두가 수긍하는 눈치였다. 증인이 확실한 미엘르의 주장에 힘이 실렸다.

"아니, 그 문제라면 내가 증인이 되지."

그러나 대리인이 거기까지 말했을 때, 그간 가만히 지켜보고 있던 아스가 입을 열었다.

"다들 이미 알고 있겠지만, 영애는 나와 함께 수도를 떠났으니까 말이야. 바로 오늘 돌아왔지."

이에 조목조목 반박을 하던 대리인이 눈치를 보았다. 반박을 해야 할 대상이 황태자였기 때문이다. 그럼에도 본분이 있었기에 괜히 헛기침을 하며 시선을 이상한 데다가 두고 반박했다.

"……그거야 범행 후에도 얼마든지 가능하겠지요."

"영애께서 그 시간에 저택에 없었다는 것을 증명할 증거가 있다."

"즈, 증거 말씀이십니까……?"

"그래, 증거. 마침 지불을 마치고 돌아온 길이라서 명세서까지 갖고 있지. 신께서 억울한 아리아 영애를 도우실 생각이었던 모양이야."

아스가 품에서 서류를 꺼내 들었다. 프레이의 지시에 따라 해당 서류가 재판관에게 넘어갔다.

"이건……. 외상 명세서?"

"예. 영애와 몰래 수도를 빠져나가 옆 도시에 도착은 했습니다만, 마음이 급해 미처 돈을 준비하지 못했었습니다. 때문에 외상을 하게 되었고 돌아오는 길에 그것을 갚았다는 명세서입니다."

황태자가 외상을? 그 말도 안 되는 증거에 방청석이 술렁였고, 미엘르는 다시금 거짓말이라고 고함을 치고 싶어 하는 얼굴이었다.

"재판관님. 명세서에 적힌 날짜와 시간을 주목해 주시기를 바랍니다."

아스의 말에 프레이가 명세서에 적힌 날짜와 시간을 확인했다.

"……사건 당일의 오후 열한 시경이군요."

"예. 만약 영애께서 백작을 밀고 난 뒤에 도망쳤다면, 해당 시각에 옆 도시까지 이동하는 건 불가능합니다. 말을 타고 반나절을 달려야 도착할 수 있는 거리니까요."

반박할 수 없는 증거의 등장에 프레이의 표정이 한결 밝아졌다. 이것이 진짜라면 미엘르와 아리아의 자리가 뒤바뀌게 된다는 점을 깨달은 대리인이 사색이 된 얼굴로 반박했다.

"재, 재판관님. 그런 증거는 얼마든지 만들어 낼 수 있는 증거입니다!"

"증인들도 다수 있으니 확인해 보시기를 바랍니다."

"좋아요. 지금 당장 사람을 보내서 확인토록 하겠습니다."

프레이가 무언가를 적은 서류를 대기 중이던 시종에게 건넸고, 그것을 확인한 시종이 곧장 법정을 떠났다. 정적이 휩싸인 법정에서, 이번에는 아리아의 맑은 목소리가 울렸다.

"재판관님. 혹시 몰라 도시를 오가며 받은 통행 허가서도 가져왔는데 제출해도 될까요?"

"……물론이죠. 그것 또한 시간을 계산하기 용이하니 아주 큰 증거가 되겠군요."

통행 허가서를 확인하는 프레이의 얼굴이 사뭇 진지했다. 그럼에도 더는 아리아에게 증거를 요청하지 않음에 말은 하지 않았지만,

그녀가 진범이 아니라는 쪽으로 여론이 기울었다.

"좋습니다. 양측의 주장은 이게 끝인가요? 황태자 전하께서 제출하신 증거의 사실 유무를 확인하기 위해 잠시 휴정을 할 생각입니다만."

사실이 확인된다면, 이번에야말로 자리가 뒤바뀌게 된다.

아니, 미엘르는 아리아의 자리가 아닌 엠마의 자리로 이동해야 할 것이다. 형장의 이슬로 사라진 엠마만큼 무거운 처벌을 받게 되겠지.

"아가씨……!"

대리인이 서둘러 미엘르를 불렀다. 그녀의 뒤에 착석한 이시스는 당장이라도 법정을 뛰쳐나갈 것처럼 몸을 떨며 사색이 되어 있었다. 카인 역시 생각지도 못한 상황에 손바닥에 손톱이 팰 정도로 주먹을 쥐고 초조함을 감추지 못하고 있었다.

미엘르 또한 동요하였으나, 이내 정말로 백작을 민 자리에 아리아가 있었다는 사실을 상기시키고 조금씩 침착함을 되찾았다.

거짓 증거가 틀림없을 것이다. 그저 시간을 끌기 위한 방편에 불과했을 것이다. 모두 자신을 겁에 질리게 만들 날조에 불과할 것이다. 그도 그럴 것이 백작이 계단에서 떨어지는 순간, 정말로 아리아가 저택에 있었기 때문이다.

그렇게 점점 이성을 되찾아 가던 미엘르가 이내 자신에게 또 다른 패가 있다는 것을 깨달았다. 아리아가 저택에 있었다는 결정적인 증거를.

"……아니요! 하나 더 있어요!"

자리에서 일어난 그녀는 손에 무언가를 쥐고 있었다. 눈을 가늘게 떠 그것을 가늠한 아리아가 회심의 미소를 지었다.

"하나 더 있다니, 그게 무엇이죠?"

프레이가 차가운 얼굴로 되물었다. 이미 그녀는 아리아가 범인이 아니라고 생각하는 모양이었다. 그도 그럴 것이 아직 재판은 끝나지 않았으나, 그 어떤 증거를 가져와도 반박할 수 없는 주장과 증거를 제출한 탓이었다.

"언니의 팔찌예요!"

미엘르가 품에서 끊어진 팔찌를 꺼내 들었다. 그것이 뭐 어쨌냐는 시선이 이어지자, 미엘르가 서둘러 설명을 덧붙였다.

"언니가 늘 차고 다니던 팔찌죠. 아버지를 계단에서 밀고 급하게 도망을 가는 도중에 떨어뜨리셨어요! 제가 현장에서 주웠고요."

그녀가 들어 올린 팔찌는 귀족 영애에게는 어울리지 않는 독특한 디자인이었기에 여타 영애들도 곧 그것을 알아보았다.

"아아, 그러고 보니 저도 그 팔찌를 봤어요! 저택에 들어가실 때 팔찌에 대해 이야기를 나누었죠. 모양이 특이해서 눈이 갔거든요."

"저도 그 자리에 있었어요! 아마 황태자 전하께서 선물하신 팔찌라고 하셨지요? 분명 손목에 차고 계시던 걸 보았어요."

저택에 도착한 아리아의 팔찌를 비꼬았던 영애들이었다. 저택에 들어갈 때까지만 해도 팔에 차고 있던 팔찌가 왜 미엘르의 손에 쥐어져 있을까. 바로 외출을 했다고 했는데 언제 떨어뜨린 것일까.

게다가 황태자가 준 소중한 팔찌라면서 어떻게 떨어뜨린 줄도 모르고 저택을 나섰을까. 혹시 급히 저택을 떠나야 할 일이 생겼던 건 아닐까? 생각하면 할수록 아리아가 불리해지는 그럴듯한 증거였기에 모두가 그녀의 대답을 기다렸다.

"영애, 설마 제가 드린 팔찌를 잃어버리신 건 아니시겠지요?"

그리고 아스가 퍽 섭섭하다는 얼굴로 물었다.

아리아 못지않게 그럴싸한 연기를 펼치는 그를 누가 황태자라고 할 수 있을까. 이에 아리아가 무슨 영문인지 모르겠다는 얼굴로 대답했다.

"그럴 리가요! 미엘르, 무슨…… 말인지 잘 모르겠는데……. 그건 내 팔찌가 아니야."

"이런 모양의 팔찌가 흔할 리도 없는데 언니 팔찌가 아니라고요? 이렇게 본 사람이 많은데요? 분명 복도에 떨어뜨리셨잖아요! 곧장 나가시지도 않으셨고요! 거짓말을 하셔도 소용없어요!"

이번에야말로 거짓이 아닌 진실이었기에 미엘르가 목소리를 높였다.

때문에 아리아가 꽤 억울하다는 듯한 표정으로 제 팔을 들어 보였다.

"무슨 말을 하는 거야, 미엘르. 전하께서 주신 팔찌는 여기 이렇게 내 손목에 있는데……!"

그러자 한껏 손을 들어 보인 아리아의 가녀린 손목에 미엘르의 손에 들린 팔찌와 같은 팔찌가 채워져 있었다. 아스에게서 받은 또 하나의 팔찌였다. 어째서 저 팔찌가 다시 아리아의 손목에……!? 그것을 확인한 미엘르의 눈이 믿을 수 없다는 듯 커졌다.

"네가 갖고 있는 그 팔찌를 어디서 구했는지는 모르겠지만, 전하께서 주신 이 팔찌는 한순간도 내 몸에서 떼어 낸 적이 없는걸?"

아무렇지 않게 거짓말을 하는 아리아의 곁에서 아스가 한마디 거들었다.

"……역시 그러셨군요. 아무리 아리아 영애를 범인으로 몰고 싶다고 하여도 그런 것을 증거로 내밀다니. 영애를 위해 특별히 제작한 팔찌라서 세상에 단 하나밖에 없는 것인데 말입니다. 미엘르 영애께서 갖고 계신 그 팔찌의 출처가 궁금해지는군요."

마치 아리아를 범인으로 몰기 위해 가짜를 만들어 내기라도 했다는 듯한 그 말투에 미엘르의 얼굴이 차갑게 얼어붙었다.

'정말 저 천박한 여자의 팔찌가 맞는데!'

갑자기 나타난 황태자와 함께 도망을 치기 전에 떨어뜨렸던 그 팔찌가 확실했다. 그래서 다시금 그렇게 주장하고 싶었지만, 프레이 역시 아리아의 편에서 재판을 진행하고 있었기에 가엽게도 미엘르의 주장은 거짓으로 매도되었다.

"그렇군요. 미엘르 영애께서 주장하시는 팔찌는 아리아 영애께서 잃어버리시지 않고 가지고 계신 것 같지만……. 일단은 알겠습니다. 두 분의 팔찌를 확인하고, 주장을 토대로 공정하게 판단하도록 하겠습니다."

공정하게 판단하겠다는 프레이의 말이 퍽 차가웠다. 이에 창백하게 질려 다리가 풀린 미엘르가 제자리에 주저앉았다. 결국 그녀의 추태를 보다 못한 이시스가 자리를 박차고 일어나 법정을 떠났고, 카인 역시 헛소리를 하는 제 여동생을 보며 이를 갈았다.

거짓 증거로 아리아를 매도하려 했던 미엘르에 청중들이 침묵을 지켰다. 그 사이에서 미엘르가 속눈썹을 파르르 떨며 그제야 합리적인 의심을 시작했다.

'설마 두 개를 가지고 있었던 건……!'

어쩌면 이 끊어진 팔찌가 하나 더 있을지도 모른다는 생각이 들었다. 연인이라면 의례적으로 장신구를 나누어 끼곤 했으니, 아리아 역시 황태자와 맞춘 팔찌는 아닐까.

아니, 독특한 모양의 팔찌이기는 하나 그다지 비싸지 않을 것 같고 질 또한 좋아 보이지 않으니, 말로만 특별히 제작했다고 하는 것이고 국외 어디선가 대량으로 파는 팔찌여서 다시 구입한 걸지도!

마음이 급해진 미엘르가 감히 황태자에게 거짓을 말하는 건 아니냐고 따져 들었다. 제정신이라면 할 수 없는 행동이었지만, 지금의 미엘르는 제정신이 아니었다.

"파, 팔찌를 잃어버린 언니에게 전하께서 새로운 팔찌를 주신 건 아니시고요……!? 전하께서 가지고 계시던 여분의 팔찌를 언니에게 준 건 아니신가요……!?"

"……참으로 무엄한 여인이군."

아무리 적대 세력이라고는 하지만 어떻게 황태자의 면전에서 그를 의심하는 발언을 할 수가 있을까. 미간을 한껏 찌푸린 아스가 불쾌하다는 대답을 했고, 미엘르가 도를 넘어섰다는 것을 알아챈 영애들이 몸을 사리며 눈치를 보았다. 애초에 미엘르의 말 한마디만으로 그녀를 옹호한 것이 잘못되었다며 조금씩 후회하기 시작했다. 이미 늦어 버렸음에도 불구하고.

"영애는 지금 내가 연인을 구하기 위해 증거를 조작하기라도 했다는 말인가? 아무런 근거도 없이? 설령 내가 정말 아리아 영애께 팔찌를 하나 더 드렸다고 하더라도 어떻게 확인할 거지? 자신의 말에 책임을 질 수 있나?"

"그, 그건……!"

아스의 비웃음에 이번에야말로 미엘르의 말문이 막혔다. 마치 그건 네가 한 일이 아니냐는 듯한 비웃음이었기 때문이다. 목격자도 증거도 충분했기에 분명 아주 쉬운 일이라고 생각했는데, 도대체 이게 어떻게 된 일일까. 이번에야말로 완벽하다고 생각했는데!

분명 백작을 계단에서 밀었던 시간에 저택에 있었던 아리아에게 반박할 수 없는 증거가 생겼기 때문이었다. 실제로 그녀가 밀지는 않았으나 정말로 백작이 떨어지던 순간에 저택에 있었는데도 불구하고 말이다.

억울함에 눈물이 나올 것 같았다. 그간 자신의 말을 믿어 주었던 이들이 모두 등을 돌려 외면함에 숨이 막혀 왔다. 이런 고통은 아리아가 느껴야 마땅하거늘, 도대체 왜 자신이 이런 꼴이 되어 버렸는가.

"저…… 정말이에요. 언니가 아버지를 밀었어요……! 다들 보셨잖아요……! 계단 끄트머리에 서 계시던 아버지를 있는 힘껏 밀어 버린 언니를요……!"

이미 모두 미엘르가 거짓말을 하고 있는 것이 아닌지 의심하는 상황이었지만, 미엘르는 포기하지 않고 아리아가 백작을 떠밀었다고 반복하여 주장했다. 목소리는 반쯤 잠겼고 입술은 덜덜 떨리고 있었지만 그녀는 포기하지 않고 아리아를 매도했다.

하지만 더는 들을 가치가 없는 헛된 주장이었다. 때문에 그 누구도 귀를 기울이지 않음에 미엘르의 얼굴이 백지장처럼 하얗게 질렸고, 곧 쓰러질 것처럼 보였다. 오히려 아리아에 대한 동정만이 높아졌다.

'어째서……! 어째서 다들 나를 그런 눈으로 보는 거야!'

미엘르의 목소리가 점점 원망으로 흐려졌다. 정말로 아리아와 미

엘르가 서로 뒤바뀐 듯한 모습이었다. 과거로 돌아온 아리아가 그
토록 바라고 바랐던 순간이기도 했다.

"미엘르……. 내가 어떻게 아버지를 계단에서 밀겠어. 그래 봤자
얻는 것은 아무것도 없을 텐데……."

때문에 아리아가 쐐기를 박기 위해 눈물을 짜내며 그리 말하자,
옆에 앉은 백작 부인 역시 조금씩 흐느끼기 시작했다. 거짓으로 만
들어 낸 아리아와는 다르게 한껏 진심이 담긴 눈물이었다. 그간 홀
로 마음고생을 했던 연약한 여인의 눈물이기도 했다.

가여운 모녀를 위로하는 아스와 이를 지켜보는 청중들. 그리고
한결같이 거짓으로밖에 생각되지 않는 주장을 펼치는 미엘르에 이
제 악녀라는 오명은 아리아를 떠나 새로운 이에게 옮겨 갔고, 선고
는 불 보듯 뻔했다.

"이제 끝인가요?"

프레이가 서류에 무언가를 적으며 물었다. 아니, 묻는 말투였으
나 확언에 가까웠다. 이제 정말 네 주장을 들을 가치가 없다는 확
언이었다.

자신을 향해 쏟아지는 날카로운 시선에 미엘르가 숨을 삼켰다.

이대로 끝낼 순 없었다. 악녀라는 오명을 뒤집어쓰고 엄벌에 처
하는 결말이라니! 이런 결말은 진짜 악녀인 아리아에게나 합당했
다. 천박하고, 미천하고, 더러운 계집에게나!

'누가, 누가 날 좀 도와줘!'

도움을 청하려 미엘르가 제 옆에 앉은 오라비를 보았으나, 그는
이미 미엘르에게 회생의 기회가 없다는 것을 깨닫고 시선을 바닥
에 두고 있었다.

어차피 백작이 혼수상태에 빠져 백작 대리의 권한을 얻은 그는 예전과 다르게 권력을 손에 쥐었기에, 제 마음을 빼앗은 아리아보다는 여동생이 처벌받는 편이 낫다고 생각하는지도 모르는 일이었다.

대리인 역시 계속해서 헛소리를 하는 그녀를 위해 해 줄 변론이 없는지 이마에 흥건한 땀만 닦고 있었다. 이 일을 맡은 것을 후회하고 있을지도. 때문에 이제 더는 미엘르의 편이 되어 주지 않을 것처럼 보였다. 게다가 자신을 위해 온갖 감언이설을 쏟아 냈던 영애들도, 목격자가 되어 준 메디아와 웬디 영애도 모두 시선을 피한 채 미엘르를 외면했다.

"그…… 그게……!"

미엘르가 손을 떨며 말을 더듬었다.

그녀의 맑은 녹색 눈에는 투명한 눈물이 가득했다. 무어라 변명을 하고자 하는 입술이 파르르 떨렸다. 혹시나 하여 뒤를 돌아봤지만 떠난 이시스의 자리에는 냉기만이 가득했다. 그녀가 떠났다는 것은 오스카 역시 자신을 떠나게 될 수 있다는 뜻이었다.

'이제 날 지켜 줄 아버지도 계시지 않는데, 어떻게 해야……!'

모든 것을 잃을 위기에 처해 방황하던 미엘르의 눈이 닿은 곳은 아리아와 아스가 있는 반대편이었다. 보란 듯이 아스에 의지하는 모녀를 보자 식은땀으로 얼룩진 이마가 뜨겁게 달아올랐다. 이게 다 갑자기 나타나 아리아를 데리고 사라진 황태자 때문이었다.

갑자기 환영처럼 나타나 아리아를 데리고 사라진 황태자.

차마 황태자를 이번 사건에 끌어들일 수 없었기에 언급을 회피하고 있었지만, 이제 더는 가릴 수가 없는 처지에 처했다. 그래서 안 된다는 것을 알면서도 입이 저절로 그를 언급하기 시작했다.

"그, 그러고 보니, 저택에서 전하를 뵈었어요……!"

"……나를?"

"전하께서, 전하께서 바닥에 쓰러진 언니를 데리고 사라지셨어요! 갑자기 나타나셨어요! 환영처럼요!"

"하……. 이제 정말 아무 말이나 내뱉는군."

아스가 황당하다는 듯 헛웃음을 내뱉자, 미엘르가 목격자가 된 영애들에게 동의를 구했다.

"그, 그렇지요? 메디아 영애, 웬디 영애?"

되돌아갈 수 없는 길을 걷게 되어 눈물을 뚝뚝 흘리는 그녀의 모습은 기괴하기 그지없었다.

"……네!?"

그렇다고 대답할 리가 없었다. 이미 침몰한 배에 다시 승선할 멍청이는 세상에 존재하지 않았으니까. 게다가 환영처럼 나타났다니? 이 무슨 해괴한 소리인가. 때문에 그녀들이 고개를 젓자, 미엘르가 소리를 내어 울음을 터뜨렸다. 몸은 이미 의자 밑으로 쓰러진 지 오래였다.

그런 그녀를 부축하는 이는 아무도 없었다. 미엘르의 상태가 심히 이상하기도 했고, 혹시라도 잘못 연관되어 황태자의 엄벌을 받을까 봐 두려워서였다.

"왜, 왜……! 왜 내 말을 믿어 주지 않는 거예요……! 정말 보았어요, 보았다고요…… 제발 누가……!"

법정에 울리는 울음소리에 혀를 찬 아스가 프레이에게 미엘르의 정신 감정을 요청했다.

"……정신 감정이요?"

"아무래도 단단히 미친 것 같습니다. 그렇지 않고서야 저런 헛소리를 할 리가 없으니까요. 보십시오. 지금 그녀의 상태를."

"……확실히 이상하긴 하군요."

긍정하는 프레이에게 이번에는 눈시울을 붉힌 아리아가 말했다.

"……그리고 저택에 계셨던 영애들의 정신 감정도 필요할 것 같아요. 분명 저는 그곳에 없었는데도 불구하고 자꾸 보았다고 하시니까요. 아! 그러고 보니……."

그러다가 무언가 생각이 났다는 듯 눈을 동그랗게 뜨는 아리아에게 청중들의 호기심이 쏟아졌다.

"어쩌면……. 티 파티가 아닌 다른 파티였을지도 모르겠어요. 그렇지 않고서야 단체로 이상한 기억을 가질 리가 없을 테니까요……. 듣자 하니 밤이 되도록 저택에 남아 계셨던 모양인데, 미성년자인 영애들께서 그리도 늦은 시간까지 파티를 지속했던 것이 이상하기도 하고요……."

조심스레 말을 잇는 아리아를 가만히 응시하던 아스가 환각제라는 단어를 입에 담았다. 환각제는 일부 귀족들 사이에서 암암리에 소비되고 있었기에 구하기 어려운 것도 아니었다.

물론 정신과 신체를 피폐하게 만들기에 처벌이 엄격했지만 잡는 것이 쉽지 않았고, 또 그간 황족들의 권위가 낮았기 때문에 굳이 잡으려는 시도도 하지 않았었다.

하지만 지금이라면. 아리아를 등에 업고 황족의 권위를 되찾은 지금이라면 사정은 달랐다. 하물며 한낱 작은 소녀들을 처벌하는 것쯤이야 몇 마디 지시로 충분했다.

바로, 지금처럼.

"재판이 끝나면 그것부터 조사하라 지시해야겠군."

아스의 말이 끝나기도 전, 모르쇠로 일관하던 다수의 영애들이 숨을 삼키거나 부채를 떨어뜨리며 놀란 기색을 그대로 표출했다. 그리고 개중에는 전혀 그렇지 않다며 목소리를 내는 영애들도 있었다.

"전하! 저는 정말 아니에요! 만약 환각제를 마신 거라면 아리아 영애를 본 메디아 영애와 웬디 영애시겠지요!"

"맞아요! 저도 아무런 상관이 없어요! 저택으로 들어가시는 아리아 영애밖에 보지 못했는걸요! 그건 사실이잖아요?"

이에 얼떨결에 환각제를 마신 것으로 지목된 메디아와 웬디 역시 필사적으로 변명을 하기 시작했다.

"자, 잘 생각해 보니 못 본 것 같아요!"

"저, 저도요! 그저 얼핏 머리카락만 보았는데 금발이어서……! 그래서 아리아 영애로 착각을 한 것 같아요! 저택에 계시지 않으셨다면 다른 분이셨나 봐요!"

"금발을 착각했다?"

"……네, 네! 차, 착각 같아요!"

아스의 되물음에 웬디가 열심히 고개를 끄덕이며 대답했다.

"그곳에 있었던 다른 금발이라면…… 한 명밖에 없을 텐데, 정말 금발이라고?"

그제야 자신이 상황을 모면하고자 누구를 팔았는지 깨달은 웬디가 손바닥으로 제 입을 막으며 숨을 삼켰다. 법정을 지배하던 미엘르의 울음소리가 깨끗하게 멈췄다. 이를 빠짐없이 지켜보던 아리아의 입꼬리가 슬그머니 올라갔다. 생각했던 것보다 더 최고의 상황이었다.

"정말 금발을 가진 누군가가 아버지를 밀쳤다는 말씀이세요……!?"

아리아가 퍽 놀란 얼굴로 그리 되물었다. 발갛게 달아오른 눈가가 무척이나 서글퍼 보였다. 지금 상황과 제 아비에 대한 슬픔으로 보였다.

"네……!? 그, 그게……!"

섣불리 입을 놀려 지목을 당한 웬디가 대답을 망설이며 눈치를 보았다. 그냥 잘못 봤다고 했으면 됐을 것을, 괜히 금발이라고 언급하여 추궁을 당했다.

"웬디 영애……?"

"어서 아는 것을 말해 주시지요."

"그게……."

한참을 그렇게 망설이던 그녀가 이내 어찌할 도리가 없어 미약하게 고개를 끄덕이며 긍정했고, 모두의 시선이 미엘르에게 쏠렸다.

"……그, 그럴 리가 없잖아요!? 왜 저를 쳐다보시는 거죠!?"

울음을 그친 미엘르가 잔뜩 인상을 찌푸리며 반박했다. 그간 그녀에게서 볼 수 없었던 얼굴이었다. 누구 하나 언급하진 않았지만 미엘르를 범인으로 몰아가고 있었기 때문이다.

금발의 귀족 영애는 그 수가 꽤 되었으나, 백작이 계단에서 떨어진 그 시각에 3층에 있던 금발의 귀족 영애는 미엘르 혼자였다. 아니라고 극구 부인하였으나 떨어지지 않는 시선에 미엘르가 목소리를 높였다.

"말도 안 되는 소리 하지 마세요! 분명 보셨잖아요!?"

"미엘르……."

그러나 진범이 미엘르라는 사실을 아는 카인이 조용히 눈을 감고 시선을 내렸다. 모든 정황과 증거가 제 여동생이 범인이라고 지목하고 있어 달리 입을 열 수가 없었다.

게다가 섣불리 입을 놀려 미엘르처럼 괜한 죄를 뒤집어쓰는 수가 있었다. 아리아에게 죄를 뒤집어씌운 것에 화가 난 것인지, 황태자가 작정하고 미엘르를 궁지에 몰아넣는 것이 뻔히 보이는데 어찌 감히 입을 열 수가 있을까.

"얼굴은 보았나요?"

프레이가 묻자 미엘르의 눈치를 보던 웬디가 가만히 고개를 저었다. 어차피 거기까지 말하지 않아도 범인을 추측할 수 있었기에 더는 그녀를 곤경에 빠뜨리는 일은 없었다. 그렇다고 죄가 사라지는 것은 아니지만.

"그렇군요. 결국 금발과 희미한 그림자로 아리아 영애를 모함하셨다는 말이 되네요. 처음 하셨던 증언에 의하면 계단에서 내려가는 것을 똑똑히 보았다고 하셨는데 말이죠."

"······그게······."

위증은 그 죄가 퍽 무거웠다. 실수라면 모를까 알면서도 거짓을 언급했을 경우에는 감옥에 구속되는 경우도 허다했다. 재판에서 증언이 가장 큰 공헌을 했기 때문이다.

가벼운 사건에도 그러한데 하물며 한 사람의 인생을 송두리째 망가뜨릴 수 있는 살인 미수 사건에 위증을 하다니. 후에 정정했다고는 하나 그 의도가 다분히 악의적이라고 판단되었기에 큰 처벌을 면치 못할 것이 분명했다.

피치 못할 사정에 의해 위증을 한 것이라면 또 모를까. 방황하던 웬디의 옆에 있던 메디아가 전신을 바르르 떨며 공포에 질려 있더니, 갑자기 자리에서 벌떡 일어나 소리를 쳤다.

"사, 사실은……! 원해서 그렇게 말씀드린 게 아니에요!"

그리 말하는 메디아는 꽤 겁에 질려 있었다. 이에 미엘르의 얼굴이 차갑게 식었다. 마치 한마디만 더 하면 가만두지 않겠다는 것처럼 보였다.

그게 무슨 뜻이냐고 프레이가 눈빛으로 묻자 겁에 질린 메디아가 미엘르를 힐끗대며 망설이다가 이내 말을 이었다.

"그게…… 미엘르 영애께서 그렇게 말하라고 하셔서 저도 어쩔 수가 없이 그렇게……!"

"무슨 말을 하는 거예요!?"

몸을 벌떡 일으킨 미엘르가 헛소리 하지 말라며 소리를 질렀다. 메디아가 잔뜩 몸을 웅크리며 바들바들 떨었고, 웬디 역시 그런 그녀의 옆에서 겁에 질린 채 눈물을 짜내기 시작했다.

설마 저 두 사람이 배신할 줄 몰랐기에 놀란 아리아가 손바닥으로 제 입을 가렸고, 백작 부인은 마치 졸도라도 할 것처럼 흰자위를 드러냈다. 그 착하디착하던 미엘르가 저런 끔찍한 짓을 꾸몄다니!

'세상 천지에 이토록 황당한 일이 또 있을까.'

아니, 없을 것이 분명했다. 스스로 덫을 놓고 공범을 끌어들였는데 실은 그 덫이 자신을 향한 날카로운 칼날이었고, 설상가상으로 공범까지 배신을 한 상황이다.

게다가 악녀를 처단하기 위한 함정이 도리어 자기 자신을 악녀로 만들었다. 본성을 그대로 드러내고 발악하는 것이 참으로 추해 터져 나오는 웃음을 감추는 것이 힘겨웠다.

"제가 언제 그렇게 말해 달라고 했죠!? 혹시 보았냐고 물었을 때 보았다고 대답하셨잖아요!? 영애들도 보셨잖아요!?"

그것만큼은 거짓이 아닌 진실이었기에 몇몇 영애들이 반사적으로 고개를 끄덕였다. 그러다가 이내 공범으로 몰릴까 봐 흠칫 놀라며 고개를 숙였다.

'이런 생각을 갖는 것이 우습지만⋯⋯. 미엘르 또한 참으로 안타까운 여인이야.'

스스로를 제국에서 가장 뛰어나고 우아한 귀족 영애라고 생각했을 텐데 말이다. 지금의 그녀들을 가만히 지켜보니 그간 하하 호호 웃으며 사이를 돈독히 다져 온 영애들이라고 보기엔 무리가 있는 모습이었다.

제국에서 제일이라고 일컬을 만큼 거대한 재력을 가진 백작가의 우아한 영애로서, 그리고 차기 공작 부인으로 추앙받으며 미엘르가 쌓아 온 인맥은 도대체 무엇이었을까.

참으로 우스운 인생이라고 생각하며 고개를 돌렸다. 그 시선의 끝에는 사라가 있었다. 빈센트 후작의 품에 안긴 그녀는 이 참담한 상황만큼이나 경악한 표정을 하고 있었다.

'과연 그녀는 내가 저런 짓을 저질러도 끝까지 내 편을 들어줄까.'

그렇게 생각하는데, 문득 이쪽으로 시선을 향하고 있던 사라와 눈이 마주쳤다. 잔뜩 걱정 어린 그 눈빛에는 아리아를 향한 애정이 가득했다.

그래서일까. 역시 사라라면 절대 자신을 배신하지 않고, 그 어떤 나쁜 짓을 저질러도 편을 들어줄 것이라는 생각이 들었다. 과거로 회귀하여 아스와 함께 얻은 가장 큰 보물임이 틀림없었다.

"메디아 영애! 어떻게 그런 거짓말을 하실 수가 있으시죠!? 처음부터 보지 못하셨다면 그렇게 말씀하셨다면 된 일이었잖아요!"

"그게……! 영애께서 너무 저를 콕 가리키시며 물으셔서……!"

"그걸 지금 변명이라고 하는 건가요? 재판관님, 저는 정말 억울해요! 저는 두 영애께 그런 지시를 내린 적이 없고, 영애들께선 스스로 언니를 보았다고 증언한 거예요! 그리고…… 그리고 정말 언니는 현장에 있었고요!"

미엘르가 악에 받쳐 소리를 질러 댔다. 충격으로 머리가 어떻게 되어 버린 것 같았다. 수라장 같은 법정에서 관자놀이를 몇 번 꾹 누르며 인상을 쓰던 프레이가 이내 조용히 할 것을 명령했다.

"……귀족들의 재판이라고는 생각할 수 없는 난장판이군요. 머리가 다 아파 옵니다."

모두가 동의하는 바였다. 과연 누가 저들을 우아하고 고고한 영애들로 볼까. 그 진흙탕 싸움과도 같은 더러운 몰골에 보는 이들이 아연실색했다.

"각자 주장하는 바는 잘 알겠습니다. 일단 여기서 가장 확실한 점은 아리아 영애께서 해당 시각에 저택에 없었다는 점이군요. 이렇게 증거까지 제출하셨으니까요."

프레이가 제출한 증거들을 손에 들어 보이며 말했다.

"그리고 또 하나. 메디아 영애와 웬디 영애께서 스스로 무엇을 보았는지 자세히 기억해 내지 못하는 상황임에도 아리아 영애를 범인으로 몰아간 데다 마지막엔 증언을 바꾸셨지요. 사실 정말 목격하셨는지도 의아할 지경입니다."

메디아와 웬디가 몸을 흠칫 떨었다. 그러곤 면목이 없다는 듯 눈을 시선을 땅에 두었다.

"마지막으로 미엘르 영애께선 로스첸트 백작님께서 계단에서 떨어진 상황을 목격하였으며 진범이 누군지 안다는 점을 들 수 있겠습니다. 싸울 필요가 무엇이 있죠? 정리하니 아주 간단하네요."

그렇게 정리하니 범인이 누군지 명명백백해진 것 같았다.

백작이 계단에서 떨어진 것을 목격한 단 한 사람. 그것을 깨달은 건 미엘르 또한 마찬가지였는지 그녀가 프레이를 향해 악의를 잔뜩 내비치며 목소리를 쥐어짰다.

"범인은 정말로…… 정말로 언니가 맞아요……."

"좋습니다. 영애께서 주장하시는 바는 이미 충분히 알았으니 아리아 영애께서 제출하신 증거의 진위 유무를 검토한 뒤 판결을 내리겠습니다. 증거가 사실이라면…… 진범 또한 밝혀지겠지요."

그렇게 말한 프레이가 자리에서 일어났다. 미엘르를 응시하는 그녀의 눈이 이미 판결을 내린 것처럼 아주 싸늘했다.

"아, 그리고 판결은 내일 이 시간에 이 자리에서 다시 하겠습니다. 죄송한 말씀이지만 그때까지 영애들께 경비병을 붙이도록 하겠습니다. 진범을 확신할 수 없어 부득이하게 행할 수밖에 없는 조치이니, 부디 양해를."

그렇게 말한 프레이는 법정에서 나가기 전, 뒤를 돌아봤는데 그녀의 시선 끝에는 백작 부인의 손을 꼭 잡고 그녀를 위로하는 아리아가 있었다.

그리고.

"미엘르!?"

재판 내내 울다가 화를 내다가 소리를 지르던 미엘르가 이내 정신을 잃고 바닥으로 쓰러졌다. 이를 카인이 서둘러 부축했고, 곧 의사를 부르는 목소리가 들렸다.

그러나 지난번 엠마의 사건 때와는 달리 사람들은 의사를 찾는 목소리를 외면했고, 결국 미엘르는 백작가의 시종들에 의해 마차로 이동했다. 그런 카인과 미엘르의 뒤로 경비병 다섯이 따라붙었다. 미엘르를 걱정하기보다는 행방을 놓치지 않겠다는 결의가 표정에서 드러났다.

"아리아!"

"……사라."

재판이 끝나고, 아리아에게 달려온 사라가 다짜고짜 그녀를 끌어안고 울음을 터트렸다. 겉은 어른스러워도 아직 미성년자인 그녀가 받았을 충격에 마음이 아팠으리라 짐작했다.

아리아가 그런 그녀의 어깨에 고개를 묻고 허리를 껴안았다.

마치 처음 만났던 그날처럼, 그저 순수한 아이처럼. 그에 감정을 막고 있던 둑이 허물어지기라도 한 듯 사라가 한참이나 울어 댔다. 사라와 함께 있을 때는 늘 그랬지만, 아리아로서는 생소한 행동이었다.

과거에는 이런 것들을 그렇게나 비웃었을 뿐이었다. 누군가 자신을 이리도 끔찍이 생각해 줄 거라고는 상상조차 하지 못했다. 어미조차 그렇지 않았으니까. 그래서 그저 유흥과 향락에 취해, 자신의 아름다움을 찬양하는 이들을 거느리는 것이 진부라고 생각했었다.

하지만 지금은 아니었다. 타인을 자신보다 더 위해 주는 이가 생기니 마음이 안정되었고 기분이 이상했다. 그들이 아리아를 생각하고 걱정하는 만큼 아리아도 그들에 대해 생각하게 되었다.

"걱정하지 마요, 사라. 저는 괜찮으니까요. 그리고 결백하고요."

"아리아 영애께서 결백하신 건 세상 모든 사람들이 다 알 거예요. 그러니 빨리 사실이 밝혀져 누명이 벗겨졌으면 좋겠어요."

법정에 남아 있던 사람들이 모두 돌아갔음에도 한참이나 아리아를 위로하던 사라가 이내 걱정을 떨치지 못하고 돌아갔다. 미엘르와 마찬가지로 경비병 다섯을 거느리게 된 아리아는 아스의 배웅을 받아 저택으로 돌아갔다.

"세상에, 아가씨. 수척해지신 것 좀 봐요……!"

"목욕부터 하시겠어요? 오랜 여행에 지치셨을 텐데, 쉬지도 못하시고……."

재판 상황을 몰라 의심부터 할 거라 생각했던 저택의 시종들이 아주 극진하게 아리아를 대했다. 아리아가 범인일 수도 있다고 생각하는 이들도 물론 있었지만, 그간의 아리아의 행보 덕분에 그런 이들조차 걱정해 주고 있었다.

위기에 빠지거나 모함을 당하면 주변 사람들을 잃어야 정상이거늘. 어떻게 된 일인지 아주 그럴듯한 모함에 빠졌지만 아리아의 주변엔 그녀를 걱정하는 이들이 잔뜩 있었다.

고작해야 조잡한 선물과 가식적인 말로 홀린 인연들이었음에도 불구하고. 이에 가슴 한편에서 이상함을 느낀 아리아가 그 감정을 솔직하게 내뱉었다.

"……다들 고마워."

"아가씨……!"

감동으로 눈물을 찔끔 짜내는 시종들을 뒤로하고 백작의 상태를 확인했다. 그는 정말 깨어나지 않을 모양인지 퍽 수척해진 얼굴로 잠들어 있었다.

만약 기적적으로 깨어났을 때 그를 밀친 이가 미엘르라는 사실을 상기시킨다면 얼마나 즐거울까. 미치지 않을까? 그야말로 백작가가 망하고도 남을 일이었다. 그래서 백작이 깨어나기를 바라며 그의 손을 잡았지만 아쉽게도 아무런 미동도 없었다.

'그러게 왜 미엘르에게 애정을 쏟아부으셨나요.'

아무런 보답도 할 줄 모르는 그런 어리석은 아이에게.

게다가 그녀는 그를 이용하려고만 들지 않았는가. 만약 그가 조금이라도 태도를 달리했다면 홀로 숲속에 남는 한이 있더라도, 설령 시간을 가늠할 수 없더라도 모래시계를 돌렸을 것이다. 분명 계단에서 떨어진 백작이 걱정되었을 테니까.

하지만 정작 지금의 아리아는 그런 생각이 전혀 들지 않았다. 이 것은 모두 백작의 자업자득이었다. 미천하지만 순진한 아이를 벼랑 끝으로 내몰고, 미엘르를 오롯이 자기 자신만 알게끔 키워 아비를 계단에서 밀칠 수 있는 아이로 만든 죄였다.

* * *

쓰러져 이송되었던 미엘르는 저택으로 돌아오지 않았다. 아마도 병원에서 쉬는 모양이었다. 그도 아니면 차마 아리아가 있는 저택으로 돌아올 용기가 나지 않는 것일지도 몰랐다.

더불어 카인마저 돌아오지 않았기에 아리아는 백작 부인을 안심시킨 뒤, 마음 편히 저택에서 휴식을 취하고 다음 날 법정으로 향할 수 있었다. 뜻밖에도 마중을 나온 아스의 마차를 타고.

"……아스 님? 여긴 어떻게……."

아주 느긋하게 정원에서 차를 음미하고 있는 아스를 마주한 아리아가 당혹감에 말을 끝까지 잇지 못했다. 그녀의 물음에 아스가 부드럽게 웃어 보이며 대답했다.

"마중 나왔습니다."

옆에 있던 시녀는 사색이 된 채 바들바들 몸을 떨고 있었다.

세상에나. 황태자라는 사람이 이렇게 사소한 일에 얼굴을 비춰도 괜찮은 걸까. 심지어 아무런 말도 없이 차를 마시고 있다니.

아스가 시종들에게 자신이 도착한 것을 알리지 말라는 당부라도 했는지 준비를 마치고 저택을 나서기 전까지 아리아는 그가 도착한 줄도 까맣게 모르고 있었다.

"……일은 어떻게 하시고요?"

"당장 급한 일은 없습니다."

아스가 자리를 털며 일어났다. 그러고는 아리아에게 손을 내밀었다.

그 여유로운 모습에 아리아가 작게 웃음을 터뜨렸다. 도무지 누명을 뒤집어써서 판결을 받으러 가는 사람으로는 보이지 않았다. 때문에 밤새 뜬눈으로 아리아를 걱정하던 시종들은 그녀의 웃는 모습을 보고 조금이나마 마음 놓을 수 있었다.

"가실까요?"

아스의 재촉에 아리아가 그의 손을 맞잡았다. 그러고는 일부러 준비한 듯한 황실의 인장이 세공된 아주 크고 화려한 마차를 타고 법원으로 향했다. 황태자가 곁에 있어서 그런지 경비병들이 조금 떨어진 곳에서 뒤를 따랐다.

지나는 거리마다 눈을 휘둥그렇게 뜨고 마차를 향해 고개를 숙이는 이들이 눈에 들어왔다. 굳이 설명하지 않아도 그들은 마차가 향하는 곳을 보고 아리아를 태운 황태자의 마차라고 유추할 것이 분명했다.

'설마 일부러 과시하려고……?'

지난번 백작저에 공식적으로 방문했을 때도 그랬지만, 참으로 이상한 곳에서 과시하려고 드는 남자였다. 이에 아리아가 눈매를 가늘게 뜨고 아스를 응시하자, 그가 왜 그러냐는 듯한 얼굴로 되물었다.

"무슨 일이라도 있으십니까?"

"아니요, 그냥……."

그래서 귀여웠다. 저 단정한 얼굴도, 맞잡아 오는 손도, 궁금해하는 눈빛도 모두. 게다가 다른 과시도 아닌 자신과의 관계를 과시하려 드는데 어찌 귀엽지 않을 수가.

딱 그 나이대의 남자같이 보여 괜히 심장이 간질거렸다. 아리아가 그 나이대였을 땐 느껴 보지 못한 감정이었다. 과거로 회귀하여 비로소 느낄 수 있게 된 그 감정에 아리아가 괜히 제 심장 언저리를 만졌다.

"영애……? 어디 아프십니까?"

아스가 걱정스러운 표정으로 묻자 뭐라고 대답할까 고민하던 아리아가 이내 작게 미소를 띠며 고개를 끄덕였다.

"그런 것 같아요. 아스 님과 대화를 나누다 보면 가끔 심장이 이상하거든요."

심장이 이상하다니……! 그게 무슨……!? 깜짝 놀란 아스가 마차를 돌리려던 찰나, 그는 아리아의 말뜻을 이해할 수 있었다.

"……!"

눈을 크게 뜬 아스가 손바닥으로 제 입매를 가렸다. 귓불이 붉어져 있는 것을 보니 부끄러워하는 것 같았다. 그럼에도 시선은 여전히 아리아에게 향해 있었다. 아리아 역시 물끄러미 아스의 시선을 마주했다.

늘 술과 약에 취해 몽롱한 남자들과는 다른 총기 어린 눈빛이었다. 하지만 미약하게나마 흔들리고 있는 눈빛이 아스의 마음을 대변하는 듯했다.

그렇게 한참을 말없이 가만히 아리아를 응시하던 그가 이내 깊은 한숨을 내쉬며 고개를 저었다. 마치 해탈하기라도 한 모습이었다.

"……영애께선 늘 불시에 저를 당황케 하십니다."

"놀리고자 한 말은 아니었어요."

그렇다고 이런 반응을 예상하지 못한 것은 아니었다. 늘 그랬듯 귀를 붉히며 당황할 것이라 예상했다. 그 모습을 볼 때마다 아스가 자신을 위해 주고 있다는 생각이 들어 마음 한편이 뿌듯했기 때문이다.

게다가 자신이 이토록 계산적이고 속물인 줄도 모르고, 말 한마디 한마디에 신경을 쓰고 반응을 보이는 아스가 보고 싶기도 했다. 오롯이 한 사람만을 바라보는 그 눈빛을 말이다.

"……그래서 제가 매번 이렇게 힘든 거겠지요."

그런 아리아의 속마음도 모르면서, 아스가 마른세수를 하며 마음속에 있던 말을 털어놓았다. 마치 아직 어린 아리아에게 차마 자신이 생각하는 음흉한 무언가를 할 수 없다는 속마음에 가까웠다. 진정으로 음흉한 것은 아리아이건만.

"어째서 힘들어하시는지 잘 모르겠어요. 제가 뭘 잘못하기라도 했나요?"

그리 대답하는 아리아의 맑은 눈동자를 잠시 응시하던 아스가 이윽고 시선을 피하며 괜히 주먹을 쥐었다가 피며 이상한 행동을 하기 시작했다. 속으로 웃음을 삼키며 지켜보는 사이, 마차가 법원에 다다랐다.

어디서 소문을 들은 건지 법정에 들어가지도 못하는 사람들이 잔뜩 앞에 모여 있었다. 개중에는 낯익은 얼굴도 있었다. 바로 아리아에게서 투자를 받았던 사업가들과 그들의 부인들이었다.

과거에는 저주를 퍼붓고 죽기를 바라는 이들만이 전부였던 것에 비해 지금은 어디를 가든 걱정하는 이들이 산더미 같았다. 마치 꿈이 아닐까 생각이 될 정도로 말이다.

"아리아 영애……!"

"바쁘신데 이렇게 와 주셔서 고마워요."

안타까운 목소리를 내는 그들에게 걱정하지 말라는 대답을 한 아리아가 아스의 에스코트를 받으며 법정으로 들어갔다.

"……미리 도착해 있다니 의외네요."

안에는 이미 카인과 미엘르가 자리하고 있었다. 그녀의 뒤를 가득 채웠던 영애들은 온데간데없이 쓸쓸한 오누이만이 앉아 있었다. 물론 표정만큼은 악에 받쳐 있었다. 위증을 한 영애들은 멀찍이 떨어져 있었다.

"경비병이 재촉했을 겁니다. 영애께는 제가 직접 방문했으니 그러지 못했을 것이고요."

"아……."

심신이 미약한 상태의 미엘르를 제 어깨에 기대게 한 카인이 아스

와 함께 들어오는 아리아를 보고 미간을 한껏 찌푸렸다. 미엘르 역시
기가 차다는 표정을 지었다. 감히 미천한 것들이 어떻게 황태자를.

아스 역시 기분이 나빴는지 잠시 걸음을 멈추었다. 아리아 역시
카인의 어리석은 행동이 우스워 괜히 불편할 정도로 아스의 옆에 붙
어 그의 어깨에 머리를 기댔다. 놀란 아스가 몸을 흠칫 떨 정도로.

그럼에도 시선을 피하지 않고 이를 가는 모습이 참으로 로스첸트
백작가의 장남다웠다. 제 여동생이 곧 엄벌에 처하게 될지도 모르
는데 고작 여자에게 관심을 두다니. 제 아비와 똑같지 않은가.

어쩌면 쓰러진 백작을 대신하여 백작가를 차지하게 될 그의 관
심사는 이제 미엘르가 아닌지도 몰랐다. 처음부터 그의 목적은 백
작가를 지배하여 마음대로 휘두르는 것이었으니까. 오히려 앞으로
아리아를 어떻게 압박하고 옥죌지 고민하는지도 모르는 일이었다.

'혹은 제 동생을 살릴 다른 무언가를 준비한 걸지도.'

자리에 앉은 뒤에도 겁도 없이 아스의 손등을 매만진다거나 옷깃
을 고쳐 주고, 머리카락에 붙은 먼지를 떼어 주는 등 아스와 친근
한 모습을 보였다. 결국 카인이 눈을 돌리기 전에 아스가 아리아의
손을 잡아챘다.

"……그만."

잔뜩 억눌린 아스의 목소리에 그제야 그의 상태가 심상치 않다는
것을 깨달은 아리아가 자세를 바로 세웠다.

'세상에, 내가 지금 무슨 짓을.'

과거에는 아무렇지 않게 했던 행동들이건만, 그 상대가 아스라는
것을 새삼 깨닫자 민망함에 얼굴이 터질 것 같았다. 어떻게 수습해
야 하나 고민하며 눈동자를 굴리는데, 타이밍 좋게 프레이가 법정

안으로 들어왔다.

아리아는 사과할 타이밍을 놓쳐 눈치를 봤다. 그런 아리아를 응시한 아스가 짧게 혀를 차며 한숨을 쉬었다. 그는 아리아가 아주 순진한 여인이라고 생각했기에 무의식중에 나온 순수한 행동이라고 생각하는 모양이었다. 그사이, 이상한 분위기의 두 사람을 확인한 프레이가 잠시 뜻 모를 미소를 짓더니 이내 침묵을 뚫고 입을 열었다.

"이틀 연속으로 재판이 열려 피곤하실 거라 생각합니다. 저 역시 그러하니 곧장 판결을 발표하는 게 좋겠지요."

그녀가 서류 몇 장을 꺼내 늘어뜨리곤 그것들을 하나하나 세세하게 살핀 뒤 다시 정면을 응시했다.

"먼저 로스첸트 백작가에서 고발을 당한 로스첸트 아리아 영애는, ……죄가 없음을 선고합니다."

당연한 결과였지만 조금 안심이 되어 가슴을 쓸어내렸다.

이게 모두 아스 덕분이었다. 그가 아니었다면 어떻게 되었을까. 어느새 창피함을 잊고 아스를 쳐다보자, 그 역시 아리아를 응시하며 은은한 미소를 띠고 있었다. 기쁨을 공유할 새도 없이 프레이가 말을 이었다.

"증거를 확인한 결과, 아리아 영애 측에서 제출하신 서류가 모두 사실이었고 영애와 황태자 전하를 뵈었다는 증인이 다수 있었기에 범행이 불가능하다고 판단했습니다. 때문에 자동적으로 미엘르 영애, 메디아 영애, 웬디 영애께는 위증죄가 성립됩니다."

그녀의 말이 끝나자마자 누군가가 울음을 터뜨렸다.

메디아였다. 그녀는 자신이 범죄자가 되었다는 사실이 믿겨지지 않는 듯 눈물을 펑펑 쏟아 냈다.

"재판장님! 그게 정말 사실인가요? 증인까지 매수한 건 아닌지요!?"

아픈 척을 하던 미엘르의 목소리가 법정을 가득 채웠다. 정작 자신도 증인을 포섭했으면서 말이다.

"누가 보아도 납득할 만큼 엄밀히 조사를 진행했습니다. 확인하고 싶으시다면 후에 요청을 하시지요. 법원의 처벌은 이게 전부이지만, 세 영애 분께서는 후에 환각제에 대한 조사를 따로 받으셔야 할 겁니다."

그제야 자신이 얼마나 터무니없는 일에 끼어들었는지 깨달은 웬디마저 눈물을 짜내기 시작했다. 죄를 뒤집어쓴다는 것이 얼마나 억울한 것인지 이제야 깨달은 모양이었다. 엄벌을 받고 나서야 그것이 엄벌인 줄 알다니……. 참으로 어리석은 여인이었다.

"환각제에 관한 처벌이라면……?"

"제가 지시하게 됩니다."

아리아의 물음에 기다렸다는 듯 아스가 웃으며 대답했다. 추적과 조사가 어려워 귀족파에서 일부러 황태자에게 맡긴 그 일이 발목을 잡게 될 줄 꿈에도 몰랐을 것이다. 아스가 관여한다면 쉽게 끝나지 않을 터였다.

"마지막으로 로스첸트 미엘르 영애에 대한 혐의입니다."

그리고 기다렸던 선고가 시작되었다. 미엘르가 퍽 긴장한 얼굴로 프레이를 응시했다. 사색이 된 낯빛은 당장 쓰러져도 이상하지 않을 정도였다.

"영애께선 로스첸트 백작이 계단에서 떨어졌을 당시 홀로 그곳에 있었던 점, 그리고 그곳에서 금발의 영애를 보았다고 증인이 진술한 점을 들어.”

잠시 뜸을 들인 프레이의 눈빛이 사뭇 날카로워졌다. 때문에 미엘르가 숨을 삼켰고, 아리아가 아스의 손을 잡았다. 부디 엄벌에 처하기를 바라며.

“로스첸트 백작을 시해하려 한 진범으로 확정하고, 징역 20년 형을 선고합니다.”

징역 20년이라니. 귀족 영애에게 가해진 형벌치고는 무거웠다.

때문에 프레이의 말이 떨어지기가 무섭게 바들바들 떨던 미엘르가 자리에서 벌떡 일어났다. 그러곤 곧장 프레이에게 달려들려 했지만, 주변에서 대기 중이던 경비병에 의해 그 시도가 무색해졌다.

“아냐! 내가 아니라고! 저 여자가 그랬단 말이야! 말도 안 되는 소리 하지 마세요!”

프레이가 선고를 하기 전에 미리 지시라도 받은 것인지 열 명이 훌쩍 넘는 경비병들이 미엘르의 주변을 둘러싼 뒤, 그 어디로도 움직일 수 없게 장벽을 쳤다.

“재판장님! 드릴 말씀이 있습니다. 백작가에서는 이번 고발을 없었던 것으로……!”

생각보다 과한 판결에 넋을 놓고 있던 카인이 뒤늦게 나섰지만, 프레이가 고개를 저었다.

“형 집행은 오늘부터입니다. 이의가 있으시다면 차후에 해 주시기를 바라며 재판은 이것으로 마치겠습니다.”

매정하게 돌아서는 그 뒷모습에 자비란 없었다.

미엘르가 제 아비를 시해하려 했다는 소식은 금세 제국 전역으로 퍼졌다.

*　*　*

"정말 저택으로 돌아가실 생각이십니까?"

"그럼요. 지금은 그곳이 제 집이니까요."

걱정 어린 아스의 물음에 아리아가 고개를 끄덕이며 대답했다. 아무리 미엘르가 처벌을 받았다고는 하지만, 저택에는 아직 카인이 남아 있었기에 걱정이 되는 모양이었다. 끌려가는 미엘르를 뒤쫓던 카인이 수차례나 아리아와 아스를 죽일 듯 노려본 탓도 있었다. 그 표정에는 미엘르 못지않게 살기가 가득했었다.

이에 아스가 잡은 아리아의 손을 놓아주지 않으며 재차 아리아를 설득했다.

"제 별장에라도 가 계시는 편이 어떻겠습니까? 숲에 있는 별장 말고 수도에도 하나 더 있습니다. 그게 불편하시다면 영애께 어울리는 곳을 알아보겠습니다."

그의 걱정이 이해되지 않는 건 아니었다. 이미 미엘르에 의해 모함을 당한 전적이 있기 때문에 또 어떤 위험이 닥칠지 모르는 상태였으니까. 아스의 말대로 저택을 떠나는 것이 좋은 선택일지도 모른다.

하지만.

"……아니에요. 어머니도 아직 저택에 남아 계시고, 저택의 고용인들도 걱정하고 있을 거예요."

아리아가 쓰게 웃어 보이며 백작 부인이 저택에 남아 있다는 핑계를 댔다. 그에 아스는 입을 달싹이며 대답하지 못했다.

걱정해 주는 그에겐 미안한 일이지만, 사실은 아직 완벽하게 미엘르를 끝낸 것이 아니기에 저택에 붙어 있을 필요가 있었다. 그래야 그녀의 정보를 하나라도 더 빠르게 얻을 수 있지 않겠는가. 그리고, 처단할 방법 또한.

징역 20년이라니. 평민이라면 모를까 미성년자인 귀족 영애에겐 심히 과한 형벌이었다. 항소를 전제로 책정된 형량임이 분명했다. 더불어 재판 끝 무렵에는 카인이 고발을 취소하겠다는 말까지 하지 않았는가. 그러니 무슨 짓을 해서라도 미엘르를 빼낼 것이 틀림없었다. 귀족들에게는 그다지 어려운 일도 아니었으니까.

그리고 또 한 가지 문제는 미성년자인 귀족 영애가 이유 없이 본가를 떠나기란 그리 쉬운 문제가 아니라는 점이었다. 수많은 문제점을 상기시킨 것인지 아스가 퍽 아쉬움이 묻어나는 말투로 말했다.

"빨리 영애께서 성인이 되셨으면 좋겠습니다."

성인이 된다고 달리 좋은 일이 생기는 것이 아니건만. 과거의 경험을 통해 절실히 깨달았지만, 제 손을 맞잡은 온기를 통해 아스가 바라는 것을 알 수 있었다. 그는 아리아와 하루 빨리 맺어지기를 바라는 모양이었다.

"그래야 영애를 제 곁에 두고 지켜 드릴 수 있지 않겠습니까. 제 사람이라고 자랑도 할 수 있고요."

"그거야 지금도 하시는 중이 아니신가요?"

오늘 또한 보란 듯이 화려한 마차로 수도를 휘젓고 다닌 참이었다. 이에 아스가 작게 웃었다.

"부정하기 힘들군요. 그래도 조금 더 공식적으로 영애와 함께할 수 있는 자리가 생겼으면 좋겠습니다. 영애께서 굳이 ……이상한 행동을 하지 않으셔도 될 만큼 말이죠."

그제야 오늘 만인의 앞에서 자신이 아스에게 괜히 몸을 밀착하는 등 스킨십을 했던 것을 떠올린 아리아가 눈을 동그랗게 뜨고 살짝 얼굴을 붉히며 말을 잃었다. 약간의 수치심이 밀려들었다.

왜 굳이 그런 말을 다시 꺼내서 창피하게 만드는 걸까. 만약 아스가 아닌 다른 이에게 추궁을 당했다면 유연하게 대처할 수 있었겠지만…… 늘 그랬듯 상대가 아스가 되니 그럴 수가 없었다. 때문에 아리아가 퉁명스럽게 말했다.

"……앞으로 다시는 그러지 않을게요."

"아뇨, 그러셔도 됩니다만, 사람이 없을 때 그래 주셨으면 좋겠습니다."

"안 그럴 거예요."

"그래 주십시오."

"싫어요. 이제 말도 안 할 거예요."

"죄송합니다. 사람이 있을 때도 괜찮으니, 영애께서 하고 싶은 대로 하십시오."

결국 부드럽게 웃으며 사과하는 아스에 마음이 풀린 아리아가 그를 따라 미소를 지었다. 오랜 시간 동안 바라던 바를 이루어 기쁜 마음 또한 녹아 있는 미소였다.

* * *

"이미 종료된 재판이기 때문에 취소하실 수 없습니다."

"……그럼 항소하겠습니다. 보석금도 낼 테니, 부디 미엘르를 풀어 주십시오.”

설마 이렇게까지 큰 형벌을 받게 될 줄은 몰랐던 카인이 퍽 당황한 기색으로 대답했다.

고작해야 법원 주제에 이리도 매몰차게 거절을 하다니. 발이 넓은 백작이었다면 조금 더 쉽게 일을 처리할 수 있었겠지만, 이번에는 그 백작이 피해자인 데다가 카인은 바로 얼마 전 아카데미를 졸업하여 세상 물정 모르는 어수룩한 귀족 청년에 불과했다.

물론, 쉽게 갈 수 있는 길임에도 프레이가 막고 서 있었기에 풀리지 않은 것도 있었다. 게다가 황태자의 입김이 들어갔다는 사실 또한.

카인이 이를 갈며 면회를 요청했다.

“미엘르는 이런 곳에서 지내 본 적이 없으니 확인을 해야 할 것 같습니다. 아직 나이도 어리고요.”

“알겠습니다. 서류를 작성하셔야 하니 저를 따라오시지요.”

카인은 꽤 복잡한 서류를 작성하고 나서야 미엘르를 만날 수 있었다.

저택에 비하면 보잘것없는 곳이었지만, 귀족을 수용하는 감옥이었기에 조금 좁다는 것을 제외하고는 트집을 잡을 만큼 이상한 곳은 없었다.

“오라버니……!”

“미엘르.”

눈물 바람으로 맞이하는 미엘르에게 카인이 훌쩍 다가섰다. 재판이 끝난 뒤에 줄곧 운 모양인 듯 눈이 퉁퉁 부어 있었다. 때문에 카인이 급히 미엘르에게 급히 손수건을 건넸다.

"저, 저는 이제 어떻게 하면 좋지요……?"

"내가 꺼내 줄 테니 걱정하지 말거라."

"으흐흑…….."

꺼내 주겠다는 카인의 대답에 미엘르가 큰 소리로 울음을 짜내기 시작했다. 제대로 된 대답도 하지 못하고 눈물만 짜내는 것을 보니 정신적으로 심히 불안정한 상태인 듯싶었다.

이에 환각제를 복용했을지도 모른다는 사실을 들은 경비병이 안을 힐끗댔다. 카인의 위로에 조금이나마 안정을 찾은 미엘르가 다시금 아리아의 저주하기 시작했다.

"그 천박한 여자 때문에 제 인생이……! 앞으로 모두들 저를 어떻게 생각할지 무서워요……! 흐흑…… 어떻게 지켜 온 이미지인데! 오스카 님은 또 어떻게 생각하실지! 약혼이 파기되면 전 어쩌죠!? 네!?"

미엘르가 자신이 잃은 것들을 하나하나 나열하며 아리아를 저주했다. 이 모든 것들이 아리아로부터 유래했다는 말투였다. 그녀는 자신에게 생긴 모든 책임을 아리아에게 전가했다.

"게다가 분명 그 여자는 저택에 있었어요! 그런데 어떻게 옆 도시까지 이동할 수 있었다는 거죠!? 오라버니도 보셨잖아요!"

"……그래, 봤지."

늘 습관처럼 저택에 도착하여 아리아의 방을 확인했다. 분명 아리아의 방에는 불이 켜져 있었고, 아리아의 실루엣 또한 본 것 같은 기억이 났다. 늘 아리아를 감시해 왔기에 그녀가 정말 몰래 빠져나가지 않았다는 것도 믿었다.

그랬기에 백작이 떨어지는 순간에 아리아와 같이 있었다는 미엘르의 말도 신뢰했다. 같은 편인 미엘르가 거짓말을 할 리가 없었으니까. 만약 정말로 아리아가 저택에 없었고 미엘르 혼자 원맨쇼를 펼친 것이었다면 자신에게 순수하게 도움을 요청했을 것이다. 계속 그래 왔으니 말이다.

'그래서 미엘르의 말을 한 치의 의심도 하지 않고 아무런 행동을 취하지 않았는데…….'

미엘르가 알아서 잘해 낼 것이라 믿어 의심치 않았기 때문이다.

늘 영민하다 칭찬을 받아 온 그녀였지 않은가. 비록 자신은 아카데미에 입학하여 그녀와 같이 보낸 시간은 길지 않았지만, 미엘르는 늘 누군가에게 칭찬을 받고 자란 아이였다.

물론, 황태자가 나섰기에 방관한 것도 있었다. 섣불리 나섰다가 괜한 죄를 뒤집어쓸 가능성이 있었기 때문이다. 머나먼 타국까지 갔다 왔다고 하였기에 무언가 증거를 만들 거라는 예상도 했다.

이렇게 만신창이가 된 미엘르의 꼴을 보니 방관하기를 잘한 것이라는 생각이 들었다. 애초에 이번 일을 통해 자신이 얻고자 한 것은 저택의 실권뿐이었으니까.

아리아가 범인으로 몰려 그것을 구하는 척하며 생색을 낼 생각도 있었지만, 그것은 부가적인 것일 뿐, 본래의 목적은 아니었다. 확실히 보았다고 대답하는 카인에게 실낱같은 희망을 가진 미엘르가 눈을 번뜩이며 물었다.

"……지, 지금이라도 보셨다고 말씀하시는 게 어떨까요?"

"미엘르. 누누이 말했지만, 너와 내가 동시에 보았다고 증언하는 건 위험해. 애초에 왜 아리아의 방 앞에 우리가 전부 모였냐는 의문이 제기 될 거다."

"가족회의라고 하면 되잖아요!"

"가족회의를 왜 아리아의 방 앞에서 하지? 게다가 단 한 번도 하지 않았던 가족회의를 이제 와서 했다고 말하는 것도 이상해. 어머니께서 계시지 않았던 걸 설명하기도 복잡해질 거야."

다시금 자신을 설득하려 하는 미엘르에게 몇 번이고 반복했던 대답을 되돌려주자, 그녀가 멈췄던 울음을 다시 터뜨렸다.

"내가 다시 증거를 면밀히 조사하마. 항소와 보석도 함께 신청해놓을 테니, 걱정하지 말고 잠시만 기다리고 있어."

"……알겠어요, 오라버니. 그리고 한 가지 더 부탁이 있어요. 이시스 님께서 면회를 와 주셨으면 좋겠어요……. 드릴 말씀이 있어요."

"알겠다. 전달하도록 하지."

감옥을 나온 카인은 곧장 아리아가 제출한 증거를 살펴보았다. 혹시나 훼손을 할까 의심이라도 하는 것인지, 법원에서 종사하는 귀족 외에도 경비병이 둘이나 따라붙었다. 하지만, 불행히도.

'이상한 점이…… 없어.'

한곳에서만 증거를 만들어 왔다면 모를까, 여러 도시를 거쳐 최종적으로는 크로아 왕국의 통행 증명서까지 제출을 한 상태였다. 타국의 증명서라니……. 위조를 하려고 해도 할 수 없지 않은가.

게다가 아주 빠듯하게 움직이지 않으면 도착하지 못할 시간으로 표기되어 있었다. 황태자 혼자라면 모를까, 장거리 이동에 익숙지 않은 아리아와 함께 움직이기엔 무리가 있는 시간이었다.

'반박을 할 수가 없겠군…….'

이 정도로 완벽한 증거라면 조작을 할 수가 없었다.

아니, 반박을 할 수 없도록 철저하게 계획된 증거였다. 휴양이라고 했으면서, 도시에 머문 시간이 이토록 짧다니. 한참이나 그것들을 확인하던 카인이 증거를 정리한 서류철을 덮었다.

"다 보셨습니까? 궁금하신 점이 있으시다면 설명을 드릴까요?"

"……아뇨. 됐습니다. 일단 항소와 보석을 신청하겠습니다."

"알겠습니다. 재판관님을 거쳐야 하기 때문에 시간이 조금 걸릴 겁니다. 일단 따라오시지요."

지시에 따라 신청서를 작성하고 보석금도 책정하여 제출했지만, 프레이에게서 돌아온 답변은 거절뿐이었다. 검토할 여지가 없다는 듯 하루 만에 답변이 돌아왔다.

『**나이는 어리나 죄질이 무겁고 재범의 우려가 있어 보석 신청을 기각합니다. 항소에 대해서는 차후에 일정을 잡아 다시 알려 드리겠습니다.**』

그것을 읽은 카인이 서류를 구겨 바닥으로 집어 던졌다. 보석을 기각하다니! 사람을 죽여도 보석으로 풀어 주는 것이 제국의 귀족이거늘! 황태자의 입김이 들어간 것이 분명했다.

설상가상으로 이시스조차 미엘르를 만나지 않겠다는 의사를 표명했다. 크로아 왕국으로 갈 날이 머지않았다며 바쁘다는 핑계였지만 더는 미엘르와, 아니, 로스첸트 백작가와 관계를 지속하고 싶지 않은 모양이었다.

'아버지께서 멀쩡하셨다면……!'

그랬다면 공작이라도 설득하여 어떻게든 미엘르를 꺼내 줬을 텐데. 하지만 정작 백작은 미엘르의 손에 의해 혼수상태에 빠진 상황이었고, 이를 괘씸하게 여긴 여타 귀족들이 오누이를 철저하게 외면했다.

아비를 지옥으로 몰아넣은 뒤에야 그 커다란 힘을 자각하는 자신이 수치스러웠다. 실권을 잡기는 했으나, 제대로 사용하지 못하는 자신 또한.

'아리아는 늘 나를 무시하기나 하고!'

어떻게 된 일인지 저택의 시종들 또한 극진히 아리아를 챙겼다. 깨지기 쉬운 유리를 다루듯 말이다. 마치 그녀가 백작가의 실세라도 되는 양 굴었다.

이미 한참이나 늦어 버렸지만, 역시 미엘르가 아닌 아리아가 범인이 되었어야 했다. 하지만 철저하게 준비하여 반박한 그녀에게 더는 아무런 죄를 뒤집어씌울 수가 없었다.

오히려 가여운 영애라는 명칭까지 얻어 날개를 단 듯 만인의 동정과 사랑을 얻고 있었다. 비록 출신은 미천하나 그 성품과 지혜가 황태자의 배필로 제격이라는 여론까지 들끓었다. 귀족파에서도 감히 누구 하나 반박을 하지 못할 정도였다. 이를 차마 미엘르에게 알릴 수 없어 백작의 침대 앞에서 속을 끓이는데, 백작의 방에서 여성의 비명 소리가 들렸다.

"주치의! 주치의를 불러! 어서!"

백작 부인이었다. 그녀가 매우 놀란 얼굴로 저택이 떠나가라 소리를 지르고 있었다. 주치의를 부르라고. 저리도 소란을 피울 일이라면 백작이 죽었거나 눈을 떴거나, 둘 중 하나였다.

'설마……!'

아직 아무것도 이루지 못했는데!

폐륜을 방조한 두려움과 그것의 대가를 치러야 할지도 모른다는 생각에 전신의 떨림이 멈추지 않았다. 그럼에도 백작의 방에서 무슨 일이 일어났는지를 확인해야 했기에 공포를 무릅쓰고 조심스레 방문을 잡았다.

"……!?"

카인이 두 눈을 크게 떴다. 깨어나지 못할 확률이 더 크다 들었는데, 평생 의식을 되찾지 못할 것 같았던 백작이 두 눈을 또렷이 뜨고 문 쪽을 쳐다보고 있었다.

그 모습이 마치 당장이라도 달려들어 폐륜을 저지른 자신을 갈기갈기 찢어 놓을 것 같아 전신이 부들부들 떨렸다. 하지만 백작은 무어라 말을 할 법도 한데, 그저 조용히 카인을 응시할 뿐이었다.

그렇게 한참이나 백작과 시선을 마주하며 공포에 떨던 카인이, 이윽고 미동도 없는 백작에게 천천히 다가갔다. 카인이 떨리는 목소리로 백작을 불렀다.

"……아, 아버지."

"…….."

하지만 여전히 백작은 아무런 대답이 없었다. 움직임 또한 없었다. 그저 있는 힘껏 카인을 응시하는 것 외에는. 아주 부자연스러운 모습임에도 불구하고 말이다.

설마……? 뭔가를 깨달은 듯, 카인이 물었다.

"말씀을, 하지 못하시는 겁니까?"

깜빡. 카인의 질문에 백작이 눈을 한 번 감았다가 떴다. 긍정의 표시인 듯싶었다. 이어서 몸을 움직이실 수도 없냐고 묻자, 이번에도 백작이 눈을 한 번 감았다가 떴다. 불행히도 눈을 뜨고 있는 것이 한계인 모양이었다. 그 모습에 카인이 속으로 안도의 숨을 삼켰다.

"……그, 그래도 이렇게 깨어나셔서 정말 다행입니다. 어디 아프신 곳은 없으신지요?"

퍽 어색하게 묻는 말에도 백작은 눈을 한 번 깜빡이며 괜찮다는 표시를 보냈다. 그는 다행히 카인에게 별다른 유감이 없는 듯 보였다. 그저 아주 오랜만에 깨어나 눈을 뜬 것이 불편하여 부릅뜨고 있는 모양이었다.

이에 카인이 조심스레 백작에게 물었다.

"……어디까지 기억하십니까? 사고는 기억…… 하십니까?"

조심스럽게 사고를 언급하자, 잠시 눈빛이 흔들리던 백작이 천천히 눈을 한 번 감았다가 떴다. 그 대답에 카인이 침을 꼴깍 삼켰다. 기억하지 못했다면 좋았을 것을. 과연 백작은 이번 사건을 어떻게 기억하고 있을까.

"범인을…… 기억하십니까?"

깜빡. 백작의 눈이 한 번 깜빡였다.

"……혹시, 아리아였습니까?"

깜빡. 깜빡. 방금까지와는 달리 두 번 깜빡이는 것으로 백작이 부정을 표했다. 그렇다는 건…….

"그럼 역시, 미엘르라는 말씀이십니까……?"

카인의 물음에 잠시 아무런 대답도 표하지 않던 백작이 눈을 감아 버렸다. 대답하기조차 싫은 기억인 모양이었다. 다행히 자신에게 적의를 내비친다거나 놀란 기색이 없는 것을 보니, 자신이 미엘르와 공범이라는 것까진 모르는 듯싶었다.

백작은 이미 눈을 감았지만, 혹시나 하여 카인이 저절로 올라가는 제 입매를 손바닥으로 가렸다. 신께서 도운 것이 틀림없었다고 생각하며.

'진정으로 천만다행이군. 게다가 저렇게 말도 하지 못하고, 몸을 움직이지도 못한다면 허수아비에 불과하지 않는가.'

저런 몸으로는 아무것도 할 수 없을 테니 자동적으로 자신이 백작 작위를 잇게 될 것이다. 백작이 언제 깨어날지 몰라 전전긍긍하는 것보단 이렇게 깨어나 아무것도 하지 못하는 허수아비인 채 있는 것이 훨씬 나았다.

"……잠시 누워 계십시오. 주치의가 곧 올 겁니다."

방정맞은 백작 부인이 비명을 질러 댔으니 시종 중 누군가가 찾으러 갔을 것이다.

"물을 좀 드시겠습니까?"

"……."

백작이 눈을 깜빡였기에 물을 가져오려 방 밖으로 나서려는데, 이미 문 앞에 시종이 대기하고 있었다. 앞서 카인이 안으로 들어가는 것을 보았는지 차마 들어오지 못하고 쩔쩔매고 있었다.

"물을."

"……예!? 예!"

카인의 짧은 지시에 시종이 허겁지겁 물을 대령했고, 백작은 곧 시원한 물을 마실 수 있었다. 그리고 얼마 뒤, 소란을 일으킨 백작 부인이 방 안으로 들어와 카인을 견제하며 백작의 손을 잡았고 주치의 또한 헐레벌떡 들어왔다.

"아버지의 상태는 어떠시지?"

카인이 묻자, 백작 부인의 서늘한 눈매가 따라왔다. 주치의가 열과 성을 다해 백작을 살펴본 뒤, 믿을 수 없다는 표정을 지었다.

"믿기 힘드시겠지만, 더는 혼수상태에 빠지시는 일은 없을 겁니다."

"세상에……!"

백작 부인이 눈물을 흘리며 백작의 손에 입을 맞췄다.

본심은 어떨지 모르겠으나 겉보기에는 마치 신께 감사라도 드리는 모습이었다. 주치의의 희망적인 말에 저절로 찌푸려지는 미간을 겨우 막은 카인이 궁금한 것을 물었다.

"그럼, 몸은 언제쯤 움직이실 수 있으시지?"

"몸은…… 아직 반응이 전혀 없어서 장담할 수 없습니다."

"말은? 고개도 돌리지 못하시고 계신데 그건 어떻게 되는 거지?"

"……그것도 제가 장담을 해 드릴 수가 없습니다."

그럼 역시 이대로 평생 말도, 움직이지도 못하는 신세가 될 수도 있다는 건가. 깨어나기만 했지 최악의 상태였다. 차라리 눈을 뜨지 못한 게 좋았을지도 모르는 상태였다.

"세상에나, 여보……! 어쩌면 좋아!"

이어진 주치의의 말을 들은 백작 부인이 세상이 무너진 듯한 울음소리를 내며 백작의 옆에 얼굴을 묻었다. 카인 역시 제 입을 가린 채로 심각한 얼굴을 하며 슬픔에 동참하는 척을 했다.

실은 누구보다 기쁜 마음이건만. 그렇게 백작의 방에는 한동안 백작 부인의 구슬픈 목소리만이 이어졌다. 그리고 잠시 뒤.

"……다들 무슨 일이에요?"

뒤늦게 사업가들을 만나러 외출했다가 돌아온 아리아가 옹기종기 사람들이 모여 있는 백작의 방을 찾았다. 조금이라도 소식을 들으려는 시종들이 백작의 방 앞 복도를 가득 채우고 있었기 때문이다.

그날 이후, 백작의 방은 볼일이 있을 때만 가끔 시종들이 드나들었는데 오늘은 왜 저리도 사람이 많은지. 의아해하며 아리아가 그들에게 다가갔다.

"아가씨……! 어서 안으로 들어가 보세요!"

그러자 백작의 방 앞에 다다르기도 전에 그녀를 알아본 시종들이 서둘러 안으로 들어가라며 아리아를 재촉했다. 아주 급하게 재촉하는 얼굴들이었다. 이에 혹시 하는 생각이 머릿속에 스쳤다. 그리고 서둘러 백작의 방 안으로 들어가자, 방으로 들어서는 자신을 쳐다보고 있는 백작을 마주할 수 있었다.

"……아버지!?"

혹시나 하는 생각은 백작이 깨어났으리란 기대보단 죽었을지도 모른다는 기대였기에, 뜻밖의 모습에 아리아가 깨어난 백작의 곁으로 서둘러 다가갔다.

"세상에……! 언제 깨어나신 거예요!?"

그리 묻는 아리아에게 주치의가 설명을 시작했다. 백작의 몸 상태가 좋지 않다는 것까지. 설명을 듣는 아리아의 표정이 점점 어두워졌다. 눈만 뜬 송장이라니. 이래서야 깨어나지 않은 것과 다를 바가 무엇이란 말인가.

"아무래도 떨어지시면서 척추를 다치신 게 큰 영향을 미친 것 같습니다……."

평생 이렇게 살아야 한다니. 그 끔찍한 대답에 옆에 선 카인을 힐끗 쳐다보자, 그가 손바닥으로 제 입매를 가린 채 인상을 찌푸리고 있었다. 설마 저 속에 숨겨진 얼굴이 웃는 얼굴은 아니겠지. 그럴듯한 가정을 하며 아리아가 주치의에게 물었다.

"아버지께서 다시 몸이 좋아지시려면 어떻게 해야 하지?"

"······예?"

"조금이라도 움직이실 수 있게 하려면 어떻게 해야 하느냐는 말이야. 이대로 넋 놓고 있을 순 없잖아."

아리아의 물음에 주치의가 당혹스러운 얼굴을 했다. 대답은 없었지만 그것에서 그럴 방도가 없다는 것을 절실히 느낄 수 있었다.

이에 백작 부인이 울음 섞인 목소리를 쥐어 짜 대신 대답했다.

"분명 방법이 있을 거야! 아까 깨어나실 때 손가락을 조금 움직이셨어!"

그녀의 말에 주치의가 눈을 휘둥그레 뜨더니 사실이냐고 되물었다.

"그게 정말이십니까?"

"그럼 아픈 남편을 앞에 두고 내가 거짓말을 하겠어?"

"그, 그런 건 아닙니다. 사실이라면 얼마든지 회복할 여지가 있다는 뜻이었지요! 노력 여하에 따라 얼마든지 몸을 회복하실 수 있게 될 가능성이 있으니까요!"

주치의의 얼굴이 한층 밝아졌다. 이에 따라 백작 부인과 아리아 또한 함박웃음을 띠었다. 그렇게 가짜 가족이 백작을 위해 미소를 짓는 사이, 진짜 아들인 카인이 홀로 심각한 얼굴을 고수했다. 아리아가 놓치지 않고 이를 지적했다.

"오라버니께선 기쁘지 않으신가요? 이렇게 아버지께서 깨어나셨고, 회복할 방도가 있다고 하는데 말이에요."

"······그럴 리가. 그저 믿기지 않아서 그런 거지."

한 박자 늦은 그 대답에 아리아가 카인을 한껏 비웃었다. 여동생에 가담해 제 아비를 죽이려 계략을 꾸민 주제에 참으로 뻔뻔했다.

"역시 그러시죠? 아무래도 아버지께서 어서 기운을 차리셔야 백작가도 원래의 모습을 되찾을 테고, 계속해서 억울함을 주장하는 미엘르의 일도…… 풀리지 않겠어요? 저 역시 미엘르가 아버지를 밀었다고는 생각하지 않아서요…….”

그리고 그 일에 가담한 카인까지.

아리아가 미엘르의 이름을 입에 담자, 미동 없이 누워만 있던 백작의 눈에 한차례 파도가 일더니 손가락이 조금 움직였다.

“저, 정말 움직이시다니!”

마침 백작의 몸 상태를 다시금 진찰하던 주치의가 이를 발견했고, 뛸 듯 기뻐하며 백작의 몸 회복을 돕기 위한 치료를 설명했다.

“일단은 마사지를 하듯 전신을 주물러 주시는 것부터 시작하시면 됩니다. 그렇게 조금씩 몸을 회복하시다가 걸을 수 있을 때쯤이 되면 시종들과 함께…….”

방 안에 가득 울려 퍼진 주치의의 목소리를 배경으로 아주 작은 목소리의 카인이 그렇지 않다는 변명을 계속했다.

“아, 아냐. 그럴 리가. 나도 무척이나 기쁘지만, 조금 놀라서 그런 것뿐이야.”

“역시 그러시겠죠? 오라버니께선 아버지를 지극히 생각하시니까요. 어서 아버지께서 기운을 차리시고 진범이 누구인지 직접 말씀해 주셨으면 하네요.”

그리 말하며 웃는 아리아를 따라 카인 또한 어색하게 입꼬리를 올렸다.

그 모습이 마치 우는 것처럼 보여, 아리아의 미소가 한층 더 짙어졌다.

* * *

주치의의 조언대로 백작의 전신을 주무르는 시종들을 뒤로한 아리아와 백작 부인이 정원에서 잠시 휴식을 취했다. 백작의 앞에서 울고 기뻐하던 모습은 어디로 갔냐는 듯, 차를 마시는 백작 부인의 얼굴에 여유가 가득했다.

"아버지께서 깨어나셔서 참 다행이에요."

"그렇구나."

아리아의 말에 대답하는 백작 부인의 얼굴에는 별다른 기쁨이 보이지 않았다. 오히려 과장된 연기를 하여 조금 지쳐 보이는 얼굴이었다.

이를 깨달은 아리아가 시녀들을 물리고 그녀의 본심을 물었다.

"별로 기뻐 보이시지 않네요?"

"그건 너 역시 마찬가지인데, 뭘 묻고 싶은 거니?"

백작은 아리아와 백작 부인의 미래를 바꿔 준 중요한 인물이기는 했으나, 늘 핏줄을 과하게 옹호하며 아리아 모녀를 그저 아름다운 장식품 취급을 하였기에 당연한 결과였다.

과연 이 저택에서 진심으로 그를 대할 이가 존재하기나 할까. 게다가 핏줄에게 배신당해 장식품들에게 위로를 받는 기분이 어떨까. 비웃음을 머금은 아리아가 백작 부인에게 말했다.

"어머님께는 죄송하지만, 아무리 아버지께서 깨어나셨다고 한들 전 미엘르를 가만히 두지 않을 거예요. 카인 오라버니 역시도요. 백작가가 망하는 한이 있더라도요."

"죄송할 일이 뭐가 있겠니? 아주 좋은 판단이야. 목을 조르는 뱀을 가만히 둬선 안 되니까. 이 어미도 너를 도우마."

백작 부인이 그간 억울한 누명을 쓴 아리아를 상기한 듯 이를 갈며 대답했다. 게다가 그 때문에 방에서 한 발자국도 나가지 못하고 공포에 벌벌 떨던 자신 또한.

만약 아리아에게 아무런 배경이 없었다면 모르겠지만, 이미 수많은 지지자들과 세력을 얻고 황태자까지 등에 업은 마당이었기에 모녀에겐 두려울 것이 없었다.

좋아하지도 않는 데다가 자신을 장식품 취급하는 남자의 수발을 들며 비위를 맞추는 것보단, 이를 짓밟고 장성한 딸과 사위의 덕을 보는 편이 나았다.

그렇게 아리아와 백작 부인이 정원에서 휴식을 취하는 사이, 카인이 홀로 백작의 방으로 들어갔다. 백작의 방으로 들어간 카인이 백작의 팔다리를 주무르던 시종들을 물렸다.

"하, 하지만 주치의께서……."

"아버지와 잠시 할 이야기가 있어서 그러니, 조금 있다가 다시 하도록 해."

백작과 대화를? 그가 지금 대화를 할 수 있는 상태였나. 생각하며 머뭇머뭇 망설이는 시종들을 모두 방에서 물린 카인이, 여전히 눈을 뜨고 자신을 응시하는 백작의 머리맡에 앉았다.

"아버지."

그리고 그를 부르자 백작이 눈을 깜빡였다. 표정에 변화는 없었지만, 왜 그러하냐는 듯한 반응이었다. 그 초연한 모습에 카인이 조금 망설이다가 다시 입을 열었다.

"미엘르가…… 지금 감옥에 있습니다."

카인의 말에 백작의 눈에 다시금 파도가 일었다. 그녀가 자신을 밀어 떨어뜨렸기에 벌을 받았을 거라는 생각은 했지만, 설마 감옥에 가 있을 줄은 몰랐던 탓이었다.

방금 전에 깨어난 탓에 미엘르에 관한 소식은 듣지 못했다. 분명 미엘르가 한 짓은 끔찍한 패륜이었으나, 가문에서 일어난 불미스러운 사건으로 치부하고 덮으면 그만인 일이었다.

그런데 감옥이라니. 어째서? 도대체 누가 고발을 한 것일까. 백작의 혈색이 점점 나빠지는 것을 보며 카인이 말을 이었다.

"그게…… 아버지를 시해하려 했다는 죄목으로요. 보석을 신청해도 허락이 떨어지지 않아 곤란한 상태입니다. 아무래도…… 중간에 황태자가 끼어 있어서 그런 모양입니다."

갑자기 황태자의 이름이 나오자 백작이 눈동자를 굴렸다. 미엘르가 감옥에 가 있다는 것도 충격인데, 어째서 황태자의 이름까지 나오냐는 물음인 듯 보였다.

"그…… 사실 처음에는 범인이 아리아로 몰렸었습니다. 그러자 황태자가 개입했죠."

전부 사실대로 말할 수 없음에 자신들의 과오는 쏙 빼고 돌려 말하자, 백작이 눈을 감았다. 일부러 그를 아리아의 방 앞까지 데려간 미엘르였기에 대충 짐작을 하는 모양이었다. 더 이상 이 이야기를 지속해 보았자 득이 될 것이 없었기에, 카인이 서둘러 화제를 돌렸다.

"어쨌든 미엘르도 실수를 한 것이라고 하였고, 아버지를 무척이나 걱정하고 있습니다. 매일 울며 자신의 과오를 뉘우치고 있고요.

그러니 부디, 아버지께서 미엘르를 도와주셨으면 합니다."

카인의 말에 백작의 눈이 낮게 가라앉았다.

실수라. 그때, 계단 위에서 자신을 밀던 미엘르의 얼굴이 지금도 그린 듯 생생했다. 그건 결코 실수를 저지르는 사람의 표정이 아니었다. 명백한 고의였다. 그럼에도 카인은 계속해서 그녀가 실수를 저지른 것이라 강조했다. 백작의 얼굴에 피로한 기색이 잔뜩 드리워질 때까지 말이다.

"……대답하실 수 없는 상태인데, 제가 너무 말이 많았던 모양입니다. 오늘 깨서서 기운이 없으실 테니, 일단은 물러가 보겠습니다. 푹 쉬십시오."

이 이상 미엘르를 두둔했다가는 자신의 과오까지 밝혀질까 두려워진 카인이 적당한 때를 노려 백작의 방에서 나갔다. 카인이 빠져나가고 아무도 없는 텅 빈 자신의 방 안에서, 한동안 가만히 천장을 응시하던 백작이 이내 눈을 감았다.

감은 그의 눈에서는 그간 자신이 저지른 수많은 업보가 눈물이 되어 쉼 없이 흘러내렸다. 오롯이 자신의 편이라 생각했던 자식들은 저리도 무정한데, 새로 들인 부인과 딸만이 지극정성이라니.

심지어 가장 예뻐한 미엘르는 자신을 죽이려고까지 했다. 카인이 애써 실수라고 둘러 댔지만, 자신을 밀던 미엘르의 표정을 똑똑히 기억하는 백작은 그것이 실수가 아니라는 것을 절실하게 느꼈다. 그간 일구어 온 모든 것들이 부정당하는 기분에 눈물이 멈추지 않았다.

모두 자신의 업보였다. 자초한 일이었다. 손가락 하나 까딱하지 못하는 몸이 되어서야 겨우 깨달은 되돌릴 수 없는 과거였다.

그렇게 자신의 인생을 되돌아보며 후회와 원망의 눈물을 흘리는 사이, 아리아와 함께 차를 마시느라 잠시 방을 비웠던 백작 부인이 들어왔다. 언제 여유로운 얼굴을 하고 있었냐는 듯, 백작 부인이 퍽 걱정스러운 얼굴을 만들어 내며 백작에게 서둘러 다가왔다.

"시종들은 어디에 가고 혼자 계세요? 몸은 좀 괜찮으세요? 물을 좀 드릴까요? 아니, 제가 주물러 드릴까요? 세상에…… 이 눈물 좀 봐, 어디 아프신가요!?"

볼품없는 제 모습을 보고 걱정 섞인 호들갑을 떠는 백작 부인에 다시금 참았던 눈물이 펑펑 쏟아졌다. 비록 출신은 천박하기 그지 없었으나 마음씨만큼은 그 누구보다도 따뜻한 여인이 틀림없었다.

그럼에도 이제는 표현할 수 없음에 억울함과 원통함이 가슴속에 휘몰아쳤다. 이를 아는지 모르는지, 백작 부인이 환하게 웃어 보이며 백작의 손을 잡았다.

"주치의의 말도 있고 이렇게 깨어나셨으니, 곧 좋아지실 거예요. 제가 최선을 다해 도울게요."

그리 말하는 백작 부인의 얼굴에서 한 줄기 희망을 찾은 듯, 백작이 눈을 반짝였다.

* * *

백작 부인의 다짐을 비롯하여 주치의의 적절한 처방과 저택의 모든 이들의 부단한 노력으로 백작은 곧 기운을 차릴 수 있었다. 주치의의 말대로 계단에서 떨어질 때 척추를 부딪친 탓인지 하반신은 나아질 기미가 보이지 않았지만, 팔이나 손 등을 아주 조금 움직이는 것은 가능했다.

물론 누군가의 도움을 받지 않는 이상, 물건을 집거나 몸을 돌릴 수는 없었지만 말이다.

"물을 좀 드시겠어요?"

"그래."

더불어 짧게 말을 하는 것도 가능했다. 아직 몸이 낫지 않아서 그런 건지, 말을 하고 싶지 않아서 그런 것인지는 모르겠지만 백작 부인이 묻는 말에 곧잘 대답을 하곤 했다.

"그러고 보니, 오늘이 미엘르의 재판 날이네요. 잠시 다녀올까요?"

"……됐어."

카인의 부단한 노력에도 불구하고 백작은 미엘르를 위해 아무런 도움을 주지 않았다. 종종 가엾은 미엘르의 소식을 가져오는 카인의 노력에도 불구하고. 물론, 이것은 백작 부인의 공이 컸다. 흔들리는 백작의 마음을 다잡아 주었기 때문이다.

"역시 미엘르에게 선처를 하는 편이 좋을까요……? 아리아도 괜찮다고 했고……. 하지만 그 착한 아이가 회개할 기회를 주어야 할 것 같기도 하고……."

"……."

백작이 미약하게 고개를 저었다. 자세히 보지 않으면 티가 나지 않을 조그마한 움직임이었음에도 백작 부인이 알겠다는 듯 고개를 끄덕이며 말을 아꼈다.

"착한 아이이니 곧 당신의 뜻을 이해할 거예요."

백작 부인이 친딸을 버리는 백작의 매정함을 합리화시키며 그의 손을 주물렀다. 부드럽게 웃는 그녀의 얼굴에선 한 조각의 그늘도 찾아볼 수 없었다.

"그러고 보니 주치의가 몸을 회복하는 데는 휴양이 좋다며 적극 권하더라고요. 이참에 별장을 구입하는 게 어떨까요? 푹 쉬다 올 수 있는 별장이요. 당신 귀찮지 않게 제가 알아보고 구입할게요."

"……그래."

아무리 백작의 상태가 호전된다고 해도 정상적인 생활과 일을 할 수는 없을 것이다. 때문에 백작가는 이대로 카인의 손에 떨어질 것이 분명했다.

그러니 그간의 수모와 핍박의 대가로 재산이라도 빼돌려야 하지 않겠는가. 마음이 여려진 백작에게서 야금야금 재산을 빼앗을 기회를 얻은 백작 부인이 자신을 믿고 그리 대답하는 그에게 환하게 웃어 보였다.

* * *

"백작께서 깨어나신 점을 감안하여, 로스첸트 미엘르 영애께 자택 구금 5년 형을 선고합니다."

프레이의 선고에 미엘르가 다시금 바닥으로 주저앉았다.

자택 구금이라니. 아버지가 죽지도 않은 마당에 왜 처벌을 받아야 하는가! 그리고 어째서 아버지는 자신에게 선처를 내려 주지 않은 걸까!

"미엘르, 저택에서 지내며 아버지를 설득하면 돼. 반성하는 모습을 보이면 분명 금방 용서해 주실 거야. 저택에 도착하자마자 아버지를 뵙는 게 좋겠어."

그런 미엘르에게 카인이 조용히 속삭였다.

귀족들에게 자택 구금은 나쁘지 않은 판결이었다. 어차피 자택 구금은 저택 밖으로만 나갈 수 없을 뿐, 안에서는 자유롭게 지낼 수 있었기 때문이다. 손님을 초대하여 정원에서 티타임도 가질 수 있었다. 외출만 할 수 없을 뿐, 자유로운 몸이라는 뜻이었다.

게다가 20년에서 5년까지 형도 줄지 않았는가. 지속적으로 보석을 신청한다면 형기를 다 채우기 전에 풀려날 것이 분명했다. 그 전에 백작이 용서를 할지도 모르는 일이었고. 카인의 말에 미엘르가 그나마 안심하며 고개를 끄덕였다.

"······알겠어요. 그런데, 이시스 님께선 답장을 보내셨나요? 뭐라고 하시던가요?"

"그게······."

카인이 대답을 망설이며 입술을 달싹이는 탓에 미엘르는 이시스가 자신을 거부했다는 사실을 깨달았다. 그에 따른 충격을 받을 새도 없이 프레이가 예외 사항을 덧붙였다.

"다만, 피해자 둘과 한 저택에서 지내야 하니, 구금 장소는 지금까지 미엘르 영애께서 사용하셨던 방으로 한정합니다."

"······그게 무슨 소리입니까?"

"방 밖으로 나올 수 없다는 뜻이지요. 게다가 황실에서도 요청이 들어왔습니다. 영애께선 아직 환각제에 관한 조사를 받지 않으신 상태이시니, 특별 관리가 필요하다고 말이지요."

이 무슨······ 말도 안 되는 판결이라는 말인가.

그럼 저택의 시종들과 손님들이 모두 보는 가운데, 먹지도 않은 환각제에 관한 조사를 받아야 한다고? 방에 꼼짝없이 갇혀서 그 못된 악녀가 까르르 웃는 비웃음을 들어야 한다고? 경비병과 조사관이 방에 드나드는 꼴을 보며 시종들이 눈을 흘기는 모습을 지켜봐야 한다고!?

전례가 없는 판결에 미엘르가 바닥에 납작하게 엎드렸다. 현기증이 일었다. 저도 모르게 흘러내리는 눈물이 바닥을 축축하게 적셨다. 그런 수치와 수모를 당하느니 차라리 죽는 편이 나았다. 모두 자신이 자초한 일이거늘, 원인은 아리아에게 있었기에 억울하고 부당하다고 느껴졌다.

'절대 가만히 두지 않을 거야……!'

선고가 떨어지자마자 미엘르는 자택으로 향해야 했다. 경비병 여섯이 둘러싼 낡은 마차가 로스첸트 백작가로 향하는 것을 본 이들이 저마다 마차 안의 인물을 상상하며 수군댔다.

"항소를 한다고 하시더니, 결국 자택 구금으로 결정이 났나 보네요."

"세상에나. 어떻게 피해자와 가해자가 한곳에서 지낼 수가 있죠?"

"제 지인이 법원에서 일해서 들었는데, 글쎄 일반적인 자택 구금이 아니라 방에 구금한다나 봐요."

"방예요!? ……그건 또 그거대로 참 대단한 형벌이네요."

"듣기로는 환각제에 관한 혐의가 있어서, 그걸 저택에서 조사할 모양인가 봐요. 그래서 방 안에 가둔 모양이고요."

"세상에……. 최악 중에 최악이네요. 설마 그 우아한 영애께서 그런 짓을 할 줄은……. 정말 사기라도 당한 기분이에요."

"소문이 전부 반대였던 거죠. 성녀와 악녀의 소문이 말이에요. 그간 조금씩 이상하다는 소문은 돌았지만, 이번 사건으로 확실하게 드러난 거죠. 정말 악녀는 미엘르 영애였고, 그간 자신의 죄를 모두 자애로우신 아리아 영애께 덮어씌웠던 것을요. 소설 속에서는 흔히 있는 이야기잖아요?"

마차가 낡은 탓에 그들의 수군거림이 그대로 미엘르의 귀에 박혔다. 헛소문을 지어 내는 그들의 입을 당장이라도 찢어 놓고 싶은 마음에 꽉 쥔 주먹이 부들부들 떨렸다. 옥살이를 하는 동안 조금 자란 손톱이 손바닥을 파고들며 살을 찢었다.

'감히……!'

하지만, 저택에 도착한 뒤에도 미엘르의 형편은 나아지지 않았다.

"아버지를, 아버지를 뵙게 해 주세요!"

기회는 지금밖에 없었기에 백작에게 용서를 구하기 위해 눈물 바람으로 소리쳤으나, 돌아온 것은 백작 부인의 싸늘한 대답이었다.

"안타깝게도 그이께선 네가 별로 보고 싶지 않은 모양이더구나."

"……뭐라고요? 제가 아버지께 직접 들을 거니 상관하지 마세요!"

그런 백작 부인에게 마치 달려들 듯 반박하는 미엘르에, 어느새 나타난 아리아가 한껏 제 몸을 움츠리며 말했다.

"세상에나, 무서워라. 어머니, 멀찍이 떨어지세요."

"……너, 너! 네가 감히!"

마치 벌레라도 보는 듯 그 시선에 소리를 지르는데, 마차와 함께 저택에 도착한 경비병들이 서둘러 미엘르의 입을 막고 제압했다.

"환각제란 참으로 무서운 거군요. 사람을 저토록 변하게 만들다니……. 하루빨리 조사를 하고 치료를 시작해야겠어요. 그렇죠, 오라버니?"

하필이면 아리아가 카인의 옆에 붙어 그리 말한 탓에 유일하게 미엘르를 구해 줄 카인이 입을 꾹 닫고 눈치를 보며 상황을 방관했다. 아리아가 그에게 달라붙는 일은 거의 없었기 때문에 퍽 당황한 눈치였다.

어떻게 이런 일이.

서러움과 분노에 열이 잔뜩 오른 눈에서 피라도 쏟아질 것 같았다. 차가운 시종들의 눈초리까지 받은 미엘르가 끌려가듯 제 방에 갇혔다.

"곧 조사가 시작될 테니 쓸데없는 생각은 하지 않는 게 좋을 겁니다, 영애."

싸늘한 경비병의 목소리와 함께 닫힌 문 밖으로 쇠사슬을 감는 소리가 났다. 멀어지는 발소리가 없는 것을 보니 방금 경고한 경비병들이 방 밖을 지키고 있는 모양이었다.

어째서, 어째서! 이 모든 것은 추악한 계집을 원래의 자리로 돌려놓기 위함이었는데! 더불어 그에 따른 대가로 원래 자신이 가져야 할 것을 조금 더 빨리 갖기 위함이었다.

그런데 지금 이 상황은 어떠한가. 모든 것을 잃고 오명을 얻어 방에서 꼼짝도 할 수 없는 상태가 되었다. 도움을 주리라 믿었던 이시스와 카인은 자신을 나 몰라라 하는 상태였고.

위험한 물건은 모두 치운 듯 깨끗하게 정리된 방에 갇힌 그녀가 한동안 소리를 지르며 눈물을 짜냈다. 원통함을 풀 곳이 마땅히 없었기 때문이다.

그렇게 하루 종일 목이 쉴 때까지 눈물을 짜내던 미엘르가 갑자기 무언가 떠오르기라도 한 듯 자신만의 비밀 공간을 열었다. 아리아와 마찬가지로 그녀 역시 방 안에 사람 한 명이 들어갈 수 있는 비밀 공간이 있었다.

그곳에서 조금 큼직한 상자를 꺼낸 미엘르가 눈에 잔뜩 고인 눈물을 닦아 냈다. 이 상자 속의 내용물이 그녀를 구원할 유일한 물건이었다.

* * *

"이시스 님. 편지가 도착했습니다."

"그래? 누가 보냈지?"

"그게……."

이시스의 물음에 집사가 말끝을 흐렸다. 이에 또 그 불편한 상대가 편지를 보내온 것을 눈치챈 이시스가 한숨을 쉬었다. 이미 미엘르는 버린 패이건만 왜 자꾸 귀찮게 구는 것일까.

그렇지 않아도 미엘르에 관한 소문이 흉흉한데, 괜히 그녀와 엮였다간 자신에게까지 쓸데없는 소문이 생길 것이다. 크로아 왕국으로 갈 날이 머지않아 최대한 모르는 척하고 있었는데, 하루가 멀다 하고 편지를 보내는 통에 머리가 아파 왔다.

"계속해서 보내시는 걸 보면 한 번쯤 답장을 보내 보시는 것이 어떨까 싶습니다."

집사의 조심스러운 조언에 이시스가 검토하던 서류를 내려놓았다. 그녀 역시 이 귀찮은 일을 지속하느니 단칼에 거절을 하는 편이 낫겠다고 생각했다.

"대충 읽고 요약해서 알려 줘."

"알겠습니다."

그리 지시한 이시스가 다시금 서류를 손에 들었다. 크로아 왕국에서 보내온 서류였기에 꼼꼼히 따져 보고 진행해야 했다. 자신과 공작가, 그리고 귀족파를 이렇게 만든 황태자를 치기 위해서.

이시스가 관자놀이를 꾹꾹 누른 후, 다시금 서류를 들어 집중하기 시작했다. 조금의 누락도, 실수도 없도록 면밀히 검토했다. 아무리 제국을 치겠다는 같은 목적을 가졌다고는 해도 상대는 일국의 왕이었기 때문이다.

그런 이시스의 옆에서 편지를 열어 내용을 검토하던 집사의 안색이 새파랗게 질리기 시작했다.

"이, 이시스 님. 편지를 직접 보셔야 할 것 같습니다……!"

늘 품위를 유지하며 공작가의 집사다운 면모를 지닌 그가 답지 않게 말을 더듬었기에, 이시스가 슬쩍 미간을 찌푸리며 까닭을 물었다.

"무슨 일인데? 뭐라고 쓰여 있기에?"

"그게…….”

이시스의 재촉에도 집사는 쉬이 대답을 하지 못했다. 결국 답답함을 이기지 못하고 그에게서 편지를 빼앗은 이시스가 집사를 이토록 놀라게 한 내용을 직접 눈으로 확인하기 시작했다.

『이시스 님. 저를 버리실 생각이시라는 건 잘 알겠어요. 제 실수가 컸던 것도 인정합니다.

하지만 그건 제가 혼자 꾸민 일이 아니었고, 제게는 이시스 님과 주고받은 편지가 있다는 사실을 잊지 마세요. 거기에 '그 여자'와 황태자 전하에 대한 내용도 적혀 있다는 사실을요. 차후에 이시스 님께서 어떤 행동을 하실지도 말이죠. 이번에도 편지를 무시한다면…… 제가 어떤 말을 할지 각오하셔야 할 거예요.』

"……하."

요망한.

이시스가 제 손에 든 편지를 구겨 바닥으로 힘껏 던졌다. 감히 누가 누구에게 협박을 한다는 말인가! 당장이라도 백작저에 찾아가 그 요망한 목을 비틀어 버리고 싶은 걸 간신히 참아 내며 부들부들 떨리는 손으로 따뜻한 차를 단숨에 비워 냈다.

미리 편지의 내용을 읽어 그녀의 심기를 짐작한 집사가 서둘러 차가운 물을 준비했고, 이번에도 그것을 단숨에 비워 낸 이시스가 어처구니없다는 듯 웃음을 크게 터뜨렸다.

"어떻게 죽이면 좋을까? 응?"

"이시스 님……."

절대 배신할 리가 없다고 생각해 스스럼없이 모든 내용을 편지로 남겨 둔 것이 문제였던 걸까. 미엘르가 이리 멍청한 줄 알았다면 절대 그런 일을 하지 않았을 텐데. 어쩌면 아리아를 너무 만만하게 보았기에 철저하게 증거를 없애지 못한 탓일지도 모른다.

어떤 내용이 편지로 남았는지 똑똑히 기억하는 이시스가 눈을 감고 소파 깊숙이 몸을 묻었다. 그냥 지나치기에는 너무나 위험부담이 큰 일이었기에 고민할 필요가 있었다.

'아니, 고민을 한들 무슨 소용이 있을까.'

버릴 수 없는 패라는 걸 처음부터 알고 시작한 일이었다. 아니, 그 천박한 계집과 허수아비 황태자로 인해 이런 참상을 맞이할 줄 몰랐기에 벌인 일이었다.

편지로 직접 지시를 내리지는 않았으나 은유적인 표현이 꽤 많이 담겨 있었다. 그 명목을 들어 황태자가 자신을 치기에 충분할 만큼. 죄인으로 조사를 받는 미엘르가 그것을 발설한다면 그 불똥이 자신에게까지 튈 것이 분명했다.

어쩔 수 없나. 일단은 원하는 바를 들어 주는 수밖에.

이 이상 제 살을 갉아먹을 수 없었기에 깊은 한숨을 몰아쉰 이시스가 자세를 바로 하며 집사에게 말했다.

"……종이와 펜을."

"……알겠습니다."

원하는 것이 무엇이냐며 적은 편지를 집사에게 건넨 이시스가 머리를 짚었다. 버릇없이 기어 오르는 요망한 쥐새끼를 어떻게 마무리할지 고민하며.

* * *

『제가 영애를 버릴 리가 있겠나요? 크로아로 갈 날이 머지않아 조금 바빴을 뿐입니다. 조만간 다시 연락을 드리지요.』

이시스에게 몇 번이나 편지를 보낸 끝에 얻어 낸 희망에 미엘르가 눈시울을 붉혔다. 꼭 이렇게 협박을 해야 말을 듣는 것이 참으로 어리석어 보였다. 일이 틀어지기 전부터 주고받은 편지를 소각할 것을 요구받았지만, 혹시나 하는 마음에 모아 두어 결국 원하는 바를 이룰 수 있었다.

'그곳에 보관하면 절대 찾을 수 없을 테니까.'

만약을 대비하여 카인에게만 털어놓은 참이었다. 자신이 잘못된다면 반드시 그것으로 이시스를 처벌해 달라는 당부도 함께였다. 매춘부에게 홀린 오라비에게 맡기는 것이 불안했으나, 불행히도 털어놓을 이가 그밖에 없었다.

아비에게 도움을 요청하고 싶었지만, 어떻게 된 것인지 백작은 미엘르를 도울 생각이 전혀 없어 보였다. 그가 움직이기 힘든 상태라고는 들었지만, 아무리 그렇다고는 해도 단 한 번도 자신을 찾아오지 않았으니까. 그에 서러움이 밀려들어 울기도 일었지만, 그보다는 억울함과 분노가 더 컸다.

'아버지가 날 먼저 버린 거야. 이럴 줄 알았다면 더 높은 곳에서 밀어 버릴걸.'

끔찍한 상상을 하며 미엘르가 이를 갈았다.

이제 미엘르가 의지할 곳은 카인뿐이었다. 아무리 매춘부의 딸에게 홀렸다고는 해도 설마 친여동생을 버리진 않겠지. 그렇게 이시스의 연락을 하염없이 기다리며 무료한 나날을 보내는데, 문득 밖이 소란스러웠다.

굳게 닫혀 열리지 않는 창문으로 열심히 밖을 확인하자, 쉽게 볼 수 없는 화려한 마차가 눈에 들어왔다. 조금 거리가 떨어져 있었지만 미엘르도 아는 인장이 찍혀 있는 마차였다.

'설마……!'

그리고 그 안에서 내린 것은, 다름 아닌 황태자였다. 미리 연락을 받은 것인지 늘 바빠 밖으로 싸돌아다니던 아리아가 외출도 마다하고 그를 살갑게 맞이하는 것이 눈에 들어왔다. 그 옆에는 백작부인도 함께였다.

탈출을 막을 요령으로 창문 안팎으로 철창을 덧대어 놓아 자세히 보이진 않았지만, 그들은 한참이나 마차 앞에서 재회의 기쁨을 누렸다. 아주 눈꼴시게도.

그런 황태자의 뒤로 무장을 철저히 한 기사 두 명이 보였다. 그럴듯하게 차려입은 귀족 또한 함께였다. 단순히 아리아를 만나러 온 것이 목적이었다면 거추장스러운 수족은 동행하지 않았을 터. 다른 목적이 있는 것이 분명했다.

이에 눈매를 가늘게 뜨고 의심하는데, 아리아와 재회를 끝낸 아스가 고개를 치켜들고 자신이 있는 방 쪽으로 시선을 돌렸다. 지은 죄가 있었기에 심장이 쿵 내려앉은 기분이 들었다. 그리고 그제야 미엘르는 그가 자신을 만나러 온 것이라는 걸 깨달을 수 있었다.

"오늘 일정이 없으시다면 저와 외출을 하시는 건 어떻습니까?"

"일정이 없는 건 아니에요. 아스 님께서 돌아가시면 저도 아카데미에 가 보려고 했거든요. 사라가 수업을 한다고 해서요."

"……제가 날을 잘못 잡았군요. 미리 확인을 했으면 좋았으련만."

잠시 뒤, 문밖에서 들리는 아리아와 아스의 목소리에 미엘르의 전신이 빳빳하게 긴장했다. 한동안 이시스에게 집중하느라 환각제에 관한 조사를 잊고 있었는데, 이렇게 황태자가 직접 찾아올 줄이야.

"그래도 조금만 시간을 내주시면 안 되겠습니까? 정 시간이 없으시다면 저도 아카데미에 함께 가겠습니다."

"그랬다간 다들 놀랄 거예요."

"바라던 바입니다. 그래야 영애를 넘볼 자들이 줄어들겠죠. 저는 항상 걱정입니다."

"저도 항상 생각하는 거지만, 아스 님께선 너무 걱정이 많으세요."

"걱정을 안 할 수가요. 영애께선 주변의 시선이 느껴지지도 않으십니까? 할 수만 있다면 따라다니면서 그 눈을 모두……."

흡사 경고라도 하듯 아스의 목소리가 음산했다. 이에 조금 웃은 아리아가 마치 아이를 달래듯 부드러운 목소리로 그의 말을 끊었다.

"알겠어요. 일단 일을 끝내시고 얘기해요. 저도 준비를 해야 하니까요. 아스 님의 마차를 빌어 외출을 하는 것도 나쁘지 않겠어요."

대화가 끝나감에 미엘르가 소스라치게 놀라며 문에서 가장 먼 벽으로 뒷걸음쳤다. 아니나 다를까, 곧 문을 굳건히 걸어 잠근 쇠사슬이 풀리는 소리가 났다. 얼마나 동여맸는지 한참이나 그것을 푸는 소리가 들렸다.

그리고 잠시 뒤 창문 너머로 보았던 황태자와 기사 두 명, 그리고 이름도 얼굴도 모르는 귀족이 눈에 들어왔다. 그 옆에는 시녀를 대동한 아리아도 함께였다. 미엘르가 기억하는 아스와는 전혀 다른 서늘한 얼굴의 아스가 미엘르를 가리키며 기사들에게 지시했다. 마치 귀찮은 짐짝을 보는 듯한 눈초리였다.

"끌어내."

아스의 지시가 떨어지자마자 기사 두 명이 곧장 방 안으로 들어가 미엘르의 양팔을 붙잡았다. 정말 아스의 말대로 끌어내려는 속셈인 듯싶었다.

"어, 어디로 가는 거죠!?"

당황한 미엘르가 물었으나, 그녀에게 대답을 들려줄 이는 아무도 없었다. 필요 이상으로 팔을 강하게 억죄며 미엘르를 강제로 방에서 끌어냈다.

"그, 그냥 제가 스스로 나갈게요……!"

"죄인에게 그런 선택지가 있을 리가."

비아냥거리기라도 하듯 따라붙는 귀족의 말에 미엘르의 눈에 눈물이 맺혔다. 어디로 끌려가는지는 모르겠으나, 이대로라면 아랫것들의 유흥거리로 소비될 것이 분명했다.

"많이 야위었을 줄 알았는데 생각보다 멀쩡하네. 아직 고생을 덜한 거겠지."

미엘르의 귓가에만 스쳐 지나가듯 흘리는 아리아의 목소리에 미엘르의 분노가 폭발했다. 아리아가 악녀로 몰려 처형을 당하기 전 미엘르가 했던 행동과도 비슷했다.

"다 너 때문이야! 너만 없었다면! 너만 없었다면!"

갑자기 난동을 부리는 미엘르에 아리아가 모르는 척 몸을 움츠리며 공포에 질린 표정을 지었다. 누가 보아도 피해자임이 분명한 표정과 몸짓이었다.

그 가증스러운 모습에 미엘르의 발버둥이 심해졌고, 그녀의 팔을 억쥔 손에 힘이 들어갔다. 그런 미엘르를 놀리기라도 하듯 그 누구의 눈에도 띄지 않게 아리아가 입꼬리를 올렸다. 그것이 눈에 들어와 몸부림을 치는데.

―짝!

갑자기 뺨에서 고통이 느껴짐과 동시에 순식간에 시야가 바뀌었다. 그리고 시끄러운 발소리와 미엘르의 발버둥으로 소란스러웠던 복도에 정적이 일었다.

이게 무슨 상황인지 몰라 타의로 돌아간 고개를 천천히 제자리로 돌리자, 거짓이 아닌 진정으로 놀란 것인지 눈을 동그랗게 뜨고 손바닥으로 제 입을 가린 아리아가 눈에 들어왔다.

"이 이상 난동을 부린다면, 황성 지하 감옥에 넣어 주지."

경고하듯 읊조리는 목소리는 바로 황태자였다. 더러운 것을 만지기라도 했다는 듯 손을 털어 내며 말한 아스가 성큼성큼 앞으로 걸어 나갔다.

"세상에나, 저 부풀어 오른 뺨 좀 보세요……!"

조롱하기라도 하듯 떠벌리는 애니의 말을 뒤로한 채 당혹스러움으로 힘이 쭉 빠진 미엘르가 끌려갔다. 처음 당한 폭력에 충격과 공포, 그리고 혼란이 미엘르의 사고를 멈추게 만들었다.

취조는 응접실에서 할 모양이었는지, 복도와 계단을 지나 응접실까지 향하는 동안 저택의 시종들을 수차례나 마주했다. 그들은 하나같이 놀란 얼굴로 새빨갛게 부어오른 미엘르의 뺨을 힐끗댔다. 아리아를 대할 때와는 다르게 냉랭한 황태자의 걸음걸이 또한 시종들의 궁금증을 유발했다.

"……!"

그렇게 응접실 앞에 다다르자, 기다리고 있었던 듯 카인이 그 앞에 서 있었다. 미엘르의 몰골을 마주한 카인이 놀란 모양인지 말을 잃고 한참이나 제 여동생의 뺨을 응시했다.

이에 아스가 가벼운 미소와 함께 자초지종을 설명했다.

"난동을 부리며 지시를 따르지 않더군. 감히 피해자인 아리아 영애께 달려들려고 했지. 아직도 죄인이라는 자각이 없는 모양이야. 저택 구금이라는 벌을 생각보다 편히 여긴 모양이야."

그 말에 잠시 머뭇거리던 카인이 미엘르에게서 시선을 돌렸다.

"……들어가시지요."

그리 대답하는 카인의 표정이 심히 복잡했다. 화를 내고 싶지만 그럴 수 없다는 표정에 가까웠다. 그런 카인을 미엘르를 보듯 싸늘하게 응시하던 아스가 이내 시선을 돌려 응접실 안으로 들어갔다.

"오라버니……!"

뒤를 따라 끌려가는 미엘르가 카인을 애타게 불렀지만, 그는 미엘르에게 아무런 대답도 해 줄 수가 없었다.

문이 닫힌 응접실에는 기사 두 명과 아스, 그리고 정체 모를 귀족과 미엘르만이 남았다. 테이블 위에는 카인의 지시로 시종들이 미리 준비해 둔 다과가 놓여 있었다. 그것을 들어 하나를 입에 집어넣은 아스가 퍽 귀찮다는 얼굴로 귀족이 건넨 서류를 검토했다.

"장성한 청년들도 아니고, 아직 미성년인 영애들께서 환각제를 복용하다니……. 꽤 충격적이야."

"저, 저는……!"

아스의 말에 미엘르가 무언가 변명을 하려고 하자, 그녀의 팔을 붙든 기사가 힘을 주었다. 황태자가 직접 질문을 하기 전까지는 변명하지 말라는 뜻으로 보였다. 아닌 것을 아니라고 대답하려 하는데 말조차 꺼내지 못하게 하다니! 원통함에 미엘르의 눈가에 열이 잔뜩 올랐다.

"영애 말고 몇이나 환각제를 복용했지?"

사실 유무를 묻는 것이 아니라, 환각제를 복용했다는 것을 확신하고 그것을 전제로 묻는 질문에 미엘르가 고개를 세차게 저으며 부정했다.

"정말 아무도 환각제를 먹지 않았어요……!"

"그래?"

그리 되묻는 아스의 표정이 심드렁하기 그지없었다. 마치 쓸데없는 이야기를 흘려듣는 듯한 태도였다. 아스의 옆에 선 귀족 역시 미엘르의 대답을 그리 중요하게 생각하지 않는 듯 보였다.

"하지만, 아니라는 증거가 없으니 증명할 수 없겠지."

"그랬다는 증거 또한 없지 않나요!?"

아스의 억지 주장에 미엘르가 발끈했으나, 곧 아스에 의해 부정당했다.

"있어."

"그, 그 무슨 말도 안 되는……!?"

말을 더듬는 미엘르에게 아스가 친히 그녀의 죄를 읊어 주었다.

"그 시간에 저택에 없던 아리아 영애를 계속 보았다고 강력하게 주장했는데, 환각제를 먹지 않은 이상 그런 주장을 할 리가 있겠나? 정작 백작을 떠민 것은 영애인데 말이야."

아스의 말에 귀족이 긍정하며 대답했다.

"아마도 환각제 성분이 아직 몸에 남아 있는 건 아닐까 생각됩니다. 방 안에 숨겨 두고 복용했을지도 모르고요."

"일리가 있는 말이야. 그렇게 적어 둬."

"예, 아스테로페 님."

아스의 지시에 귀족이 서류에 무언가를 적기 시작했다. 미엘르가 아직 환각제에서 벗어나지 못했다고 적는 모양이었다. 이에 그녀가 발버둥을 치기 시작했다.

"그, 그만하세요! 저는 정말 환각제를 먹지 않았다고요! 심증일 뿐이잖아요! 왜 제 말은 듣지도 않는 거예요……! 왜 아무도 제 말은 믿지 않는 거냐고요……!"

눈에 고인 눈물까지 흩뿌리며 저항하는 그 모습이 퍽 가여웠다.

진정으로 억울한 듯 보였다. 만약 취조하는 자가 아스가 아닌 다른 이었다면 조금이나마 마음이 동해 그 억울함을 풀어 주려 노력했을지도 모를 정도였다.

"……좋아. 지금부터 진실만을 말한다면 용서하도록 하지. 어린 영애께서 이토록 원통함을 토로하니 내 마음이 아파서 말이야. 영애는 그날, 정말로 아리아 영애를 본 것이 사실인가?"

뜻밖에도 그것은 아스 역시 마찬가지였는지 그가 미엘르에게 퍽 진지한 얼굴로 물었다. 마치 마지막 기회를 주기라도 하겠다는 듯한 얼굴이었다.

그럴 리가 없는데. 게다가 질문조차 이상했다. 왜 많고 많은 질문 중에서 하필 그 일에 대해 다시 묻는 걸까.

의심이 솟구쳤다. 아리아의 연인인 그가 자신을 도울 리가 없었다. 하지만 누가 보아도 지금의 아스는 미엘르를 도와줄 것처럼 보였다. 이에 조금 망설이던 미엘르가 곁눈으로 주변을 힐끗 둘러보았다. 정체 모를 귀족을 비롯한 기사 두 명이 함께였기에, 만약에 후에 아스가 발뺌을 한다면 그들이 증인이 되어 줄 가능성이 있었다.

물론 제정신인 상태라면 아스가 데려온 그들이 자신의 편을 들어줄 리가 없다는 것을 금세 깨달았겠지만, 현재 그녀는 정신적으로 궁지에 몰려 있는 상태였기에 제대로 생각하고 판단을 내리지 못했다.

그런 그녀가 아스를 믿고 솔직하게 털어놓기 시작했다.

"그, 그럼요! 정말 보았어요. 언니는 방에 계셨고, 제가 언니를 불렀어요. 아버지께서도 복도에 계셨고요."

"그럼, 날 보았다는 말은?"

"그건······."

법정에서 그리 외쳤던 기억이 떠오른 것인지, 잠시 머뭇거리던 미엘르가 고개를 끄덕이며 긍정했다. 솔직하게 말한다면 용서해 주겠다는 아스의 말을 철석같이 믿었기 때문이다.

"······갑자기 나타나셔서 언니를 데려가신 걸 보았어요."

"환영처럼 사라졌다?"

"그게······. 네······."

"흡사 마법같이 보였겠지? 중요한 순간에 나타나 아리아 영애를 데리고 사라졌으니까."

"······세상에. 마, 맞아요! 마법같이 보였어요! 정말 홀연히 사라지셨으니까요! 잘못 본 게 아닌지 한참이나 고민했을 정도로요! 하지만 역시 그 장소에 나타나셨던 거군요!"

눈앞에 그때 당시의 상황이 그려질 정도로 정확하게 묘사하는 아스에 미엘르가 과하게 긍정하며 고개를 끄덕였다. 역시 그는 마법을 부려 나타나 아리아를 데리고 사라진 것이 분명했다.

설마 공간이라도 이동하는 것일까? 말도 안 되는 가정이었지만 그리 가정한다면 모든 퍼즐이 들어맞았다. 제시간에 도착할 수 없는 곳에 나타나려면 공간을 이동하는 것밖에 없을 테니까!

이 사실이 밝혀지면 자신의 죄 또한 사라질 것이다. 증거가 무용지물이 될 테니까 말이다. 그렇게 된다면 자신은 다시 성녀의 칭호를 되찾고, 천박한 악녀는 다시 악녀로 돌아가게 될 것이다.

그리 생각하며 환하게 웃는 미엘르를 지켜보며 잠깐이나마 진지한 표정을 짓던 아스가 입꼬리를 한껏 올려 웃었다. 마치 비웃기라도 하는 듯한 그 표정에 미엘르의 전신이 빳빳이 굳었다. 방금 전까지 진지하게 이야기를 들어 주는 것 같았는데, 도대체 이게 무슨 일일까.

"역시 환각제가 맞는 듯싶군요."

귀족의 말에 미엘르의 양팔을 붙은 기사들이 한숨을 쉬었다. 정신이 나간 자의 헛소리로 치부하는 듯한 모습이었다.

"그래, 내 생각도 그렇군. 지난번에도 그랬지만 이번에도 그럴 줄이야. 날더러 연기처럼 사라졌다고 하다니, 그게 말이나 되는 소리라고 생각하나? 어지간히 오랜 기간 복용한 모양이야. 마법이라니, 어처구니가 없군."

"이토록 어린 영애께서 그런 끔찍한 약물을 복용하다니. 앞으로 얼마나 더 많은 귀족들을 조사해야 할지 감이 잡히지 않습니다."

"일단은 그날 파티에 참가한 영애들을 위주로 조사를 시작해야겠지. 환각제를 복용한 것은 사실 같으니, 앞으로 내가 동행할 필요는 없겠어. 알아서 취조하고 출처를 밝히도록."

"예, 알겠습니다. 철저하게 뿌리를 뽑겠습니다."

같은 공간에 있음에도 불구하고 자신은 없는 사람인 듯 치부하며 아주 간단하게 마무리가 되어 가는 상황에 퍽 당황한 미엘르의 눈동자가 태풍을 만난 돛단배처럼 흔들리기 시작했다.

분명 솔직하게 말하면 용서를 해 주겠다고 했는데, 어째서 환각제를 복용했다는 결론으로 마무리가 되는 것인가! 분명 황태자 역시 아는 것처럼 묘사하며 동조하며 마법을 운운했는데! 무언가 잘못되어 가고 있음에 미엘르가 말을 더듬으며 아스에게 물었다.

"소, 솔직하게 말하면요, 용서를 해 주신다고 하셨잖아요……? 정말 사실을 말했는데 무슨 소리를 하시는 거예요……!?"

아스가 그런 미엘르를 차가운 눈빛으로 흘기며 대답했다.

"용서를 해 주겠다고 했지, 법적 절차를 밟아 주겠다고는 하지 않았는데. 게다가 영애의 말이 진실인지 확인할 수도 없고. 그렇지 않나?"

"그렇습니다. 지금 확실한 건, 영애께서 환각제를 복용했다는 사실 정도가 되겠습니다."

그제야 아스가 했던 말이 덫이었음을 깨달은 미엘르가 말을 잃고 사색이 되어 망연자실하게 바닥으로 무너져 내렸다.

"오늘은 이만하도록 하지. 아까 보았으니 알 테지만, 중요한 볼일이 있어서 말이야."

"아, 그러고 보니 이런 쓸데없는 곳에 시간을 낭비하실 때가 아니셨지요. 알겠습니다."

결국 아스는 수많은 이들의 인생을 송두리째 바꿀 이 중요한 일을 쓸데없는 일로 치부하며 자리에서 일어났다. 함께 온 귀족 역시 조사가 순조롭게 끝났다며 무언가를 잔뜩 적은 서류를 품에 넣었고, 기사들에게 팔을 붙들린 미엘르 역시 강제로 몸이 일으켜졌다. 미리 정해진 결과에 따라 끼워 맞추기만 했을 뿐인 짧은 조사였다.

"자, 잠시만요! 제발! 정말 아니에요!"

그런 미엘르의 외침을 듣는 이는 아무도 없었다. 짧은 시간 동안의 취조를 마친 뒤, 응접실 밖으로 나가자 어느새 외출 준비를 마친 아리아가 퍽 놀란 얼굴로 아스에게 다가왔다.

외출 준비를 한다고 했던 시점과 비교해 거의 변화가 없는 외형이었다. 어지간히 결과가 궁금했던 모양이었다. 어쩌면 결과가 아닌 잔뜩 눈물을 짜냈을 미엘르의 얼굴이 궁금했을지도 모르는 일이었다.

"벌써 끝나셨나요?"

"예. 환각제를 복용했다는 것이 너무도 명백하여 취조를 길게 할 필요가 없었습니다."

시종들 또한 주변에 있건만, 복용하지도 않은 환각제를 운운하자, 그들이 저마다 놀란 얼굴을 감추지 못하였다. 하나같이 입술이 달싹이는 것을 보니 빨리 이 놀라운 일에 대해 떠들고 싶은 모양이었다.

아버지를 죽이려 한 것도 모자라 환각제까지 먹었다고 하니 이 얼마나 흥미로운 이야깃거리인가. 저마다 조각난 퍼즐을 맞추며 미엘르가 얼마나 끔찍한 일을 저질렀는지 논하고 싶은 것일지도 모른다.

저택에서 일어난 일을 입 밖으로 꺼내서는 안 된다는 불문율은 이번 사건과는 관련이 없었다. 너그러이 용서를 해 줄 황태자와 아리아가 있었기 때문이다.

"그렇군요……. 일말이나마 아닐 거라고 기대했는데……."

양팔을 붙들린 미엘르를 향한 아리아의 시선이 안타까움으로 물들어 있었다. 그런 그녀를 위로하기 위해 아스가 기분 전환을 제안했다.

방금 전까지 싸늘한 눈빛으로 귀찮은 일을 한다는 듯한 표정은 온데간데없이, 아리아를 무척이나 사랑스럽다는 눈빛으로 마주하고 있었다. 마치, 다른 인물처럼 말이다.

"취조도 영애의 준비도 일찍 끝이 났으니 산책이라도 하는 것이 어떻겠습니까? 차를 마시는 것도 좋겠군요."

"하지만⋯⋯. 미엘르가 걱정이 되어서요⋯⋯. 어떻게 저만 그런 호사를 누릴 수 있을까요⋯⋯."

"걱정하지 마십시오. 하지 않은 행동에 대해 처벌하는 일은 없을 테니까요. 이러다가 영애께서 쓰러지시겠습니다."

미엘르를 힐끗대며 머뭇거리면서도 다시금 설득하는 아스에 작게 고개를 끄덕이는 아리아가 참으로 가증스러웠다. 자신을 이 진창으로 몰아넣은 것이 누구인데! 정말로 위로를 받아야 할 사람은 자신이거늘, 어째서 아무런 죗값도 치르지 않는 저치들이 기분 전환을 한다는 말인가!

게다가 유일하게 도움을 줄 카인은 이따금 티가 나지 않게 아스를 노려볼 뿐이었다. 백작의 대리가 되어 저택을 휘어잡고 아리아를 가두겠다던 그 다짐은 어디로 갔는지.

그는 아리아는커녕 백작이 해야 할 일을 수행하는 것만으로도 하루하루가 벅찬 모양이었다. 그러니 아리아가 황태자와 저리도 친근하게 붙어 있는데 아무런 말도 하지 못하는 것이겠지.

모든 것이 한심했다. 모두가 어리석었다. 정말 벌을 받아야 할 악녀는 행복에 겨워 웃음 짓고 있었다. 정작 빛을 받아야 할 자신은 이렇게 어두운 절망 속인데. 그렇게 박탈감과 억울함에도 달리 해결할 방도가 없어 속으로 눈물을 삼키는데, 누군가 새로이 저택 안으로 들어오는 것이 눈에 들어왔다.

"⋯⋯!"

아주 익숙한 인물이었다. 오매불망 기다리던 공작가의 집사였다. 손에는 편지 한 장을 들고 있었다. 게다가 시종을 시킨 것도 아니고 집사가 직접 편지를 가져오다니⋯⋯ 중요한 내용을 담은 편지임이 분명했다.

집사는 기사들에게 붙들려 꼼짝달싹 못하는 미엘르를 보고 잠시 당황하더니, 이내 카인에게 전할 편지가 있다며 그것만을 전달하고 황급히 돌아갔다.

"무슨 편지지?"

하필이면 모두가 모여 있었던 탓에 아스가 카인에게 편지의 내용을 물었다. 이에 미엘르가 긴장하며 침을 꼴깍 삼키는데, 단호한 얼굴의 카인이 고개를 내저으며 대답했다.

"개인적인 용무입니다. 전하께서 아실 필요는 없으시지요."

지금까지 단 한 번도 아스에게 대들지 못했던 것이 억울했던 모양인지 그리 대답하는 카인의 말투에 가시가 돋쳐 있었다. 고작해야 편지에 대한 이야기이건만, 과하게 날을 세우는 그 모습에 아스의 얼굴에 다시금 비웃음이 떠올랐다.

"……아아, 그렇군. 공작가에서 온 편지이기에 목적지가 그쪽이 아닌 미엘르 영애라고 생각해서 한 질문이었는데, 내가 오해를 한 모양이야."

말은 오해라고 했지만 표정은 의심으로 똘똘 뭉쳐 있었다. 그 편지의 진짜 목적지가 미엘르라고 의심하는 얼굴이었다.

그것은 아리아 역시 마찬가지였다. 방금 전까지 미엘르가 걱정된다며 눈시울을 붉히던 아리아의 시선이 편지에 고정되어 있었다.

결국 자신을 구원해 줄 편지가 악마들의 손에 떨어질까 전전긍긍한 미엘르가 바들바들 떨리는 목소리로 입을 열었다.

"조, 조사는 이게 끝이죠……? 방에 돌아가고 싶어요……."

심리적인 압박과 살고자 하는 욕망이 뭉친 그 모습은 퍽 가엾고

안쓰러워 보였다. 마치 성녀라고 불렸던 예전의 그녀를 떠올릴 정도였다.

"정말 안색이 좋지 않네요. 어서 쉬게 해 주는 편이 좋겠어요."

가엾은 미엘르를 위해 마음씨 고운 아리아가 그리 말했고, 탐탁지 않아 하는 아스의 허락이 떨어져 미엘르는 곧 자신의 방으로 돌아가 안정을 되찾을 수 있었다.

그리고 얼마 뒤, 면회를 요청한 카인이 편지를 들고 나타났다. 미리 내용을 읽어 본 모양인지 그의 표정이 사뭇 진지했다.

"정말 이걸 받아들일 생각이야?"

"……달리 방도가 있을까요? 어차피 반란이 일어나면 제 죄도 없어질 테니, 이것밖에는 방법이 없어요."

미엘르의 대답에 카인이 제 입술을 깨물며 걱정에 휩싸였다.

"그냥 이대로 기다렸다가 반란 후에 재판을 다시 받는 편이……."

"아니요. 그때까지 이렇게 버틸 순 없어요. 오라버니께선 제가 잘 도망칠 수 있게 도와주시면 돼요. 게다가…… 저는 꼭 이시스님께 전할 말이 있어요."

아스의 취조로 확신할 수 있었다. 반드시 전해야 했다. 진정으로 환각제를 먹지 않은 자신이 보았던 그날의 일에 대해. 그리 말하는 미엘르의 표정이 더없이 진지했다.

18. 되돌릴 수 없는
선택

18. 되돌릴 수 없는 선택

『시녀를 보낼 테니 몰래 빠져나오시기를. 곧장 크로아로 출발하게 될 테니, 기회는 단 한 번뿐이에요.』

편지의 내용을 읽고 또 읽어 외워 버릴 지경이 되었을 때쯤, 식사를 가지고 시녀가 안으로 들어왔다.

얼굴에 주근깨가 가득해 이목구비를 알아보긴 힘들었지만, 금발에 녹색 눈을 한 시녀였다. 저택에서 단 한 번도 본 적 없는 시녀를 반가이 맞이하며 미엘르가 자리에서 벌떡 일어났다.

"저녁 드세요."

"……그래."

시녀의 말대로 미엘르가 식사를 시작했다. 혹시나 아무런 소리가 들리지 않으면 밖에서 의심할까 하여 괜히 식기를 부딪치는 소리까지 냈다. 그러는 사이 맞은편에 자리한 시녀가 품 안에서 화장

도구들을 꺼내 미엘르의 얼굴에 주근깨를 빼곡하게 그려 넣었고, 제 옷을 벗어 미엘르와 바꿔 입었다.

이목구비 자체가 너무나도 달라 완벽하다고는 할 수 없었지만, 시녀의 얼굴엔 주근깨가 가득한 데다가 미엘르와 키와 체형이 비슷했기 때문에 자세히 보지 않는다면 알아채기 힘들 정도였다.

『**곧장 밖으로 나가세요. 저택 입구에 마차가 대기 중입니다.**』

시녀가 손바닥에 적어 주는 글자를 읽고 터져 나오는 기쁨을 감추며 식기를 챙겼다. 드디어 이 지옥 같은 저택에서 벗어날 수 있다고 생각하니 눈물마저 나올 것 같았다.

이제 이시스와 함께 크로아로 떠나 반역을 일으키고, 그 멍청한 황태자와 천박한 계집을 모두 처리하고야 말겠다고 다짐하며 고개를 푹 숙이고 방을 나서려는데, 문 앞을 지키던 경비병이 미엘르를 불러 세웠다.

"잠깐."

심장이 쿵 떨어지는 감각과 함께 전신이 **빳빳하게** 굳었다. 설마 들켰나 싶어 식은땀까지 흘리며 딱딱하게 굳어 있는데, 잠시 뜸을 들이던 경비병이 미엘르에게 물었다.

"오늘 식사 시간이 평소보다 이른 것 같은데."

"……그, 그런가요? 저는 시키는 대로 가져왔을 뿐이라서……."

그렇지 않아도 높고 가는 목소리였는데 목소리를 숨기고자 더욱 높고 가는 목소리를 만들어 내자, 마치 아이의 그것과도 같았다. 그래서 실수했다고 생각하며 입술을 꼭 깨무는데, 잠시 생각에 잠겨 있던 경비병이 알았다며 고개를 끄덕였다.

"그래? 가 봐. 세숫물도 가져와야 하잖아?"

"예, 예……!"

허락이 떨어지자마자 서둘러 1층으로 내려가자 어딘가 불안해 보이는 카인이 저택 현관에서 서성이고 있었다. 이에 들고 있던 식기를 대충 바닥에 내려놓은 미엘르가 서둘러 그에게 달려갔다.

"오라버, ……아니, 도, 도련님."

그러곤 평소처럼 카인을 부르려다가 주변의 눈치를 보며 정정했다. 아무도 없는 텅 빈 홀이었지만, 혹시나 하는 마음에서였다.

"왔구나. 공작가에서 보낸 마차가 대기 중이다."

그러자 불안한 기색의 카인이 미엘르의 두 손을 꼭 붙잡았다. 미엘르의 고집이 완강하고 달리 도울 방법이 없어 허락은 했지만, 아직 성년이 되지도 않은 여동생을 이렇게 보내려니 걱정되는 모양이었다.

"……혹시 모르니 챙겨 놓았다. 가져가서 급한 일이 있을 때 사용하도록 해."

카인이 건넨 주머니에는 값비싼 보석들이 가득 들어 있었다. 이미 편지로 단단히 협박을 받고 있어 허튼짓을 하진 못하겠지만, 아무것도 없이 저택을 떠나는 것보다는 마음이 든든했다.

"오라버니……."

늘 도움이 되지 않는다고 화만 삼켰는데 이렇게 배웅을 받으니 마음이 이상했다. 그런 카인을 한 번 꼭 안아 고마움을 표현한 미엘르가 저택 바로 앞에 준비된 마차를 타고 빠르게 백작저를 떠났다.

이시스가 보낸 것이었다. 마차는 곧장 공작가로 향하는가 싶더니 돌고 돌아 도착한 곳은 수도에서 조금 떨어진 외곽이었다. 때문에 불안함을 안고 마부의 지시에 따라 조심스레 마차에서 내리자, 크고 튼튼해 보이는 마차 두 대가 미엘르를 기다리고 있었다.

한 대는 이시스 혼자 이용하는 마차였고, 나머지 한 대에는 시녀들과 짐을 실은 마차였다. 미엘르의 도착에 마차에서 내린 이시스가 그녀를 살갑게 맞이했다.

"이시스 님……!"

"미엘르 영애. 기다리고 있었어요. 고생이 참 많으셨지요?"

"아니에요, 고생은요! 이시스 님께서 이렇게 도와주셨는걸요!"

협박하고 협박당한 자들답게 서로에게 정말로 묻고 싶은 것은 속에 꾹꾹 눌러 담고 가식적인 웃음을 지었다. 이시스가 미엘르의 어깨를 감싸며 자신의 마차로 안내했다.

"막 떠나려던 참이었어요. 아직 정식으로 혼인을 치른 상태가 아니라서 조용히 말이죠. 아시죠?"

"그럼요."

이미 수차례 이에 관한 대화를 나누지 않았는가.

새로 마차에 올라타자, 수면을 취할 수 있도록 폭신한 쿠션이 깔려 있어서 솔솔 잠이 쏟아졌다. 하루 종일 온 신경을 탈출에 쓰고 있었기 때문이었다. 그런 미엘르의 모습에 차가운 표정을 숨긴 이시스가 물었다.

"편지는…… 혹시 가져오셨나요?"

"아뇨, 그렇게 중요한 것을 가져왔을 리가요. 들킬지도 몰라 숨겨 두었답니다. 오라버니께서 잘 관리해 주신다고 하셨어요."

그러니 절대 찾을 수 없을 거라는 말투로 대답하자 잠시 마차 안에 정적이 일었다. 그 편지는 지옥에서 자신을 구해 준 물건이었다. 그리고 앞으로도 저를 구해 주고, 지켜 줄 물건. 그런데 그런 물건을 쉽게 알려 줄 리가. 참으로 멍청한 질문이었다.

물론 반역이 끝난 뒤엔 증거로써의 가치가 불분명해지겠지만, 그때까지는 자신의 자유를 보장해 줄 터였다.

'그러니, 그전에 오스카 님과 결혼하여 나를 지켜 줄 새로운 방패를 만들어야겠지.'

그리 생각하며 미엘르가 웃자, 이시스 역시 따라 웃었다.

"그래요, 그렇군요. 아주 잘하셨어요. 부디 그 누구의 눈에도 띄지 않게 조심해 주시기를 바라요."

그렇게 겨우 자유를 찾은 미엘르는 이시스와 함께 제국을 떠나 크로아 왕국으로 향했다. 여성이 둘이나 탄 마차였지만, 휴양이나 여행을 떠나는 것이 아니었기에 식사를 위한 아주 잠깐의 휴식과 말을 교체할 때를 제외하고는 쉼 없이 달려 크로아로 향했다.

"지금부터 영애께서는 제 시녀인 '엘'이 되시는 겁니다."

크로아의 국경을 넘자마자 당부하는 이시스의 말에 미엘르가 고개를 끄덕였다. 새로운 신분증도 함께였다. 죄를 지어 도망쳤다는 말을 당당하게 할 수 없으니 당연한 결과였다.

이미 미엘르가 도망을 쳤다는 소문은 빠르게 퍼져 타국까지 전해진 상태였다. 이시스의 마차를 타고 재빨리 이동하여 검문을 당하는 일은 없었지만, 앞으로는 조심하고 또 조심해야 할 것이다.

"아 참, 그러고 보니 말씀드리는 걸 깜빡했어요."

퍽 진지한 미엘르의 말투와 표정에 이시스가 눈썹을 쳐들며 뒷말을 재촉했다.

"공녀님께서도 아실 거예요. 그 여자는 정말로 아버지가 계단에서 떨어지는 순간에 함께 있었다는 사실을요. 그리고 제가 미치지 않는 이상, 중요한 일을 앞두고 환각제를 복용하지 않았을 거라는 사실도요."

미엘르의 말에 이시스가 가만히 긍정했다.

그녀가 그토록 사랑해 마지않은 오스카와 인연을 맺을 수 있는 유일한 기회를 거짓말과 환각제로 망쳐 놓았을 리 없다고 생각한 모양이었다. 이에 자신감을 얻은 미엘르가 자신의 무죄와 또 다른 기회를 잡기 위해 그간 홀로 짐작만 하던 것을 털어놓았다.

"그날…… 황태자 전하는 정말로 나타나셨어요. 마치 공간을 이동하듯 갑자기 나타나셨죠. 그러곤 그 여자와 함께 곧바로 제 눈앞에서 모습을 감췄어요. 이번에도 공간을 이동한 듯 갑자기 말이에요."

"……그게 무슨 소리죠? 공간을 이동하다니요?"

마치 비밀을 털어놓듯 조심스레 말하는 것을 듣고 이시스가 미간을 조금 찌푸리며 되물었다.

"그러니까, 황태자 전하께서 마법을 부리신다는 말이에요!"

"……."

굉장히 대단한 일인 양 말하는 미엘르와 상반되게 이시스의 미간이 조금 더 찌푸려졌다. 그리고 뒤를 이은 것은 실소였다. 말도 안 되는 망상에 대한 실소.

"……죄송하지만, 왜 영애께서 환각제에 대한 혐의를 받았는지 이해가 되네요."

"정말이에요……! 황태자 전하께서 공간을 이동하는 마법을 부린다고 가정하면 모든 것이 말이 돼요!"

"……그렇군요."

긍정하는 말투였지만 표정은 그렇지 않았다. 미엘르의 이야기를 듣는 이시스의 얼굴에 짙은 의심이 드리워졌다. 이시스가 자신을 믿지 않는다는 것을 눈치챈 미엘르가 몇 번이나 황태자가 이상한 능력을 가지고 있다고 주장했다. 마차가 크로아 왕국의 수도에 도착할 때까지 말이다.

그렇게 미엘르가 계속해서 아스의 말도 안 되는 능력을 주장하는 탓에, 결국 참다못한 이시스가 그녀에게 충고했다.

"좋아요. 영애께서 하고자 하는 말은 잘 알았어요. 저 역시 전하께 그런 신기한 능력이 있을지도 모른다는 생각이 드네요."

"이시스 님……!"

자신을 믿어 준다는 말에 미엘르가 기뻐하려던 찰나, 이시스가 아직 끝나지 않은 말을 이었다.

"하지만, 오랫동안 그 자리를 유지하고 싶으시다면 증명할 수 없는 말은 꺼내지 않는 게 좋을 거예요. 다시금 환각제를 복용했다는 혐의를 받고 싶지 않다면 말이죠. 증거 없는 말은 아무런 도움이 안 된다는 걸 잘 아실 텐데요."

"……!"

마치 귀찮은 짐을 떠안았다는 그 말투에 미엘르의 전신이 딱딱하게 굳었다. 정말로 황태자는 이상한 능력을 가지고 있는데……!

"정말인데……."

만약 반역을 꾀할 생각이라면 꼭 알아 두어야 할 터였다. 공간을 이동하는 자를 어떻게 이긴다는 말인가! 이시스 개인을 위해서가 아닌, 귀족파와 미엘르 자신을 위해서라도 꼭 알아 둬야 할 문제였다.

그럼에도 차가운 이시스의 표정에 더는 아무런 말도 할 수 없어져 침묵을 고수하고 있을 때쯤이었다. 한참을 달리던 마차의 속도가 점점 느려지더니, 곧 움직임을 멈췄다.

"도착했습니다."

그리고 밖에서 들리는 목소리에 드디어 목적지에 도착했다는 것을 깨달았다. 창문을 가린 커튼을 치워 조심스레 밖을 확인하자, 웅장한 성이 눈에 들어왔다.

'설마, 왕성……!?'

밤이 늦어 어딘가에서 쉬고 낮에 입성할 줄 알았는데 바로 왕성으로 가다니. 그러고 보니 이시스는 곧 크로아의 왕비가 될 여인이었다. 바로 왕성으로 가는 것이 마땅했다.

갑자기 마주한 타국의 성에 마차에서 내리는 발걸음이 퍽 조심스러웠다. 거대한 크기에 비해 너무나도 고요한 왕성 때문이기도 했다. 시녀인 척 왕성을 곁눈질하며 이시스의 뒤를 따라 안으로 들어가는데, 소식을 전해 받은 것인지 곧 한 무리의 인파가 이시스 일행에게 다가왔다.

"크로아 로한 님을 뵙습니다."

얼굴을 확인할 수 없는 거리임에도 그것이 크로아의 왕인 크로아 로한임을 깨달은 이시스가 예를 갖추었다. 그녀를 따라 기사와 시종들도 예를 갖췄고, 미엘르 역시 서둘러 허리를 숙였다.

"멀리서 오느라 고생했습니다. 영애."

잠시 뒤, 지척까지 다가온 크로아의 왕이 퍽 자애로운 목소리로 이시스의 방문을 환영했다. 설마 일국의 왕을 이토록 간단히 만나게 될 줄이야……! 그제야 이시스가 얼마나 대단한 여인인지 실감한 미엘르가 조아린 고개를 슬쩍 들어 크로아의 왕을 확인했다.

'저렇게 어리다니.'

마치 제국의 황태자와 비슷한 나이또래가 아닌가. 일국의 왕과 결혼을 한다고 하여 막연하게 나이가 지긋한 중년으로 예상했는데, 뜻밖에도 남자다운 얼굴의 청년이었다.

'크로아의 선대왕이 뜻밖의 병환으로 일찍 사망했다는 게 사실이었어…….'

그 때문에 갓 성인이 된 왕자가 뒤를 이었다는 소문이 떠올랐다. 게다가 크로아의 젊은 왕인 로한은 보기 드문 미남이기까지 했다. 어딘가 음험한 느낌은 들었으나, 그 때문에 더욱 눈길이 가는 남자였다.

자신을 힐끗대는 시선을 느낀 모양인지 이시스와 잠시 대화를 나누던 로한이 눈을 흘겨 미엘르를 쳐다보았다. 어느새 지운 주근깨에 청초한 그녀의 얼굴이 그대로 드러나 있었다.

갑자기 눈이 마주쳐 화들짝 놀란 미엘르가 고개를 푹 숙여 보이지 않게 감추었고, 과한 그녀의 반응이 재밌었던 모양인지 로한이 그녀를 화제에 올렸다.

"크로아에는 금발이 거의 없어 볼 때마다 신기하군요. 거기다가 풀잎을 닮은 연녹색 눈동자라니……. 누군가를 떠올리게 만듭니다. 마치, 요정 같지 않습니까."

"……제국에서도 흔한 것은 아니지만 크로아보다는 그 수가 많지요. 평민들 중에서도 종종 태어나고요."

누군가를 떠올렸다는 말을 재고할 겨를도 없이 조용히 지내야 할 미엘르에게 관심이 쏠리자, 이시스가 퍽 불안해하며 대답했다.

이에 로한이 흥미로운 눈빛으로 미엘르의 이름을 물었다.

"에, 엘이라고 합니다……."

"엘이라…… 이토록 아름다운 소녀에게는 어울리지 않는 이름이군."

"가, 감사합니다……."

과할 정도로 계속되는 호평과 칭찬에 미엘르가 얼굴을 붉히며 로한의 표정을 살폈다. 그는 감상이라도 하듯 흥미와 호의가 섞인 미소로 미엘르를 응시하고 있었다.

'어쩌면, 어쩌면 크로아의 왕이라면 내 말을 진지하게 들어 줄지도……!'

세상 모든 이들의 호의와 친절만을 받아 온 미엘르가 감히 일국의 왕에게 먼저 말을 걸었다. 지금까지 그래 왔듯, 그 어떤 존재든 자신의 말을 경청할 거라 믿어 의심치 않았기 때문이다. 게다가 앞으로 그녀가 살아남기 위해서 꼭 전해야 할 말이기도 했다.

"저……. 크로아 로한 님……! 꼭 드리고 싶은 말씀이 있습니다. 반드시 아셔야 하는 일이에요."

감히 한낱 시녀가 일국의 왕에게 먼저 말을 걸자, 그 자리에 있던 모두가 순식간에 돌처럼 딱딱하게 굳었다. 방금 전까지 미엘르의 헛소리를 들어온 탓에 개중 가장 당황한 것은 이시스로, 그녀가 말까지 더듬으며 미엘르를 질책했다.

"에, 엘!? 지금 이게 무슨……! 당장 그 입을 다물지 못해!?"

이시스의 과한 반응에 미엘르가 눈을 꼭 감으며 몸을 움츠렸다.

마치 겁먹은 아기 고양이 같은 모습이었다. 무례하고 천박한 것은 둘 다 마찬가지이건만, 감히 일국의 왕 앞에서 촌극을 벌이는 그녀들을 잠시 지켜보던 로한이 뜻 모를 미소를 지으며 말했다.

"좋아, 관심이 생겼어. 오늘은 늦었으니 내일 사람을 보내지. 어떤 이야기인지 아주 궁금하군."

이에 이시스의 안색이 새파랗게 질렸고, 미엘르가 더없이 환한 미소를 지었다. 황태자의 능력을 고발하여 그것을 사실로 밝히고 반역에 큰 공을 세운다면, 이시스에게 의존하지 않아도 살 길이 열릴 것이라 믿으며.

* * *

"도대체 어쩌려고 그런 말을 하셨어요!"

방에 들어가자마자 곧바로 시종들을 모두 물린 이시스가 미엘르에게 버럭 화를 냈다. 크로아로 오는 길에 그토록 주의를 주었건만, 기어이 황태자에 대한 이야기를 크로아의 젊은 왕, 로한에게 꺼냈기 때문이었다.

감히 주제도 모르고, 어디서 거짓말을! 하지만 미엘르는 상황을 제대로 판단하지 못하는지, 기어 들어가는 목소리로 제 할 말을 꺼냈다.

"아, 아셔야지 대비를 하지요. 애써 일구신 일을 모두 망치게 되면 어떡해요……!"

"미엘르 영애!"

"분명 처음엔 당황하시겠지만 제 말을 믿어 주실 거예요! 그건 정말 사실이니까요! 제 말을 믿지 않으신다면, 분명 후회하시게 될 거예요."

계속되는 미엘르의 주장에 화를 내던 이시스가 이내 얼굴을 찌푸리며 한숨을 내쉬었다. 미엘르가 저리도 완강한 데다가 심지어 로한이 사람을 보내겠다고 했기 때문에 이미 벌어진 일이었다. 돌이킬 수 없는 일이었다.

미엘르가 정말 단순한 시녀였다면 미친 모양이라며 내치면 그만이겠지만 그녀는 중요한 편지를 가지고 있는 폭탄이었다.

"만에 하나 영애께서 잘못되기라도 한다면……!"

답답함에 이시스가 속마음을 털어놓자, 그제야 그녀가 무엇을 걱정하는지 깨달은 미엘르가 이시스의 걱정을 덜어 줄 말을 덧붙였다.

"세상에. 제가 눈치가 없었네요. 걱정하지 마세요. 이번 일에 대한 책임은 모두 제가 지겠어요. 정말이에요."

이에 이시스의 표정이 돌변했다. 만약 그녀가 스스로 위험한 일을 자초하여 자멸한다면, 공격할 곳을 잃은 카인 역시 편지를 공개하기 힘들 것이다. 아니, 미엘르 때문에 크나큰 일을 그르칠 뻔했다고 덧붙이면 죄스러움에 평생 속죄를 하며 살아야 할지도. 어차피 언제 어떻게 버릴지 고민하던 참이었으니, 이번 기회를 이용해 내치는 것도 나쁘지 않겠다는 생각이 들었다.

"……그렇다면 확실하게 서면으로 남겨 두는 편이 좋겠군요. 한 통은 백작저로 보내도록 하겠어요."

그러니 확실하게 해 두는 편이 좋겠지. 이시스가 편지지를 꺼내며 말했고, 미엘르가 고개를 끄덕였다. 그녀는 진정으로 크로아의 젊은 왕이 자신의 말을 믿어 주리라고 생각하는 모양이었다. 세상 물정을 모르는 아이답게, 아주 어리석게도.

"좋아요."

불과 1년 전까지만 해도 이렇게 사이가 틀어질 줄 알았을까.

가족이 될 수도 있는 관계였건만, 어느새 서로를 향한 날카로운 발톱을 숨긴 적으로 전락해 있었다.

"마지막에 서명을 부탁드리지요. 두 편지를 겹쳐 그 위에도 서명을 해 주셨으면 해요. 위조를 하지 않았다는 증거로요."

"알겠어요."

공들여 작성한 편지를 두 통 모두 이시스에게 건네자, 그제야 만족한 듯 이시스가 밝은 얼굴을 되찾았다. 어딘지 모르게 후련한 얼굴이었다. 어리석은 미엘르와는 달리 현명한 로한이 미엘르의 말 따위를 믿을 리 없다는 얼굴이었다.

그렇게 각자 다른 생각과 목적으로 밤을 보내고 다음 날이 되었다.

"전하께서 부르십니다."

로한이 보낸 시종의 전언에 어젯밤부터 긴장으로 빳빳하게 굳어 있던 미엘르가 자리에서 벌떡 일어났다. 꽤 정성스럽게 차려진 아침 식사조차 제대로 하지 못할 만큼 잔뜩 긴장한 상태였다.

부디 크로아의 젊은 왕이 현명한 이라서 자신의 말을 믿어 주었으면 좋겠다고 생각하며 시종의 뒤를 따랐다. 아니, 자신이 본 것은 진실이니 분명 그라면 믿어 줄 것이라 생각했다.

미엘르가 머무는 숙소에서 한참이나 떨어져 있는 로한의 집무실 앞에서 가빠 오는 숨을 고르는데, 일언반구도 없이 거대한 문이 열렸다.

이에 깜짝 놀란 미엘르가 서둘러 예를 갖추며 고개를 숙였다.

"저, 전하를 뵙습니다."

"그리 예를 차릴 것 없어. 가까이 오도록."

로한의 명령에 따라 조아린 고개를 들고 천천히 그의 앞에 다가 갔다.

창문에서 들어오는 빛을 받아 반짝반짝 빛나는 그의 은발이 퍽 신비로워 잠시 시선을 빼앗겼다. 제국에는 드문 머리색이었다. 금색 눈동자 또한 태양처럼 아름답기 그지없었다. 늘 서늘한 오스카와는 다른 느낌의 아름다움이었다.

"어제 하던 이야기를 마저 나누고 싶은데."

갑작스런 본론에, 잠시 로한에게 시선을 빼앗겨 있던 미엘르가 퍽 당황하며 얼굴을 빨갛게 물들였다. 중요한 이야기를 하러 와서 사내의 얼굴에 홀려 있다니. 자신을 자책한 그녀가 이내 정신을 차리고 마른침을 삼키며 조심스레 대답했다.

"아, 네……! 이미 아실지도 모르시겠지만, 그…… 제국의 황태자께서 특별한 능력을 가지고 있어 그것을 알려야겠다고 생각했습니다. 전하의 행보에 큰 방해가 될 것이 분명하니까요."

"그래? 내게 방해가 된다고? 그렇다면 중요한 일임이 틀림없군. 황태자의 특별한 능력이 도대체 무엇이지?"

로한이 흥미로운 눈빛으로 미엘르의 다음 말을 재촉했다. 앞길을 막는다는 말에 관심이 생긴 모양이었다. 어젯밤에 보았던 그 모습 그대로였다. 역시 젊은 왕은 현명하기 그지없는 자였다. 이에 긴장을 조금 풀고 자신감을 얻은 미엘르가 황태자의 비밀을 고했다.

"갑자기 모습을 드러냈다가 감출 수 있는 능력이에요. 마치…… 공간을 자유롭게 이동하듯 말이죠."

미엘르의 고발에 로한이 눈매를 가늘게 좁혔다. 특별한 능력. 공간을 자유롭게 이동한다. 미엘르가 한 말을 곱씹는 듯 보였다. 로한이 방금 전까지 흥미로워했던 표정은 온데간데없이 퍽 진지한 얼굴로 생각에 잠겼다. 갑자기 돌변한 그의 태도에 미엘르가 제 손가락을 만지며 초조하게 그의 반응을 기다렸다.

"흠, 무슨 말인지 이해가 되질 않는군. 아무리 제국의 황태자라고는 하지만, 그게 사람으로서 가능한 일인가?"

그리 묻는 로한의 얼굴에는 의문이 가득했다. 그럼에도 다른 이들처럼 질책하거나 타박을 하는 말투는 아니었다. 순수하게 그것이 가능한 일이냐는 물음이었다.

이에 미엘르가 목소리를 키워 자신의 말에 힘을 실었다.

"제가 직접 보았어요!"

"직접 보았다고? 제국의 황태자가 공간을 이동하는 것을? ……어디서 어떻게 보았지?"

"그게……. 제국의 로스첸트 백작가에서요. 제가 거기서 잠깐 일을 했었는데, 그때 보았어요……. 그…… 백작님께서 계단 밑으로 떨어질 때요. 갑자기 나타나셨다가 사라지신 걸 보았어요. 신기루처럼요."

거짓을 섞은 진실만큼 설득하기 쉬운 말이 어디 있을까. 사건까지 언급하며 주장을 하자, 로한이 눈썹을 치켜뜨며 되물었다.

"로스첸트 백작가? ……아아, 자식이 아비를 죽이려 했던 그 끔찍한 사건을 이야기하는 모양이군."

미엘르가 백작을 계단에서 민 사건은 제국을 넘어 크로아까지 퍼진 모양이었다. 하지만 미엘르가 주장한 '아리아가 백작을 밀었다.'라고는 퍼지지 않은 모양이었기에, 미엘르가 다시금 울컥 치밀어 오르는 분노를 애써 감추며 로한이 잘못 알고 있는 것을 정정해 주었다.

"……판결은 그렇게 났지만, 저는 보았어요. 정말 아리아 아가씨께서 백작님을 미신 것을요. 그리고 그 뒤에 황태자 전하께서 나타나셨고, 두 분이 연기처럼 사라지셨죠. 정말이에요!"

퍽 억울해 보이는 그 모습에 로한이 입꼬리를 올려 웃었다. 그리고 그것이 무엇을 뜻하는지 알 길이 없기에 미엘르가 다시금 로한을 설득했다.

"믿기 힘드시리라는 걸 잘 알아요. 저 또한 아직까지 믿기 힘들어 입을 다물고 있었으니까요……. 가엾은 미엘르 아가씨……. 하지만 거짓을 논해 보았자 떨어지는 것은 엄벌뿐일 텐데, 제가 굳이 거짓을 논할까요? 사실을 고해 전하께 조금이나마 도움이 되고자 하는 제 마음을 너그러이 이해해 주셨으면 합니다."

스스로를 가엾다고 칭하기까지 한 미엘르의 말은 어느 정도 일리가 있었다. 그녀가 미치지 않는 이상 황태자에게 특별한 능력이 있다고 일국의 왕에게 주장하진 않을 것이다. 자칫 잘못했다가는 목이 날아가는 수가 있었으니까.

물론 이시스가 직접 데려온 시녀이니 그리 간단히 죽일 리는 없겠지만, 미엘르의 말대로 엄벌에 처할 수는 있었다. 예를 들면, 그 요망한 혀를 잘라 낸다던가.

하지만 현명한 로한은 그런 잔인한 결정을 하진 않았다. 대신에 오랫동안 자신에게 중요한 정보를 전해 준 이에게 의견을 물었다.

"그렇군. 나는 일리가 있다고 생각하는데, 그대는 어떻게 생각하지? 비카."

갑자기 다른 이의 이름을 부른 탓에 미엘르가 퍽 당황하며 주변을 둘러보았다. 그러자 긴장하여 미처 살펴보지 못한 구석 소파에 한 남자가 앉아 있는 것이 눈에 들어왔다.

'레이어즈 비카……!?'

그는 이시스에게 이따금 조언을 해 주었던 제국의 귀족으로서 미엘르도 익히 아는 인물이었다. 정체를 숨기고 시녀인 척했던 탓에 긴장한 미엘르의 콧잔등과 이마에 식은땀이 맺혔다. 이를 확인한 비카가 오랜만에 만난 반가운 얼굴에 묘한 웃음을 지으며 대답했다.

"저도 일리가 있다고 생각합니다. 확실히 황태자 전하께서 이상할 정도로 빠르게 지역을 이동했던 기억이 나는군요. 예의 그 사건에서도 상당히 이동이 빨랐죠. 귀족 영애와 함께 움직인다고 생각할 수 없을 정도로요."

다행히도 비카는 미엘르를 모른 척할 생각인 모양이었다. 비카가 말을 이었다.

"게다가, 설령 이 시녀의 말이 거짓이더라도 특별한 능력이 있다고 과대평가를 해서 나쁠 건 없다고 생각합니다."

비카의 든든한 지원 사격에 로한이 고개를 끄덕였다. 그의 말대로 과소평가를 하여 방심하는 것보다는 과대평가를 하여 철저히 대비하는 쪽이 손해를 볼일이 없을 것이다.

"좋아. 비카 역시 그렇게 말하니 믿음이 가는군. 그대의 말을 믿도록 하지."

퍽 만족스러운 로한의 표정과 대답에 미엘르의 다리가 휘청댔다. 그가 믿어 줄 거라는 확신과는 별개로 너무나도 긴장을 했던 탓이었다. 언제 자리에서 일어난 것인지 로한이 그런 미엘르를 부축했다. 때문에 로한의 넓고 단단한 가슴에 미엘르의 옆얼굴이 닿았다.

"저, 전하……!"

"내게 귀한 정보를 준 은인과 점심을 같이 들고 싶은데, 혹 일정이라도 있나?"

그리 묻는 로한의 눈과 머리카락이 반짝반짝 빛이 났다. 퍽 다정하게 느껴지기까지 했다. 게다가 미엘르의 하얗고 뽀얀 얼굴이 새빨갛게 달아오를 만큼 아름다웠다.

"저, 저는……!"

자신에게는 오스카가 있는데. 게다가 로한은 이시스의 부군이 될 자가 아닌가. 오스카 외의 다른 남성에게서 이런 기분을 느낀 적이 없었기에 무어라 대답해야 할지 몰라 말을 더듬자, 그녀를 대신해 비카가 대답했다.

"이시스 님과 함께 움직이는 시녀이니 당연히 별다른 일정은 없겠지요. 전하의 식사 자리에 저도 동참해도 되겠습니까?"

"당연한 것을 묻는군."

둘이서 먹자는 이야기인 줄 알고 과하게 긴장을 했는데 결국 이시스까지 가세하여 넷이서 점심을 먹게 되었다.

그렇게 이어진 식사 시간에서, 미엘르가 엄벌에 처할 거라 믿어 의심치 않은 이시스가 믿기지 않는다는 얼굴로 맞은편에 앉은 미엘르를 응시했다.

"영애의 시녀는 참으로 영특하군."

정말 황태자가 공간을 이동한다는 말을 믿은 것인지, 심지어 칭찬을 하기까지 했다.

서면을 통해 대화를 주고받은 경험을 되짚어 보아도 그는 꽤 냉철하고 이성적이었다. 어린 소녀의 허무맹랑한 망상을 듣고 납득할 만한 인물이 절대 아니었다. 때문에 이시스는 지금 일어나고 있는 이 일을 이해하기 힘들었다.

"······감사합니다."

이시스가 눈치를 보며 대답했다. 아주 공들여 차린 오찬이건만 넘어가는 음식의 맛이 하나도 느껴지지 않았다.

"눈빛 또한 마음에 들어. 패기가 있는 자의 눈빛이지. 조금 더 이야기를 나누고 싶을 만큼."

미엘르가 얼굴을 붉히며 고개를 조아렸다. 그 모습이 귀엽다는 듯 로한이 웃으며 그녀에게 물었다.

"이시스 영애께서 허락한다면 그대를 내 시녀로 데려오고 싶어."

로한은 심지어 진심인지 거짓인지 모를 말까지 내뱉으며 미엘르에게 퍽 친근하게 굴고 있었다. 거기에 주제 파악도 못하는 미엘르는 얼굴을 붉히고 있었고. 게다가 예정일보다 일찍 도착한 비카까지.

도대체 어떻게 돌아가는 일인지 몰라 이시스가 비카에게 눈빛을 보냈다. 그러자 그 눈빛을 어떻게 해석한 것인지. 비카가 어깨를 으쓱이며 화제를 돌렸다.

"로한 님. 그러고 보니 이시스 님께서도 크로아에 도착하셨으니 슬슬 국혼에 대해 논하는 게 좋을 것 같습니다."

"국혼?"

국혼이라는 말에 로한이 갑자기 흥이 식었다는 표정으로 되물었다. 마치 처음 듣는다는 얼굴이었다. 이에 식사를 하던 이시스의 얼굴이 돌처럼 딱딱하게 굳었다.

"······예? 아, 예. 이시스 님과 국혼을 하시기로 하지 않으셨습니까?"

비카 역시 퍽 곤란해하며 되물었다. 그러자 그제야 비카의 말뜻을 이해한 로한이 식사를 멈추고 대답했다. 입가에는 비릿한 웃음이 걸려 있었다.

"아아, 그 얘기였군. 그래서 필요도 없이 크로아에 방문한 건가? ……뭔가 착각하고 있는 것 같은데, 그건 '제국을 빼앗게 되면'이라는 전제가 붙은 포상이었지, 아무런 가치를 증명하지 않은 상태에서 하겠다는 이야기가 아니었어. 분명 서면으로 그리 통보했을 텐데."

그게 무슨……? 분명 국혼을 한 뒤에 제국을 치기로 하지 않았던가. 눈을 깜빡이는 것도 잊을 만큼 당황한 이시스가 사색이 되어 로한을 쳐다보았다. 그러나 로한은 시답잖은 이야기를 했다는 듯, 다시 식사에 열중하기 시작했다.

"아…… 그러셨습니까? 저는 전달책일 뿐이라 거기까지는 몰랐습니다만 그런 말이 오갔군요. 하긴, 그렇게 하는 편이 확실하긴 하겠습니다."

"비카 님……!?"

게다가 어떻게 된 일인지 모든 사정을 알고 있을 것이 분명한 비카 마저 로한의 편을 들었다.

그에게서 조언을 빌어 시작한 일이거늘, 이게 도대체 무슨 일일까. 갑자기 태풍의 한가운데 던져진 것 같은 혼란이 일어 이시스의 눈이 방황했다. 때문에 이시스를 위해 비카가 사람 좋은 웃음을 지으며 한마디 덧붙였다.

"어차피 준비가 완벽한 상태이니 곧 제국이 로한 님의 손에 떨어지겠지요. 그렇지 않습니까, 이시스 님?"

"……그렇겠네요……."

긍정하는 이시스의 마음이 급해졌다. 손이 바들바들 떨렸다. 하루빨리 제국을 쳐 자신의 입지를 다져야 한다는 생각이 머릿속을 지배했다. 이를 지켜보는 로한과 비카의 얼굴에 뜻 모를 미소가 걸려 있었다.

"그럼 준비는 모두 끝이 났으니 바로 시작하는 것이 좋겠군요. 그렇지 않습니까, 이시스 영애?"

그리 묻는 로한의 얼굴에 웃음이 걸렸다. 의문이 드는 미소였으나, 마음이 급해진 이시스가 서둘러 고개를 끄덕이며 긍정을 표했다. 그녀답지 않게 퍽 조급한 태도였다. 이에 로한이 만족스럽게 웃으며 말을 이었다. 모든 것이 계획대로였다.

"잘되었습니다. 슬슬 움직일 때가 되었다고 생각했으니까요. 빨리 결말이 보고 싶어 설레는군요. 그럼, 본격적으로 움직이기 전에 간단하게 차를 마시며 피아스트 후작을 만나는 것이 좋겠습니다."

"피아스트 후작…… 이요?"

"예. 제 목적을 이루기 위한 아주 중요한 인물이지요. 제국으로 보낼 병사들을 손수 준비한 인물이기도 합니다. 영애께서도 큰 도움을 받으시리라 생각합니다."

그간 오간 서류를 떠올려 보면 이 일에 가담한 자들은 한둘이 아닐 것이 분명했지만, 로한 이외의 크로아의 인물을 소개받는 것은 이번이 처음이었다. 이에 이시스가 의아함을 표하자, 로한이 설명을 덧붙였다.

"확고히 원하는 바가 있는 자라서 그런지 아주 열정적으로 준비를 하더군요. 그간 서면으로만 보고를 올리던 자였는데, 영애께서 제국에 오셨다는 소식을 듣더니 갑자기 대면으로 보고하겠다고 하지 않습니까. 미리 준비한 이벤트는 아니지만 기대하셔도 좋을 겁니다."

기대를 해도 좋다는 말까지 덧붙인 탓에 이시스를 비롯하여 미엘르까지 눈을 빛내며 티타임을 기다렸다. 비카 역시 다른 이유로 기대하는 눈치였다.

그렇게 조금 복잡한 기분과 심정으로 오찬을 끝내고 왕궁의 정원으로 장소를 이동했다. 그곳에서는 미리 왕성에 도착한 피아스트 후작이 정원에서 로한을 기다리고 있었다.

"오랜만이야, 후작. 먼저 와 있었군."

"전하를 뵙습니다."

로한이 퍽 친근한 말투로 피아스트 후작에게 말을 걸었으나, 반면에 그는 딱딱한 얼굴로 고개를 조아렸다. 그는 이미 은퇴를 했을 법한 지긋한 나이로, 희게 센 머리가 눈에 띄는 남자였다.

슬하에 자식이 없는 걸까. 그렇다면 친척 중 누군가를 입양해서라도 작위를 물려줬을 법한데 지금까지 후작의 자리를 지키고 있다는 것이 이시스와 미엘르에게 의문을 가져다주었다.

"사정이 있어 이리 늙어서까지 후계자에게 작위를 물려주지 못하고 있는 노인이지만, 이래 봬도 크로아의 단 하나뿐인 후작이니, 그리 의뭉스러운 얼굴은 삼가도록."

그런 이시스와 미엘르의 의아한 기색을 읽은 듯 로한이 표정을 굳히며 말하자, 그녀들은 그제야 자신들의 무례한 행동을 깨닫고 서둘러 표정을 고쳤다.

"제국의 공녀님을 뵙습니다."

"반갑습니다. 피아스트 후작님."

그렇게 짧은 소개를 끝으로 대화가 끊겼고, 사뭇 긴장감이 어린 분위기 속에서 홀로 여유롭게 차를 한 모금 마신 로한이 대화를 주도했다.

"준비한 병사들과 기사들은 곧장 이동 가능한 상태인가?"

"그렇습니다. 당장이라도 제국으로 이동 가능한 상태입니다."

"그것참 잘되었군. 총 5천 명이라고 했나?"

"일단은 그렇습니다만, 거기에 추가로 5천 명의 지원이 가능합니다."

합 일만여 명이 곧장 제국으로 향할 수 있다는 소리에 미엘르의 양 볼이 흥분으로 발갛게 달아올랐다. 정식으로 침공하는 것이라면 부족한 숫자이지만, 그들은 이시스와 귀족파의 도움으로 아주 은밀하게 제국에 숨어들 계획이었기에 충분하고도 남는 숫자였다.

이대로 몰래 기습한다면 황성을 점령하는 것은 시간문제일 터. 황태자와 아리아가 사라진다면 그녀의 죄 또한 없던 것으로 만들 수 있었다.

"어떻게 생각하나, 이시스 영애?"

"……아주 감사할 따름이지요."

그렇게 생각한 것은 이시스 역시 마찬가지였는지 그녀 또한 얼굴을 미세하게 붉힌 채 대답했다.

주고받은 서류와는 달리 지금 당장 국혼을 하지 못한다는 소리에 놀란 가슴은 이내 과할 정도로 완벽하게 준비된 계획에 누그러진지 오래였다. 게다가 이번 일에 대한 사과는 제국으로 돌아가 다시 서류를 확인하고, 후에 젊은 왕의 실수를 지적하면 되는 일이었다.

"좋아. 그럼 계획대로 곧장 영애를 따르는 귀족들의 저택 등지에 병사들을 배치하고 적당한 때를 기다리는 게 좋겠어. 대비는 해 두었겠지?"

"물론이에요. 만 명까지는 생각지 못했지만 여유를 두고 준비를 한 참이니, 무리는 없을 거라 생각해요."

"만 명이나 되니 그 수를 나누어 돌아가야겠습니다. 전부 모이는 데만도 한참이 걸리겠군요. 몇 달이 걸릴지도 모르겠습니다."

비카 또한 만족스럽기 그지없다는 표정으로 말했다. 이에 이시스가 퍽 즐거워하는 얼굴로 답했다.

"그렇군요. 생각보다 비용이 조금 더 들겠지만, 나쁘지 않은 기다림이 되겠지요."

귀족파 귀족들의 저택을 비롯하여 황태자에게 들키지 않게 병사들을 은밀히 대기시킨 뒤, 최종적으로는 때를 노려 황성을 쳐들어 간다는 계획이었다.

자신에게 모욕을 준 황태자를 폐위시키고 그 권력을 가로챌 원대한 꿈이 드디어 목전에 다가와 설레는 마음을 감추지 못하며 이시스가 입을 열었다.

"이토록 많은 병사들을 준비해 주신 후작님께 감사드립니다. 서둘러 돌아가는 편이 좋겠어요."

한시도 지체할 여유가 없었다. 서둘러 돌아가서 병사들을 맞이해야 했다. 그래야 조금이나마 비용이 덜 들 테니까. 모든 비용은 이시스를 비롯한 귀족파가 지불하고 있었기 때문이다.

병사들의 숫자가 늘어 예상보다 더 큰 비용이 소모될 것이다. 그래서 그리 말하는데, 뜻밖의 인물이 이시스의 말에 동조했다.

"그렇군요. 저도 함께 가겠습니다."

"뭐라고?"

갑작스런 피아스트 후작의 발언에 로한이 눈을 동그랗게 뜨며 되물었다. 계획에 없던 일인 탓이었다. 이시스 또한 처음 듣는 이야기에 눈동자를 굴렸다.

"후작, 설마 노망은 아니겠지?"

그리고 그것을 나이의 탓으로 돌리는 로한에게 퍽 불쾌한 표정을 지은 피아스트 후작이 그 까닭을 답했다.

"……로한 님. 제가 몇 번이나 찾는 사람이 있다고 말씀드리지 않았습니까. 그러니 제국에 직접 가서 찾겠습니다."

"후작께서 직접 가겠다고? 제국에? 후작은 제국을 좋아하지 않아 다시는 가고 싶지 않다고 하지 않았어?"

"예, 그랬었지요. 하지만 불행히도 기다릴 여유가 없습니다. 제 아들의 기괴한 행동이 갑자기 심해져 부인이 심히 걱정하고 있는 참입니다. 그래서 사람을 풀고 저 또한 직접 찾을 생각입니다."

대답하는 피아스트 후작의 표정에는 걱정이 한가득이었다. 그가 아직까지 제 자식에게 작위를 물려주지 못한 이유이기도 했다. 이에 사정을 모두 아는 로한이 가볍게 혀를 차며 대답했다.

"어쩔 수 없지. 후작을 제국으로 보내는 것이 걱정이 되나, 그대의 아들을 생각하면 마냥 말릴 수도 없어."

"그럼, 공녀님 일행과 함께 출발하도록 하겠습니다."

"그렇게 하도록 해."

자세한 내용을 묻기 힘들 정도로 퍽 침울한 분위기가 지속되었다.

결국 영문도 모른 채 후작과 동행하게 된 이시스가 차를 마시며 생각에 빠졌고, 미엘르만이 눈치를 보며 차를 홀짝이다가 곧 제국으로 돌아갈 것 같은 분위기에 조심스레 입을 열었다.

"저…… 로한 전하, 한 가지 부탁을 드려도 되겠는지요."

감히 시녀 주제에 한 테이블에 자리한 것도 모자라 먼저 입을 열다니. 그것도 이번이 처음이 아니라 두 번째였다. 그럼에도 로한은 그것을 달리 지적하기는커녕 턱짓으로 허락하는 제스처를 취했고, 그에 자신감을 얻은 미엘르가 눈을 빛내며 입을 열었다.

"저는 제국에 돌아가지 않고, 여기에 남아 있고 싶습니다."

"……그래? 어째서?"

"아, 아직 전하께 말씀드리지 못한 정보가 조금 더 있거든요."

아직 제국으로 돌아가기는 것은 위험했다. 자택 구금에서 도망을 친 상태였기 때문이다. 더불어 환각제에 대한 조사도 끝나지 않은 상태였다.

그러니 돌아가서 괜히 잡히기보단, 여기서 황태자에 대한 정보를 조금이라도 더 팔며 입지를 다지는 편이 나았다. 계속해서 나라를 팔아먹겠다는 그녀의 말에 로한의 입꼬리가 올라갔다.

"그래? 나야 환영이지. 제국에 대한 정보는 많으면 많을수록 좋으니까. 하지만 이시스 영애께서 허락을 해 주셔야 하는 문제인데……."

"제 시녀가 마음에 드신다니, 두고 가야겠지요."

이시스로서는 거절을 할 이유가 없었다. 어차피 두고 가려고 했는데 스스로 남겠다고 하니 귀찮은 일을 덜게 된 셈이었다. 편지를 가지고 협박만 하지 않는다면, 여기서 살아남든 비위를 맞추지 못해 죽임을 당하든 그것은 미엘르의 몫이었다.

"그렇다면 결정이군. 좋아, 그대의 정보를 기대해 보도록 하지."

그리 대답하는 로한의 눈매가 퍽 날카로웠지만, 당장 살았다는 생각에 미엘르가 환하게 미소 지었다.

"후작님께선 저와 같은 마차를 타시는 것이 어떻겠습니까? 불편하실 테지만, 아직 제국의 상황을 잘 모르실테니 제가 간략하게 설명을 드리겠습니다."

난데없이 비카가 피아스트 후작에게 말했다. 제국의 상황에는 한 톨의 관심도 없는 후작이었지만, 그리 말하는 비카의 표정에서 그가 진짜로 말하고 싶어 하는 것은 다른 것이라는 걸 깨달은 탓에 그렇게 하겠다고 긍정했다.

그렇게 미엘르의 거취까지 결정이 되었고, 평민으로 위장한 병사들을 데리고 이시스와 비카, 그리고 피아스트 후작이 제국으로 향했다.

* * *

"정말 미엘르가 탈출하다니……."

탈출을 해서 어쩌겠다는 말인가. 아리아가 어이가 없다는 투로 말했다. 그녀가 탈출을 감행하리라는 사실은 아스에게 들어 미리 알고는 있었지만, 정말 탈출을 한 그녀가 어리석어 헛웃음이 나왔다.

"약간의 조언을 지시했을 뿐인데 준비한 공녀 또한 어리석습니다."

아스에게서 정보를 듣고 저택의 시종들을 비운 참이었다. 그녀가 벗어나기 쉽게 하기 위해서였다. 경비병들은 따로 윗선에서 언질 받은 내용이 있었기에, 조금 수상한 시녀를 별다른 추궁 없이 보내 준 모양이었다.

정보의 출처는 묻지 않아도 알 수 있었다.

레이어드 비카. 그일 것이 분명했다.

귀족파의 핵심 인물로서 비게 자작이 카지노를 인수하는 데 지대한 공헌을 한 그는, 아스가 귀족파에 심어 놓은 첩자였다.

로스첸트 백작 또한 그에게서 몇 번 조언을 얻었던 것으로 기억했다. 그는 자신의 정체가 들키지 않도록 귀족파에 지속적으로 정보와 조언을 흘리는 것으로 그들의 신뢰를 유지하고 있었다.

과거의 아리아는 죽을 때까지 몰랐던 사실이었지만, 아스의 모임에 참가한 비카를 두 눈으로 똑똑히 확인한 지금은 달랐다. 그의 행보를 조금만 되짚어 보아도 알 수 있는 사실이었다. 아스 역시 비카가 귀족파 내부에서 활발히 활동하는 이였기에, 아리아가 알아서 이해했을 것이라 생각한 듯 달리 설명을 덧붙이진 않았다.

"당장 뒤를 쫓아 그 죄를 묻는 것이 좋을까요? 크로아로 도망쳐 잠적한다면, 더는 잡을 수 없을지도 모를 테니까요."

아리아가 그리 묻자 아스가 고개를 저었다. 다급한 그녀의 표정과는 달리 아스는 퍽 여유로운 얼굴이었다. 미미한 미소까지 걸친 것이 또 다른 덫이라도 놓은 얼굴이었다.

"아뇨, 그러실 필요 없습니다. 미엘르 영애는 그 어디로도 도망칠 수 없을 테니까요. 후에 공녀와 함께 반역죄로 처단하는 편이 더 좋겠습니다. 영애께서 그녀를 용서하실 생각이라면 당장 뒤쫓는 편이 좋겠지만요."

"……반역죄요?"

설마 크로아의 왕과 혼인을 한다던 이시스가 반역을 준비하고 있었던 것인가. 뜻밖의 정보에 아리아의 눈이 커졌다.

"예. 곧 공녀가 아주 터무니없는 짓을 저지를 예정입니다. 오랜 시간 공들인 마지막 작업이기도 하지요. 부디, 영애께서 놀라시지 않으셨으면 좋겠습니다."

이렇게 당부까지 할 정도면 상당한 일이 될 것이라는 생각이 들었다.

도대체 무슨 일이기에. 궁금하여 까닭을 묻자, 꽤 정말 고지가 눈앞에 있어 기분 좋은 표정을 지은 아스가 비밀이라고 대답했다. 장난기 어린 표정이기도 했다.

　"……세상에, 아직도 제게 비밀을 만드실 생각이세요?"

　하지만 아리아가 그것을 진지하게 받아치며 서운한 표정을 짓자, 그가 순식간에 표정을 달리하며 말을 덧붙였다.

　"아, 서운하게 해 드릴 생각은 아니었습니다. 모두 설명할 테니 부디 마음을 푸시기를 바랍니다."

　"그러실 줄 알았어요. 어서 설명해 주세요."

　그러나 장난을 친 것은 아리아 역시 마찬가지였기에 그녀 또한 순식간에 서운했던 표정을 지우고 부드러운 웃음을 띠었다. 여전히 자신을 파악하지 못하고 표정 하나하나에 일희일비하는 것이 귀엽다고 생각하며.

　"……영애께 제가 깜빡 속았습니다."

　때문에 아리아가 정말 서운해했다고 생각했던 아스가 잠시 당황하더니, 이내 아리아를 따라 부드러운 웃음을 띠었다.

　"곧 공녀가 비밀리에 병사들을 데리고 제국으로 돌아올 겁니다. 민간인인 척 위장까지 해서 말입니다. 막대한 수의 병사들은 귀족파의 귀족들의 저택에 뿔뿔이 흩어져 결전의 날까지 대비를 하겠지요."

　여유롭게 대답하는 아스의 설명에 아리아의 안색이 새파랗게 질렸다. 그의 말이 사실이라면 대단히 큰일이 아닌가. 비유가 아닌 정말로 반역이었다.

　"하지만 여기에는 숨겨진 내막이 존재합니다. 제게 친분이 존재한다는 내막이 말이지요."

"……뜻밖의 친분이요?"

"예. 공녀는 절대로 상상도 하지 못할 뜻밖의 친분이요."

그리 대답하는 아스의 표정이 퍽 자신만만했다. 절대로지지 않을 싸움이라고 자신하는 모습이었다.

이 싸움의 끝은 공녀의 패배이자 귀족파의 멸망이라는 듯 보였다.

＊　＊　＊

아스의 말대로 크로아 왕국으로 떠났던 이시스는 얼마 지나지 않아 제국으로 다시 돌아왔다. 크로아의 왕과 혼인을 할 것이라는 정보와는 달리, 그에 관한 아무런 소문도 돌지 않았다. 마치, 아무것도 이루지 못하고 돌아온 것처럼.

그리고 아무것도 이루지 못한 그것이 사실이라는 것을 아스에게 미리 전해 들은 아리아는 자신이 추락하고 있는 줄도 모르는 어리석은 이시스를 한껏 비웃었다. 그렇게 귀족파를 모두 설득하며 대단한 일을 하는 척하더니 결국 이룬 것은 아무것도 없었기에.

"시간이 꽤 지났는데도 미엘르는 돌아오지 않네요. 혹시나 공녀님과 함께였을 줄 알았는데……. 무슨 일이 생긴 건 아닌지 걱정이에요."

정적이 흐른 식당에서 아리아가 입을 열었다. 말의 목적지는 카인이었다. 네가 풀어 준 아이가 돌아오지 않아 기쁘냐는 물음이었다.

"……."

그럼에도 카인은 묵묵부답으로 조용히 식사에 임할 뿐이었다.

이를 못마땅하게 여긴 백작 부인이 비아냥거리는 말투로 대꾸했다.

"이렇게 계속 도망을 쳐서야 후에 걷잡을 수 없는 결과를 낳을 텐데 걱정이구나. 평생 제국으로 돌아오지 않을 생각이라면 모를까."

전혀 걱정되지 않는다는 듯한 그 말투에 아리아가 저도 모르게 피식 웃음을 흘렸다. 이에 카인이 슬쩍 고개를 들어 아리아를 흘깃댔다. 가진 것이 없었던 과거였다면 필사적으로 웃음을 참았겠지만 지금은 아니었다. 지금의 아리아는 카인을 비웃고도 남을 만큼의 권력과 재력을 가지고 있었다.

이에 공헌한 것은 백작 부인이었다. 그녀가 백작가의 자금을 야금야금 빼돌리고 있었기 때문이다. 백작을 대신하여 사업을 수습하는 데 바쁜 카인 몰래 말이다.

물론, 몸이 온전치 못해 백작 부인에게 전적으로 의지하게 된 백작의 허락하에 벌인 일이었다. 그 어느 것 하나 책잡힐 일을 만들지 않았다는 뜻이었다.

자신이 가진 재산이 계속 빠져나가 얼마나 남았는지도 모르는 카인은 혼신의 힘을 다해 사업을 지탱하고 있었다. 하지만 이 또한 그가 자초한 일이었다.

"……바빠서 먼저 일어나겠습니다."

마치 그가 있을 자리가 아니라는 분위기가 불편했던 모양인지 반도 채 비우지 못한 식사를 남기고 먼저 자리에서 일어났다.

"세상에, 그렇게나 바쁘니?"

"……예."

"하루빨리 아버지께서 쾌차하셔야 할 텐데요. 그렇죠, 어머니?"

"그러게 말이야."

마지막까지 그와 미엘르의 잘못을 일깨워 주자 머뭇거리던 카인이 바람처럼 사라졌다.

그러게 왜 자초해서 일을 만드는가. 백작이 수십 년 동안 일궈 온 사업이 그리도 만만해 보였는지. 고작해야 투자를 하는 자신도 이토록 힘에 부치는데, 고작해야 아카데미를 갓 졸업하여 성인이 된 그가 무얼 할 수 있을까. 게다가 사업을 수습하는 데만 총력을 기울여도 모자랄 텐데 이시스와 함께 차례차례 제국으로 들어오기 시작한 병사들에 대한 관리 역시 도맡아 해야 했다.

조만간 로스첸트 백작가에도 대량의 병사들이 들이닥칠 것이다. 과연 그들을 카인이 관리할 수 있을까. 크로아의 왕이라는 뒷배를 내세워 제멋대로 굴 병사들을 말이다.

"백작 대리님을 뵙습니다."

"환영합니다. 어서들 오십시오."

아니나 다를까, 얼마 지나지 않아 일반 평민처럼 간소한 복장을 한 수십 명의 남성들이 백작저를 찾았다. 카인을 향해 예를 갖췄으나 그들이 눈치를 보는 것은 아리아였다.

황태자와의 염문 때문인 듯 보였다. 어쩌면 윗선에서 무언가 지시를 받았을지도 모를 일이었다. 그 때문인지 그들은 퍽 온순해 보이는 표정이었고, 몸가짐과 자세 또한 바른 것이 여러모로 아리아를 의식하는 듯 보였다.

이따금 믿기지 않을 정도로 아름다운 외모에 홀려 멍청한 표정을 짓긴 했으나, 곧 그녀가 어떤 사람인지 깨닫고 다시 눈치를 보며 몸을 사렸다. 이들보다 먼저 제국에 도착해 다른 저택에 있는 병사들은, 과한 요구를 해 대며 도통 말을 듣지 않아 귀족들의 속이 타 들어 가고 있다는 소문이 만연한데도 말이다.

그렇다고 그들에게 무어라 불만을 말할 수가 있을까. 감히 크로아의 왕께서 보내신 대단한 병사들인데. 게다가 결전의 날까지 그들의 사기를 보존시켜야 대의를 성공시킬 수 있지 않겠는가. 그래서 다들 참고 있는데.

'로스첸트 백작가만 특혜를 줄 수야 없지.'

아니, 가능하다면 시종들을 아주 귀찮게 굴어 그 원망이 모두 카인과 미엘르에게 쏠리기를 바랐다. 그 때문에 며칠째 얌전히 눈에 띄지 않고 지내는 병사들에게 아리아가 먼저 찾아갔다.

"다들 고생이 많으시네요."

"아, 아가씨……!?"

갑작스런 아리아의 등장에 정원에 모여 휴식을 취하던 그들이 퍼뜩 놀라며 예를 갖췄다. 귀족 여인이 찾아오는 것도 놀랄 일이건만 그것이 하필이면 황태자의 연인인 아리아였다. 게다가 그녀는 소문의 투자자가 아닌가.

달리 로스첸트 백작저에서 난동을 부리지 말라는 지시를 받은 것은 아니지만, 휘황찬란한 수식어가 붙는 아리아가 있는 저택에서 감히 난동을 부릴 수 있을 리가. 그 숙연한 표정을 읽은 아리아가 주변을 의식하고 사람이 없는 것을 확인한 뒤, 그들에게 말했다.

"여러분들께서 이리도 불편하게 지내시는 걸 보니, 제 마음이 편치 않네요."

그 뜬금없는 소리에 병사들의 표정이 당황으로 물들었다.

왜 한 번에 이해를 하지 못하는 걸까. 아리아가 말을 이었다.

"부디 마음 편히 저택에서 지내셨으면 좋겠어요. 모든 것은 백작 대리이신 오라버니께서 책임을 지실 겁니다. 아주 마음이 너그러우신 분이지요."

"아……."

"물론, 이 저택의 주인은 저와 어머니가 아니라서 저는 책임을 질 수 없지만요. 성년이 되면 출가할 몸이기도 하고요. 애초에 여러분들을 부르신 건 카인 오라버니시니, 부디 저는 신경 쓰지 않으셨으면 좋겠어요."

그렇게 병사들이 하는 일의 책임은 모두 카인이 지게 된다고 몇 번이나 언급하자, 그제야 병사들이 아리아의 말뜻을 알아들은 듯 눈을 크게 떴다.

"다른 저택에서 지내시는 분들은 매일 밤 연회를 즐기신다던데, 여러분은 어떠신가요? 로스첸트 백작저에는 당장 연회를 열 수 있을 만큼 술과 음식들이 가득하답니다."

아리아가 부드럽게 웃으며 권했다. 말투 또한 나긋하기 그지없었으나 그렇게 하라는 명령에 가까웠다. 그 아름다운 미소에 잠시 홀려 있던 병사들이 이내 정신을 차리고, 그간 참았던 요구 사항을 터뜨리기 시작했다.

놀고, 먹고, 취하며 시종들을 부릴 생각을 하고 왔을 텐데 그간 얼마나 답답했을까. 아리아의 허락이 떨어진 마당에 거칠 것이 없었다. 그들은 그 어느 저택의 병사들보다 과하고 성가신 요구를 하기 시작했다.

"음식을 더 가져와! 고기! 고기로 가져와!"

"이 술은 어디 산이지!? 맛이 별로야! 최고급으로 가져오라고!"

과연 귀족들의 재산을 탕진시킬 목적이었기에 병사들이 가장 비싼 음식물들과 의복, 그리고 이불 등을 요구했고 크로아의 왕이 보낸 병사들이었기에 카인은 달리 싫다는 말도 하지 못한 채 앓기만 했다.

백작이 멀쩡하기만 했더라도 조금 더 유연하게 대처할 수 있었겠지만 아직 어린 그에게 거친 병사들을 제압할 노련한 지식은 존재하지 않았다. 이에 아무런 대처가 이루어지지 않았고, 얼마 지나지 않아 시종들의 한탄이 시작되었다. 매일같이 곡소리가 이어졌다.

이 모든 것을 자초한 아리아가 때맞춰 시종들을 위해 정원에서 소박한 다과회를 열었고, 그들이 기다렸다는 듯 고충을 털어놓기 시작했다.

"어휴, 드시는 양이 엄청나 끼니때마다 식재료를 새로 조달해야 해서 너무 힘들어요."

"카인 님의 지인들이라고 하셨는데 솔직히 잘 모르겠어요. 귀족같아 보이지 않는걸요. 말투도 어딘가 이상해요. 방언이 섞인 느낌이랄까요?"

"맞아요. 조금 거친 감이 있지요. 방 하나를 서넛이서 쓰는 것도 참으로 이상하고요. 글쎄, 바닥에 이불만 깔고 주무신다니까요?"

"그마저도 두껍고 보드라운 데다가 깨끗한 이불을 요구하셔서 매일 허리가 빠져라 빨래를 하고 있어요."

"저는 손이 퉁퉁 불어 있답니다! 꽁꽁 얼어서 주먹을 쥐기도 힘들어요……."

그리 말하는 시종의 손이 정말 퉁퉁 불어 있었기에 아리아가 미간을 찌푸렸다. 새벽부터 점심이 지나도록 빨래를 한 모양이었다. 겨울이 지척까지 다가와 날이 추운데도 불구하고. 사람이 많으니 어쩔 수 없는 일이었다.

"가엽기도 해라. 정말 퉁퉁 불어 아파 보이는구나."

진심을 담은 그 짧은 말에 시종들의 눈시울이 붉어졌다. 별것 아닌 위로였음에도 퍽 안타까워하는 목소리에 그간의 고초를 위로받은 느낌이 들었기 때문이었다.

게다가 자초한 것은 카인이건만, 위로해 주는 것은 아리아였다. 그러니 어찌 감동하지 않을 수가. 울먹이는 시종들을 위해 아리아가 묘안을 제시했다.

"그리 힘을 들여 빨래를 할 것 없으니, 이불을 요구할 때마다 새로 사 오렴."

"예……!? 말씀은 감사하지만, 하지만 그 수가 너무 많아요……. 언제까지 저택에서 지내실지는 모르겠지만 분명 값이 만만치 않을 거예요."

가뜩이나 카인이 백작의 사업을 제대로 관리하지 못하고 있어서 백작가가 기울고 있는 것이 아니냐는 흉흉한 소문이 돌고 있던 참이었다. 그러니 작은 것이라도 아낄 필요가 있었다. 이름하여 티끌 모아 태산이었다.

아니, 겨울이 다가와 이불 값이 만만치 않아 티끌 또한 아니었다. 값싼 이불이라면 모를까 고급 이불을 구입해야 했고, 병사들의 숫자가 꽤 많아 큰돈이 계속해서 지출될 것이 분명했다. 식비를 비롯하여 의복, 유흥 등에도 큰 지출이 생겨 백작가의 허리가 휘청댈 만큼.

그리고 바로 그것이 아스의 목적이자 아리아 또한 바라던 바였기에, 그녀가 퉁퉁 불어 차갑게 식은 시종의 손을 부드럽게 잡으며 말했다.

"너희들의 몸과 마음만큼 중요한 것이 있을까. 그리고 제국에서 내로라하는 재력을 가진 로스첸트 백작가가 그런 푼돈으로 휘청댈

리 없으니 걱정하지 말렴. 소문은 소문일 뿐이니까."

"아, 아가씨……!"

"어쩜 이리도 마음씨가 따뜻하실까……!"

"식재료도 잔뜩 사서 보관해 놓아도 돼. 만약 상해서 버려야 한다면 어쩔 수 없겠지. 한꺼번에 많이 시켜서 저택까지 배달해 달라고 부탁하도록 해. 추가 요금을 지불하는 한이 있더라도 말이야."

"저, 정말 그래도 될까요……?"

"그럼. 무슨 일이 있으면 내가 책임질게."

감동하는 물결 속에서 아리아가 부드러운 미소를 만들어 냈다. 백작저의 진짜 주인들을 몰아내고 저택의 실권을 거머쥔 가짜의 능력이었다.

"그리고 만약 재료가 부족하다고 하면 이쪽으로 가도록 해. 여긴 늘 싱싱한 재료를 잔뜩 가져다 놓는 것 같더라고. 없다면 구해서라도 저택까지 배달해 줄 거야."

아리아가 미리 준비한 주소를 시종에게 건넸다. 그녀가 투자하는 사업체 중 하나였다. 고품질의 식재료를 자랑하나 그만큼 가격 또한 대단했다.

백작가의 자금으로 식료품을 구입하고, 이를 통해 얻은 수익이 배분되어 다시 아리아에게 돌아오니 가만히 앉아 돈을 버는 구조였다. 이를 까맣게 모르는 시종들은 아리아의 큰 배려에 깊은 감동을 받으며 다시금 그녀에게 충성을 맹세했다.

19. 확인

19. 확인

제국에 도착한 피아스트 후작은 그의 아들이 애타게 그리워하는 여인을 찾기 위해 벌써 몇 번째일지 모르는 매음굴을 전전했다.

가명으로밖에 생각되지 않는 이름과 대략적인 생김새로는 사람을 찾기 쉽지 않았다. 차라리 평민이기라도 했다면 모를까, 한낱 매춘부인 탓에 행적을 쫓기가 쉽지 않았다.

마지막 매음굴을 떠나는 마차 안에서 피아스트 후작이 제국으로 향하던 때에 들었던 뜻밖의 말을 떠올렸다. 비카에게 들었던 말이었다.

"전하께서 그리도 피아스트 후작님을 만나 뵙고자 하셨는데, 결국 이런 식으로 만나게 되었군요."

"……전하라면?"

"황태자 전하 말입니다. 지난번에 크로아에 방문하셨을 때, 후작님께 꼭 확인하고 싶으신 게 있으시다고 몇 번이나 방문을 요청했다고 하셨습니다."

그 말에 피아스트 후작이 질릴 정도로 자신에게 방문을 요청했던 이가 있었다는 사실을 떠올렸다. 자신을 제국의 황태자라고 하였는데, 마침 외출을 했던 참이라 만나지 못했던 기억이 났다.

그런데 그가 정말로 황태자였다니. 그러고 보니 그 시기가 황태자가 크로아에 방문한 시기이기는 했다. 그의 연인이라는 로스첸트 영애와 함께 말이다.

그렇다고 하나, 애초에 약속도 잡지 않고 다짜고짜 만나겠다고 찾아온 이가 나쁜 것이었다. 그래서 가볍게 넘겼는데, 다시 생각해 보니 제국의 황태자가 간단한 일로 자신을 만나러 올 리 없다는 생각이 들어 비카의 말에 귀를 기울였다.

"전하께서 확인하고 싶으신 게 있다고 하셨습니다."

"그게 뭐지?"

"후작님의 아드님에 관한 이야기입니다."

"……내 아들?"

클로이를 뜻하는 것인가. 그렇지 않아도 최근 클로이가 속을 뒤집어 놓아 부인이 몸져누운 참이었다. 그것을 떠올려 인상을 찌푸리자, 비카가 헛기침을 하며 말을 이었다.

"예. 아드님과 아주 똑같이 생긴 영애가 제국에 계십니다. 초상화로밖에 확인을 하지 못해 장담할 순 없지만, 어쨌든 그 초상화에 그려진 얼굴과 아주 흡사하더군요."

"……그게 무슨 말이지?"

"일단 후작님께서 얼굴을 확인하시는 편이 좋겠지만 전하께서는 이렇게 생각하신 모양입니다. 아드님께서 자손을 보신 게 아니냐고요. 바로, 제국에서 말이죠."

그 말에 피아스트 후작이 더더욱 미간을 찌푸렸다.

클로이가? 제국에서 자손을 보았다고? 그런 말도 안 되는 헛소리가 어디 있을까. 왜 자신이 그에게 작위를 물려주지 못하고 있는데. 다시 생각해도 어처구니가 없는 소리임을 알면서도, 비카가 언급했던 그 이름을 다시 떠올리지 않을 수가 없었다. 더는 아들을 위해 할 수 있는 일이 없기 때문이기도 했다.

'애초에 클로이가 내 아들이라고 밝히지도 않았는데…… 황태자는 도대체 뭘 알고 있는 거지.'

순간적으로 놀라서 몇 마디 주고받기는 했지만 결국 말도 안 되는 소리라며 정색하고 끝을 냈다. 클로이에 대해 밝힌 적이 없는데 어떻게 알고 그에게 자식이 있다고 주장하는 것일까. 그럼에도 신경이 쓰여 마차의 방향을 돌리고 싶어 입이 간질거렸다.

확인을 해서 손해 볼 것 없냐는 비카의 말이 계속 떠올랐다. 그의 말대로 확인만 하는 것이라면 별로 손해를 보는 것은 아니었기 때문이다. 가능성은 없다고 생각하지만, 만에 하나 비카의 말대로 그 영애가 클로이의 자식이라면, 그가 그토록 그리워하는 여인도 함께 있을 것이 아닌가. 게다가 손녀라니.

'역시 마차를 돌리는 것이 좋을까.'

창밖을 확인하니 이미 마차가 숙소에서 가까워진 상태였다. 속도 또한 점점 느려지는 것이 느껴졌다. 물론 마차가 멈춘다고 하여 되돌릴 수 없는 것은 아니었지만, 괜히 마음이 조급해졌다.

'설마, 로한 왕이 황태자에게 모두 떠벌린 것은 아닌지…….'

그럴 가능성도 있었다. 편의를 위해 로한에게도 사정을 털어놓은 참이었으니 말이다. 주군을 의심하는 것만큼 하찮은 일도 없지만, 클로이와 바이올렛의 일을 비밀로 붙여 주겠다고 약조한 것은 로한이 아닌 선대 크로아의 왕이었기 때문에, 로한이 비밀을 발설했다고 하여도 아쉬움을 토로할 수 있는 입장도 아니었다. 물론 그는 그렇게 쉽게 남의 비밀을 발설하는 자는 아니지만, 만에 하나의 가능성 중 하나였다.

"도착했습니다."

복잡한 심경에 그렇게 고민하는 사이, 어느새 마차가 멈추고 밖에서 마부의 목소리가 들렸다. 제국에서 직접 고용한 자이지만 이제는 어느 정도 익숙해진 목소리였다.

정체도 밝히지 않고 단기간 동안 고용한 자였는데, 피아스트 후작의 몸에서 풍겨 나오는 기품과 박력에 어느 정도 신분을 추측한 것인지 신경을 거스르는 일이 없이 깍듯하게 대응하는 유능한 자였다. 굳이 마부의 보고가 아니더라도 피아스트 후작 역시 창밖으로 보이는 풍경에 도착했다는 것을 알 수 있었지만 내릴 수 없었다.

"……도착했습니다."

그가 아무런 대답도, 기척도 없자 마부가 다시금 도착을 알렸다.

잠시 앉아서 고민하던 그는, 더는 찾을 방도가 떠오르지 않으니 역시 확인해 보는 것이 좋겠다는 생각을 확정했다.

"미안하지만, 가 볼 곳이 있네."

"예. 말씀하십시오."

마부가 태연하게 대답하자, 피아스트 후작이 조금 망설이다가 이내 목적지를 말했다.

"레이어즈 백작저로 가지."

"예, 알겠습니다."

후작의 지시에 바쁜 발걸음 소리가 들렸고, 마차가 곧 새로운 목적지를 향해 출발했다.

* * *

"비카 님. 피아스트라는 분께서 찾아오셨습니다. 어떻게 할까요?"

"피아스트……?"

설마, 피아스트 후작? 마침 기다리고 있던 참이었기에 비카가 반색하며 어서 그를 안으로 들이라 지시했다. 그렇지 않아도 황태자에게 피아스트 후작이 비밀리에 제국에 방문했다고 알리자, 어서 진실을 확인하라며 재촉을 당한 참이었다. 그는 퍽 다급해 보이는 얼굴이었다.

'초상화를 통해 확인은 했지만 혈육을 통해 확실하게 하는 게 좋겠지. 만약 진실로 판명이 난다면, 그간 그녀를 무시했던 이들이 어떻게 돌변할지 궁금해지는군.'

황태자의 말을 회상한 비카 역시 다른 이들의 변화가 무척이나 궁금했다. 그녀에게 대단한 능력이 있음에도 여전히 출신을 운운하며 업신여기던 귀족들의 변화를 말이다.

딱히 아리아에게 호감이 있어 그들이 후회하고 태도를 바꾸길 바라는 것은 아니었다. 단순히 귀족들의 이중적인 태도를 유흥으로 소비하고자 하는 마음이 컸다. 천박한 매춘부의 딸이 알고 보니 후작가의 피를 이었다니. 이보다 더 재미있는 일이 있을까. 얼마 지나지 않아 저택으로 들어오는 후작을 비카가 무척이나 기쁜 얼굴로 맞이했다.

"오랜만에 뵙습니다, 피아스트 후작님. 찾으시는 분의 소식은 발견하셨는지요?"

발견 못해 자신에게 찾아온 것을 알면서도 비카가 능글맞게 피아스트 후작을 맞이했다. 그러게 처음부터 자신의 말을 진지하게 듣지 그랬냐는 타박과도 비슷했다. 이에 조금 심기가 불편해진 후작이었으나, 아쉬운 것은 자신이었기에 군말하지 않고 대꾸했다.

"아니, 불행히도 찾지 못했네. 그래서 영식을 찾아온 참이지. 전에 나누었던 대화가 꽤 흥미롭지 않았는가."

한참이나 수도를 찾았음에도 클로이가 찾는 여인의 그림자조차 찾을 수 없었기에 마음이 조급했던 후작이 서둘러 본론을 꺼냈다. 비카 역시 황태자가 만족할 만한 보고를 하고 싶었던 참이었기에, 더 이상 괜한 트집을 잡지 않고 곧장 대답했다.

"얼굴을 확인하러 가시겠습니까?"

"가능하다면 지금 당장."

"좋습니다. 쉬운 일이지요. 몸져누운 백작의 안부를 살피러 왔다고 하면 되는 일이니까요."

그리고 그 사이에 그녀의 얼굴을 확인하라는 뜻이었다. 그것이 가장 번거롭지 않고 가볍게 얼굴을 확인할 수 있는 방법이기도 했다. 미리 생각해 둔 방법인지는 모르겠지만 퍽 좋은 아이디어였기에 후작의 안색이 조금 밝아졌다.

"지금 당장 출발하시는 게 좋겠습니다. 날이 저물기 전에 말입니다."

"그러도록 하지."

비카와 후작 모두 마음이 급했기에 지체하지 않고 곧장 로스첸트 백작저로 향했다. 따로 움직여서 좋을 것이 없었기에 후작은 자신의 마차를 숙소로 돌려보내고 비카의 마차에 동행했다.

그리 멀지 않은 거리이건만 가는 길이 천리처럼 멀게 느껴졌다. 그 때문에 초조해져 입술이 바싹 말랐고, 아무런 말도 할 수 없었다.

그렇게 조용히, 그리고 빠르게 거리를 달려 로스첸트 백작저에 도착하자, 사업에 치여 바쁜 카인은 아직 귀가하지 않은 상태였다. 때문에 크로아에서 온 병사들로 조금 소란스러운 저택에서 우아한 자태로 백작 부인이 그들을 맞이했다.

"어쩐 일이시지요?"

"백작님이 걱정되어 찾아뵈었습니다. 늦은 시간에 죄송합니다."

"아니에요. 그런데, 이분은?"

"아아, 먼 곳에서 온 제 지인입니다. 일전에 백작님께 은혜를 입은 적이 있다고 하여 같이 방문했습니다."

"어머나, 그랬군요? 그이가 여러모로 덕을 쌓았던 모양이에요. 반가워요."

백작 부인이 화사한 미소에 피아스트 후작이 예를 갖추어 인사했다.

"아주 찰나의 은혜라 저를 기억하지 못하실지도 모르겠지만 걱정이 되어 방문하게 되었습니다. 무례를 용서하시기를."

"무례라니요. 자유롭게 움직일 수 없는 탓에 누군가 방문하기만을 손꼽아 기다리는걸요."

그리 대답하는 백작 부인의 얼굴을 후작이 세세하게 훑었다.

금발에 녹안, 그리고 아름다운 외모. 클로이가 늘 입에 담았던 외견과 일치하였기 때문이다. 클로이에게 그림의 재주가 없어 이목구비까지는 정확하게 확인하기 힘들었지만, 소문에 의하면 그녀는 과거 매춘부였다고 했다. 그것만으로도 그녀가 클로이가 찾는 여인일 가능성이 충분히 있었다.

"그이는 방에 있어요. 불행히도 다리가 전혀 움직이지 않아서 밖으로 나오지는 못하거든요. 가여워라."

제 남편의 안타까운 상태를 설명하는 것치고는 꽤 타인의 일을 얘기하듯 덤덤한 감상을 내뱉은 백작 부인이 비카와 후작을 백작의 방으로 안내했다. 그리고 그곳에서 정말 침대에서 옴짝달싹 못하는 백작의 상태를 본 비카와 후작이 놀란 숨을 삼켰다.

"……백작님. 오랜만에 뵙습니다."

"그래. 오랜만이군, 비카 영식. 잘 지냈나?"

"그럼요."

차마 백작에게는 잘 지냈냐고 물을 수 없어 웃음으로 대답을 마무리하자, 백작이 옆에 선 후작에게 눈짓하며 정체를 물었다.

"아, 일전에 백작님께 소소하게 도움을 받은 자라고 합니다."

"피아라고 합니다, 백작님. 일전에는 감사했습니다."

"그랬군. 내 기억을 못해서 미안하네."

"아닙니다. 그럴 만도 하시지요. 백작님께서 못난이들에게 큰 은덕을 베풀고 다닌다는 소문이 파다하지 않습니까."

"하하. 그랬나? 그랬다면 참으로 기쁜 일이군."

그리 대답하는 백작의 표정이 퍽 밝았다. 이제 더는 현역으로 활동할 수 없는 그에게 과거의 영광을 언급하는 것만으로도 큰 호감을 살 수 있었기 때문이다. 전혀 마주친 적도 없는 자임에도 불구하고.

덕분에 비카와 후작은 백작과 오랫동안 대화를 나눌 수 있었다. 그렇게 최대한 시간을 끌면서 아리아를 기다리는데, 저녁 시간이 다 되도록 그녀는 그림자조차 내비치지 않았다.

"어머, 시간이 벌써 이렇게 됐네요. 이제 그만 저녁을 들어야겠어요."

그리고 그들의 방문이 지루해진 모양인지 백작 부인이 비카와 후작에게 은근한 축객령을 내렸다. 하지만 백작은 그들이 떠나는 것이 못내 아쉬웠기 때문에 조금이라도 더 저택에서 지내다가 갈 수 있도록 저녁을 권했다.

"혹시 저녁들은 들었는가?"

"아니요, 아직입니다."

어쩌면 식당에는 나타나지 않을까 생각하여 비카가 미끼를 냉큼 물었고, 그에 백작 부인이 퍽 불편한 기색을 내비치며 시종에게 두 사람 몫의 저녁을 더 준비하라고 지시했다. 식재료가 넉넉히 준비되어 있었기에 두 사람 몫의 식사가 추가되는 것은 어렵지 않았다.

그렇게 비카와 후작은 백작 부인과 함께 식당에 자리할 수 있었고, 두근대는 마음으로 아리아가 내려오기만을 기다렸다. 그리고 얼마 지나지 않아 그들이 기다리고 기다리던 인물이 식당에 모습을 드러냈다.

"손님이 계셨네요?"

그 맑고 투명한 목소리에 홀린 듯 고개를 돌린 후작은 그 자세 그대로 시간이 멈춘 듯 굳을 수밖에 없었다. 이를 지켜보고 있던 비카의 입매에 미소가 떠오르며 눈이 반짝였다.

"비카 님 아니세요?"

"오랜만입니다, 영애."

"……그렇군요. 무슨 일로 오셨지요?"

"백작님의 안부를 살피러 왔을 뿐입니다."

비카가 그리 대답하자 아리아의 얼굴에 불신이 떠올랐다. 비카가 순수한 마음으로 움직이는 자가 아니라는 것을 알기 때문이었다. 더불어 백작을 걱정할 입장이 아니라는 것도. 이에 웃음으로 얼버무린 비카가 어서 자리에 앉으라며 주인 행세를 했다.

"음식이 식겠습니다. 식으면 맛이 없어지지요."

"……좋아요. 그런데, 이쪽 분은 처음 뵙는군요."

이번에는 아리아의 시선이 후작에게 향했다. 익숙하디익숙한 맑은 녹색 눈동자. 모르는 이들이 본다면 그녀의 눈이 백작 부인을 닮았다고 생각할 수 있겠지만, 후작에게는 그렇지 않았다. 저 맑고 아름다운 눈동자는 분명 클로이가 지닌 그 눈동자에 가까웠다. 색이 달라 알아채기 어려웠지만 분명 그러했다.

눈동자뿐만이 아니었다. 전체적인 생김새 또한 클로이와 판박이였다.

그녀와 클로이, 두 사람의 얼굴을 아는 사람이라면 절대 타인이라고는 생각하지 못할 정도였다. 그녀가 머리카락을 짧게 자른다면 클로이라고 하여도 손색이 없을 정도였다. 때문에 후작이 아리아의 물음에도 아무런 대답도 하지 못한 채 넋을 놓고 있자, 비카가 그를 대신하여 대답했다.

"아, 백작님과 조금 아는 분이십니다. 안부 차 들렀다가 함께 식사까지 하게 되었지요."

"그래요? 말수가 없으신 분이군요."

그리 말하며 후작을 훑는 아리아의 시선이 퍽 날카로웠다. 비카의 말을 믿지 않는 탓이었다. 그녀는 꿍꿍이가 있다고 생각하는 모양이었는데, 자신을 의심하는 그 눈빛마저도 클로이와 닮아 있었다.

아리아를 찾으려고 온 것이 아니라 그 어미를 찾으러 온 것인데, 막상 아리아와 마주하자 백작 부인에게는 한 톨의 관심도 생기지 않았다. 후작의 시선이 향하는 곳은 오롯이 아리아뿐이었다.

"……참으로 무례하시네요."

그리고 이를 아리아가 지적했음에도 불쾌하다거나 미안한 마음이 들기는커녕 감동적이기까지 했다. 타지에서 만난 뜻밖의 혈육에 어찌 감동하지 않을 수가.

"영애께서 아름다우시니 어쩔 도리가 없으신 모양입니다."

사과의 한마디조차 하지 못하는 후작을 대신해 비카가 서둘러 변명을 했다. 그럼에도 후작의 무례한 시선은 거둬지는 일이 없었다. 만약 그 시선에서 음욕이 느껴졌다면 물이라도 끼얹었을지 모르겠지만, 이성을 대하는 음욕이라기보다는 진실로 놀라워하며 충격을 받은 얼굴이었기에 아리아가 이내 포기한 듯 식사를 시작했다.

후작은 아리아에게 묻고 싶은 말이 많아 보였으나, 결국 아리아가 식사를 마칠 때까지 단 한 마디도 그녀에게 말을 걸 수가 없었다.

* * *

"아스테로페 님! 아스테로페 님!"

이 늦은 밤에 경박스럽게 자신을 찾아 온 비카에게 아스가 한껏 인상을 찌푸리며 대답했다.

"왜."

"그렇게 귀찮으시다는 듯 대답하실 때가 아닙니다!"

"왜?"

그리 대답한 것은 귀찮은 것도 있었지만, 막바지 작업에 돌입하여 바빠 아리아를 만나지 못한 것에 괜히 신경질이 난 것이 더 큰 이유였다.

"제가 누굴 데려왔는지 보시겠습니까?"

"누군데 그렇게 뜸을……. 설마…….."

아스가 퍽 놀란 얼굴로 말을 이었다.

"아리아 영애께서 이 늦은 밤에 나를 방문하신 건가?"

예전에는 조금 덜했던 것 같은데, 최근 들어 모든 것이 기승전아리아로 흘러 비카가 조금 짜증을 내며 대답했다.

"아뇨. 그럴 리가 있겠습니까? 영애께서 얼마나 바쁘신지 아시면서 그런 소리를 하십니까. 영애님께 비할 바는 못 되지만, 어쨌든 아스테로페 님께서 기다리셨던 분은 맞습니다."

타박이 섞인 비카의 말에 화를 낼 새도 없이 누군가가 집무실 문을 열고 들어왔다. 아직 채 허락도 하지 않았건만. 성큼성큼 안으로 들어온 이는 초면인 남성이었다. 머리카락이 하얗게 새 노인에 가까운 자였다.

"누구지?"

"전하를 뵙습니다. 크로아에서 온 피아스트라고 합니다."

후작의 소개에 아스의 눈이 크게 뜨였다.

피아스트 후작이라면 아리아 못지않게 오매불망 소식을 기다리던 이가 아닌가. 그리고 이렇게 자신을 찾아왔다는 것은…….

"확인이 끝난 모양이군."

그리 말하는 아스의 눈에 광채가 서렸다. 듣지 않아도 결과를 알 수 있었기 때문이었다.

"전하께서는…… 도대체 뭘 어떻게 알고 계셨던 겁니까."

다짜고짜 물어 오는 피아스트 후작에게 아스가 자리를 옮길 것을 권유했다.

"자리를 옮기는 게 좋겠군. 그리 서서 떠들 이야기는 아니니."

"……알겠습니다."

그에 비카가 눈치 빠르게 시종을 불러 차를 내오도록 지시했다.

그가 집무실 근처에 나타났을 때부터 대기를 하고 있던 터라 차 두 잔이 곧장 준비되었고, 아스와 피아스트 후작이 집무실 옆방에 준비된 응접실로 자리를 옮겼다.

"알아챈 건 내가 먼저가 아니야. 프레이였지."

"프레이라면…… 설마……!?"

바이올렛의 장녀인 프레이? 비록 클로이와 바이올렛이 추방당한 이후부터 떨어져 지내게 되었지만, 클로이와 오랜 시간 동안 함께 지내 온 그녀라면 아리아를 한눈에 알아보았을 가능성이 있었다.

"그래, 프란츠 프레이. 그대도 잘 아는 사람이겠지."

"……그녀는 잘 지내고 있습니까?"

"그런 듯 보이더군. 직접 찾아가서 한번 만나 보는 것도 나쁘지 않겠지."

그녀에게 가족을 모두 빼앗은 자가 어떻게 그럴 수 있을까. 물론 먼저 바이올렛을 빼앗아 간 것은 제국의 황족이었지만, 결과적으로는 프레이 혼자 제국에 남게 되었으니 그녀를 당당히 만나러 갈 수 없는 입장이었다. 게다가 자신의 핏줄 또한 아닌 아이이고.

"……말씀 감사합니다."

그래서인지 감사하다는 표정이 아니었다. 그보다는 다른 이야기를 하고 싶어 하는 얼굴이었다.

이를 눈치챈 아스가 시간을 낭비하지 않고 바로 본론을 꺼냈다.

"어쨌든, 그래서 내가 클로이에 대해 알아보게 되었지. 아주 어렸을 때 얼굴을 보았던 기억이 났거든. 찾아보면 볼수록 아리아 영애와 겹치는 부분이 많아서 의심하지 않을 수가 없었어."

"그래서 절 찾아오셨던 거군요. 진실을 확인하기 위해서."

"그래. 제국에서 추방당한 모자를 거뒀을 사람이 후작 외엔 달리 떠오르지 않았어. 힘 있는 권력자가 도와주지 이상, 이렇게 정보가 단 하나도 나오지 않을 리가 없었을 테고 말이야."

"……."

꽤 그럴듯한 추리가 그대로 맞아떨어져 이렇게 끊어질 뻔한 인연이 이어졌다. 백작 부인이 결혼을 한 것은 퍽 나쁜 소식이었으나, 행방조차 모르던 과거보다는 훨씬 나은 상태였다. 아리아의 존재마저 찾을 수 있었고 말이다. 때문에 기쁨으로 사뭇 떨리는 손으로 차를 마시는 후작에게 아스가 물었다.

"클로이는 아리아의 존재를 모르고 있었나?"

"예. 애플이라는 여성과 만나자마자 출생의 비밀이 폭로되어 추방을 당했기 때문에 전혀 모르고 있습니다."

"……애플?"

"현 로스첸트 백작 부인의 과거 이름입니다. 매춘부에게는 흔한 가명이지요."

참으로 괴상한 센스였으나, 꽃이 귀족가를 상징하는 제국에서는 꽃 외의 것을 가명으로 쓰는 것이 보통이었다. 그중에서도 애플은 쉽게 볼 수 있는 과일이었기에 열에 대여섯은 그 이름을 쓰고 있었다. 그랬기에 더더욱 그녀의 행방을 찾기 쉽지 않았다.

　"단 한 번의 만남이었지만, 지금도 그녀를 그리워하고 있습니다."

　"그럼 왜 곧장 사람을 시켜 수소문을 하지 않았지? 아무리 추방을 당했다고는 하나 후작이 거둬들였으니 가능했던 일이라고 생각하는데."

　"추방을 당했을 당시의 클로이는 제정신이 아니었습니다. 한동안 말도 할 수가 없는 상태였으니까요. 그간 아비라고 믿었던 자가 아비가 아님을 알게 되었는데 멀쩡할 수 있을 리가 없었지요. 지금도 이따금…… 아니, 아무튼 그 뒤에 찾으려고 사람을 보내 보았지만 찾을 수 없었습니다."

　"그래서 직접 여기까지 왔다는 말이군. 클로이의 상태가 그다지 좋지 못해서."

　"……그렇다고 볼 수 있습니다."

　하지만 아리아를 만나 그 목적이 바뀌었다는 것을 알 수 있었다. 그의 기뻐하는 표정을 보면 누구라도 알 수 있었다. 그는 순수하게 아리아의 존재와 그녀와의 만남에 감동하고 있었다.

　"이제 돌아갈 일만 남았습니다. 클로이도 바이올렛도 기뻐해 주었으면 하는군요."

　"……이대로 그냥 돌아갈 생각이라고?"

　"그냥이라니요? 무슨 말씀이십니까?"

　"백작 부인은 백작과 혼인을 하였으니 더 이상 클로이와 함께할 수 없을 테고, 아리아 영애께선 제국에 자리를 잡았으니 후작을 따라가지 않을 테고. 단지 피가 섞였다는 것만을 확인하고 이대로 그냥 돌아가겠냐고 묻는 거야."

그것이 아스에게 가장 바람직한 결과였다. 만에 하나 아리아가 후작을 따라 크로아로 가 버린다면 지금보다 더욱더 만나기 쉽지 않게 될 테니까. 거리가 너무 멀어 능력을 쓰는 데도 한계가 있었다. 애초에 몸이 멀어지면 마음도 멀어진다고 하지 않았는가. 그것이 걱정되어 묻자, 조금 고민하던 후작이 대답했다.

"아니요. 그냥 돌아갈 생각은 없습니다. 애플, 아니, 백작 부인은…… 말씀하신 대로 혼인을 한 상태이기 때문에 동행하기 쉽지 않겠습니다만, 아리아 영애라면 다르지 않을까 싶습니다. 소문으로밖에 듣지 못했습니다만, 지금껏 천대받던 제국보다 크로아가 그녀에겐 지내기 쉬울지도 모르지 않습니까. 그간 누리지 못했던 것을 모두 지원하고자 하는 마음도 있습니다."

어쩌면 아리아에게도 그 편이 더 나을지도 모르는 일이었다.

대부분의 이들이 후작처럼 생각할 것이다. 아무리 제국에 둥지를 틀고 있다고 하여도, 서면으로 처리하는 일이 대부분이었기에 크로아 왕국으로 떠나는 편이 나을 것이라고.

"글쎄. 그게 과연 생각처럼 쉽게 될까."

하지만 다른 이들이 모두 찬성한다고 해도 아스만은 찬성을 할 수 없었다. 아리아가 아스와 연인 관계라는 소문은 이미 널리 퍼져 후작 또한 인지하고 있었기에 애써 그의 부정적인 대답에 까닭을 묻지는 않았다.

"게다가 영애의 마음이 중요하겠지. 후작이 데려가고 싶다고 하여 데려갈 수 있는 건 아닐 테니까."

"……그건 충분히 인지하고 있습니다. 그러니 의사를 물어보아야겠지요."

"의사라……."

아무것도 없던 시기에는 그림자도 비추지 않던 혈육이 보란 듯이 성공한 뒤에 갑자기 나타나 널 데리러 왔다고 하면 그 누가 기쁜 마음으로 받아들일까. 과거, 매춘부의 딸에 그쳤던 아리아라면 기뻐 날뛰었겠지만, 지금은 모르는 일이었다.

그리고 마음 한편 어딘가에서는 아리아가 자신을 두고 떠나지 않을 것이라는 근거 없는 자만 또한 있었다. 아리아라면 갑자기 나타난 후작이 아닌 자신을 선택할 것이 분명했다.

그리고 만약 그렇지 않다고 한다면…… 크로아와 통한 국경을 닫아 버리면 그만이었다. 미성년자는 국외로 나갈 수 없다는 법을 만드는 것도 나쁘지 않을 것 같았다.

어처구니없는 생각이라는 것을 알면서도 그렇게 해서까지 아리아를 떠나보내고 싶지 않았다. 권력이라는 것은 이럴 때 쓰라고 있는 것이 아닌가. 아리아가 어떻게 대답하든 후작이 그녀를 데려가지 못하게 할 방도까지 떠올린 아스가 퍽 밝아진 표정으로 후작에게 말했다.

"좋아. 그럼 후작의 말대로 직접 물어보는 편이 좋겠어."

"직접…… 말입니까? 지금요?"

첫 대면을 그다지 좋지 못하게 끝냈던 기억이 떠오른 것인지 후작이 퍽 놀란 얼굴로 되물었다.

"후작이 불편하다면 내가 대신 물어 줄 수도 있어."

직접 묻는다면 가지 않겠다는 말을 할 가능성이 컸기 때문이다. 사정을 잘 모르는 사이 각서라도 작성하여 영영 떠나지 못하게 붙잡아 두어야겠다는 생각을 하는데, 눈을 굴리며 고민하던 후작이 이내 아스의 제안을 수긍했다.

"천천히 관계를 진척시켜 차후에 묻는 편이 좋을지도 모르겠지만 현 상태의 의사를 알아 두는 편도 좋겠지요. 전하께서 그렇게 해 주신다면 저야 감사할 따름입니다."

그게 덫이라는 것도 모르고.

만족스러운 대답에 아스의 입꼬리가 올라갔다.

그리고 바로 다음 날, 마음이 급했던 아스가 약속도 잡지 않고 아침 일찍 백작저를 방문했다. 가발을 써 그럴듯하게 마부로 위장을 한 후작과 함께였다.

휘황찬란한 마차의 등장에 아침 산책을 하던 병사들이 놀란 얼굴로 주변에 모여들었다. 그러다가 이내 마차에 그려진 튤립 모양의 인장에 저마다 숨을 삼키며 고개를 조아렸다. 그에 아침도 들지 못하고 뒤늦게 저택 현관으로 나온 아리아가 눈을 동그랗게 뜨며 까닭을 물었다.

"이렇게 이른 아침부터 어쩐 일이세요?"

"영애를 만나러 온 것 외에 무슨 목적이 있을까요."

"저를요? 하지만 너무 이른데……."

게다가 굳이 휘황찬란한 마차까지 타고 온 이유가 무엇일까. 또 수도 전체에 자신을 만나러 간다고 자랑이라도 하고 싶었던 걸까. 바로 방으로 올 수 있으면서. 고개를 갸웃거리던 아리아가 함께 아침을 들겠냐고 물었다.

"아침은 저와 함께 밖에서 드시는 것이 어떻겠습니까?"

"밖에서요?"

"오붓하게 둘이서 말입니다."

오붓한 저녁도 아니고 아침을? 참으로 이상한 권유였으나 마음이 동하지 않는 것은 아니었기에 아리아가 이내 웃으며 고개를 끄덕였다.

"옷을 갈아입어야 해요."

"기다리겠습니다."

그 외에도 머리카락을 다듬어야 했기에 조금 시간이 걸릴 터지만, 이를 개의치 않는다는 대답에 아리아의 마음이 급해졌다. 그렇게 서둘러 저택 안으로 다시 사라진 아리아가 분주하게 치장을 시작했다.

"아가씨! 이 드레스는 어떠세요?"

"목걸이는 이게 좋겠어요!"

"머리카락에 금가루를 뿌릴까요?"

"세상에, 손톱에 광도 내야겠어요!"

분주해진 것은 아리아뿐만이 아니었다. 시녀들 역시 갑작스런 황태자의 방문에 바빠졌고, 아침 식사를 하려던 백작 부인 역시 소란을 피우며 제 딸의 치장을 도왔다.

"이 어미의 보석을 좀 가져올까? 이번에 새로 구입한 다이아가 아주 아름답단다."

결국 점점 과해지는 겉모습에 아리아가 손을 내저어야만 했다.

"다들 지금이 아침이라는 걸 잊지 말아 주세요. 파티가 아닌 아침 식사를 하러 가는 거니까."

그렇지 않아도 본판이 화려하건만, 정성을 다해 치장을 하자 눈이 부셔서 감히 쳐다도 보기 힘든 외형이 되어 있었다. 아침부터 이토록 화려하게 꾸미고 다니는 이가 존재할까. 아무리 귀족이라고 하더라도 때와 장소를 가릴 줄 알아야 하는 법이었다. 그제야 멈칫하며 꾸몄던 것들을 회수하는 손길에 아리아가 만족스럽게 웃으며 준비를 끝냈다.

"……이렇게 아름답게 꾸미고 나오시면 마차에서 내려 드릴 수가 없지 않습니까."

"너무 과한 칭찬에 몸 둘 바를 모르겠네요."

마지막에 치장한 것을 모두 회수하여 그리 화려하게 꾸미지도 않았으나, 입매가 호선을 그리는 것을 막을 수가 없었다.

아리아를 태운 마차는 곧장 백작저를 떠나 시내를 활보했다. 아침부터 휘황찬란한 마차를 마주하게 된 사람들은 잠시 놀란 얼굴을 감추지 못했으나, 이내 몇 번이고 이런 일이 있었다는 것을 깨닫고 황태자가 단단히 사랑에 빠졌다며 고개를 절레절레 저었다.

"그러고 보니 어쩐 일로 오셨어요? 정말 아침을 같이 드시고 싶어서 오셨나요?"

"그럼요."

궁금한 것을 묻는 것과는 별개로 아침을 같이 먹고자 하는 것도 사실이었기에 아스가 아무렇지 않게 대답했다.

"정말요?"

"예. 한동안 못 뵈어서 밤에 잠도 이루지 못할 정도였죠. 그래서 이렇게 아침 일찍 방문했습니다."

이번에도 거짓은 아니었다. 눈을 감기만 하면 아리아가 떠오르는 통에 몇 번이나 공간을 이동할 뻔했으니까. 그 대답이 마음에 들었는지, 아리아의 얼굴에서 의심이 사라지고 화사한 웃음꽃이 피었다.

참으로 아름다운 꽃이라서 순간적으로 아스가 말을 잃을 정도였다. 실제로는 다른 이유가 있어서 방문하기는 했지만, 오길 잘했다며 아스 역시 부드러운 미소를 지었다.

"음, 뜬금없는 질문이긴 합니다만. 영애께 갑자기 친부가 나타나 영애를 데려가고 싶다 한다면, 어쩌실 것 같습니까?"

아스의 목소리가 마차의 벽을 넘어 마부석으로 흘러들어갔다. 일부러 벽이 얇은 마차를 고른 덕분이었다. 이에 후작이 마른침을 삼키며 아리아의 대답을 기다렸고, 아리아가 고개를 갸웃거리며 되물었다.

"정말 말씀하신 대로 뜬금없이 왜 그런 질문을 하시는지 모르겠어요."

"영애께서 성인이 되실 날이 머지않아 그런지 갑자기 그런 생각이 들었습니다. 만에 하나라도 친부가 나타나 사라지시면 어쩌지. 내가 싫다고 하며 도망치시면 어쩌지. 국경이라도 막아야 하나."

마치 연기라도 하듯 손을 턱에 괴고 퍽 고민하는 얼굴로 대답하는 탓에 아리아가 작게 웃음을 터뜨렸다.

"불안해서 그런 모양입니다. 영애께서 도망가는 꿈을 꾼 적도 많으니까요."

스스로 이룬 것이 많은 아리아는 굳이 황태자와 결혼을 하지 않아도 당당하게 살아갈 수 있는 인물이었다. 차라리 그녀에게 능력이 없어 자신에게 기대야 하는 처지라면 마음이 편했을지도 모른다. 하지만 그런 일은 일어나지 않을 테고, 아스 역시 바라지 않는 일이었기에 포기한 지 오래였다.

"글쎄요. 지금 와서 나타난다면 그 진심을 의심하게 되겠네요."

"무슨 뜻이지요?"

"죽도록 힘들었던 시기에는 그림자조차 비추지 않더니, 이렇게 홀로 살아갈 만큼 자립을 하니 나타났다는 뜻이 아닌가요? 달갑게 보일 리가 없지요."

그리고 과거에는 스물 중반이 되어 죽음을 맞이했음에도 나타나지 않던 친부가 갑자기 지금 나타난다니. 정말 본심을 의심할 수밖에 없는 일이었다.

"그렇군요. 그럼 무언가 이유가 있어 나타나지 못했고, 영애께 아무것도 없어도 개의치 않는 사람이라면 어떻겠습니까?"

갑작스러운 것치고는 꽤 설명이 구체적으로 변해, 잠시 눈을 굴리며 고민을 하던 아리아가 다시금 고개를 저었다.

"이유에 따라 다르겠지만……. 글쎄요, 거절하지 않을까요?"

"……어째서요?"

"아스 님께서 싫어하실 것 같아서요."

그냥 그런 생각이 들었다며 먼저 말해 놓고는, 장난이라도 제발 그렇게 하지 않겠다고 말하라는 듯한 떨리는 눈으로 뚫어지게 쳐다보는데 어떻게 긍정을 할 수가 있을까.

게다가 앞으로 자신과 함께 살아갈 이는 그간 소식도 연락도 없던 친부가 아닌 아스였다. 그리고 늘 자신의 곁에서 위로를 해 준 이 또한 아스였다. 이제 와서 내가 네 친부이니 거둬 주겠다고 해 보았자 아무런 감흥이 없을 것이 분명했다.

조금의 여지도 주지 않는 그 대답에 마차가 한차례 덜컹댔다. 그리 크게 느껴질 정도는 아니었지만, 후작의 마음을 대변하는 것임이 분명한 흔들림이었다.

＊　＊　＊

"불행히도 후작의 바람대로는 되지 않았군."

그리 말하는 아스의 표정이 퍽 밝았다. 남의 불행을 논하는 자의 표정이 아니었음에도 피아스트 후작이 수긍하며 대답했다.

"……그렇군요. 도와주셔서 감사합니다."

아리아의 본심을 듣게 된 피아스트 후작은 더는 그녀를 데려가 겠다는 말을 하지 않았다. 그 만족스러운 결과에 아스가 향후 그의 행보를 물었다.

"앞으로 어떻게 할 셈이지? 백작 부인과 아리아 영애 둘 다 놓쳐 버렸으니 말이야."

"일단은…… 백작 부인과 이야기를 나눠 보겠습니다. 아무리 영 애께서 싫다고 하셨어도 그것과 혈연관계는 다른 문제이니까요."

"좋은 생각이야. 갑작스레 영애께 혼란을 드리는 것보단 낫겠군."

"예. 아무래도 저보다는 백작 부인에게 직접 듣는 편이 좋을 거 라는 생각도 듭니다."

어차피 크로아 왕국으로 데려갈 수 없게 되었으니, 갑자기 네가 후작가의 핏줄을 이었다고 고백하는 것보다는 천천히 시간을 두고 밝히는 편이 나았다. 그 어느 쪽도 충격을 받긴 하겠지만, 낯선 할 아버지보다는 줄곧 같이 지낸 어미에게 듣는 편이 나을 것이라는 판단 하에 결정된 일이었다.

"죄송하지만, 한 번만 더 도움을 주실 수 있으십니까?"

"간단한 일이라면. 무슨 도움이지?"

"백작 부인과 자리를 마련해 주셨으면 합니다. 아무래도 한 번 다른 신분으로 백작저를 방문한 탓에 다시 찾아뵙기는 어려운지라……."

"그리 어려운 일은 아니군. 좋아."

후작의 부탁을 아스가 흔쾌히 승낙했다. 바라던 바를 이루고 궁금했던 것을 알게 되었으니 도와주지 못할 것이 없었다. 게다가 아스가 후작의 부탁을 승낙한 또 다른 이유가 있었다. 바로 백작 부인과 후작이 대화를 나누는 자리에 동석할 생각이었기 때문이다.

백작 부인과의 만남은 지체할 것 없이 곧장 이루어졌다. 그녀가 구입한 별장에 문제가 있다고 편지를 보내자, 백작 부인이 다급한 표정으로 약속 장소에 나타났다.

"……전하!?"

"오랜만에 뵙습니다, 부인. 앉으시지요."

분명 관청에서 보낸 편지였는데, 어째서 황태자가 나와 있는 걸까.

곰곰이 생각해 보니 애초에 약속 장소가 카페인 것부터 이상했다. 문제가 생겼다면 관청으로 오라고 했을 텐데 말이다.

다른 곳과 독립된 방으로 이루어지기는 했지만 공적인 일을 다루기에는 적합한 장소가 아니었다. 일전에 저택을 방문했던 남성도 함께 자리한 것을 확인한 백작 부인이 퍽 떨리는 눈을 감추지 못한 채 그들의 반대편에 앉았다.

"멋대로 차를 주문했습니다만, 입맛에 맞으실지 모르겠습니다."

"괘, 괜찮습니다. 감사해요."

백작 부인이 떨리는 손으로 향긋한 재스민 차를 한 모금 마시며 마음을 가다듬었다. 도대체 어떤 이야기를 할 생각이기에 편지까지 속여 가며 보냈을까. 걱정하며 아스가 입을 열기를 기다리는데, 뜻밖에도 입을 연 것은 피아스트 후작이었다.

"사실 부인을 부른 것은 저입니다."

"……어째서요?"

"묻고 싶은 것이 있어서입니다."

백작에게 작은 은혜를 입었다던 그가 왜 자신을 부른 것일까. 도무지 감이 잡히지 않아 마른침을 삼키며 대답을 기다리는데, 그의 입에서 나온 말은 뜻밖의 것이었다.

"클로이를 아십니까?"

"……누구요?"

"클로이 말입니다. 17년 전에 단 한 번 부인을 뵈었다고 했습니다. 아리아 영애와 닮은 제 아들 말입니다."

그 말에 백작 부인이 한껏 미간을 찌푸리며 눈을 굴렸다. 누군지 단박에 떠오르지 않아 고민하는 눈초리였다. 그도 그럴 것이, 십년도 더 전에 단 한 번 만난 남자를 어떻게 바로 떠올릴 수 있을까.

게다가 17년 전이라면…… 자신이 매춘부의 일을 하고 있을 때였다. 떠올리기조차 싫은 그때에 만난 남성이라니.

"……설마, 그 남자를 말씀하시는 건가요?"

그렇다고는 해도 쉽게 잊을 수 없는 외모였기에 백작 부인이 이내 얼굴을 떠올린 듯 눈을 크게 뜨고 되물었다. 까맣게 잊고 있던 사람이었지만 아리아와 흡사한 얼굴이라고 하여 떠올릴 수 있었다.

"……그걸 왜 물으시죠? 아주 오래전에 스치듯 만난 인연일 뿐인데."

그것도 손님으로 만난 인연이었다. 아리아와 흡사한 외모만 아니었다면 기억조차 하지 못할 오랜 과거의 인연. 남자라고 믿기 힘든 그 아름다운 외모로 자신에게 첫눈에 반했다며 꼭 이곳에서 빼내 주겠다는 감언이설을 내뱉어 어린 나이에 마음이 동한 적도 있었다.

신분도 이름도 알려 주지 않았지만, 이렇게 달콤한 남자라면 자신을 행복하게 해 줄 수도 있을 거라 생각한 적도 있었다. 그러나 클로이는 단 한 번의 방문 이후로 더는 찾아오지 않았고, 잠시나마 기대했던 백작 부인의 마음을 차갑게 얼어붙게 만들었다.

그런 남자를 이제 와서 왜 묻는 걸까. 그런 생각을 하며 다시 불쾌한 표정을 짓는데 문득 이상한 예감이 들었다. 십 년도 더 전에 단 한 번 만났던 남자를 자신의 딸아이를 통해 떠올렸다는 점이었다. 게다가 시기 또한 의심스러웠다. 클로이를 만난 뒤, 얼마 지나지 않아 아리아를 갖지 않았는가.

당황한 백작 부인이 놀란 얼굴을 감추지 못하며 손을 바들바들 떨었다. 입에 가져다 대기도 전에 출렁대며 흘러넘친 찻물이 그녀의 아름다운 드레스를 조금 적셨다.

생각하고 정리할 시간이 필요했기에 아스와 피아스트 후작이 그 모습을 가만히 지켜보며 조용히 기다렸다. 그리고 한참이나 생각에 빠져 있던 백작 부인은, 이윽고 생각이 정리된 듯 퍽 날카로운 얼굴로 후작을 응시하며 말했다.

"그래서, 제 딸을 빌미로 협박을 하러 오셨나요? 돈이라도 필요하세요?"

그렇지 않은 이상 백작의 사소한 은혜에 감동하여 병문안까지 온 별 볼 일 없는 위인이 이렇게 자신을 찾아올 리가 없지 않겠는가.

황태자가 옆에 있는 것이 이상했지만 그렇게밖에 생각할 수 없어 적의를 그대로 드러내자, 그제야 가만히 있던 아스가 대화에 끼어들었다.

"부인. 그런 것은 아니니 노여움을 푸십시오. 소개가 늦었습니다만, 이쪽은 크로아 왕국의 피아스트 후작입니다."

"……누구라고요?"

아스가 다시금 피아스트 후작이라 소개하자 숨까지 멎은 듯 백작부인이 미동도 하지 않았다.

"부인께서 만나셨던 클로이라는 남성은 제 장남입니다. 이미 어느 정도 짐작하셨으리라 생각합니다만, 그 피가 아리아 영애와 이어진 것이 아닌지 의심을 하던 중이었습니다. 그렇지 않은 이상 이토록 얼굴이 닮을 리가 없을 테니까요."

"그러니까……. 아리아가, 후, 후작가의 피를 이었다고요?"

"그렇게 생각하고 있습니다."

"……."

믿기지 않는다는 듯 백작 부인의 눈이 방황했다. 이 일을 어떻게 받아들여야 할지 몰라 당황한 눈치였다. 분명 나쁜 일은 아니건만, 전혀 생각지도 못했던 일이었기 때문이다.

그녀를 찾았던 남자들 중 하급 귀족들도 여럿 있었기에 어쩌면 그럴 가능성도 있겠다는 생각을 한 적도 있었다. 그런데, 설마 후작가의 남자였을 줄이야.

"제 아들에게 사정이 있어서 부인을 만나러 올 순 없었지만…… 지금도 부인을 그리워하고 있습니다. 딸이 있다는 말을 들으면 크게 기뻐하겠지요."

"……잠시, 잠시 생각할 시간을 주세요. 너무 갑작스러워서 뭐라고 대답해야 할지 모르겠어요. 게다가 확실한 것도 아니고, 그저 닮았다는 이유 하나로 찾아오셨다니……."

계속되는 후작의 말에 백작 부인이 매만지던 찻잔을 내려놓으며 말했다. 그의 그 아름다운 외모가 흔한 것은 아니었지만, 전직이 전직이었던 만큼 백작 부인은 확언을 하기 어려웠다.

"그건 걱정하지 마십시오, 부인. 제게 확인할 방법이 있습니다."

아스의 말에 백작 부인과 후작이 동시에 아스를 쳐다보았다.

피에 이름이 쓰여 있는 것도 아닌데 어떻게 확인한다는 말인가. 그러다가 이내 후작이 무언가 깨달은 듯 눈을 크게 뜨며 대답했다.

"……황성의 연못."

"맞습니다. 영애께서 성수를 마신 바이올렛 님의 손녀라면 황성의 연못을 만질 수 있겠지요."

황성을 운운하여 무슨 말이 오가는지는 모르겠으나, 어쨌든 확인할 방도가 있다는 말에 백작 부인이 고개를 끄덕였다.

"……그럼 확실해지면 다시 말씀해 주세요. 저는 그때까지 생각을 조금 정리해야 할 것 같네요."

그리 말하며 대화를 끝내려는 그녀에게 후작이 퍽 다급한 목소리로 물었다.

"혹, 괜찮으시다면 편지를 보내도 되겠습니까?"

"……후작님께서 제게요? 아니면 아리아에게요?"

"부인께 제가……. 아니, 어쩌면 클로이가……."

그토록 그리던 사람을 찾았으니 연락을 취하고 싶어 할지도 모르는 일이었다. 신분을 위조해서라도 제국에 방문할지도 몰랐다.

하지만 백작 부인이 쌀쌀맞은 목소리로 대답하며 자리에서 일어났다.

"글쎄요. 이미 혼인을 한 여성에게 외간 남성이 편지를 보내는 건 오해를 불러일으킬 수 있는 일이 되겠지요. 죄송하지만 하실 말씀이 끝나셨다면 먼저 실례하겠어요."

그럼에도 확실하게 거절하지 않음에 후작은 조금이나마 희망을 얻었다. 꽤 좋은 소식들과 연락할 방도를 얻은 후작은 그 길로 미련 없이 제국을 떠났다. 한편, 집무실에 돌아온 아스는 자신의 손에 낀 반지를 매만지며 생각에 잠겼다.

*　*　*

하루 일과를 마치고 취침 전, 차를 들려던 아리아가 갑자기 나타난 아스를 보고 작게 비명을 질렀다. 시녀들을 물렸으니 망정이지 하마터면 굉장한 장면을 보일 뻔했다며 아스를 타박했다.

"말씀이라도 하고 오시지 그러셨어요!"

"죄송합니다."

사과하는 아스의 시선이 아리아의 손에 끼워진 반지를 지나 장식장에 놓인 모래시계 상자로 향했다. 아리아에게 바이올렛의 피가 흐른다고 생각하니, 늘 끼고 다니는 저 상자가 의심스럽기 그지없었다.

"아스 님……?"

하여 한참이나 상자에서 시선을 떼지 못하던 아스가 아리아의 부름에 겨우 시선을 그녀에게 돌렸다. 그러고는 이렇게 갑자기 아리아의 방에 방문한 까닭을 말했다.

"밤 산책이라도 하시는 게 어떻습니까?"

"……이렇게 추운데요?"

아리아의 생일이 목전인 만큼, 이 늦은 밤에 산책을 하기 용이한 날씨는 아니었다. 의아해하는 아리아의 물음에도 어느새 부드러운 미소를 지은 아스가 제 외투를 아리아의 어깨에 걸치며 대답했다.

"황성의 연못은 그리 춥지 않습니다."

"네……? 황성의 연……!?"

갑자기 황성의 연못 이야기를 꺼내 당황하며 되물으려는데, 어느새 아리아의 손을 잡은 아스가 능력을 사용했다. 그에 갑자기 뒤바뀐 시야에 놀랄 새도 없이, 마치 이야기로만 들었던 그림 같은 풍경에 아리아가 말을 잃었다.

"황성의 연못입니다. 신비로운 분위기와 마음을 진정시키는 풍경에 자주 방문하는 곳이죠."

"……괴, 굉장하네요."

늦은 밤이라서 그런지는 모르겠으나, 마치 하늘의 별이 작은 연못에 녹아 있는 것처럼 반짝이고 있었다. 이를 감싸듯 주변을 둘러싼 꽃들 또한 신비롭기 그지없었다. 아스의 말대로 초겨울의 찬기 또한 느껴지지 않았다.

때문에 놀라고 당황한 기색은 온데간데없이 아리아의 얼굴에 황홀한 표정이 그려졌다. 그런 그녀를 가만히 지켜보던 아스가 잡은 손을 이끌며 안쪽으로 이끌었다.

"저, 발에 풀이……."

밟힐 거라고 생각했는데, 아주 이상하게도 아리아의 발에 밟힌

풀과 꽃들이 꺾이거나 죽지 않고 다시 꼿꼿이 피어났다. 그 기괴한 광경에 아스의 발밑 또한 확인하자, 그가 밟았던 풀과 꽃들 역시 그대로 자리해 있었다. 참으로 이상한 곳이었다.

"이 연못의 물을 성수라고 부릅니다. 제국의 초대 황제가 이곳에서 숨을 거둔 뒤 생긴 연못이라는 전설이 있기 때문이죠."

"그런 전설이 있었군요……."

대답하는 아리아의 눈빛이 몽롱했다. 연못에 쏟아진 별빛이 그녀의 눈에서도 반짝였다. 이미 단단히 연못에 취한 얼굴이었다.

이에 아스가 진짜 목적을 아리아에게 물었다.

"만져 보시겠습니까?"

"연못을요? 만져도 되나요?"

"예. 행복을 가져다준다는 속설이 있습니다."

아스의 허락이 떨어졌음에도 감히 그래도 되는지 몰라 아리아는 멈칫했다. 그러나 행복을 가져다준다니 혹하지 않을 수가 없었다. 그래서 허리를 굽혀 손을 내어 연못 물을 만지자, 퍽 차가운 감촉이 손끝에 느껴졌다.

"차갑네요. 이 연못만 겨울인 것 같아요."

"……그렇군요."

그리고 이를 지켜보던 아스의 눈에 광채가 서렸다. 연못의 물을 만지던 아리아가 이윽고 자세를 바로 하여 아스의 근처로 다가왔다.

"연못의 물을 만졌으니, 이제 행복이 찾아올까요?"

그리 묻는 아리아의 얼굴이 조금 상기되어 있었다. 한밤중의 갑작스런 방문과 산책이 퍽 마음에 든 모양이었다. 이에 아스가 그렇다고 대답하며 슬쩍 시선을 내렸다. 아리아의 손가락에 끼워진 반지가 은은하게 빛을 내고 있었다.

"아스 님?"

시선이 마주치지 않음에 아리아가 의아한 목소리로 아스를 불렀다. 때를 맞추어 반지에서 빛이 사라졌기에 아리아의 손에서 시선을 돌린 아스가 그녀의 눈을 마주했다.

이렇게 연못의 성수를 통해 확인하니 확신이 들었다. 역시 지난번에 반지의 색이 변한 것처럼 보였던 것은 착각이 아니었던 모양이었다.

"제 손에 무슨 일이라도……?"

지금까지 그의 시선이 자신의 손에 가 있었던 것을 눈치챈 아리아가 시선을 내리며 그리 물었다. 지난번에도 반지의 색을 운운했던 것을 떠올린 모양인지, 색이 돌아온 제 반지를 만지작대자 아스가 아무런 일도 아니라는 듯 대꾸했다.

"아뇨. 나비가 날아든 줄 알고 그랬습니다. 제 착각이었던 모양입니다."

"나비요? ……이 겨울밤에요?"

그답지 않게 자신을 앞에 두고 고작해야 나비 따위에 시선을 빼앗겼다는 변명 탓일까, 아리아가 믿지 않는다는 눈으로 대답했다. 무언가 숨기고 있다는 것을 들킨 모양이었다.

아스는 미약하나마 불신하는 눈초리를 한 아리아를 가만히 응시하며 생각에 빠졌다. 또 한편으로는 성수를 만져 색이 변한 지금과는 다르게 어째서 과거에도 반지의 색이 변했는지, 무엇을 숨기고 있는 것이냐고 묻고 싶었다.

그러나 지금 여기서 그것을 물었다간 아리아의 정체를 확인하기

위해 황성의 연못까지 데려온 것을 자백해야 했다. 사실 그녀에게
말한 것과는 다른 의도로 그녀를 연못까지 데려왔기 때문에 떳떳
하게 이를 물을 수 없었다.

아리아 스스로 숨기고 있는 것을 먼저 말해 주는 것이 제일이겠
지만, 그럴 생각이 없어 보이니 후에 확실한 정황을 포착하여 자연
스럽게 묻는 편이 나았다.

어차피 아리아는 자신 이외의 사람에게 가지 않을 터이고, 설령
자신을 떠난다고 하더라도 놓아줄 생각 또한 없었기에 물을 기회
는 얼마든지 있었다. 때문에 사실을 확인하고 싶은 마음을 가슴 깊
은 곳에 가뒀다.

"밤이 늦었으니 돌아가시는 게 좋겠습니다. 감기 드시겠습니다."

제 외투를 걸친 아리아의 어깨를 감싸며 아무렇지 않은 척 화제
를 돌렸다. 어느새 표정을 달리하여 입가에는 늘 아리아에게 보였
던 부드러운 미소를 지은 채였다.

"……그러네요."

이에 아리아가 의심 어린 표정을 지었지만, 이내 이유가 있겠거
니 납득한 것인지 자연스레 아스의 옆에 붙었다. 그녀 역시 표정을
숨기는 데 일가견이 있어 어떤 생각을 갖고 있는지는 모르겠으나,
어쩌면 대수롭지 않은 일이라 여긴지도 모르는 일이었다.

그 뒤로 한 발짝 내딛자 곧장 시야가 아리아의 방으로 변했다.
의문을 지우자, 아리아와 헤어지기 싫은 아쉬움이 전신을 지배했
다. 이에 잠시 시간을 끌 화젯거리를 생각하며 아리아의 얼굴을 내
려다보던 아스가 이내 무언가 떠오른 듯 입을 열었다.

"조만간 모든 일이 정리될 겁니다."

"······아, 그렇군요. 슬슬 때가 되었거니 생각은 했는데, 벌써······ 그럼 미엘르도 모습을 나타낼까요?"

이에 아리아가 큰 관심을 표하며 되물었다.

"아마도 그렇겠지요. 자신들이 승리하리라 생각하고 있을 테니까요."

"그렇군요. 하루빨리 돌아왔으면 좋겠네요."

그리 대답하는 아리아는 아스에 대한 의심은 온데간데없이 사라지고 즐거움을 띠고 있었다. 마치 새로운 장난을 꾸미는 아이처럼 보이기도 했다. 무엇이 저리도 즐거운 것일까. 미엘르가 망하는 것? 아니면 백작가가 망하는 것? 그도 아니면 둘 다인가.

꿍꿍이가 있어 보이는 음험한 미소에 아리아의 잔혹한 성미를 아는 이라면 놀란 가슴을 진정시키기 바빴겠지만, 아스에게는 그저 아름다운 자신의 여인으로만 보였다.

"아쉽지만 이만 가 보겠습니다. 영애의 생일에나 뵐 수 있겠군요."

"그렇게나 나중예요?"

그리 나중도 아니건만, 퍽 놀라며 되묻는 아리아의 손을 잡은 아스가 아쉬움이 뚝뚝 떨어지는 미소로 물었다.

"그럼 영애께서 황성에 방문해 주시겠습니까?"

"그건······."

바쁜 것은 아리아 역시 마찬가지였기에 대답을 망설이자, 아스가 작게 웃으며 말했다.

"허락해 주신다면 이렇게 시간이 날 때 몰래 방문하겠습니다. 늦은 밤이라도 괜찮으시다면요. 만약 불가능하다면 편지라도 보내겠습니다."

"······알겠어요."

정말로 밤이 늦은 상태였기에 아쉬움을 뒤로하고 아스가 아리아의 손등에 입을 맞추며 작별 인사를 한 뒤, 모습을 감췄다. 그가 사라진 직후, 부드러운 소녀의 얼굴을 하고 있던 아리아가 이내 싸늘한 얼굴로 제 손을 내려다보았다.

"반지······."

아스의 시선을 빼앗은 반지. 황족에게 대대로 내려오는 반지로, 아스가 능력을 사용하면 색이 변한다고 설명한 적이 있었다. 시간이 조금 흐르면 원래대로 돌아오기는 했지만, 능력을 사용한 직후 푸른색으로 빛을 냈던 반지가 떠올랐다.

지난번에는 경황이 없어 흘려듣고 말았는데, 분명 아스는 자신의 반지를 보며 색이 변했었다고 말했었다. 잊고 있었는데 오늘 또한 이상한 눈으로 자신의 손을 훑었던 탓에 기억이 났다.

'······설마.'

말도 안 되는 생각이 떠오른 탓에 아리아의 얼굴이 딱딱하게 굳었다. 아스와 마찬가지로 자신 또한 모래시계를 사용하면 반지에서 빛이 나는 게 아닌가 하는 생각 때문이었다.

'아니, 그럴 리가 없어.'

지난번에는 확실히 모래시계를 사용했지만 오늘은 아니지 않은가. 고작해야 황성의 연못에서 산책을 한 기억밖에 없었다. 그럼에도 혹시나 하는 마음에 장식장에 고이 모셔 둔 모래시계를 꺼내 들었다. 그럴 리 없겠다는 생각이 들었음에도 확인을 해 보고자 하는 마음 때문이었다.

잠시 회중시계로 시간을 가늠하던 아리아가 이내 천천히 모래시

계를 뒤집었다. 그러곤 빠른 속도로 모래가 떨어지기 시작한 모래
시계를 테이블 위에 올려놓고 불안함으로 떨리는 눈을 내려 반지
가 끼워진 제 손을 확인했다.

"……!"

그리고 그곳에는 믿기지 않게도 아스가 능력을 썼던 때와 같이
푸른색으로 빛을 내는 반지가 있었다.

'도대체 이게 무슨……?'

왜……. 어째서 반지에서 빛이 나는 거지? 정말로 모래시계를 사
용해서? 아스와 마찬가지로 능력을 사용했기 때문에? 혈통에 관계
없이 능력을 사용하면 색이 변하는 건가? 황족이 아니더라도? 찬
란한 푸른빛을 내고 있는 반지를 보고 있자니 그것밖에는 답이 없
다는 생각이 들었다.

……설마 그래서 지난번에 모래시계를 사용한 직후에 아스 님이
반지의 색을 언급한 거였나? 정말로 아스 님께서 이 사실을 알고
있었던 거야……?

거기까지 생각이 도달하자 충격으로 전신에 힘이 쭉 빠졌다. 아
스가 자신의 능력에 대해 알고 있을 가능성이 있다니……. 언젠가
말을 해야 할 거라는 생각은 했지만, 아스가 먼저 눈치를 채게 할
생각은 없었다.

'……앞으로 어떻게 해야 하지? 먼저 말을 해야 하나?'

고민했지만 답이 나오지 않았다. 애초에 정말 알고 있는지도 의
문이었고, 다른 방법으로 빛이 나는 건지도 모르지 않는가. 게다가
모래시계를 사용한 탓에 졸음까지 몰려왔다.

'……다시 한번, 반지에 대해 물어봐야겠어.'

혼자 끙끙 앓아 봤자 의문은 풀리지 않을 것이다.

게다가 아스가 자신의 비밀을 고백해 준 것처럼 자신 역시 비밀을 고백해야 할 시기가 다가오고 있었다.

*　*　*

"오라버니, 이번 제 생일 파티는 규모를 크게 해야 할 것 같아요."

그간 자신을 무시하다 못해 없는 사람 취급을 하던 아리아가 갑자기 말을 걸어오자, 카인의 몸이 딱딱하게 굳었다. 할 말이 있을 땐 시종들을 시키곤 했던 그녀였는데 무슨 연유인 걸까.

"……뭐?"

때문에 무슨 말인지 바로 이해하지 못한 그가 다시금 그녀에게 방금 무어라 했는지 되물었다. 약간 얼빠진 말투로 되물었기에 아리아가 작게 웃으며 까닭을 덧붙였다.

"제 생일 파티의 규모를 조금 더 크게 해야 할 것 같다고 말씀드렸어요. 제 지인들뿐만 아니라 저택에서 지내시는 오라버니의 지인들까지 참석하셔야 할 테니까요."

병사들을 일컫는 그녀의 말에 그제야 무슨 말인지 이해한 카인이 헛기침을 하며 애써 태연한 척 대답했다.

"일리가 있구나."

푼돈에도 허덕이고 있는 처지임이 분명한데도 차마 자신의 부탁을 거절하지 못하는 것이 참으로 우스웠다.

"그럼 집사에게 그리 전해도 될까요? 오라버니께서 허락을 하셨다고 말이에요."

"……좋아. 그렇게 하도록 해."

시선도 주지 않던 아리아가 로스첸트 백작가의 가주로 자신을 인정하고 허락을 맡았다는 것에 퍽 만족스러운 표정이었다. 아비를 계단에서 밀어 백작 대리를 맡은 보람이 있다고 생각했을지도. 그것이 빈털터리의 망해 가는 가문인지도 모르고 말이다.

카인은 모르고 있었지만 이미 백작가에는 백작 부인이 거의 모든 재산을 빼돌린 상태라서 생일 파티의 규모 따위를 키우는 데 낭비할 자금이 전혀 없었다. 아니, 생일 파티 자체를 열 자금이 없었다.

백작가의 재정이 위험한 상태인지 모르는 백작은, 유일하게 자신의 마음을 녹인 백작 부인을 믿었고, 그녀가 백작을 위한다는 이름 하에 재산을 펑펑 쓰는 것을 허락했기 때문이었다.

물론, 허락만 받고 그 누구에게도 보고하고 있지 않은 상태였다. 즉, 있는 재산을 사용했으나 그것을 사용했다고 명시하지 않았다는 말이었다.

'그러니 기록이 없어 멍청하게도 아직도 백작가에 재산이 많이 남은 줄 아는 거겠지.'

이 모든 것은 카인이 백작의 사업을 제대로 유지하지 못한다는 사실을 백작에게 알리지 않았고 조언 또한 구하지 않은 탓이기도 했다. 게다가 멀쩡한 상태의 백작이었다면 미리 상황을 파악했을지도 모르겠지만, 지금의 백작은 불안정한 상태인 데다가 제대로 된 판단이 불가했다.

여러 가지 상황이 겹쳐 로스첸트 백작가를 좀먹고 있었다. 손가락으로 가볍게 톡, 치면 곧장 쓰러질 만큼 대단히 안 좋은 상황이었다.

"고마워요, 오라버니."

"흠흠, 뭐 별것도 아닌데. 1년에 한 번뿐인 생일이니 제국에서 가장 화려하게 하는 것도 나쁘지 않겠지."

그 말이 떨어지자마자 화사한 웃음으로 카인을 홀린 아리아가 곧장 집사에게 파티의 규모를 키울 것을 지시했다.

"예? 지금 준비하고 있는 것보다 더 크게 말입니까?"

"응. 내가 초대한 손님들 말고도 저택에 계시는 분들이 많으니까."

집사는 퍽 걱정스러운 표정을 지었으나, 다른 누구도 아닌 총명한 아리아의 지시였던 탓에 이내 걱정을 지우고 그러겠노라 대답했다.

"최선을 다해서 실망시켜 드리지 않도록 하겠습니다."

그는 정말로 그 믿음직스러운 대답처럼 최선을 다해 파티 준비에 전념했다. 겨울이라 최소한으로 꾸몄던 정원까지 모두 활용해 저택을 한껏 장식했다. 그사이 방문을 하진 않을까 조금이나마 기대했던 아스는 나타나지 않았고, 소소하게 자신의 안부를 알리는 편지만 보냈다.

'역시 내 능력을 알고 있는 게 틀림없어.'

이후에도 혹시나 하는 마음에 몇 번 더 모래시계를 되돌려 시험해 보았는데, 역시나 반지는 푸른빛을 냈다. 혈통에 관계없이 능력을 사용하면 빛을 내는 모양이었다.

하지만 아스가 보내온 편지에는 반지에 대한 언급이 일절 없었기에 확신을 할 수 없어 불안함만 더욱 커지는 사이, 어느새 시간이 지나 아리아의 생일이 다가왔다.

"아가씨, 표정이 왜 이렇게 안 좋으세요? 오늘 생일이신데……!"

때문에 걱정스러운 얼굴의 애니가 아리아의 머리카락을 빗으며 물었다. 금가루를 뿌려서인지 빗을 통과하는 머리카락에서 반짝반짝 빛이 났다. 그것과는 상반되는 불안한 얼굴에 장신구를 가져온 제시 또한 그녀의 기분을 살폈다.

"무슨 일이라도 있으세요?"

"……아니, 괜찮아."

아스가 도착하면 반지에 대해 물을 생각이라서 전혀 괜찮지 않았지만, 애써 티를 내지 않으려 표정을 가다듬었다. 그러자 그제야 안심한 시녀들이 바삐 손을 놀려 아리아를 한껏 치장했다.

오늘을 위해 백작가의 이름으로 거액을 지불하여 맞춘 드레스까지 갖춰 입자, 이 세상에는 감히 비교조차 할 사람이 없을 정도로 아름다운 여인이 자리하고 있었다.

"세상에……. 마치 천사 같으세요! 그…… 천사라고 하기에는 너무 매혹적이지만요!"

실제로는 천사가 아닌 자신에게 수모를 주었던 이들을 처단하러 되돌아온 악마일 테지만, 애니의 표현이 퍽 적절했기에 제시를 포함한 시녀 여럿이 고개를 끄덕이며 긍정했다.

"그래? 혹시 그간 비밀을 숨기고 있다고 하더라도 용서해 줄 만큼 예쁘니?"

"비, 비밀이요……? 그럼요! 용서를 구할 필요도 없이 그 누구든 보자마자 혼이 쏙 나갈 거예요!"

"그래?"

뜬금없이 비밀과 용서를 언급하여 당황한 애니였으나, 이내 아스와 사소한 다툼이 있었나 보다 하고 넘겨짚고는 고개를 세차게 흔들어 긍정했고, 그제야 마음을 놓은 아리아가 밝은 표정을 되찾았다.

"그럼요! 굳이 꾸미지 않으셔도 황태자님의 마음을 녹이시기 충분하신걸요! 손님들께서 도착하신 모양이니 어서 내려가시는 게 좋겠어요!"

"알았어."

아직 이른 오전이건만, 벌써부터 하나둘 모여드는 손님으로 분주해지기 시작한 정원으로 내딛는 발걸음이 조금이나마 가벼웠다.

분명 아스라면 사정이 있어 사실을 말하지 못했던 자신을 이해해 주리라는 마음이 담겨 있는 발걸음이었다.

* * *

아직 아침이 이르건만, 1층 홀과 저택 바로 앞 정원에는 아리아의 생일을 축하하고자 모인 사람들로 벌써부터 인산인해를 이루고 있었다. 그도 그럴 것이 이번 생일 파티에는 아리아와 친분이 있는 귀족들뿐만 아니라 아카데미에 다니고 있는 학생들까지 초대했기 때문이었다.

이 모든 것이 백작가의 재산을 낭비하기 위함인 줄도 모르고, 그 사실을 까맣게 모른 채 백작저를 방문한 학생들은 호의를 베푸는 아리아에 대한 선망과 동경이 가득했다.

"아리아 님!"

"생일 축하드립니다! 아리아 님!"

"세상에, 정말 뵙게 될 줄이야……!"

"아리아 님 덕분에 좋은 상단에 취직할 수 있었습니다!"

감격하여 눈물이라도 흘릴 기세의 학생들에게 하나하나 눈을 맞춘 아리아가 이렇게 축하하러 와 주어 고맙다고 대답했다.

"공부하시느라 바쁘실 텐데, 이렇게 귀한 발걸음을 해 주셔서 감사해요. 차린 것은 없지만, 부디 식사라도 든든히 하고 가셨으면 해요."

"가, 감사합니다……!"

"아, 그리고 방문해 주신 것에 대한 감사의 마음을 담아 작은 성의를 준비했어요. 넉넉히 준비했으니, 돌아가실 때 꼭 받아 가셨으면 좋겠어요."

정말 별것 아닌 과자 세트를 준비한 참이었지만 평민들로서는 쉽게 구할 수 없는 고급 과자점에서 주문한 것이었으니 찬양의 말을 아끼지 않을 것이 분명했다. 이로서 백작가의 재산을 탕진하며 생색을 내는 생일 파티가 한창 이루어지려던 참이었다.

"세상에, 평민들과 함께 파티를 해야 한다고요……?"

"……귀족의 허물을 뒤집어쓴 평민답군."

불행히도 그것을 탐탁지 않게 여기는 자들이 존재했는데, 바로 카인의 인맥으로 온 일부 귀족들이었다. 굳이 오지 않아도 되었건만, 백작가가 망해 간다는 소문을 무마시키고 싶었던 모양인지 카인이 손수 초대하여 방문한 자들이었다.

"평민과 한곳에서 파티를 즐겨야 한다니……."

아직도 세상이 돌아가는 것을 파악하지 못하고 감히 주제넘게, 마치 들으라는 듯 경멸하는 눈초리로 말하는 탓에, 주변에 있던 아리아와 그녀를 둘러싼 학생들에게 똑똑히 들려왔다. 학생들의 안색이 파리해졌다.

"아리아 님……."

"저…… 저희는 아리아 님의 얼굴을 뵌 것만으로도 충분하니, 이만 돌아가겠습니다."

이에 아리아의 본성이 착하고 여리다고 알고 있는 학생들이 퍽 걱정스러운 얼굴로 상처 입었을 그녀의 마음을 살폈다. 또한 처지를 망각하고 감히 귀한 자리에 참석했다며 자책을 하는 자도 있었다. 자신들 때문에 아리아까지 싸잡혀서 욕을 먹는다며 슬퍼했다.

그리고 아리아를 향해 거친 언사를 뱉은 귀족들은 그녀가 반박하지 못한 채 얼굴을 붉힐 것이라며 비웃음을 머금고 있었다. 하지만 아리아의 얼굴에는 그늘은커녕, 아둔한 귀족들을 비웃는 측은함만이 존재했다.

"이상하네요. 오늘 파티는 바로 저, '로스첸트 아리아'를 축하하는 자리인데, 그렇지 않은 사람이 방문한 것 같아요."

아리아는 본디 악한 성미를 가지고 있었다. 그것은 미엘르와 그녀의 시녀들에 의해 일깨워진 것도 있지만, 애초에 착하고 여린 이라면 옆에서 아무리 부추긴다고 하여도 악행을 저지를 리가 없었기 때문이다. 그러니 이 좋은 날에 굳이 파티에 모습을 드러내 초를 치는 이들을 그녀가 가만히 둘 리가 없었다.

"그런 '불청객' 주제에 '진짜' 초대 손님께 무례한 언행을 내뱉으니, 제가 어찌 반길 수가 있을까요."

모두에게 들으라는 듯 아리아가 꽤 목소리를 높였기에 미처 이 상황을 몰랐던 이들의 이목까지 자연스레 모였다.

무례하다니, 누가? 참석한 이들 중 대부분이 아리아를 지지하고 호의를 가진 자들이었기에 도대체 무슨 일이냐며 부릅뜬 눈으로 범인을 찾았다. 이에 아리아와 평민들을 비하했던 귀족들이 퍽 우습다는 표정을 지으며 수군댔다.

"없는 이야기를 지어서 한 것도 아닌데 저리도 화를 낼 것이 있나요? 평민들은 이런 사소한 것에도 불같이 화를 내는 것이, 참으로 볼품없네요."

"게다가 저희는 엄연히 백작 대리님께 초대를 받아 온 것인데, 불청객 취급을 하다니요."

이에 놀란 사람들이 눈을 동그랗게 뜨며 이 어처구니없는 상황에 대해 한마디씩 늘어놓았다.

"세상에, 저들이 지금 무슨 말을 하는 거죠?"

"끔찍해라…… 저리도 막말을 하는 자들은 처음 보았어요."

기쁨과 찬양으로 가득해야 마땅한 파티는 어느새 경멸과 불쾌함으로 물들기 시작했고, 분위기가 점점 이상해져 갔지만 태연한 표정의 아리아가 미처 몰랐다는 듯 자신의 실수를 짧게 사과하며 귀족들을 안내했다.

"카인 오라버니의 초대를 받으셨다니…… 제가 실수했군요. 그럼, 카인 오라버니께서 준비하신 곳으로 이동하시는 편이 좋겠어요. 여긴 제 파티장이니까요."

"있고 싶어서 있던 것도 아니니 그리 말씀하실 것 없어요. 어차피 추워서 들어가려던 참이었으니까. 이 겨울에 정원에서 파티라니…… 혈기가 넘치는 평민들답군요. 게다가 더는 이 초라한 곳에 있고 싶지도 않아요."

귀족들 중 한 명이 불결하다는 듯 부채로 제 드레스를 툭툭 털어내며 말했다. 곧장 현관으로 발걸음을 옮기는 것에서 진심이 묻어

나왔다.

이에 아리아가 시종들에게 손짓하여 저택 입구를 막도록 지시했다.

"어머, 무슨 말씀이세요. 말씀대로 누가 겨울 파티를 정원에서 하죠? 저택 안까지 모두 제 손님들을 위한 파티장이랍니다."

"……뭐라고요?"

저택 현관 앞을 빽빽이 막아선 시종들과, 당연하다는 듯 들어갈 수 없다는 아리아의 말에 귀족들이 얼빠진 표정을 지으며 말을 잃었다. 마치 그들을 위한 자리는 어디에도 없다는 듯한 얼굴이었다.

"한시라도 빨리 제가 성심성의껏 준비한 이곳에서 사라져 주시기를 바라요. 오라버니께서 여러분들을 위한 공간을 어디에 준비했는지…… 알아서 찾으셔야 할 거예요. 불행히도 오라버니께선 아침 일찍 큰일이 터지셔서 외출을 하셨고, 저는 모르겠거든요."

아리아가 화사한 미소를 만면에 띠우며 그들에게 축객령을 내렸고, 저택의 집사까지 나서며 마차를 준비하느냐 물었다. 이 모든 것들이 저택의 진짜 주인은 허울뿐인 백작의 이름만을 가진 카인이 아니라 가짜 귀족에서 진짜 귀족으로 거듭난 아리아라고 설명하는 듯 보였다.

정작 초대를 한 카인은 나타나지도 않은 채였기에, 내내 고고한 척을 하며 아리아와 평민들에게 불쾌함을 드러냈던 귀족들이 한동안 말을 잃고 아리아를 노려보다가 잔뜩 일그러진 얼굴로 걸음을 돌렸다. 마차가 어느새 지척에서 대기 중이었다.

"대, 대단하십니다, 아리아 아가씨!"

"아리아 님께서 상처받으시면 어쩌나 걱정했는데……!"

설마 아리아가 제대로 반박을 할 줄 몰랐던 모양인지 당연한 이야기를 칭찬으로 하는 이들이 참으로 어리석었다.

이 정도 반박도 하지 못해서야 이 험한 세상을 어떻게 살아갈까. 모두가 타인을 질투하고 시기하고 죽이려 애를 쓰는 이 세상을. 그렇게 칭찬과 존경의 파도 속에서 잠시 승리를 만끽하던 아리아에게 뜻밖의 인물이 말을 걸어왔다.

"……세상에. 아리아 영애께 이런 면모가 있는지 미처 몰랐어요."

"사라 영애……?"

아리아의 생일을 축하하러 아침 일찍 나타났던 사라였다. 그녀는 한참이나 바깥바람을 맞았는지 양 뺨이 빨갛게 물들어 있었다. 사라는 아리아와 귀족들의 기싸움을 처음부터 끝까지 지켜본 모양이었다.

"언제 나서야 할지 몰라 두 주먹을 꽉 쥐고 타이밍을 재고 있던 참이었어요."

표독스러운 모습을 보였음에도 사라는 실망한 기색을 내비치기보다는, 마치 훌쩍 커 버린 아이를 보는 듯한 눈빛으로 아리아의 두 손을 꼭 잡았다.

"정말로 어른이 되어 가는군요."

"……아직 열일곱 살인걸요."

그 부드러운 말투에 아리아의 표정이 어른에서 다시금 아이로 변모했다. 실제로는 과거의 삶과 현재의 삶을 더하면 서른이 가까워져 가는 나이였지만, 어쩐지 사라의 앞에서는 아이의 흉내를 내고 싶어졌다.

사라를 이용하고자 흉내를 내는 것으로 시작한 아이의 흉내건만, 진심이 되어 버린 것은 아이일 때 받아 보지 못한 사랑을 그녀에게서 받았기 때문일지도 모른다.

"그러네요. 열일곱이라면 아직 작은 아이네요. 훌륭하게 자란 귀여운 아이죠. 1년이 더 지나 정말 영애께서 성인이 되어 버리면, 전어쩌죠?"

"저는 사라 영애보다 나이가 어리니, 평생 변하지 않으셔도 괜찮을 거라고 생각해요."

"그렇군요. 현명한 대답이에요."

사랑스럽기 그지없다는 눈길의 사라를 같은 눈으로 마주한 아리아가 조금 시간이 지난 후에야 옆에 서 있는 빈센트 후작을 눈치챘다. 짧게 묵례로 인사를 한 그 역시 사라와 아리아를 부드러운 눈매로 바라보고 있었다. 여러 번 자신을 도와주고, 또한 돕지 않아도 존재 자체만으로 도움이 되는 자들.

게다가 어미에게서도 받지 못했던 사랑까지 주었다. 그들은 그녀가 죽음을 통해 새로 얻은 인연 중, 아스의 다음으로 소중한 사람들이었다.

"이거, 보잘것없지만 작은 선물이에요. 부디 영애의 겨울이 따스하기를."

사라가 준 선물은 겨울을 따뜻하게 보낼 수 있을 것 같은 장갑이었다. 모르는 누가 본다면 정말 보잘것없다고 생각할 수도 있겠지만, 그녀가 손수 한 땀, 한 땀 튤립의 수를 놓은 아름다운 장갑이었다. 감히 돈으로는 환산할 수도 없었다.

게다가 로스첸트 백작가를 상징하는 백합이 아닌 튤립이라니. 흠잡을 곳 없는 그 마음 씀씀이에 감동의 눈물이 흐를 것만 같았다.

"……고마워요. 역시 제게는 사라밖에 없어요."

"저야말로 고맙죠. 영애 덕분에 이루지 못할 줄 알았던 선생님의 꿈까지 이루었는걸요. 수업을 나가는 날은 손에 꼽지만, 항상 그때를 기다려요."

진심으로 즐거워하는 그 표정에는 한 치의 거짓도 없었다.

아니, 사라는 늘 그랬다. 아리아를 항상 진심으로 대했고, 그랬기에 이용하는 아리아의 마음에 죄책감을 만들어 냈다.

"이 다음은 사라 영애의 결혼식이네요."

"예. 열심히 준비하고 있으니 꼭 자리를 빛내 주시기를 바라요."

해가 지나면 사라의 결혼식이 거행 될 예정이었다. 그렇게 되면 사라는 정식으로 후작 부인이 된다. 아리아가 그토록 바라고 바랐던 뒷배가 되어 줄 후작 부인이 말이다.

공작가가 망하는 것은 시간문제일 테니, 이제 제국에서 가장 높은 귀족이 될 것이다. 미천한 출신이라며 핍박받는 아리아를 어르고 달랠 수 있는 위치가 된다. 물론, 이제는 아리아 역시 그런 자들에게 엄벌을 내릴 수 있는 충분한 자격을 갖추게 되었지만 마음이 든든해지는 것은 그만큼 사라를 의지하기 때문이었다.

사라와 함께 저택 안으로 들어간 아리아는, 갖가지 선물을 가지고 방문한 귀족들과 평민들을 맞이하며 오매불망 아스를 기다렸다. 고백해야 할 것이 있었기에 그 기다림의 시간이 퍽 길게 느껴졌다.

"아가씨, 전하께선 바쁘신 걸까요?"

그 타들어 가는 속도 모르고 눈치 없게 애니가 아리아에게 물었다. 그녀 역시 점심시간이 지나도록 나타나지 않는 아스에게 의문과 답답함이 든 모양이었다.

"……애니, 아가씨께 새로운 음료를 가져다드리는 게 좋겠어."

이에 제시가 서둘러 애니의 옆구리를 찌르며 분위기 파악을 하라고 종용했고, 그제야 자신이 실수를 했다는 것을 깨달은 애니가 서둘러 자리를 비웠다.

시녀들뿐만 아니라 방문객들까지 왜 황태자가 나타나지 않는지에 대해 의심을 하기 시작하고, 아리아 역시 진실을 고하지 않아 아스가 화가 난 건 아닌지 괜한 걱정할 때쯤 거짓말처럼 아스가 저택에 도착했다. 모든 의심을 날려 버릴 만큼 호화로운 짐마차를 네 대나 이끌고.

"……세상에."

마침 테라스 너머로 창밖을 확인하던 참이었기에 그 휘황찬란한 모습이 그대로 눈에 들어왔다. 한걸음에 밖으로 마중을 나가자, 마차에서 내린 아스가 짙게 웃으며 말했다.

"영애께 드리고 싶은 게 너무 많아 고민하다가 늦어 버렸습니다. 부디 제 어리석음을 질타해 주시기를."

그와 동시에 짐마차에 실려 있던 짐들이 하나둘 내려지기 시작했다. 그 어디에서도 보지 못했던 진귀하고도 대단한 광경에 감히 이 모습을 훔쳐 보던 이들이 입을 틀어막거나 미약한 신음을 내지르는 등, 저마다 격한 반응을 내 보였다.

그간의 아스의 행보를 살펴보면 충분히 짐작할 법도 한 규모의 선물이었지만, 그것을 직접 눈으로 마주하니 놀라지 않을 수가 없었다.

"아스 님……."

아스의 말대로 연인의 방문치고는 조금 늦어 마음을 졸였으나,

이토록 대단한 이벤트를 준비했는데 어찌 질타를 할 수가 있을까. 갑작스런 찬바람에 양 볼이 미미하게 달아오른 아리아가 드레스 자락을 잡고 예를 취하며 아스에게 화답했다.

* * *

정원에서 모두의 이목을 사로잡은 아스는 아리아와 팔짱을 끼고 1층 홀 한가운데 마련한 자리로 이동했다. 두 사람이 옮기는 걸음 걸음마다 방문객들의 시선이 따라붙었다. 마치 모두에게 보여 주고자 그리한 것처럼 대량의 선물들과 함께 나타난 아스는, 아리아의 걱정과는 다르게 퍽 즐거워하는 얼굴이었다.

"제게 화가 나신 줄 알았어요."

꽤 다정한 모습을 연출한 뒤이거늘, 갑자기 상황과 어울리지 않는 물음에 아스가 놀라 되물었다.

"……제가요?"

"네."

"어째서 그렇게 생각하셨습니까?"

그리 묻는 아스의 표정이 꽤 심각했다. 혹시나 자신이 실수라도 저지른 건 아닌지 걱정하는 눈치였다. 이에 아리아가 잠시 망설이며 말을 고르다가 대답했다.

"그거야……. 제가 아스 님께 말씀드리지 않은 게 있으니까요."

"……."

그것이 무엇을 의미하는지 눈치챈 아스가 더는 아무것도 묻고 대답하지 않은 채 가만히 아리아를 응시했다. 그러다가 이내 지금 이곳이 그러한 진지한 대화를 나누기에 적합한 곳이 아니라는 걸 깨닫고는 아리아에게 장소를 이동할 것을 권유했다.

"여기서 말하기에는 적합한 주제가 아닐 것 같군요."

"……제 방으로 가는 게 좋겠어요."

모르는 이가 들었다면 놀라 까무러칠 발언이었지만, 아스는 이미 몇 번이나 아리아의 방을 방문한 적이 있었기에 흔쾌히 끄덕이며 다시 자리를 이동했다.

파티의 주인공이 갑자기 자리를 비우는 것에 대해 다시금 사람들의 시선이 따라붙었지만, 이미 두 사람이 제국을 넘어 타국까지 알려진 세기의 커플이었기에 이내 아무도 그것을 이상하게 생각하지 않았다.

"아가씨, 다과를 가져왔어요."

"고마워."

눈치 빠르게 따라붙은 제시가 다과를 준비한 뒤 아리아의 방을 나섰고, 그 누구의 방해도 받지 않을 공간으로 왔기에 아리아의 고백만이 남은 상태였다.

"혹시 제가 늦게 도착하여 영애께서 오해하신 건지는 모르겠습니다만, 전혀 화가 나지 않았습니다. 화가 날 이유가 없지요. 설령 영애께서 제게 숨기는 것이 있다고 하셔도 화가 날 리가요."

무어라고 첫말을 꺼내야 할지 고민하는 사이에, 마치 억울하다는 듯 쏟아 내는 아스의 변명에 잔뜩 긴장하고 있던 아리아가 퍽 당황하며 대답했다. 정말로 변명을 해야 할 사람은 아리아였기 때문이다.

"……그렇다면 다행이지만요."

다행히 아스의 갑작스런 변명으로 조금이나마 분위기가 누그러져 대화를 나누기 편한 상태가 되었다. 이에 차를 한 모금 마시고 눈치를 보던 아리아가 조심스레 입을 열었다.

"사실…… 이미 아시겠지만 말씀드리지 못한 것이 있어요. 이번에야말로 제게 화를 내실지도 모르겠어요."

"그 어떤 말을 하신다고 하여도 제가 영애께 화를 낼 일은 없습니다. 그러니 말씀하십시오."

진심이라는 듯 아스가 손을 뻗어 아리아의 손을 잡았다. 긴장으로 차갑게 식어 있던 손이, 따뜻한 아스의 손에서 전해지는 온기에 천천히 녹기 시작했다. 그 따뜻한 대답과 배려에 힘을 얻은 아리아가 그간 감춰 왔던 비밀을 처음으로 털어놓기 시작했다.

"사실은…… 왜인지는 모르겠지만, 저도 아스 님과 같이 이상한 능력이 있어요."

그리 대답하는 아리아가 장식장에 고이 모셔 둔 모래시계 상자를 한 번 힐끗댔다. 모래시계는 그녀의 능력의 원천이었다. 이에 줄곧 아리아를 주시하고 있었기에 그녀의 시선이 닿은 곳을 확인한 아스가 물었다.

"짐작은…… 하고 있었습니다. 반지의 색이 변했었으니까요. 혹시 모래시계와 관련된 겁니까?"

정말로 반지의 색으로 알아챘었구나. 더 늦어지기 전에 고백하기를 잘했다며 아리아가 설명을 이었다.

"……맞아요. 모래시계를 통해 능력을 사용할 수 있어요."

"죄송하지만 어떤 능력이죠? 물건을 사용한다는 능력은 처음 들어 봐서……."

"믿기 힘드시겠지만, 저는…… 5분 전 과거로 시간을 돌릴 수 있어요. 하루에 단 한 번뿐이지만요."

"……!"

아리아의 손을 감싼 아스의 손에 힘이 들어갔다.

과거로 시간을 되돌릴 수 있다는 충격적인 고백에, 경청하던 자세 그대로 굳은 아스가 아무런 대답도 하지 못했다. 그 누가 시간을 되돌린다는 말에 알겠다고 태연하게 대답을 할 수 있을까.

시간을 되돌리는 능력은 공간을 이동하는 능력보다 더욱 대단하고 신비로운 것이었다. 감히 세상의 법칙과 신이 만든 규칙을 거슬러 과거를 수정할 수 있다는 뜻이었기에. 한참이나 아스에게서 대답이 없자, 설마 믿지 않는 것은 아닌지 걱정이 된 아리아가 까닭을 덧붙였다.

"……저도 아스 님처럼 제 능력을 보여 드리고 싶지만, 시간을 되돌린 후에 하루 정도 꼬박 잠에 들어 버리기 때문에 지금은 조금 어려울 것 같아요. 생일 파티 도중에 잠이 들 순 없으니까요. 후에 기회가 된다면 보여 드리도록 할게요."

자유자재로 이동이 가능한 아스와는 달리 아리아는 시간을 지정할 수 없었고, 능력을 사용한 후에는 무조건 잠을 자야 했다. 이어진 설명에 아스의 표정에 변화가 일었고, 그것을 빠르게 알아챈 아리아가 까닭을 물었다.

"뭔가 알고 계시는군요."

"……짐작 정도일 뿐입니다."

"그 짐작이 무엇이죠?"

"……아마도 영애께선 황족이 아니라서 능력 사용에 대한 부작용이 심하게 나타나는 것 같습니다."

정확히는 황족의 피를 잇지 않아서였다. 성수로만 황족의 일원으로 인정을 받은 바이올렛의 손녀였기에, 진짜 황족과는 달리 능력도 약하고 부작용이 심했다. 하지만 그런 인과 관계를 설명하는 것은 아스의 몫이 아니었기에 아리아가 오해하지 않도록 혈통에 관한 이야기를 제외한 사실을 덧붙였다.

　"저도 대대로 황위를 이을 자에게만 전해져 내려오는 비서를 통해서 본 사실이라 정확하다고 말씀드리기는 어렵지만, 능력이란 본래 극히 일부의 황족에서만 나타나는데, 아주 드물게 외부인에게도 나타난다고 했습니다. 거의 없다시피 하지만요."

　"그러니까…… 황족이 아닌 외부인에게 능력이 발현될 경우, 능력 사용에 대한 부작용이 심하다는 말씀이시군요."

　"그렇다고 알고 있습니다."

　그에 아리아가 속으로 미소 지었다. 참으로 신기하지 않은가. 황족도 아닌 주제에 황족의 힘을 가졌다는 것이. 삶에 대한 집착과 미엘르에 대한 복수심이 얼마나 컸으면 이러한 능력까지 생겼을까.

　단순히 아스와 틀어지지 않기 위해 능력을 고백한 참이었는데, 뜻밖에도 능력에 대한 진실까지 알게 되어 더더욱 털어놓기를 잘했다는 생각이 들었다.

　"그런데…… 과거로 돌아갈 수 있는 능력이 생기셨다면, 무언가 큰 후회를 하신 모양입니다. 과거를 바꾸고 싶을 만큼."

　"……그게, 무슨 말씀이시죠?"

　정곡을 찌르는 아스의 말에, 담담하게 대화를 주고받던 아리아의 어깨가 한차례 떨렸다. 어째서 그런 것을 알고 있냐는 물음이었다. 이에 아스가 자신이 아는 것을 털어놓았다.

"이 능력은 극적인 상황에, 혹은 위기에 처했을 때 사람마다 다르게 나타난다고 알고 있습니다. 공간을 이동하는 제 능력은 암살자로부터 도망을 치기 위한 몸부림 속에서 발현한 능력이고요. 목숨을 잃을 뻔했었죠."

"……."

그래서 목숨을 잃었던 자신은 모래시계를 통해 아주 어린 과거로 되돌아간 것인가. 도망을 칠 수가 없으니 모든 것을 기억한 채로 과거로 되돌아가 복수를 하라는 신의 배려로?

"……맞아요. 아주 큰 후회를 했죠. 그래서 능력이 생겼고……."

설마 죽음을 대가로 나타나는 능력이었을 줄이야. 그에게 어디까지 이야기를 해야 할까. 과거의 자신이 패악을 떨던 악녀였다는 것? 아무리 계략에 넘어갔다고는 하나, 여동생의 차에 독을 타도록 지시하고 그것이 들켜 목이 잘렸다는 것? 아니, 그것을 모두 설명하면 전생과 합쳐 나이가 서른이 되어 간다는 설명 또한 필요했다.

'세상에. 아스는 이제 고작 스무 살인데. 그는 자신을 열일곱의 소녀로만 보고 있는데……!'

열 살이나 어린 남자를 속이며 연애를 하고 있다는 생각에 다다르자 걷잡을 수 없이 죄책감이 일었다. 과거를 속였다는 것보다 더 큰 죄책감이 들었다. 때문에 아리아가 새파랗게 질려 불안한 표정을 짓자, 아스가 그녀의 안부를 살폈다.

"영애? 안색이……! 혹시 어디 몸이라도 편찮으십니까? 의사를 부를까요?"

"아, 아뇨. 그게 아니라……."

아리아가 당장이라도 의사를 부를 것처럼 몸을 일으키는 아스를 만류했다. 그럼에도 안색은 여전히 새파랗게 질린 채였기에 아스의 걱정은 사라지지 않았다.

"아무래도 의사를 부르는 것이 좋겠습니다."

"아뇨! 다른 숨기는 것이 있어서 그래요⋯⋯ 그간 대수롭지 않게 생각했었는데, 역시 꼭 말씀을 드려야 할 것 같아서⋯⋯."

이번에야말로 정말 의사를 부르러 나갈 기세였기에, 아리아가 그를 막아서며 황급히 비밀이 하나 더 있다고 고백했다.

"⋯⋯그리 불안해하실 필요가 없다고 말씀드리지 않았습니까. 전부 괜찮다고. 그 비밀이 무엇인지는 모르겠습니다만, 이리도 안색이 창백해질 정도로 영애를 괴롭히는 것이라면 말씀하지 않으셔도 됩니다."

"아뇨, 말씀드려야 해요."

다른 것도 아니고 평생을 같이 할 사람이 세 살 어린 것이 아니라 사실은 열 살이나 많다는 이야기였으니 말이다. 그런 아리아의 마음도 모르고 아스가 단호하게 말하지 않아도 된다고 재차 못을 박았다.

"괜찮습니다."

"아뇨, 분명 후회하실 거예요."

"아뇨. 저는 후회하지 않을 겁니다."

"정말 중요한 비밀이에요!"

"영애께서 이토록 괴로워하시니 그깟 비밀쯤이야 넘어갈 수 있는 문제입니다. 지금이 중요한 거죠."

세상에. 비밀까지 모두 포용하겠다니⋯⋯. 이렇게까지 말하니 정말 죄책감에 죽어 버릴 것만 같았다. 자꾸만 그렇게 괴로워할 정도라면 비밀을 비밀로 묻어 두라는 아스의 대답에 참다못한 아리아가 숨겨 왔던 자신의 비밀을 폭로했다.

"사실은 제가…… 제가, 아스 님보다 열 살이나 많아요……!"

"……!"

나이가 열 살이나 더 많다는 대답까지는 상상조차 하지 못했는지 아스가 대답도 하지 못한 채 딱딱하게 굳어 아리아를 응시했다. 그게 무슨 말이냐는 눈빛이었다. 이에 괜히 말했다고 후회하면서도 돌이킬 수 없어 아리아가 작게 변명을 덧붙였다.

"……숨기려고 한 것은 아니었어요."

"하, 하지만 이렇게 아직 소녀 같으신데……. 분명 처음 뵀을 때는 더 작은 소녀였고……."

충격적인 고백에 답지 않게 아스가 말을 더듬었다. 화가 났다거나 실망을 했다기보다는 이 작은 소녀가 어떻게 자신보다 열 살이나 많겠냐는 의문에 가까웠다.

"그게…… 겉모습은 지금 나이가 맞아요. 시간을 돌릴 수 있는 능력이 생김과 동시에 저 역시 과거로 돌아왔으니까요. 과거의 기억을 가진 채 정신만 돌아왔다고 보시면 돼요."

"과거로…… 돌아오셨다고요? 영애께서요?"

"네. 스물 중반의, 소문보다 더 못된 악녀였던 제가 큰일을 겪고 후회하여 열 넷의 소녀로 돌아왔어요. 모래시계와 함께 말이에요. 이번에야말로 믿기 힘드시겠지만 모두…… 사실이에요."

"……."

어쩌면 정신이 나갔다고 생각할지도 모르는 일이었다.

하지만 모두 진짜였고 말해야 할 문제였기에 이내 담담하게 털어

놓았다. 다행히 진심이 통한 것인지 한참이나 말없이 아리아를 응시하던 아스가 당혹감을 지우고 본래의 얼굴을 되찾았다.

"아뇨, 믿겨집니다. 그래서 제가 그토록 휘둘린 거였군요. 이제야 이해가 갑니다."

아니, 자세히 보니 무언가 깨우쳤다는 표정이었다. 늘 자신을 당혹스럽게 한 여인의 정체를 이제야 알았다는 얼굴이었다. 그것이 이상하게도 불쾌하다기보다는 유쾌해 보였다.

"기분이…… 나쁘지 않으세요? 아스 님은 이제 스물이신데 저는 서른일지도 모르는데요……?"

"글쎄요……. 당혹스럽기는 하지만 기분이 나쁘지는 않습니다. 그것보다는 아직 성인이 되시려면 1년이나 더 남은 줄 알았는데, 사실은 그게 아니라서 기쁠지도 모르겠습니다."

그리 말한 아스의 표정이 돌변했다. 이제 더는 아리아가 소녀가 아니라는 것을 알게 되어서인지 더는 예전처럼 배려하는 얼굴이 아니었다.

"그러고 보니, 이따금 영애께서 저를 시험하고 도발하는 것 같은 느낌을 받은 적이 있었는데……. 그게 모두 계산된 행동일지도 모른다는 생각이 드는군요. 제 추측이 맞습니까?"

흡사 음험하기까지 한 그 모습에 억울함마저 묻어 나왔다. 아리아기 아직 미성녀자라고 생각하며 애써 떨쳤던 모양이었다. 이리도 빠르게 태세를 전환하다니. 참으로 그답다고 생각하니 이리아 역시 긴장과 불안이 만연했던 표정을 떨쳐 내고 본연의 모습을 되찾았다.

"그걸 이제 아셨다니……. 참으로 아둔하시네요."

사르륵 소리가 날 것처럼 길고 풍성한 아리아의 속눈썹이 천천히 움직였다. 그간 아스를 몇 번이고 위험하게 만들었던 그 눈매였다.

이에 아스의 귀 끝이 미약하게 달아오르는 것을 확인한 아리아가 이내 부드러운 미소를 지으며 말했다.

"그렇다고는 하여도 공식적인 제 나이는 열일곱이라는 점을 염두에 두셔야 할 거예요."

"하아……. 제가 졌습니다."

그러니 허튼 생각 말라고 못을 박는 것 같은 말투에 아스의 한숨이 짙어졌다. 언제 긴장으로 몸도 가누지 못할 정도의 분위기였냐는 듯, 다시금 평온한 공기가 아리아의 방에 만연했다.

이제 더는 숨기는 것이 없어 한결 가볍고 편해진 기분으로 차를 한 모금 음미하는데, 다시 제자리로 돌아간 아스가 뜻밖의 질문을 던졌다.

"다시 본론으로 돌아갑니다만, 누가 영애를 과거로 되돌아오게 만들었습니까?"

화제가 전환되어 넘어간 줄 알았는데 그다운 아주 날카로운 질문이었다. 그녀가 제 자신을 바꾸고 세력을 부풀려 아스와 인연을 맺게 된 계기. 나이보다는 그것이 더 중요하다는 아스의 진지한 얼굴에 아리아가 찻잔을 내려놓으며 대답했다.

"조금 긴 이야기가 될 텐데, 괜찮으시겠어요?"

"오늘 하루를 전부 쓰게 된다고 하더라도 상관없습니다."

"그럼 아스 님을 믿고 제 추악한 과거를 세세하게 털어놓아야겠네요. 그리고 그보다 더 추악한 악녀 또한 말이죠. 저를 이렇게 과거로 돌아오게 만든……."

운을 떼는 아리아에 아스가 하나도 빠짐없이 경청하겠다는 듯 고
개를 끄덕였다.

*　*　*

"이시스 님! 더는 병사들을 지원할 자금이 없습니다! 애초에 무
리를 해서 병사들을 수용할 저택을 새로 준비한 탓에 파산 직전입
니다!"

"저 역시 차마 저택에는 병사들을 들이지 못해 새로 숙소까지 구
입한 터라 여유 자금이 없습니다……! 정말 병사들이 맞는지도 의
문스러울 만큼 포악하기 그지없는 자들입니다!"

하루가 멀다 하고 불만을 토로하는 귀족들에게 이시스가 미리 준
비한 변명을 읊었다.

"……걱정하지 마세요. 역사에 길이 남을 전투를 준비하는 병사
들이니, 두려움을 이기기 위해 노력하고 있는 것이겠지요. 목숨을
건 일이기도 하고요. 이후 사용된 비용은 모두 전하께서 부담하시
겠다고 하셨으니, 얼마 남지 않은 결전의 날까지 병사들의 사기 증
진을 부탁드릴게요. 지출한 금액을 명시한 서류를 준비해 두시기
를."

"지, 정말 지금까지 사용한 비용을 모두 부담하시겠다고 하셨습
니까? 금액이 상당한데……."

꽤 많은 숫자의 귀족들을 파산 직전까지 몰아넣은 참이니 한두
푼으로는 끝나지 않을 문제였다. 이에 이시스가 여유롭게 차를 마
시며 다시금 걱정하지 말라는 설명을 이었다.

"그럼요. 어차피 제국이 전하의 손에 떨어지실 테니, 한 줌의 돈에 불과하겠지요. 물론 일국의 왕이시기 때문에 지금도 전하께 그리 부담되는 액수는 아니실 겁니다. 그렇지 않아도 제국으로 오고 계시는 참이라 조만간 지원을 받으실 수 있을 겁니다. 정 급하시다면 저 역시 지원을 해 드릴 테니 부디 마음을 놓으시기를 바라요."

이시스가 거기까지 설명하자 그제야 조금 안심한 듯 귀족들이 잔뜩 굳어 있던 표정을 펴고 저택으로 되돌아갔다. 이시스 역시 그제야 긴장한 어깨를 풀고 소파에 몸을 기댔다. 그들을 진정시키고자 말은 그렇게 하였지만, 사실은 상황이 아주 좋지 않았다.

제국에서 돌아와 곧장 서류를 확인했으나, 역시 국혼은 반역을 일으키기 전에 하는 것으로 서명이 되어 있었다. 이에 강력하게 항의하자, 로한이 착각을 한 것 같다며 '제국을 얻은 뒤 황성에서 역사에 길이 남을 화려한 국혼을 올리도록 하겠다'는 내용의 사과 편지와 함께 대량의 선물과 자금을 보내왔다. 때문에 이를 질책할 수 없게 되었다.

국혼 준비가 끝이 날 무렵에 크로아 왕국으로 방문할 예정이었던 공작 부부는, 어째서인지 아주 빠르게 제국으로 돌아온 이시스에게 그 까닭을 물었고 이를 얼버무리느라 한참을 진을 빼야만 했다.

다행히 그사이 도착한 로한의 편지와 선물과 자금에 마치 진심으로 그녀를 위하는 듯한 성의가 담겨 있었기에 무사히 넘어갈 수 있었다. 아니, 더는 돌이킬 수 없었기에 그냥 넘어가는 듯싶었다.

"……누님, 아무래도 이상합니다."

그간 조용히 가문의 업을 따랐던 오스카만 제외한다면.

모두가 떠난 응접실에서 잠시 쉬고 있던 이시스에게 오스카가 말을 걸어왔다.

"병사들이 날뛰는 것도 그렇고, 크로아의 왕이 자꾸 말을 바꾸는 것도 이상합니다!"

"걱정하지 말고 너는 지금처럼 시키는 대로만 하렴, 오스카."

"하지만……!"

할 줄 아는 것이라고는 시키는 것을 따르는 것밖에 없는 허울뿐인 후계자가 이제 와서 뭘 어쩌라는 걸까. 능력이 없는 그를 대신해 여기까지 끌고 온 것은 모두 자신이거늘, 이제 와서 뭘 어쩌겠다고. 이시스의 표정이 점점 날카로워졌다.

"아무래도 불안해서…… 지금이라도 일을 정리하고 사실대로 고하시는 편이 좋지 않을까 싶습니다."

"오스카, 아무리 세상 물정에 어둡다고 해도 상황 파악은 해야지. 그게 말이 된다고 생각하는 거니?"

설마 황태자에게 무릎을 꿇고 용서라도 구하라는 말일까. 어리석고 멍청한 제 동생의 말에 펵도 그 황태자가 용서를 해 주겠다며 이시스의 얼굴에 비웃음이 떠올랐다.

"설령 지금까지의 일을 모두 없었던 것으로 해 주겠다고 하더라도, 그 후에 기다리는 것은 고귀한 귀족의 삶이 아닌 비참한 노예의 삶이겠지. 그렇게 해서라도 목숨을 연명하고 싶다면 가문에서 나가도록 하렴."

게다가 조금의 트러블은 있지만 잘되어 가고 있는 일에 초를 치는 것 같아 마음에 들지 않았다. 천박한 매춘부의 딸에게 홀려 모든 일을 그르칠 것처럼 굴어 잔뜩 혼을 냈더니, 이제는 말도 안 되는 말을 늘어놓으며 불안하게 만들었다.

'괜찮아, 괜찮을 거야. 그래야만 해.'

아니, 분명 괜찮을 것이다. 가장 자신을 불안하게 만드는 것은 오스카가 아닌 로한이었지만, 그 역시 자신과 함께 반역을 꾀하려 주고받은 서류들이 있었으니 어쩔 도리가 없을 것이다.

그저 세상의 모든 것을 다 가졌다고 착각하는 철없는 왕의 장난일 것이 분명했다.

* * *

며칠 뒤, 거짓말처럼 로한이 제국에 방문했다. 해가 바뀌기 직전이었기에 방문하겠다고 한 뒤로 조금 시간이 지나 늦은 감이 있었다. 그러나 이내 그가 지참한 대량의 금화들을 확인하고 그 생각은 씻은 듯 녹아내렸다. 그저 왕이라서 시간을 내기 어려웠겠거니 생각이 들었다.

"어려운 발걸음을 해 주셔서 감사합니다, 전하."

공작 부부와 오스카, 이시스가 화려한 마차에서 느긋하게 내리는 로한을 맞이했다. 그의 옆에는 미엘르가 딱 달라붙어 있었다. 사정을 말한 것인지, 다시 변장을 하여 주근깨를 잔뜩 그린 그녀는 퍽 신뢰가 가득한 얼굴로 로한을 응시하고 있었다.

마치 위대한 자의 총애를 얻어 더는 아무것도 두렵지 않다는 얼굴이었다. 오스카가 정면에 있음에도 더는 그에게 관심이 없다는 듯 시선을 주지 않았다.

"아니, 나야말로 병사들이 날뛰게 만들어서 미안하군. 피아스트 후작이 마음이 급했는지 외부에서도 사병들을 모은 모양이야."

"그러셨군요. 사소한 문제는 어디에서나 발생하기 마련이겠지요. 그래도 큰 문제없이 여기까지 왔으니, 이제 걱정이 없습니다."

"그래, 그렇겠지."

만면에 미소를 띤 공작과는 다르게 로한이 오묘한 표정을 지으며 대답했다. 그럼에도 눈매만은 가늘게 접어 웃고 있었음으로 아무도 이를 이상하게 여기지 않았다.

"먼 길 오시느라 고되셨을 텐데, 어서 안으로 드시지요."

"그렇게 하지."

공작의 극진한 응대에 따라 로한이 저택 안으로 들어가려던 때였다. 뒤늦게 도착한 마차에서 내린 누군가가 허리를 깊게 숙이며 물었다.

"전하, 그럼 저는 잠시 자리를 떠도 되겠습니까."

"아아, 그러도록 해. 지금 여기서 가장 시급한 것은 그대일 테니."

"감사합니다."

제국에 용무가 있는 것인지 양해를 구한 그가, 자리를 뜨기 전 슬쩍 고개를 들어 마치 확인이라도 하듯 이시스를 비롯한 공작가의 일원들을 훑었다. 얼핏 보았음에도 그 단정하고 아름다운 외모를 확인한 이시스가 저도 모르게 숨을 삼켰다.

'어째서 저리도 그 천박한 여인과 닮은 것인지……!'

남자치고는 퍽 아름다운 외모를 가진 그의 얼굴이 너무나도 아리아와 닮아 있었다. 요염한 눈매와 색기 어린 눈동자가 성별이 다름에도 아리아를 떠오르게 했다.

이에 이시스는 원인 모를 불안감이 들어 숨도 쉬지 못하며 사라지는 남자의 뒤를 하염없이 쫓았다. 그것은 그녀의 곁에 선 오스카 역시 마찬가지였다. 미미한 웃음을 머금으며 저택 안으로 들어가는 로한의 뒤를 따르는 미엘르의 손목을 이시스가 황급히 잡아챘다.

"잠시, 잠시 대화를 나눠야겠어요."

"무슨 일이시죠?"

크로아로 떠날 때와는 다르게 퍽 차가워진 미엘르의 태도를 신경 쓸 겨를도 없었다. 인적이 드문 곳으로 미엘르를 데려간 이시스가 방금 전에 사라진 남자에 대해 물었다. 조급한 말투였다.

"방금 전에 떠나신 그분은 누구시죠?"

"누구를 말씀하시는 거죠?"

"전하께 허락을 구하고 저택을 떠난 자 말이에요!"

모르는 척 묻는 미엘르에 이시스의 목소리가 높아졌다. 이에 그제야 알아챘다는 듯 미엘르가 태연하게 대답했다.

"저도 모르겠어요. 중간부터 갑자기 합류해서서 얼굴도 제대로 보지 못했는걸요. 무슨 가문의 후계자라는데……. 별로 중요한 분은 아니신가 봐요. 중간중간 도시에 들를 때도 거의 뵙지 못했어요. 관심도 없고요."

이 어찌 멍청한! 이시스가 이를 갈며 다시 물었다.

"……정말 얼굴도 보지 못하셨나요? 누군가가 떠오르지 않아요!?"

"대체 무슨 말씀을 하시는지 모르겠네요. 네, 정말 모르겠어요. 궁금하신 것은 이게 전부인가요? 저는 이만 전하께 돌아가 볼게요, 저를 찾으실지도 모르니까요."

"하……!"

아무리 어려서 세상 물정을 모른다고는 하나, 귀족 중에서도 배움이 많은 여인임에도 불구하고 이리도 아둔하고 어리석을 수가! 중간부터 합류했다면 분명 무언가 이유가 있어서 그랬을 터! 그런데도 얼굴도 제대로 살피지 않았다니. 이시스가 서둘러 미엘르의 뒤를 쫓았다.

이를 지켜보고 있었던 것인지, 오스카가 그녀의 옆에 따라붙으며 물었다.

"⋯⋯누님, 누구라고 하던가요?"

"모른다더구나."

그 대답에 오스카가 미간을 찌푸렸다. 차라리 로한에게 직접 묻는 편이 빠를지도 모르겠다며 이시스가 발걸음을 서둘렀다. 하지만 그것을 묻기도 전에 로한이 내뱉은 충격적인 발언에 응접실로 들어서던 이시스의 몸이 딱딱하게 굳었다.

"나도 시간이 없고 하니, 황성을 탈환하는 건 내일이 좋겠어."

"⋯⋯내일 말씀이십니까?"

"그래. 병사들의 사기도 충분하지 않나? 그간 그대들이 힘을 써 준 덕분에 말이야. 괜히 돈을 들여 시간을 끌 필요도 없고, 준비도 완벽하잖아?"

정말로 상당한 돈이 들어가고 있었기에 공작 부부가 긍정하며 더는 반박하지 않았고, 너무 조급한 것이 아니냐고 물으려던 이시스 역시 입을 다물었다.

"그러니 오늘 저녁은 밖에서 드는 게 좋겠어. 내일부터 바쁠 테니까 말이야. 마지막 만찬을 즐기는 것이 어떤가, 이시스 영애?"

갑자기 자신에게 돌아온 화살에 이시스가 크게 놀라 되물었다.

"⋯⋯설마, 저와 단둘이서요?"

"그래. 영애와 둘이 식사를 하고 싶어. 명색이 부부가 될 사이인데, 한 번도 둘만의 시간을 보내지 못했잖아."

오랜 시간 동안 혼담이 오갔던 황태자에게서도 받아 본 적이 없던 제안이었기에 이시스가 생소한 감정을 느끼며 그러겠노라 고개를 끄덕였다.

"그럼, 저녁까지 내일을 위해 일을 해야겠군. 제일 먼저 키스트 백작에게 병사들이 기거하는 곳의 목록을 부탁하지. 그가 내일 있을 계획의 총 책임자거든."

"예, 당장 지시하겠습니다."

"그리고 영애께서는 그간 약조한 것들을 다시 살펴보고 추려야 하니, 주고받은 편지와 서류들을 모아 가져오면 좋겠군. 이전에 지시한 비용 지출 서류도 모아 주기를. 지급할 시기가 다가온 것 같으니 말이야."

"예, 예……!"

드디어, 드디어……!

퍽 믿음직스러운 얼굴로 그간 골머리를 썩였던 문제를 처리해 주겠다는 로한의 말에 이시스가 감격하며 대답했다. 때문에 거의 없다시피 한 시간을 쥐어짜 서류와 편지, 그리고 귀족들의 저택에 사람을 보내 비용 지출 서류를 빠짐없이 모았고, 그것들을 면밀히 검토하여 로한에게 건넸다.

물론 지난번 크로아에 방문했을 때와 같이 로한이 모른 척을 하는 상황에 대비하여 그와 약속한 내용과 제출한 서류들에 명시 된 사항을 모두 적은 서류를 만들어 서명까지 받아 냈다. 그것들을 본 로한의 얼굴에 미소가 떠올랐다.

"좋아, 완벽하군. 흠잡을 곳이 없어. 역시 영애는 영민하고 총명해."

"……감사합니다, 전하."

아주 만족스럽다며 만면에 미소를 지으며 칭찬하는 로한에게 이시스가 조금 얼굴을 붉히며 대답했다. 최근 계속해서 질타와 불만만을 듣다가 오랜만에 들어 본 칭찬과 인정이라 미미하게 흥분이 되었다.

여전히 미소를 지우지 않은 얼굴로 그런 이시스를 잠시 응시하던 로한이 이제 저녁을 드는 것이 좋겠다며 자리에서 일어났다.

"미리 시종을 시켜 예약을 해 놓은 참이야. 아주 잘 아는 레스토랑이 있거든."

"……전하께서요? 제국에 방문하신 적이 있으셨나요?"

"그럼. 아버지가 돌아가시기 전까지는 꽤 자주 왔었지. 지인이 있거든. 그가 자주 가는 곳이라고 하더군."

제국에 친구가 있다고? 의아했으나 그게 누구냐고 캐물을 정도의 관계는 아니었기에 그저 그의 말을 경청하며 고개를 끄덕였다.

"그럼 출발하지. 내일을 위한 최후의 만찬을 위해서 말이야."

"예, 로한 전하."

이시스를 향해 내미는 로한의 손 위에 자신의 손을 포갠 그녀가 그를 따라 부드럽게 웃었다. 마지막 만찬으로 향하는 발걸음이 사뭇 가벼웠다.

* * *

눈이 내릴 것 같은 시린 풍경을 감상하며 아리아가 따뜻한 차를 한 모금 마셨다. 내일은 중요한 날이었고, 오늘 저녁에는 아스와 약속이 잡혀 있어 모처럼 휴식을 취하려던 참이었다.

　그래서 한껏 치장을 한 뒤, 아스를 기다리며 남은 시간에 책을 읽으려고 했지만 자꾸만 그가 내뱉었던 말과 표정이 떠올라 그럴 수가 없었다. 벌써 시간이 꽤 흘렀건만. 아리아가 입가에 미소를 띠우며 생각에 잠겼다.

　'……타인에게 이용당했다고는 하나, 그렇게 과거의 저는 끔찍한 악녀였고, 미엘르에게 휘둘렸던 그 어리석은 과거의 삶을 반복하지 않기 위해 본모습을 숨겼어요. ……어쩌면 아스 님께서도 속고 계실지도 모르겠네요.'

　악녀임을 고백하면서도 표정만큼은 최대한 가엾게, 아스라면 분명 자신의 가여운 면모를 알아줄 것 같아 불쌍하게 만들어 내며 대답을 기다렸다. 그리고 혹시나는 역시나였다. 아스는 마치 자신이 고된 수모를 당한 것처럼 안타까운 얼굴로 아리아의 손을 꼭 쥐었다.

　'영애께서 어떤 분이시든 상관없습니다. 과거가 어찌 되었든 상관없습니다. 제 곁에 있어 주시기만 하면 됩니다. 그러니, 부디 자책하지 마시기를…….'

　자신의 손을 꼭 붙잡고 애원하듯 부탁하는 그의 얼굴을 어찌 떠올리지 않을 수가 있을까. 마치 그렇게만 해 준다면 제 모든 것을 바치겠다는 듯한 애원이었으니 말이다.

오롯이 자신만을 바라보고 갈구하는 사랑에 손끝이 저릿했다. 꿀도 설탕도 넣지 않은 차가 다디달았다. 어머니가 백작과 혼인하게 되어 이제 더는 비참한 삶을 살지 않아도 된다고 했을 때보다 더 기뻤다. 하여 몇 번이나 회상해도 질리지 않는 그의 애원 섞인 간절한 표정을 또다시 떠올리는데, 누군가 문을 두드리며 그녀의 휴식을 방해했다.

"누구야?"

"아리아, 잠시 시간 괜찮니?"

"어머니……?"

낮부터 무슨 일인지 분주히 준비를 하고 외출을 했던 백작 부인이었다.

일을 마치고 돌아온 모양이었다. 그에 들어오라 대답하자, 퍽 화려하게 꾸민 외형의 아름다운 그녀가 답지 않게 아리아의 눈치를 보며 안으로 들어왔다. 때문에 즐거운 회상을 하던 것을 방해받아 기분이 나쁘기보다는 무슨 일이 생긴 것은 아닌지 걱정이 되어 서둘러 백작 부인에게 물었다.

"무슨 일 있으세요?"

"……응? 아, 아니? 무슨 일이 있겠니? 늘 똑같지."

그리고 단순한 질문에도 꽤 격한 반응을 내비쳐 걱정이 더욱 깊어졌다. 무슨 일이 있는 것이 분명했다. 눈치를 보는 것을 보아하니 직설적으로 묻는다고 말을 해 줄 것 같지 않았기에 모르는 척차를 권했다.

"앉으세요. 날이 추우니 따뜻한 차를 드시는 게 좋겠어요."

"……그럴까?"

거절하지 않고 냉큼 반대편에 앉는 것에, 아리아는 백작 부인이 자신에게 무언가 할 말이 있다는 것을 다시금 확신했다. 제시에게 새로운 차를 내오게 한 뒤, 잠시 분위기를 살피며 백작 부인이 숨기고 있는 것을 캐물으려 하는데, 돌연 그녀가 먼저 아리아에게 생뚱맞은 질문을 했다.

"아리아, 혹시 말이야. ……아버지가 생기면 어떨 것 같니?"

"……네?"

아버지? 아버지라면 지금도 있지 않은가. 제 몸 하나 가눌 수 없어 아무짝에도 쓸모가 없는 아버지이긴 하지만, 어쨌든 명목상의 아버지는 존재했다. 이에 눈을 휘둥그레 뜨고 영문을 알 수 없다는 반응을 보이자, 백작 부인이 질문을 정정하여 다시 물었다.

"재, 재혼이나 그런 절차를 통해서 이루어진 아버지가 아니라, 진짜 아버지 말이야. 너와 피가 이어진……."

친부를 뜻하는 것일까. 생각해 본 적도 없는 질문이었기에 퍽 당황한 아리아가 아무런 대답을 하지 못했다. 그런 것을 물어 어쩌겠다는 것인지 몰랐기 때문이다.

그렇게 침묵을 고수하며 질문의 의도를 생각하다가, 이내 한 가지 가설에 다다를 수 있었다. 아주 불쾌한 가설이었다. 하지만 그럴듯한 가설인 탓에 아리아가 눈매를 가늘게 뜨며 백작 부인에게 물었다.

"혹시 친부가 나타나기라도 했나요? 재산 같은 것을 노리고요? 양육권이라도 주장하던가요?"

꽤 가시 돋친 말투였다. 그도 그럴 것이 정말로 지금 이 시점에 친부가 나타난 거라면 의도가 뻔했기 때문이었다. 악명을 떨쳤던 과거에는 그녀가 스물 중반이 되도록 그림자 하나 비추지 않았으면서, 부와 명성을 얻은 지금은 성인이 되기도 전에 나타났으니, 그 의도가 순수하리라곤 생각할 수 없었다. 이에 백작 부인이 손사래를 치며 격렬하게 부정했다.

"그런 것은 절대 아니니 오해하지 말렴! 그냥 곧 이혼하게 될 거라 그런지 생각이 났을 뿐이니까……!"

그러나 너무도 격렬한 부정이었기에 오히려 역효과를 낳아 아리아의 눈이 불신으로 물들었다. 백작 부인의 변명이 거짓일 거란 생각이 들었다.

'도대체 뭘 숨기고 있는 거지?'

정말 친부가 나타나기라도 한 것일까. 백작 부인을 저토록 고민하게 만들 만한 친부가? 그러고 보니 아스 역시 그런 말을 했던 기억이 났다. 정말 친부가 나타난 건 아니겠지.

그렇다고 해도 달라지는 것은 없을 것이다. 어차피 자신은 곧 아스와 인연을 맺을 것이고, 친부가 어떤 사람이든 앞으로의 삶에 영향을 미칠 정도의 위인은 아닐 테니까.

게다가 친부의 사랑이라는 것을 받아 본 적이 없는 그녀에게 '친부'라는 단어는 아주 생소하기 그지없었기에 있든 없든 크게 달라질 것은 없으리라는 생각이 들었다. 아리아에게는 혈연관계에 대한 믿음과 신뢰가 전혀 없었다.

"그렇군요. 글쎄요, 어차피 성인이 되면 결혼을 하고 출가를 할 테니, 딱히 감흥이 오질 않네요."

"……그래?"

"네. 지금 와서 친부를 만난다고 해도 무언가 달라질 것 같지도 않고요."

"만약 네게 도움을 줄 수 있는 사람이라면?"

"……도움이요? 글쎄요. 준다면 받겠지만, 그 누가 제게 도움을 줄 수 있죠? 부탁하고 싶은 것도 없고요. 제 스스로 모든 것을 이루었으니 줄 도움 같은 건 없잖아요? 그러니 혹시라도 친부가 나타난다면, 그저 방해만 하지 말았으면 하는 바람뿐이에요."

이에 쌀쌀맞게 대답하자, 백작 부인이 조금 안타까운 표정을 지었다.

마치 아주 매정하고 차갑게 친부에 대해 논하는 제 딸이 가엾다는 얼굴이었다. 다른 누구도 아닌 어미에게서 동정을 받아 참으로 기분이 나빴으나, 내색하지 않고 질문의 까닭을 물었다.

"제 대답은 이게 끝이에요. 왜 이런 걸 물으시는데요?"

"……아니란다. 별뜻은 없었어. 어쨌든 아무래도 좋다는 이야기구나? 너를 방해하지 않는다면 말이야. 그리고 네게 이로운 도움을 준다면…… 받을 생각은 있고."

"그래요. 아무래도 좋지만 절 방해하거나 제 앞길을 막는 사람이라면, 친부라고 하더라도 가만히 두지 않을 거예요."

단호한 그녀의 대답에 백작 부인이 다시금 말없이 생각에 빠졌다.

도대체 무슨 생각을 하는 걸까. 정말로 나타났는지, 아닌지도 모르는 친부가 자신에게 도움이 될지 안 될지를 계산이라도 하는 것일까. 그렇게 아리아마저 생각에 빠져 잠시 침묵이 흐르는데, 창밖에서 말발굽 소리가 들리더니, 조금 뒤 애니가 요란스럽게 방문을 두드리며 목소리를 높였다.

"아가씨! 아가씨! 전하께서 오셨어요!"

"벌써 오셨나 보네요. 그럼, 저는 이만 저녁 식사 약속이 있어서요. 죄송하지만, 질문은 끝인가요? 더는 하실 말씀이 없으시고요?"

"……그래. 그저 이 어미가 심심해서 물어본 것일 뿐이란다. 어서 나가 보렴. 감히 황태자 전하를 기다리게 만들 순 없지 않겠니."

방금 전에 방해를 하지 말아 줬으면 좋겠다고 말해서일까. 백작 부인이 혹시라도 자신 때문에 아리아가 늦을까 봐 전전긍긍하며 어서 외출을 할 것을 종용했다. 자신 때문에 아리아에게 폐를 끼칠까 봐 염려하는 모습이었다.

이에 서둘러 외출을 하려던 아리아가 그대로 우뚝 멈췄다. 갑작스레 친부의 이야기를 꺼내 당황한 나머지 쌀쌀맞게 대화를 끝낸 것 같아 마음이 불편해졌기 때문이었다.

누군지도 모를 친부는 마땅히 불쾌한 존재임이 틀림없었으나 친모인 백작 부인은 아니었다. 크게 사랑을 주진 않았지만, 어찌 되었든 자신을 낳고 키워 백작가까지 데리고 와 주었으니까. 그에 아리아가 방을 나서기에 앞서 입을 열었다.

"……제 의견은 그렇지만. 만약에, 만에 하나라도 정말 친부가 나타나서 어머니의 마음이 흔들리고 계신 거라면 좋으실 대로 하세요.

"……응?"

바로 외출을 할 것처럼 일어나더니 갑자기 뜬금없는 소리를 하여 백작 부인이 퍽 놀란 얼굴로 되물었다. 무슨 뜻인지 파악을 하지 못하는 얼굴이었다. 때문에 아리아가 다시금 제 속마음을 풀어 대답했다.

"저는 이제 그 누구의 도움도 받지 않고 살아갈 수 있으니 어머니도 재산이나 신분에 연연하지 마시고 마음 내키시는 대로 사시라고요. 곁에 누가 있는지에 따라 얼마나 삶이 다르게 보이는지, 최근에 깨달은 참이거든요."

"아리아……."

그제야 아리아의 말뜻을 알아들은 백작 부인이 손바닥으로 제 입매를 가렸다. 퍽 감동한 눈이 파도처럼 넘실댔다.

대화를 끝마치고 1층으로 내려가자, 품에 튤립 꽃다발을 한 아름 안은 아스가 아리아를 기다리고 있었다. 어차피 외출을 할 테니 마차에서 기다려도 되는 것을. 굳이 거대한 크기의 꽃다발을 품에 안고 과시하듯 유유히 홀에 서 있었다.

무엇이 아스를 저리도 전전긍긍하게 만든 것일까. 굳이 과시하지 않아도 도망치지 않을 텐데. 그것이 과할 정도로 매혹적인 자신 때문이라는 사실에 도달하지 못한 아리아가 은은한 미소를 머금으며 아스를 불렀다.

"아스 님."

"영애."

그러자 무표정으로 정면을 응시하던 아스가 이내 환하게 웃으며 아리아에게 한걸음에 다가왔다. 오매불망 기다리던 주인을 만난 강아지 같은 그 모습에 대기 중이던 시종들이 이를 힐끗대며 얼굴을 붉혔다.

"일찍 오셨네요."

"일이 일찍 끝났습니다. 조금 이르지만 영애를 빨리 뵙고 싶어 참을 수가 없었습니다."

아리아 역시 하루 종일 아스에 대한 생각을 하며 그를 기다리고 있었기에, 아주 잘했다는 듯 짙은 미소로 화답했다.

"꽃다발을 내 방에 장식해 주겠니?"

"예! 아가씨!"

아리아가 지켜보던 시녀 중 한 명에게 꽃다발을 맡기고 아스와 함께 저택을 떠났다. 아스와의 시간을 방해받고 싶지 않았기에 시녀도, 기사도 대동하지 않은 채였다.

맞은편에 앉아 잠시 아리아의 아름다운 얼굴을 응시하던 아스가 갑자기 그녀의 옆으로 자리를 옮겼다. 그러고는 곧장 아리아의 손을 잡아 깍지를 끼며 물었다.

"손을, 잡아도 되겠습니까?"

이미 잡아 놓고 그리 묻다니. 아리아가 거절을 하지 않을 것이라는 걸 염두 해 둔 형식적인 질문 같았다. 이에 아리아가 작게 웃음을 터뜨렸다.

"싫다고 하면 놓으실 건가요?"

"아뇨."

단호한 그 대답이 참으로 마음에 들었다. 벌써 몇 년이나 지속해 온 관계임에도 고작해야 손을 잡고 깍지를 끼는 것도 귀여웠다.

분명 지난번에 과거를 포함하여 나이가 서른쯤 된다고 설명을 했던 것 같은데, 고작해야 손을 잡는 것뿐이라니. 때문에 아리아가 넌서 아스에게 몸을 붙이며 남은 손으로 그의 귀를 만지며 물었다.

"귀 끝이 빨갛게 물드셨어요……. 더우신가요? 창문을 열까요?"

갑자기 몸을 붙인 아리아에 놀랄 새도 없이 은근하게 뜬 눈에 시선을 빼앗긴 아스가 마른침을 삼키며 대답했다.

"……아뇨. ……지금 이대로가 좋습니다."

"……그렇군요."

이미 정신적으로는 열 살이나 많다고 고백을 한 참이었기 때문이다. 예전 같았으면 아직 뭘 모르는 아리아의 아무런 의미도 담기지 않은 행동이라고 치부했을지도 모르겠지만, 이제는 아니었다. 이 모든 것들이 계산된 행동임을 깨달아 더는 아리아의 돌발 행동을 피하거나 괴로워하지 않았다.

그렇다고는 하여도 법적으로는 아직 미성년자인 아리아였기에 자제를 해야 한다고 생각한 모양인지, 새파랗게 변모한 눈빛과는 달리 그저 깍지를 낀 반대편 손으로 그녀의 뺨을 부드럽게 쓸어내리는 데서 그쳤다.

그럼에도 아주 은근하고 은밀했기에 과거에 이미 숱한 경험을 해온 아리아의 손끝을 떨리게 만들었다. 그렇게 밀폐된 공간에서 둘만의 시간을 보내는데, 얼마 지나지 않아 마차의 속도가 점점 느려지더니 이내 움직임을 멈췄다.

"도착했습니다."

"……."

"……."

예약한 레스토랑이 백작저에서 퍽 가까웠기 때문이었다. 마부의 목소리가 들렸음에도 잠시 아스의 신비로운 눈을 응시하던 아리아가 이내 몸을 떼어 냈다. 이에 떨어져 나간 그녀의 체온에 아쉬운 듯 아스의 손이 다시 아리아의 손을 잡았다.

"다음에는 크로아 왕국의 레스토랑을 예약해야겠습니다."

그러더니 짙은 한숨과 함께 본심을 담은 불만을 토로했다.

크로아 왕국까지는 쉼 없이 내달려도 며칠이나 걸리는 거리인데 무슨 짓을 하려고. 조금은 음흉한 그 속뜻에 아스의 에스코트를 받아 마차에서 내린 아리아가 그와 함께 레스토랑 안으로 들어가며 대답했다.

"글쎄요. 굳이 밖으로 외출을 할 필요가 있을까요? 오히려 어디로도 외출을 하지 않는 편이 나을지도 모르죠."

이에 천천히 내딛던 아스의 발걸음이 우뚝 멈췄다. 아무런 대답도 하지 않은 채 그가 아리아의 얼굴을 빤히 내려다보았다. 당장이라도 그렇게 하고 싶어 하는 얼굴이었기에 아리아가 멈춘 그의 발걸음을 재촉하며 미소를 띠우고는 입을 열었다.

"빨리 1년이 더 지나 내년이 되었으면 좋겠네요."

웃음을 가미한 그 말에 아스의 미간이 티가 나게 찌푸려졌다.

"……정말이지, 그렇군요."

내딛는 아스의 발걸음이 조금 거칠었다.

* * *

아리아와 함께 레스토랑 안쪽으로 들어서는데 조곤조곤 사람의 말소리가 들렸다. 이런 고급 레스토랑에서 품위 없이 직원들이 떠들리는 없을 테니 필시 손님이었다. 이에 아스가 언짢은 표정으로 말했다.

"……사람이 있군."

레스토랑 전부를 빌린 건 아니지만 자신의 이름으로 예약한 자리였기에 당연히 다른 손님들을 받지 않거나 정리를 했을 것이라 생각했건만, 어쩐 일인지 그렇지 않은 모양이었다.

미리 값을 치른 것은 아니나, 이런 사항을 굳이 언급하지 않아도 늘 식사 후에 레스토랑 전체를 빌린 값을 치러 왔음에도 누군가가 먼저 자리를 잡고 식사하고 있는 것이었다. 아스의 등장에 지배인이 서둘러 나와 고개를 조아리며 말했다.

"……죄, 죄송합니다. 오늘은 식사가 어려울 거라 수차례 말씀을 드렸습니다만……."

"아니. 레스토랑 전체를 빌린 것도 아니고, 오히려 강요하는 것이 이상한 일이지. 괜찮아."

지배인이 흡사 바닥에 넙죽 엎드릴 기세였기에 아스가 괜찮다며 고개를 저었다. 바들바들 떨며 사죄를 하는 그 모습이 퍽 가여웠기에 아리아 역시 그것이 마땅하다고 생각했다.

게다가 사람이 있다고 해도 멀리 떨어진 자리에 앉으면 그만이었기에 대수롭지도 않은 일이었다. 그 역시 이런 상황을 맞이하고 싶지 않았겠지. 손님을 설득을 했으나 실패했을 것이 분명했다.

때문에 아스가 눈을 가늘게 뜨고 식사하고 있는 자의 정체를 가늠했다. 식사가 어렵다는 말을 들었는데도 그것을 무시하고 꿋꿋이 남아 식사를 할 위인이 도대체 누구인지 궁금했다.

아리아 역시 마찬가지였다. 신분이 높을수록 식사가 어렵다는 말을 들었다면, 자신보다 높은 신분의 누군가가 방문할 것을 알아채고 곧바로 돌아갔을 것이다. 굳이 마주쳐서 좋을 일이 없는 경우가 많을 테니까.

그런데도 돌아가지 않고 남아서 식사를 하고 있다는 것은 둘 중 하나였다. 하나는 그런 것을 모르는 미천한 신분이거나, 다른 하나는 그런 것에 신경이 쓰이지 않을 정도로 높은 신분이거나. 그리고 제국에서 가장 비싸고 고급스러운 레스토랑을 방문한 이라면 후자가 분명했다.

때문에 조금 떨어진 거리에서 한참이나 정체를 가늠하는데, 갑자기 식사를 하던 손님 중 한 명이 손을 들어 아스를 아는 체했다.

"아니, 이거 아스테로페 전하가 아니십니까?"

"……!?"

놀란 아리아가 눈을 동그랗게 뜨고 손을 든 자를 응시했다.

어찌 감히 제국의 황태자에게 저리도 무례한 언행을 저지를 수가 있을까! 그것은 아리아뿐만 아니라 이 장면을 목격한 모든 이들에게 해당했기에 순식간에 시선이 손을 든 남자에게 향했다. 그는 자신에게 쏠리는 경악 어린 시선에도 아랑곳하지 않고 아스의 이름을 한 번 더 불렀다.

"아스테로페 전하, 설마 제가 누군지 모르시는 건 아니시겠지요?"

"……로한."

그리고 아스마저 그를 아는 체하며 이름을 부른 덕에 그제야 아리아도 짧게나마 대화를 나눈 적이 있는 그를 떠올릴 수 있었다.

"……저분은……!?"

크로아 왕국에서 만난 적이 있었다.

아스에게 퍽 친근한 척 굴었던 그 남자. 숙소까지 찾아와 아스가 자신을 만나러 오지 않은 것에 대해 불만을 토로했던 그 남자였다.

어째서 그가…… 이시스 공녀와 함께 식사를? 게다가 지난번과는 다르게 아스에게 존댓말까지 사용하고 있었다. 이해할 수 없는 상황에 눈을 동그랗게 뜬 아리아가 아스와 로한을 번갈아 보았다.

이 상황을 이해할 수 없었던 것은 이시스 역시 마찬가지였던 모양인 듯 그녀가 사색이 된 얼굴로 로한에게 답을 구했다. 하지만 로한은 그녀에게 답을 주는 대신, 아스를 만난 반가움을 표하기 바빴다.

"고작 해야 식사 한 끼를 예약하는데 자꾸 군소리를 덧붙였다기에 어떤 대단한 위인이 예약을 했을까 생각했는데, 전하셨군요."

"……."

어째서 지배인의 설득에도 불구하고 눈치껏 다른 레스토랑으로 가지 않았는지 그제야 깨달았다는 표정의 아스가 한숨을 내쉬었다. 참으로 귀찮다는 얼굴이었다. 영문을 모르는 아리아와 이시스만이 여전히 답을 구하고 있었다.

"이왕 이렇게 만난 거, 합석하시는 게 어떠신지요."

그리 묻는 로한의 얼굴에 짙은 미소가 깔려 있었다. 애초에 처음부터 이것이 목적이었다는 듯 자연스러운 권유였다. 그럴 생각으로 지배인의 말을 무시했다는 듯한 대답이었다.

"……합석? 합석이라고?"

이에 아스가 어처구니가 없다는 듯 되물으며 미간을 찌푸렸다.

내일부터 해야 할 일이 많았기에 모처럼 아리아와 오붓하게 식사를 하려던 참이었는데 뜻밖의 훼방이 들어온 탓이었다. 그 말도 안 되는 소리에 당연히도 단호하게 거절하려고 하는데, 아리아가 먼저 선수를 쳐 긍정의 답을 내뱉었다.

"그러는 게 좋겠어요. 모처럼 만난 인연인 것 같으니 말이죠."

"……영애!?"

아리아에게 진심이냐는 듯한 아스의 눈이 따라붙었다. 이 귀한 시간을 저런 쓸데없는 사람들과 함께 보내야 하냐는 눈빛이었다.

내일부터 바빠 자주 만나지도 못할 텐데.

하지만 아리아는 로한의 정체와, 그가 왜 이시스와 함께 저녁을 먹고 있는지 심히 궁금했기에 애써 모르는 척 눈웃음을 지으며 잡은 아스의 손을 매만졌다.

"그렇게 하실 거죠?"

이리도 작정하고 대답을 구하는데 어떻게 거절을 할 수가 있을까. 그렇게 할 마음이 전혀 없었기에 미간을 찌푸린 채 한참을 아리아를 응시하던 아스가, 이내 짙은 한숨을 내뱉더니 고개를 끄덕였다.

"……그렇게 하도록 하지요."

결국 아리아의 말을 따를 수밖에 없었으나, 어렵게 준비한 시간을 방해꾼과 함께 보내게 되어 아스의 얼굴이 차갑게 굳었다. 사색이 된 이시스와 궁금증에 눈을 굴리는 아리아. 그리고 그 사이에서 로한만이 홀로 웃고 있었다.

"……도대체, 어떻게 아시는 사이시지요?"

아스와 아리아를 위한 식기가 세팅되는 사이, 궁금증을 이기지 못하고 이시스가 물었다.

내일 당장 황성과 황태자를 칠 계획을 앞둔 그녀였기에 물어 마땅한 일이었다. 단 하루를 앞두고 아군과 적군이 합석을 하여 식사를 하게 되다니. 그런 이시스의 걱정과는 달리 로한은 별일 아니라는 듯 대답했다.

"일국의 왕과 황태자가 안면이 있는 것은 당연한 일이지. 모르는 편이 이상하지 않나?"

"……왕이요!?"

이에 놀란 것은 아리아였다. 이 중 로한의 정체를 모르고 있던 것은 아리아 혼자였기에 당연한 반응이었다.

기껏해야 아스와 비슷해 보이는 연배인데 왕이라니……. 내일을 위해 제국에 손수 방문을 한 것일까. 마치 거짓말처럼 들리는 그 말에 아스에게 왜 진작 설명하지 않았냐는 눈빛을 보냈다. 때문에 곤란해진 아스가 눈치를 보며 대답했다.

"죄송합니다. 굳이 영애께서 아셔야 할 인물이 아닌 것 같아 소개를 하지 않고 넘어가려고 했는데, 아무래도 제 실수였던 것 같습니다."

"너무하시는군."

"……그럴 리가 없겠지만, 두 분께서 꽤 친하신 것 같네요."

그리고 이시스는 지금 이 상황에서 크나큰 불안을 감지했다. 아무리 일국의 왕이라고는 하나, 황태자의 말에 딴지를 거는 행위는 친하지 않고서야 할 수 없는 일이었다.

바로 몇 시간 뒤에 눈앞에 있는 자를 심판하러 떠나야 하는데 이토록 친한 모습이라니. 불안과 공포, 걱정으로 가득 찬 얼굴의 이시스가 말하자, 그게 무슨 소리냐는 듯 로한이 화를 내며 대답했다.

"그럴 리가 있겠어? 당연히 사이가 안 좋지."

"예전부터 그랬지만, 공녀께선 쓸데없는 말씀이 많아."

그러나 이내 불쾌하다는 듯 대답하는 두 사람에 이시스의 눈이 방황했다. 두 사람의 관계를 도무지 파악할 수 없었기 때문이다. 대놓고 타박을 하는 아스에게 무어라 반박을 할 생각조차 들지 않을 만큼.

하지만 그런 이시스와는 다르게 이미 크로아에서 아스와 로한이

오래 알고 지낸 사이처럼 대화를 나누었던 것을 기억하는 아리아
는 이 격렬한 반응이 친근함에서 우러나오는 반응이라는 것을 깨
달았다. 그것이 이시스를 우롱하고 기만하는 행위인 것까지도.

"친하지 않으시다면…… 왜 군이 합석을 하신 거죠?"

내일이면 서로가 서로를 죽일 사이이거늘. 의심으로 가득한 이시
스의 물음에 로한이 어리석다는 얼굴로 대답했다.

"방해하고 싶으니까?"

그 대답에 아스가 기가 찬다는 듯 미간을 찌푸렸고, 로한이 대답
을 이었다.

"게다가…… 앞으로 볼일이 거의 없을 테니, 이렇게나마 보아 두
어야지. 그렇지 않겠어?"

로한의 은근한 물음에 이시스가 잠시 눈을 굴리며 생각에 빠졌다.
그러다가 이내 큰 깨달음을 얻은 듯 고개를 끄덕이며 긍정했다.
그녀는 로한의 말뜻을 내일 있을 기습이 성공하여 더는 아스를 보
지 못하게 될 거라는 의미로 받아들인 모양이었다.

"마지막 만찬이라고 설명하는 편이 좋겠지."

"그렇군요……!"

만찬의 주인공이 자신인지도 모르고 로한의 말에 적극 동의한다
는 듯 대답하는 그녀가 참으로 어리석었다. 아스 역시 오묘한 표정
을 지으며 이시스를 쳐다보았다. 어째서 저리도 단순한 여인에게
그간 휘둘려 왔는지 의문이 섞인 표정이기도 했다.

조금만 더 생각한다면 이상함을 깨달았겠지만, 궁지에 몰려 기댈
곳이 로한밖에 남지 않은 이시스는 자신에게 피해가 적고 성공하
는 가설을 믿기로 한 모양이었다. 어차피 되돌아갈 곳이 없었기 때

문일지도 모른다.

설마 이 모습을 보여 주려고 합석을 제안한 걸까? 영문을 모른 채 로한의 말에 긍정하는 꼴이 우습기는 했지만, 굳이 시간을 쪼개서 볼 만한 광경은 아니었다.

일국의 왕의 귀한 시간을 이런 사소하고 유치한 일에 쓴다는 것이 믿기지 않아 의심하는 눈초리로 로한을 살피는데, 아니나 다를까 그가 지금까지의 일은 장난이었다는 듯 본심을 토로했다.

"뭐, 그런 것도 있지만 사실 로스첸트 영애께 관심이 있어서 합석을 제안한 거야."

"……저요?"

"그래."

아주 뻔뻔하게도 아스가 바로 옆에 있음에도 불구하고 능글맞게 웃은 로한이 그렇다고 대답했다.

"……그게 무슨 헛소리야."

이에 아스가 으르렁대며 로한을 위협했다. 장난이라도 그런 말 따위 하지 말라는 위협이었다.

"사람의 일이란 모름지기 언제 어떻게 될지 모르는 일이니, 현재의 연인이 마음에 들지 않는다면 언제든 차선책으로 날 생각해 줬으면 좋겠다는 본심이라고 생각하면 되겠군."

"로한!"

하지만 격한 아스의 반응에도 로한은 전혀 개의치 않아 하며 말을 이었고, 결국 참지 못한 아스가 버럭 화를 내며 자리에서 일어났다. 할 수만 있다면 멱살을 틀어잡아 땅에 내리꽂기라도 할 얼굴이었다.

때문에 황태자와 왕이 레스토랑 바닥에서 뒹구는 불상사를 막고자 아리아가 서둘러 손을 뻗어 아스의 손을 잡았다.

"말씀은 감사드립니다만, 오해를 불러일으킬 장난은 자제해 주셨으면 하네요."

그러곤 로한이 더는 아스의 화를 돋우지 않도록 이쯤에서 끝내라는 당부를 덧붙였다. 늘 침착하고 여유로운 아스였지만, 자신이 관련된 일에는 꽤 쉽게 감정을 내비쳤기에.

"장난? 장난 아닌데."

그럼에도 여전히 로한은 의미심장한 미소를 띠고 있었다. 그것이 마치 자신을 시험하는 것 같은 미소로 보였기에 잠시 고민하던 아리아가 이내 솔직히 제 생각을 털어놓았다.

어르고 달래어 보았자 말꼬리를 잡고 늘어질 것이 분명했고, 어차피 아스가 곁에 있는 한 그 어떤 말을 해도 로한은 자신에게 위협이 되지 않을 것이라는 믿음이 있었기 때문이었다.

"그러신가요? 그렇다고 해도 로한 님은 제 취향이 아니시니 그런 말씀은 삼가 주셨으면 해요."

"그래? 영애의 취향이 어떤데?"

"흑발에 푸른 눈을 가진 키가 큰 남자요."

"……."

그 대답에 애써 짜증을 삼키던 아스가 딱딱하게 굳었다. 그녀가 지칭한 것이 바로 자신이었기 때문이다. 설마 대놓고 그리 대답할 줄 몰랐기에 빳빳이 굳은 고개를 돌려 아리아를 응시했다. 지금 자신이 들은 것이 진짜냐는 얼굴이었다. 화를 내며 으르렁대던 모습은 온데간데없었다.

그리고 이시스가 제 손바닥으로 입을 가렸다. 아리아가 너무도 솔직하게 제 마음을 털어놓아 이후 일어날 로한의 분노를 상상이라도 하는 얼굴이었다. 아니, 부디 저 천박한 여인에게 크게 화를 내며 눈물을 뽑아내기를 기대하는 얼굴에 가까웠다. 하지만 불행히도 로한은 이시스가 바라던 대답을 내놓지 않았다.

　"……그런 재미있는 대답을 내놓으면, 정말로 없던 관심까지 생겨 버리는데."

　몸을 사리지 않는 당돌한 대답이 마음에 들었는지, 오히려 장난에 가까웠던 방금 전보다 더 흥미롭다는 얼굴로 아리아를 훑었다.

　"그리 말씀하셔도 저는 취향이 확고하여 다른 남성분께는 관심이 없으니 부디 다른 여성분께 관심을 돌리시기를 바라요. 그리고 죄송하지만, 동행한 여성분이 계시는데 계속 제게 말을 거는 것이 실례라는 것도 깨달으면 하네요."

　이에 다시금 쐐기를 박자, 로한이 터져 나오는 웃음을 참지 못하며 소리를 내어 웃었다. 옆에 자리한 이시스는 대놓고 자신을 무시하며 다른 여인에게만 지대한 관심을 표하는 로한에게 차마 화도 내지 못하고 주먹을 꽉 쥐며 화를 삼켰다.

　더불어 천박한 출신 주제에 감히 동정하는 눈빛이라니. 내일이면 연인을 잃고 다시 천박한 신분으로 돌아갈 주제에 누가 누구를 동정한다는 말인가! 그리 화를 내고 싶었지만, 사소한 것 하나에도 죽일 듯 달려드는 아스에 내색하지 못하고 이를 악물었다. 어차피 곧 사라질 허세라고 되뇌며 애써 참아 냈다.

　"……식사는 다른 곳에서 하는 게 어떻겠습니까?"

　그리고 그때, 아까부터 아리아만을 응시하던 아스가 물었다.

아주 초조해 보이는 얼굴이었다. 당장이라도 사람들의 눈을 피해 아리아와 단둘이 다른 곳으로 벗어나고 싶은 얼굴이었다. 그도 그럴 것이 콕 집어서 자신을 취향이라고 말하는 연인을 옆에 두고 무덤덤하게 버틸 수 있는 남성이 그 어디에 있을까.

"그러는 게 좋겠어요."

그리고 그 생각은 아리아 역시 마찬가지였기에 흔쾌히 이를 받아들였다. 의문이 풀렸기에 더는 이곳에 남아 있을 필요가 없기 때문이기도 했다.

그녀의 대답이 끝나자마자 아스가 잡은 손에 힘을 주어 아리아를 일으켜 세웠다. 꽤 조급하고 성급한 그 움직임에 불만을 토로할 수 없었던 까닭은, 그를 이런 상태로 만든 것이 바로 아리아 자신이었던 탓이었다.

"그럼 먼저 실례하겠습니다. 부디 즐거운 시간을 보내시기를."

말없이 자리를 비우려는 아스를 대신해 마지막 인사를 건네는데, 여전히 웃음기 어린 얼굴의 로한이 아리아에게 말했다.

"영애께 관심이 있다는 말은 진심이야. 나는 영애께서 크로아로 와 주었으면 좋겠어. 그리고 그러기를 바라는 사람은 한둘이 아니라는 점만 명심해 둬."

그 의미를 알 수 없는 말에 잠시 고개를 갸웃거린 아리아가 이내 손을 잡아끄는 아스를 따라 레스토랑을 벗어났다. 아스가 퍽 조급한 걸음으로 아리아와 함께 마차에 오르자, 마부가 그에게 행선지를 물었다.

"어디로 모실까요."

"아무 데나."

그러나 마부에게 돌아간 대답은 정확한 행선지가 아니었고, 그럼에도 아스의 의중을 찰떡같이 알아들은 마부가 이내 알겠다는 대답과 함께 천천히 마차를 몰기 시작했다.

　"어디로 가는 거죠?"

　이에 아리아가 목적지를 물었으나, 아스는 질문에는 대답하기는커녕 딴소리를 했다.

　"……정말 영애께선 흑발에 파란 눈, 큰 키가 취향이십니까? 그래서 저를 선택하신 거고요?"

　"네……!?"

　설마 내내 그 생각을 했던 걸까. 단순히 취향이 그러해서 연인을 선택할 리가 없지 않은가. 그 역시 그것을 알 것이 분명한데 굳이 물어 확인하려는 의도가 참으로 불순했다.

　"그걸 이제야 아셨어요?"

　그래서 조금 놀리듯 되묻자, 일순 눈을 가늘게 뜬 아스가 거리를 좁혀 오며 다시 물었다.

　"정말입니까? 저와 머리색과 눈동자색이 같고, 키가 큰 남자가 나타나면 저를 떠날 생각이십니까?"

　"그럼요. 마음에 들면 떠나야죠."

　그에 그럴 수 있다는 듯 여상히 대답하자, 아스가 미간을 찌푸렸다. 아닌 것을 알면서도 기분이 나빠지는 것을 멈출 수 없는 모양이었다.

　때문에 적당히 놀려야겠다고 생각한 아리아가 부드러운 미소를 지으며 말을 이었다.

　"하지만 과거를 포함한 제 오랜 삶을 되돌아보아도 그런 남자는 없었어요. 물론 색이 비슷한 사람은 있었지만, 이렇게 끌린 적은 없었어요. 천천히 되짚어 보아도 매력적이라고 느낀 남자도 없었고요. 그러니 걱정하지 마시기를."

그래서 아스밖에 없다고 돌려 말하는데, 정작 대답을 들은 아스의 표정이 오묘했다. 별로 기뻐 보이는 얼굴이 아니었다. 어째서? 의아함에 아스의 이름을 부르는데, 그가 퍽 딱딱한 얼굴로 한숨을 내쉬었다.

"……생각은 했지만, 직접 들으니 기분이 좋지 않군요."

"뭘…… 요?"

"영애께서 만나신 남성분들이 있을 거란 생각 말입니다. 스물 중반까지 사시다가 과거로 돌아오셨다고 하셨지 않았습니까. 지금도 이렇게 아름다우신데, 성인이 되신 영애는 상상조차 하기 힘들군요……. 그런 아름다운 영애를 가만히 두었을 리 없었겠죠."

그제야 조금 실언을 했다는 것을 깨달은 아리아가 입을 꾹 닫았다.

스스로 나서서 지나간 다른 남자들과 아스를 비교하는 말을 하다니. 만약 아스가 다른 여성들과 인연이 있어 그것을 입 밖으로 꺼냈다면 자신도 신경이 쓰였을 것이 분명했다. 기분도 나빴겠지.

하지만 이미 미래를 살아 본 아리아는 그가 이시스밖에 인연이 없다는 것을 알았고, 사이 또한 좋지 못하다는 것을 직접 보았기에 신경 쓰지 않고 저도 모르게 자신의 남성 편력을 떠벌리고야 말았다. 때문에 갑자기 급속도로 냉각된 분위기와 미안해하는 아리아에, 아스가 서둘러 변명했다.

"그렇다고 해서 영애의 과거를 추궁하거나 그것을 빌미로 화를 낼 생각은 없습니다. 그저…… 왜 그때 제가 영애를 만나지 못했는지 후회를 하고 있을 뿐입니다.”

“그거야……. 그땐 제가 아주 어리석고 멍청한 악녀였기 때문이죠. 감히 황태자 전하를 알현할 수도 없는 천박한 악녀요. ……각자 수준에 맞는 사람을 만났던 거예요.”

“스스로를 그렇게 표현하지 마십시오. 영애께선 그저 때와 사람, 그리고 상황이 좋지 못했을 뿐입니다.”

그러다가 이제는 조금 미간을 찌푸리며 아리아를 위로했다. 괜히 말을 꺼냈다며 자책하기까지 했다. 스스로를 멍청하다거나 어리석다고 표현하는 아리아 때문이었다.

“방금 전에도 말했지만……. 과거에 만났던 남자들 중 제가 마음을 준 사람은 단 한 명도 없어요. 그저 여느 영애들이 그렇듯, 스치듯 지나간 인연에 불과했죠. 파티에서 만나 이야기를 나누거나 하는 정도로 말이에요.”

“이야기를 나눈 정도라……. 정말 그런 거라면 제가 괜히 걱정한 걸지도 모르겠군요.”

여전히 질투하는 얼굴이었지만, 아리아의 이야기가 거듭되자 그나마 안심이 된다는 듯 표정이 조금 풀어졌다. 하지만 아리아는 아니었다. 사실 이야기를 나누는 정도로 끝이 나지 않았었기 때문이다.

술을 마시고 가벼운 스킨십을 했었다. 그보다 조금 더 진도가 나가는 경우도 있었고. 물론 진지한 상황까지 가지는 않았지만, 천박하다는 표현에 걸맞은 행동을 했던 것 같은 기억도 났다. 거짓말을 한 것 같아 괜히 찔렸기에 아리아가 방금 전에 자신이 했던 말을 정정했다.

“그게……. 생각해 보니 이야기만 나눈 건 아닌 것…… 같아요.”

“그럼요?”

"……약간의 접촉도 있었다고 해야 하나……."

접촉이라는 말에 아스의 표정이 다시 심각해졌다.

"어느 정도 접촉입니까? 손을 잡거나 허리에 손을 두르거나 하는 정도입니까?"

친밀한 사이라면 누구라도 하는 스킨십이었다. 약간이라고 하여 정말 가벼운 예를 들자, 아리아가 고개를 저었다.

"……그럼 포옹이라든가."

단호하게 아니라고 표현하자 아스의 말이 짧아졌다.

심기가 불편한 모습이었다. 포옹보다 훨씬 더 진도가 나갔는데 어쩌지. 화를 내는 건 아닐지 걱정이 되어 아무런 대답도 하지 못하자, 그보다 더 진한 스킨십을 했었다는 것을 깨달은 아스가 아리아에게 몸을 붙였다. 마치 이름 모를 남성들과 아리아가 했을 행동들을 질투하는 것처럼.

"이 정도로 가까이 다가간 적은 있습니까?"

아스의 얼굴이 지척에 있었다. 이미 이마에 키스를 받은 적이 있었기에 그의 얼굴을 가까이 마주하는 것이 처음도 아니건만 갑작스러워 놀란 탓일까, 심장이 조금 빠르게 뛰기 시작했다. 때문에 애써 태연한 척을 하며 고개를 끄덕였다. 어두운 조명이 내려앉은 파티에서 이 정도는 대수로운 거리도 아니었다.

"……네."

"이렇게 이마에 입맞춤을 한 적은요?"

아스가 아리아의 이마에 가볍게 입맞춤을 하며 물었다. 그것 또한 수도 없이 많이 있었던 일이었기에 아리아는 이번에도 대답을 하지 못했다. 아니, 이마에 입맞춤을 한다는 것은 상대방을 사랑

스럽다고 여길 때 하는 행동이었기에 없었을지도 모른다는 생각이
들었다.

"……그럼, 뺨은요?"

진지한 표정과는 다른 부드러운 입술이 뺨에 닿았다.

세상에……! 아주 흔히 있어 왔던 일이었건만 조금 빠르게 뛰던
심장이 이제는 입 밖으로 튀어 나갈 듯 뛰기 시작했다. 조금만 거
리를 달리하면 입술이 맞닿을 거리라서 그런 걸까. 아니면 그가 뺨
에 입술을 댄 채 질문을 해서 그런 걸까.

아마도 둘 다이겠지만. 놀라 숨까지 멈춘 채 대답을 않자, 아스
의 눈이 미약하게 떨리는 아리아의 시선에 닿았다. 눈에 띄게 가라
앉은 그 눈동자에는 무언의 허락을 구하는 눈빛이 담겨 있었다. 그
러니 지금이라도 없다고 대답을 해야 하는데. 그렇지 않으면 분명
이마와 뺨의 다음으로 넘어갈 것이다. 그것은 아마도…….

아리아의 눈을 마주하던 아스의 시선이 천천히 아래로 내려갔다.
부드러운 곡선의 코를 지나 시선이 멈춘 곳은 다름 아닌 촉촉하게
젖은 아리아의 입술이었다. 이제 더는 질투로 만연한 얼굴이 아닌
어른의 얼굴을 마주한 아리아가 마른침을 삼켰다.

분명 자신이 더 경험한 세월이 더 많아 항상 우위를 차지하고 있
다고 생각했는데, 언제 이렇게 여인을 설레게 할 얼굴을 할 줄 아
는 남자가 되어 이토록 자신을 괴롭히는지…….

이제 더는 아무것도 묻지 않은 아스가 천천히 거리를 좁혀 왔다. 태
풍 속에 흔들리는 조각배처럼 흔들리는 아리아의 눈을 응시하며 하얗
고 뽀얀 아리아의 뺨을 쓸었다. 마치 마지막 허락을 구하는 것처럼.

지금이라도 뿌리치면 충분히 거부할 수 있는 상황이었음에도 아

리아는 그렇게 하지 않았다. 그러곤 아스를 밀치거나 고개를 돌리는 대신, 떨리는 눈을 천천히 감았다. 입술이 겹친 것은 순식간이었다. 보드라운 입술이 제 입술에 맞닿자마자 일순 심장이 덜컥 멎는 느낌이 들었다.

고작해야 입술을 마주하는 것이 뭐가 그리 대단하다고 사랑하는 사람과의 로맨틱한 입맞춤을 논하는 여성들을 비웃어 왔었는데, 이제는 감히 그런 말은 생각도 할 수도 없을 만큼 열이 오르고 머릿속이 마비되었다.

그렇게 질투로 시작된 스킨십은 어느새 진득한 입맞춤이 되어 아리아를 괴롭혔다. 부드럽게 맞닿았던 입술이 거칠게 변모하여 아리아를 유린했다. 저항 없이 받아들이는 아리아에, 그녀의 뺨을 쓸던 아스의 손이 마차 벽을 짚고 숨이 멎을 정도로 더욱더 깊게 입을 맞춰 왔다.

"……읏."

그것에는 즐거움만을 위한 노련하고 성숙했던 그간의 입맞춤과는 달리, 오롯이 아리아를 탐하고 소유하겠다는 집착만이 가득해 저도 모르게 손이 바들바들 떨렸다.

때문에 한참이나 허공을 방황하던 아리아의 손이 겨우 아스의 팔을 잡았다. 이에 자극을 받은 아스가 참을 수 없다는 듯, 더 깊게 자신을 밀어붙였다.

"하읏……."

정말로 숨이 멎을 것 같았다.

거친 아스의 입맞춤에, 그 소유욕에, 집착에, 그리고 욕망에. 전신이 모두 삼켜질 것만 같았다. 잔뜩 열이 오른 눈이 타서 멀어 버릴 것만 같았다.

그렇게 한참을 아리아를 전부 삼켜 버릴 듯 농락하던 입술이 길고 긴 여운을 남기고 떨어졌다. 지척에서 닿는 아스의 숨결에 차마 달아오른 전신이 터질 것처럼 뜨거웠다.

그래서 작게 신음을 내뱉자, 작게 욕설을 내뱉은 아스가 다시 그녀의 입술을 훔쳤다. 이번에도 정신이 혼미해질 정도로 거친 입맞춤이었다. 정말 과거에 숱한 남자들을 만나 그들을 한낱 유흥거리로 소비했던 자신이 맞는지 의심스러울 정도로 형용할 수 없는 기분이 들었다.

"……저택까지 바래다드리겠습니다."

한참을 그런 아리아를 뚫어지게 훑던 아스가 이내 쥐어짜듯 말했다. 이 이상 그녀를 탐했다간 멈출 수 없다는 것을 깨달은 모양이었다. 그럼에도 시선은 여전히 아리아를 향해 있었다.

"……네."

그런 아스에게서 시선을 돌리며 아리아가 대답했다. 저토록 열렬히 자신을 갈구하는 눈빛을 어떻게 당당히 마주할 수가 있을까. 그럼에도 왜 자신은 아직도 열일곱에 불과한 건지, 처음으로 어려진 자신에 대한 미움과 원망이 생겼다. 만약 이번 생일이 열일곱이 아니라 열여덟 생일이었다면…… 그랬다면 백작저로 돌아가지 않아도 되지 않았을까.

마차는 수도를 한참이나 더 돌고 세상에 새카맣게 어둠이 내려앉은 다음에야 로스첸트 백작저에 도착했다. 도착을 알리는 마부의 말에도 마차 안에서는 아주 조금의 미동도 말소리도 없었다.

그러다가 결국 저택에서 나온 시종들이 무슨 일이 생긴 것은 아니냐고 작게 수군대기 시작했기에 아쉬움을 뒤로하고 아리아가 먼저 작별을 고했다.

"가 볼게요."

"……네."

아쉬움이 뚝뚝 떨어지는 얼굴로 고개를 끄덕인 아스가 아리아와 함께 마차에서 내렸다. 인사를 나누고도 헤어지지 않은 채 저택 앞에서 어색한 분위기를 연출하는 탓에, 지켜보던 시종들이 오해를 하기 시작하던 때였다.

"……!"

"……세상에."

차마 그냥 돌아갈 수 없었던 모양인지 아스가 다시금 아리아의 허리를 잡아 채 마치 훔치듯 가볍게 입을 맞췄다. 마차에서 있었던 것과 비교해 터무니없이 가벼운 입맞춤이었지만, 보는 이로 하여금 얼굴을 붉히게 만들기 충분했다. 그리고 이를 전혀 예상하지 못했던 아리아마저도.

"아, 아가씨!"

애니와 제시가 입술이 떨어지자마자 도망치듯 저택 안으로 사라진 아리아를 따라 달려갔다. 저택 앞에 홀로 허망하게 남겨진 아스가 한참이나 이를 쳐다보다가 이내 아무 일도 없었다는 듯 마차를 타고 사라졌다.

"아가씨! 문 좀 열어 보세요! 씻고 의복을 갈아입으셔야죠!"

문밖에서 들려오는 시녀들의 외침에 즐거움이 가득했다. 당장이라도 문을 부수고 들어가 오늘 있었던 일을 묻고 싶어 하는 목소리였다.

하지만 겨우 진정이 되었던 얼굴이 다시 터질 듯 달아오른 아리아는 동이 틀 때까지 이불을 뒤집어쓴 채 밖으로 나오지 않았고, 결국 애니와 제시를 비롯한 저택의 시종들은 저택 현관에서 본 것에 더해 상상에 날개를 달았다.

20. 선택의 결과

20. 선택의 결과

새벽부터 귀족들의 저택이 소란스러웠다. 날이 밝자마자 황성을 기습해야 했기 때문이다.

그간 망나니처럼 유흥을 찾아 댔던 병사들은 어느새 무기와 방어구를 갖춰 입고 전투에 임할 태세를 갖췄다. 그 늠름하고 용감한 모습을 보며 그간 걱정으로 한가득이었던 귀족들의 표정에도 안도의 미소가 떠올랐다. 이제 흩어진 병사들이 한데 모여 황성을 점거하고 난 뒤, 유유히 등장해 승리를 만끽하는 일만 남았다고 생각했기 때문이었다.

"그럼, 자작님. 아직 이르지만 저희는 먼저 출발하겠습니다. 그간 실례가 많았습니다."

"하하. 실례는 무슨! 어서들 가 보게. 나는 조용히 저택에서 기다리다가 정리가 끝나면 나가 보겠네."

"예. 그럼."

병사들 중 가장 계급이 높은 자가 수십 명의 부하들을 이끌고 저택을 벗어났다. 이 많은 병사들에게 말을 한 필씩 지원해 달라고 하여 꼭 그럴 필요가 있나 생각했었지만, 저리도 힘차게 저택을 벗어나는 것을 보니 마음이 든든했다.

물론, 어쩐 일인지 병사들이 향하는 곳은 황성이 있는 방향이 아니라 수도를 빠져나가는 방향이었지만 그것은 저택을 벗어나서 조금 지난 뒤에야 알 수 있는 사실이었기에 병사들은 아무에게도 들키지 않고 유유히 수도를 빠져나갈 수 있었다.

그리고 같은 시각, 동이 틀 때까지 이불 속에서 나오지 못했던 아리아가 창밖에서 들리는 말소리에 천천히 이불 밖으로 나왔다. 지난밤에 있었던 아스와의 일에 정신이 팔려 일순 잊고 있었는데 오늘은 아주 중요한 날이었다. 그간 학수고대했던 이들의 최후를 구경해야 했기 때문이다. 이렇게 방에 처박혀 있을 때가 아니었다.

아리아가 창문을 열고 밖을 확인했다. 벌써 그간 백작저를 어지럽혔던 병사들이 말에 탄 채 먼 여행을 떠날 준비를 끝내고 있었다. 그들 중 하나가 매무새를 정리하다가 우연히 아리아와 눈이 마주쳤다.

"……!"

화들짝 놀라며 말에서 떨어질 뻔했던 병사가 이내 자세를 바로 하고 아리아에게 꾸벅 인사했다. 사정을 아는 자에 대한 인사였다. 이에 아리아 역시 손을 들어 병사의 무사 귀환을 바랐다.

아리아의 손짓에 퍽 놀라며 다시금 말에서 떨어질 뻔한 병사 때문에 여타 병사들마저 그의 시선을 따라 아리아를 보고 인사를 하기 시작했고, 그 숫자가 꽤 많아 아리아는 한참이나 손을 들고 있어야 했다.

그리고 마지막으로 그녀를 알아본 것은…… 다름 아닌 카인이었다.

여느 귀족들이 그렇듯, 병사들 중 가장 지위가 높은 이와 이야기를 나누던 카인이 고개를 들어 아리아를 쳐다보았다. 조금 거리가 떨어져 있어 세세한 표정까진 보이지 않았지만, 퍽 불쾌해 보이는 얼굴이었다.

대화를 끝내고 병사들을 배웅한 카인이, 여전히 멀리 사라지는 병사들을 응시하는 아리아를 다시금 확인했다. 그러곤 곧장 몸을 돌려 저택 안으로 들어가 빠른 걸음으로 계단을 올랐다.

답지 않게 시끄러운 발소리를 내며 계단을 올랐기에 이제 막 잠에서 깬 시종들이 놀라 카인을 힐끗대거나 뒤를 따랐다. 그런 그가 도착한 곳은 당연하게도 아리아의 방이었다.

"아리아."

퍽 화가 난 목소리의 카인이 아리아의 이름을 불렀다. 창문 너머로 병사들을 배웅한 것이 고작인 그녀에게는 뜬금없는 반응이었다. 참으로 이상한 자라며 고개를 갸웃거린 아리아가 대답했다.

"이렇게 이른 시각에 무슨 일이시죠?"

"……어젯밤 귀가가 늦었다고 들었는데."

아리아보다 더 늦게 귀가한 카인이 할 말은 아니었기에, 전혀 신경도 쓰지 않는다는 표정의 아리아가 이를 지적했다.

"오라버니께서 제게 하실 말씀은 아니신 것 같은데요. 늘 새벽에나 귀가하시잖아요?"

"난 가주이고 일 때문에 늦었지만, 너는……!"

차마 뒷말을 잇기 힘든 모양인지 잔뜩 화가 난 목소리로 소리를 치려던 카인이 이내 입을 꾹 닫았다.

백작의 사업에 정신이 팔려 자신에 대한 생각은 접은 줄 알았는데, 아직도 이리 쓸데없는 질투를 일삼다니. 날이 밝으면 끝날 목숨이거늘. 그 어리석은 모습에 아리아의 입꼬리가 올라갔다.

"제가 뭘요? 아스 님과 저녁을 먹고 늦게 귀가를 한 게 처음도 아닌데, 이토록 열을 내시는 이유를 모르겠네요. 혹시…… 무언가 다른 이야기라도 들으셨나요?"

그렇지 않고서야 이렇게 화를 낼 리가 없었다. 분명 아스와 입맞춤을 나눈 사실을 들었을 것이다. 저택 앞에서 대놓고 그리했으니 모를 리가 없었다. 시종들이 신이 나서 새벽까지 떠들어 댔을 테니까.

"그걸 지금 말이라고……!"

아니나 다를까, 정확히 무엇인지 묻지도 않았는데 카인이 잔뜩 화를 내며 다시금 목소리를 높이고 화를 냈다. 오라비로서 마땅히 화를 내는 것이 아니라, 질투에 사로잡힌 것 같은 모습이었다.

때문에 먼발치에서 대기하던 시종들이 놀라 모여들기 시작했다. 방문이 훤히 열려 있어 아리아와 카인이 대치한 모습이 그대로 내보여졌다. 이에 시종들은 혹시라도 아리아에게 큰 화가 떨어질까 전전긍긍하며 그녀가 무탈하기를 기원했다.

그래, 그들의 바람대로 자신이 화를 입는 일은 없을 것이다. 감히 반역을 도모하고 황권에 도전하여 화가 떨어질 이는 바로 카인이었다.

'그전에 과거, 의붓 여동생의 목을 내리쳤던 죗값을 치러야겠지.'

더불어 제 손으로 죽인 여동생에게 욕망을 품고 있는 현재의 죗값 또한. 어떻게 엄벌을 내리면 좋을까. 아아, 그렇지. 오래 고민하지 않았음에도 그가 지금 가장 두려워하고 있을 것이 떠올랐다.

저토록 화를 내는 원인. 이따금 미끼를 던지며 여지를 주던 아리아가 완벽하게 제 손을 떠났다는 것을 알려 주는 것. 과거와 현재를 통틀어서 처음 빠져든 여자에게 거부를 당하는 것. 능력도 되지 않으면서 아비를 팔아서까지 원했던 여자가 이미 다른 남자와 맺어졌다는 사실을 알려 주는 것을 말이다.

그것을 일깨워 주려 아리아가 순진한 표정을 만들어 내며 카인에게 물었다.

"설마, 제가 아직 성인이 되지 않았다는 핑계로 화를 내시는 것은 아니시겠지요? 그러기엔 너무 늦으셨는데……."

"그게, 그게 무슨…… 소리야……?"

그 의미심장한 소리에 카인이 딱딱하게 굳었다. 방 밖에서 지켜보던 시종들 또한 눈을 동그랗게 뜨고 귀를 쫑긋 세웠다. 바로 어제 저녁에 있었던 일을 떠올린 모양이었다.

"아스 님과 단둘이 만난 것이 이번이 처음도 아니고…… 오라버니께선 모르시겠지만, 몰래 제 방에서 둘이 만난 적도 있는걸요? 크로아로 여행을 다녀오기도 했잖아요. 같은 방을 쓰기도 했는데……. 그렇다고 해도 어차피 아스 님과 저는 결혼을 하게 될 사이이니."

도발하는 아리아의 말이 끝나기도 전이었다. 눈에 핏발이 흉흉하게 선 카인이 갑자기 아리아를 향해 달려들었다. 미리 대비를 한 아리아가 서둘러 몸을 피하지 않았다면, 그와 함께 바닥에서 뒹굴었거나 그의 손에 목이 졸렸을지도 모를 일이었다.

"아가씨!"

공포에 질린 척을 한 아리아가 시종들 중 한 명의 뒤로 숨었다. 그러고는 바들바들 떨며 애처로운 모습을 연출했다. 애니와 제시가 서둘러 달려와 가녀린 제 주인의 어깨를 감쌌다.

평소의 그녀를 생각한다면 이리도 연약한 모습을 보이는 것이 아주 이상하다고 생각할 법했지만, 카인이 그를 뛰어넘는 분노를 표출하는 탓에 패닉에 빠진 그녀들이 제 주인을 보호했다.

"너! 너……! 네가 감히! 어떻게 그런 천박한 말을! 행동을!"

바닥을 짚고 일어난 카인이 광기에 휩싸인 얼굴로 고함을 쳤다. 마치 미친 사람 같은 그 모습에 시종들이 서둘러 아리아를 둘러싸고 사람의 벽을 만들었다.

"……왜, 왜 화를…… 화를 내시는지 잘 모르겠어요. 미엘르도 오스카 님과 하룻밤으로 보내고 온 적이 있잖아요. 게다가 어머니의 허락도 받고 갔는걸요……!"

아니, 아리아는 아주 잘 알고 있었지만 아직 모르는 시종들을 위해 일부러 그리 말했다. 어쩌면 그들도 조금씩 짐작을 하고 있을지도. 미친 제 주인이 의붓여동생에게 이상할 정도로 집착하고 있다는 사실을 말이다.

"그걸 몰라서 물어!? 감히 네가 어떻게! 어떻게 나를……!"

나를 두고? 배신하고? 선택하지 않고? 좋아하지 않고? 이어질 말은 그런 것밖에 없었기에 이를 추측한 시종들의 안색이 창백해졌다.

"카, 카인 님. 일단 진정을 하시는 것이……!"

"시끄러워!"

짝! 가장 앞에 있던 시종이 카인을 진정시키려다가 손에 뺨을 맞고 쓰러졌다.

손찌검까지 하다니, 진정으로 미친 것인가! 순조롭게 악화되는 상황에 겁에 질린 척을 한 아리아가 울먹였고, 그녀를 감싼 시종들의 표정에 분노가 퍼지기 시작했다. 마음을 품는 것은 이해할 수 있는 일이었으나, 그렇다고 이토록 난동을 부리는 것은 그 누구도 이해하고 넘어갈 수 없는 일이었다.

"카인 님, 진정하세요……!"

"아가씨께서 아직 어리셔서 그러니 부디 너그러운 마음으로 용서해 주세요!"

"제가, 제가 아가씨께서 잘못하신 행동을 알려 드릴 테니, 노여움을 푸세요……!"

"가여운 아리아 아가씨를 용서해 주세요!"

뺨을 맞고 쓰러진 시종이 있음에도 공포에 질리기는커녕 다수의 시종들이 아리아를 감싸며 화를 삭일 것을 애원했다.

그러나 그것은 카인의 화를 더욱 돋우는 결과만을 낳았기에 카인이 다시금 손을 들어 몇몇 시종들의 뺨을 내리쳤고, 그가 절망에 빠져 미쳐 버린 모습을 충분히 구경했음에 아리아가 이제 그만 놀아야겠다고 생각했을 때였다. 생각지도 못하게 카인을 저지하는 목소리가 복도에 울렸다.

"지금 이게 무슨 일이야?"

백작 부인이었다. 계속해서 이어진 소란에 잠이 깬 그녀가 하품을 하며 천천히 나타났다. 그러다가 이내 아리아의 방 앞, 복도에서 벌어진 참상에 충격을 금치 못하며 목소리를 높였다.

"아리아……!?"

놀란 백작 부인이 한걸음에 달려가 그 참상을 제대로 확인하자, 아리아가 눈에 그렁그렁 눈물을 매단 채 울먹이고 있었다. 매춘부였던 시절, 며칠 동안 집에 돌아가지 않아 홀로 먹을 것도 없는 집에 방치를 했을 때도 울지 않았던 아리아였는데, 어째서 이리도 눈물로 얼룩진 얼굴을 하고 있는 건지!

충격으로 그녀가 연기를 하고 있을 거라는 가정도 하지 못한 채 백작 부인이 말을 잃은 사이, 정적을 깨고 카인이 그녀에게 물었다.

"어머니께서도…… 알고 계셨습니까?"

아리아가 그토록 바랐던 카인의 절망에 빠진 얼굴과 목소리에 백작 부인이 퍽 진지한 얼굴로 되물었다. 카인에게 향하는 백작 부인의 눈빛이 흉흉했다.

"무엇을?"

"아리아가……. 아리아가……! 황태자와, 밤을…… 보냈다는 것을요!"

이미 그에게는 기정사실이 되어 버린 물음에 백작 부인이 미간을 찌푸렸다. 설마 그런 하찮은 것을 가지고 이 난리를 피우고 있냐는 표정이었다. 그리고 정말 그런 하찮은 이유 때문이라면 아리아가 연기를 펼치고 있는 것일지도 모른다며 허탈한 웃음을 지었다.

"왜 그런 걸 묻지? ……아니, 설령 그렇다고 하더라도 그게 뭐 어쨌다고?"

"……아리아는, 아리아는 미성년자가 아닙니까!"

"결혼을 할 사이인데 뭐가 문제야? 그리고 이 어미가 괜찮다고 하는데 왜 네가 나서서 난리니? 피도 이어지지 않은 관계인데 말이야. 그 시간에 미엘르의 걱정이나 하렴."

백작가에서 더는 얻을 것이 없었고, 이에 더해 반역죄가 확정되면 그것을 빌미로 백작과 이혼을 할 예정인 백작 부인이었기에 더욱 냉랭하게 말할 수 있었다.

더는 백작가의 사람들이 두렵거나 신경 쓰이지 않았다. 이제는 그런 것 따위 없어도 충분히 먹고살 수 있을 만큼의 재산을 얻었으니까. 그 차가운 대답에 카인의 얼굴이 딱딱하게 굳었다. 그리고 아리아와 같은 말을 내뱉은 백작 부인에게 카인이 본심을 쏟아 냈다.

"……하, 역시 천박한 출신은 속일 수가 없는 모양이군요. 그 어미에 그 딸이라."

짝! 이제 더는 참을 필요가 없어진 백작 부인이 카인의 뺨을 내리쳤고, 카인이 시종을 때렸을 때와는 달리 모두가 이를 당연하게 여기며 눈을 흘겼다.

"아무것도 모르는 주제에……! 네가 언제까지고 그런 말을 할 위치일 거라곤 생각하지 말렴. 곧 그 천박한 출신보다 못한 존재가 될 테니까!"

드물게도 백작 부인이 고함을 쳤다. 그것은 무지한 카인에 대한 뼈 있는 충고였다. 아니, 이제 깨달아도 소용이 없는 충고였다. 그럼에도 어이가 없다는 듯 헛웃음을 내뱉은 카인이 백작 부인을 죽일 듯 쏘아보다가 이내 상종하고 싶지도 않다는 듯 시종에게 지시했다.

"아리아는 방에 가둬. 더는 천박한 짓을 하고 돌아다니지 못하도록. 저항한다면 손과 발을 묶어도 좋아. 그리고 부인께선 저택에서 나가 주셨으면 좋겠군. 저택의 주인은 이제 나니까."

"……."

그러나 시종들 중 그 누구도 카인의 지시에 따르는 이는 없었다. 그간 아리아가 은덕을 쌓은 결과였다. 물론, 그렇지 않다고 하여도 마땅히 당연한 선택이었다.

아무리 멍청하더라도 병사들에게 온갖 재물을 다 퍼 주고, 미숙한 카인의 일 처리에 망해 간다는 소문이 무성한 백작가를 따를 이는 없었다. 그보다는 제국의 별이자, 훗날 황태자비가 될 아리아의 편이 되는 것이 얻을 게 훨씬 많을 테니까.

"뭣들 하는 거야!? 빨리 아리아를 묶어!"

카인이 다시 고함을 쳤으나, 시종들은 그의 말을 듣지 않은 채 백작 부인과 아리아를 둘러싸며 감히 카인에 대한 적개심을 표출했다.

"감히……!"

그래서 다시금 카인이 손을 들었을 때였다. 소란을 틈타 저택에 도착한 것인지, 흰색 제복을 몸에 두른 기사들이 빠른 걸음으로 계단을 올라왔다. 가슴에 수놓인 황실의 인장이 그들이 황실 기사단임을 증명했다.

기사들이 겁에 질린 아리아와 분노에 찬 백작 부인, 그리고 시종들을 한차례 훑으며 미간을 찌푸렸다. 그 사이에서 가슴에 수많은 배지를 단 기사가 품에서 서류 하나를 꺼내며 카인에게 물었다.

"로스첸트 카인 님이 맞으십니까?"

"……그렇습니다만."

대답하는 카인의 얼굴에서 어느새 분노와 흉포함이 사라지고 불안함이 어렸다. 황성을 기습하러 병사들이 떠난 지 얼마 되지도 않았는데 황실의 기사들이 저택에 방문했기 때문이다. 그리고 그런 카인의 예상은 맞아떨어져, 기사가 그에게 엄벌의 시작을 알렸다.

"반역에 가담한 죄로 체포하겠습니다."

"……!?"

말이 끝나자마자 무어라 반박을 할 새도 없이 순식간에 이동한 기사들이 미동도 할 수 없게 카인의 몸을 옥죄었다. 그들은 준비해 온 밧줄로 카인의 팔을 묶었고, 걸을 수 있을 정도의 간격만 제외하고 발 또한 묶었다. 그가 아리아에게 하려고 했던 행동이었다.

"아악!"

너무 세게 조인 탓인지 카인이 고통스런 비명을 질렀다. 하지만 이를 전혀 개의치 않는 기사가 거친 손길로 카인의 등을 떠밀며 말했다.

"스스로 반역을 했다는 증빙 서류까지 제출하셨더군요. 저택에 병사들을 숨겨 놓고 모든 비용을 지원하시기까지 하셨으니, 변호인을 선임할 순 있으나 도움이 되진 않을 겁니다. 시종들과 가족분들께 험한 꼴을 내 보이고 싶지 않으시다면 조용히 따르십시오."

설마. 짐작이 가는 부분이 있었다. 바로 어제 병사들의 의식주를 위한 명세서를 모두 제출한 참이었다. 분명 황실 기사단이 아닌 크로아의 귀족에게 건넸는데……? 여기까지 생각이 도달하자 믿고 싶지 않은 가정에 다다라 카인의 얼굴이 핼쑥해졌다. 다리에 힘이 풀려 제대로 걸을 수가 없었다.

"도대체 이게 무슨……?"

"반역……!?"

"카인 님께서, 반역에 가담하셨다고……?"

"무슨 그런 말도 안 되는 소리가!"

카인이 연행된 뒤, 복도에 남은 시종들이 믿기지 않는다며 수군대기 시작했다.

"역시 그랬구나……. 전하께서 조사를 하고 계신다고 하셨을 때 말렸으면 좋았을 것을……."

이에 아리아가 젖은 눈가를 닦으며 무언가 안다는 듯 입을 열자 시선이 모였다. 그녀가 지금 이 어처구니없는 상황에 대해 답을 알고 있음을 짐작했기 때문이었다.

하지만 굳이 설명을 하지 않아도 어차피 조금 시간이 지나면 제국을 넘어 타국까지 퍼질 소문이었기에, 아리아는 조용히 입을 닫는 것으로 그들에게 상상의 나래를 펼칠 기회를 주었다.

"뭔가 잘못된 게 분명해. 사실이 밝혀지기까지 기다려야겠어……!"

방금 전까지 그녀를 죽일 듯 겁박했던 카인을 믿고 기다리겠다는 그녀의 말에 시종들이 주먹을 쥐며 화를 삭였다. 이토록 착한 아리아에게 어찌 그런 몹쓸 짓을 할 수가 있을까.

"어머니께서 오라버니께 변호인을 붙여 주세요. 오라버니도 미엘르도 모두 사라져서 이제 백작가의 진정한 주인은 어머니시잖아요."

"……그렇지. 변호인을 붙일 수 있다고 했으니, 마땅히 구해 주어야겠지. 다들 동요하지 말고 할 일을 하자꾸나."

어느새 표정을 가다듬은 백작 부인까지 손수 카인을 위해 변호인을 알아보겠다며 계단을 내려갔다. 이제 그녀는 아주 유능한 변호인을 구해 카인의 죄를 낱낱이 밝히는 데 일조할 것이다. 그리고 그것을 빌미로 백작과 이혼을 강행하겠지. 재산을 모두 빼돌리고 병든 남편까지 버린 그녀는, 자유롭게 무엇이든 할 수 있을 것이다.

"세상에, 어떻게 이런 일이……!"

"이게 꿈은 아니겠지?"

가벼운 그녀의 발걸음을 따라 시종들이 수군대며 사라졌고, 아리아가 애니와 제시의 부축을 받으며 제 방으로 들어갔다.

"아, 아가씨……? 이게 지금 무슨 상황이죠……?"

"오라버니께서 반역을 도모하셨다잖니."

여전히 이해할 수 없다는 애니의 물음에, 언제 겁을 먹고 울먹였냐는 듯 아리아가 표정을 가다듬으며 태연한 얼굴로 대답했다.

"아침에 떠난 병사들을 보지 않았니? 그간 평범하게 위장을 하고 있던 그들을 말이야. 다른 귀족들의 저택에도 의문의 손님들이 잔뜩 와 있다는 소문 또한 들었을 테고."

그제야 그들이 이번 반역을 위한 병사들이었다는 것을 깨달은 애니가 그간의 기행들을 납득했다는 듯 손으로 제 입을 가리며 말했다.

"그토록 돈을 펑펑 쓰는데도 카인 님께서 용인하셔서 도대체 정체가 뭔지 궁금했는데, 설마 병사들일 줄이야……!"

"아, 아가씨께선 알고 계셨나요?"

놀란 제시의 물음에 아리아가 의미심장한 미소를 짓고는 화제를 돌렸다.

"나는 이만 외출을 해야 할 것 같으니 준비해 주렴."

"……외, 외출이요? 지금요?"

"그래. 오늘의 하이라이트가 기다리고 있거든. 참석하지 않으면 안 되니 준비를 하고 나가야지. 너희들도 함께하겠니?"

영문을 모를 소리에 애니와 제시가 서로를 쳐다보며 답을 구하다가, 이내 울어서 그런지 눈이 따갑다는 아리아의 말에 서둘러 세숫물을 가지러 방을 나섰다.

　　　　　＊　　＊　　＊

　불쾌했던 저녁 식사를 마치고 저택으로 돌아온 이시스는 공작과 앞으로의 일에 대해 대화를 나누었다.

　"황족들은 모두 감옥에 처넣을 테니, 당분간은 내가 그 자리를 대신하는 것이 좋겠다."

　"네. 아무래도 로한 님께서는 크로아도 돌보셔야 하니까요. 다른 귀족들도 모두 찬성한 바이기도 하고요."

　"일이 끝나면 바로 식을 올리도록 하고."

　"네, 그렇지 않아도 그에 대해 이야기를 나눈 참이에요. 제국이 로한 님의 손에 떨어지게 되면 바로 식을 올리기로 했어요. 서류 또한 다시 작성해 만들어 놓았어요."

　"좋아. 아주 만족스럽구나. 중간에 멍청한 황태자 때문에 조금 잡음이 있었지만, 결과적으론 더 큰 결실을 이루게 되었으니까. 고생했다, 네 공이 크다."

　"……아니에요, 절 믿고 끝까지 맡겨 주셔서 감사드려요."

　이시스의 눈시울이 붉어졌다. 그간 했던 고생들을 떠올렸기 때문이었다. 공작이 이시스의 어깨를 두드리며 위로를 하려던 그때였다.

　"누님, 아버님! 역시 생각을 다시 해 주십시오……!"

　눈치도 없이 갑자기 나타난 오스카가 그간 몇 번이나 주장했던 의문을 다시 제기했다. 결전을 앞두고 있어서 그런지 퍽 흥분한 모습이었다.

　"분명 전하께서도 저희들의 저택에 몇 달간 정체불명의 사람들이 기거했다는 것을 알고 계실 텐데, 아무것도 알아보지 않으셨을 리 없지 않습니까! 분명 무언가 대비를 하고 계실 겁니다!"

그 타당한 의문에 공작이 어리석다는 듯 대답했다.

"그들의 신원은 크로아 왕국에서 모두 보증을 해 준 참이니 걱정할 것 없다. 게다가 설령 전하께서 의문을 품으셨다고 해도 언제 기습을 할지, 규모가 얼마나 되는지 알 길이 없으니 승기는 우리 쪽에 있다고 보아야지."

그리고 늘 그랬듯 공작이 같은 말을 반복하자, 오스카가 또 다른 의문을 제기했다.

"……애초에 저는 크로아의 젊은 왕께서 정말 저희들의 편인지도 의심스럽습니다. 방문을 하신 지 채 하루가 되지도 않았는데 기습이라니요! 너무 이릅니다!"

그가 절대 의심하지 말아야 할 부분을 의심하자, 도끼눈을 뜬 공작이 더는 들을 가치가 없다는 듯 시종을 불러 오스카를 내보낼 것을 지시했다.

"방에 가두고 나오지 못하게 감시해. 문을 막아도 좋아."

"아버님! 제발 재고를 해 주십시오! 조금 더 신중해야 합니다!"

"아니, 이 이상 신중할 순 없어. 이미 벌어진 일이다. 수천의 사람이 움직이고 있다고!"

결국 끌려간 오스카는 자신의 방에 갇히게 되었고, 커다란 가구들로 입구가 단단히 막혀 빠져나올 수 없었다. 하나뿐인 아들이 자꾸만 속을 뒤집어 놓아 기분이 상한 공작이 미간을 찌푸리며 이시스에게 말했다.

"……내일부터 바쁠 테니, 어서 돌아가서 자는 것이 좋겠구나."

"······네, 아버지."

오스카의 방해로 흥이 깨져 제 방으로 돌아간 이시스가 취침을 하기 전 잠시 생각에 잠겼다. 바로 몇 시간 뒤에 쟁취할 승리의 기쁨에 대해 생각하려 했는데, 어쩐 일인지 떠오른 것은 황태자와 아리아였다.

아리아의 손을 잡고 전전긍긍하던 황태자는 지금껏 단 한 번도 본 적이 없는 모습이었다. 아니, 비단 황태자뿐만이 아니라 그 어떤 사람에게서도 본 적이 없는 표정이었다. 매춘부의 딸과 연인 놀이를 하는 것을 모두에게 보여 주기라도 하겠다는 양 천박하고 수치스러운 행태였다.

'그렇게나 전전긍긍하며 다급한 얼굴로 나갔으니······.'

분명 차마 입 밖으로 내뱉기 부끄러운 일을 했을지도 모르는 일이었다. 천박한 여인과 붙어먹게 되었으니 정숙하지 못하고 추잡스러운 일을 했을지도. 괜히 상상이 되어 미간이 찌푸리며 신경질적으로 차를 마시는데, 누군가 방문을 두드렸다.

"영애, 아직 깨어 있다면 잠시 대화를 나누고 싶은데."

"로한 님? ······들어오세요."

새벽에나 보게 될 줄 알았던 로한이 별도의 기별 없이 그녀를 찾아왔다. 이미 저녁 식사를 하며 이야기를 끝냈는데 대화라니. 의문이 들었으나, 아직 남은 이야기가 있다고 생각되어 서둘러 그를 안으로 초대했다.

"아니, 여기서 얘기하지. 길지 않거든."

안으로 들어오라는 이시스에게 고개를 저은 그가 말을 이었다.

"내일 병사들이 출전할 때, 영애도 함께 가는 게 어떻겠어?"

"……저도요?"

"그래. 어차피 빨리 끝날 테니까 말이야. 일생에 단 한 번뿐일 모처럼의 구경거리를 놓쳐서야 쓰겠나."

그의 말대로 황성을 점거하고 우왕좌왕하는 황족들을 죄인처럼 몰아넣고 포박하는 장면은 그리 쉽게 볼 수 있는 구경거리가 아니었다. 하지만.

"하지만, 위험하지 않을까요……?"

아무리 기습이라고는 하나 전장의 한복판에 가야 한다니, 상상만 해도 불안하고 두려웠다. 예상했던 질문인지 로한이 걱정하지 말라며 자신도 동행할 것을 밝혔다.

"글쎄, 나는 아주 궁금하거든. 주제도 모르고 날뛰던 이들이 어떤 얼굴을 할지 말이야. 걱정이 된다면 내가 영애의 옆에 꼭 붙어 있도록 하지. 내 옆이라면 안심되지 않겠어?"

일국의 왕인 그의 옆이라면 분명 안전하겠지만, 사병들을 깔아놓은 공작저보다는 위험할 것이 틀림없었다. 하지만 그럼에도 마음이 흔들리는 것은 저녁에 보았던 아스와 아리아의 천박한 얼굴 때문이었다.

"기사들도 주변에 포진시킬 테니 걱정하지 않아도 될 거야."

"좋아요. 로한 님의 곁이라면 분명 안전하겠죠. 동행하도록 할게요."

그래서 그렇게 하겠다고 대답하자, 로한이 입꼬리를 한껏 올리며 기쁨을 표했다.

"날 믿고 그리 결정해 주니 기쁘군. 부디 내일이 영애께 즐거운 날이 되기를 바라지."

"로한 님께도 즐거운 날이 되기를 바라요."

"하하, 난 벌써부터 즐거운데?"

그리 대답하는 로한의 얼굴이 진심으로 즐거워 보였다. 세상에 다신 없을 재미있는 놀이를 찾은 것 같은 얼굴이었다. 레스토랑에서 아스와 주고받은 대화가 조금 마음에 남아 있었는데, 이토록 즐거워하는 모습을 보니 진정으로 아스와 사이가 좋지 않다고 납득할 수 있었다.

"그럼 내일 보도록 하지. 부디 푹 쉬기를. 앞으로 바빠질 테니까."

"예, 로한 님도요."

로한이 나간 뒤, 그의 말대로 내일을 위해 취침을 하려 침대에 누웠다.

그러나 다시금 떠오른 황태자에 대한 생각 때문에 결국 한숨도 자지 못한 채 새벽을 맞이해야만 했다. 그도 그럴 것이 그간 학수고대를 하며 준비한 일이 이루어지는 날인데 어찌 마음 편히 잠을 잘 수가 있을까.

'이제 곧 내게 수모를 주었던 황태자를 발밑에 꿇어앉힐 수 있어……! 더불어 그 천박한 여인까지도!'

새로운 권력자에 걸맞게 화려하게 치장한 이시스가 저택 밖으로 나갔다. 튼튼한 갑옷을 입고 날카로운 검을 든 병사들이 어느새 모여서 대기 중이었다. 지시를 내리면 곧장 적을 베고 황성을 탈환해 줄 것 같이 믿음직스러워 보였다.

"빨리 나오셨군, 영애."

병사들의 사이에서 무언가 지시를 내리던 로한이 퍽 반가운 얼굴로 이시스를 맞이했다. 그의 근처에는 이제 더는 변장을 할 필요가 없어 청순한 얼굴을 되찾은 미엘르도 함께였다. 황태자, 그리고 제국의 정보를 팔아 로한의 환심을 사고 목숨을 부지한 그녀가 이시스에게 인사해 왔다.

"안녕하세요, 이시스 님."

얼마 전까지 감옥에 갇혀 울부짖었던 소녀와 동일 인물이라고 보기 힘이 들 정도로 자신감이 넘치는 모습이었다. 비록 시킨 일을 몇 번이나 실패하고 자멸하기는 했으나, 미엘르 또한 자신 못지않게 마음고생을 했을 테니 너그러이 이해하며 두 사람에게 반갑게 인사했다.

"좋은 새벽이에요, 로한 님. 그리고 미엘르."

"그렇군. 기고만장한 쥐새끼를 처단하기에 좋은 새벽이야."

"벌써 출발하실 생각이신가요?"

"아니, 우리는 동이 트고 난 뒤에 출발하는 게 좋겠어. 공작저에서 지낸 병사들이 영애를 담당하기로 했거든. 군이 빨리 갈 필요는 없지."

공작저에서 지낸 병사들은 어림잡아 일백에 달했다. 그들이 모두 자신을 지키기로 했다는 소리에 이시스가 눈에 띄게 안심하며 로한의 배려에 감사를 표했다.

"이렇게나 많은 병사들이 저를 지켜 준다니 참으로 안심이 되네요. 거기다가 동이 트고 난 뒤에 출발한다면 격전은 모두 끝나 있을 테고요."

"그래, 그렇겠지."

오래 기다릴 것도 없이 새벽의 어둠은 금방 사라져 갔고, 어느새 동이 트기 시작했다. 그사이 간단하게 아침을 든 이시스는 즐거워하는 표정의 로한과 흥분으로 홍조를 띤 미엘르와 함께 마차를 타고 대량의 병사들이 점거했으리라 짐작하는 황성으로 향했다.

'……왜 이렇게 조용하지.'

그런데 어쩐 일인지 지나는 거리가 참으로 한산했다. 마치 아무런 일도 없었던 것처럼 말이다. 아무리 목적지가 황성이라고는 하나, 수많은 병사들이 동이 트기 전부터 황성을 기습하러 떠났으니 이를 확인한 자들이 소란이 피울 법도 한데, 어째서.

"……벌써 진압이…… 끝난 걸까요? 한산하네요."

이에 이시스가 불안해하며 묻자, 로한이 그런 것 같다며 웃으며 맞장구를 쳤다.

"조용히, 그리고 빨리 끝내라고 전했는데 정말 그렇게 한 모양이야."

"그러셨군요…… 그렇다고는 해도 너무 빠르지 않나 생각이 들어요."

"별 볼 일 없는 상대라서 그래. 이토록 많은 병사들을 투입할 필요도 없었지. 이게 다 미엘르 영애께서 내게 많은 정보를 알려 준 덕분이기도 하지."

"……정말인가요?"

갑작스런 로한의 칭찬에 미엘르가 어쩔 줄을 몰라 하며 물었고, 웃음을 머금은 로한이 그런 미엘르의 머리카락을 부드럽게 매만지며 긍정했다.

"당연하지. 그 어떤 정보책보다 영애가 가장 도움이 되었어."

"로한 님께 도움이 되었다니 정말 기뻐요……!"

대답하며 로한에게 향하는 미엘르의 눈동자가 참으로 아름답게 반짝이고 있었다. 마치 그간 그녀가 오스카에게 보내왔던 눈빛과도 같았다. 이에 이시스는 이 짧은 시간 동안 그녀가 로한에게 단단히 빠졌다는 사실을 깨달을 수 있었다.

'정보만 흘려 목숨을 부지한 줄 알았더니, 감히 주제도 모르고.'

평생을 오스카에게 헌신할 것처럼 굴더니 이토록 단기간에 배신을 하다니. 저런 여인인 줄도 모르고 오스카와 혼인을 시킬 생각을 한 것이 끔찍하기 그지없었다.

때문에 한껏 기분이 상한 이시스가 로한과 정식으로 식을 올린 뒤에 로스첸트 백작가를 없애는 것도 나쁘지 않겠다고 생각하며 이를 갈던 그때였다. 아직 목적지에서 조금 떨어진 광장에서 돌연 마차가 정차했다.

"도착했나 보군."

"네? 무슨 말씀이세요? 아직 황성까진 꽤 거리가 있는데."

로한의 말에 이시스가 물었고, 미엘르 또한 눈을 동그랗게 뜨며 마차의 창문을 열고 밖을 확인했다.

"그러게요? ……어? 사람이 왜 이렇게 많지? ……어? 어!?"

그러곤 무언가 이상한 것을 발견한 듯 의문을 표하곤 말을 잇지 못했다. 상당히 놀란 얼굴이었기에 도대체 무슨 일인가 싶어 이시스 역시 미엘르가 본 것을 확인하려는데, 갑자기 시야가 확 바뀌었다.

"꺄아악!"

그리고 뒤늦게 찾아온 어마어마한 통증.

"자. 도착했으니 내리자고, 이시스 영애. 모두가 영애를 기다리고 있으니까."

이시스의 머리채를 잡은 로한이 즐거운 듯 말하며 발로 마차 문을 걷어찼다. 이를 지척에서 지켜보던 미엘르가 믿기지 않는 광경과 돌변한 로한에 사색이 되어 바들바들 떨기 시작했다.

"걱정하지 않아도 곧 다른 이들이 마중 올 테니 얌전히 기다리고 있어, 미엘르."

이에 아주 친절하게도 곧장 밖으로 나가려던 로한이 미엘르의 차례도 있다는 것을 알리곤 열린 문 밖으로 이시스를 질질 끌며 밖으로 나갔다. 그곳에서 기다리고 있던 것은, 다름 아닌 그녀가 그토록 증오해 마지않던 사람이었다.

어째서, 네가 어째서 여기에! 그리 소리를 지르고 싶었지만, 로한이 자신을 바닥에 패대기치는 바람에 그럴 수 없었다.

"악!"

그간 제국에서 가장 고귀하다 칭해졌던 이시스의 볼품없는 모습에 주변에 모여 있던 구경꾼들이 놀라 숨을 삼켰다. 황태자를 비롯한 귀족들과 황실의 기사들이 광장에는 무슨 일인가 싶어 걸음을 멈췄는데, 설마 이런 충격적인 일이 벌어질 줄 몰랐다는 얼굴이었다.

동이 트고 시간이 조금 지난 터라 꽤 많은 숫자의 구경꾼들이 이를 목격했다. 차가운 바닥에 쓰러진 이시스에게 시선조차 주지 않은 로한이 손을 털며 말했다.

"분부하신 대로 죄인을 데려왔어, 아스테로페 전하."

이제야 겨우 귀찮은 일을 털어 냈다는 듯 후련한 얼굴이었다. 놀란 아리아가 서둘러 이시스에게 달려와 그녀의 안부를 확인했다.

"괜찮으세요? 어쩜 이리도 난폭하실까……!"

말투는 참으로 걱정에 차 있었지만, 표정은 그렇지 않았다. 이제야 이시스를 나락으로 떨어뜨릴 수 있다는 환희에 차 있었다. 물론, 그것은 아주 가까이 있던 이시스만 알아챈 표정으로, 다른 누구에게도 보이지 않은 얼굴이었다.

"천박한 것이 어딜······!"

때문에 이시스가 다가온 아리아를 밀쳤으나, 지척에서 대기 중이던 기사들이 곧장 그녀의 팔을 잡고 목을 짓눌러 포박했다. 죄를 지었음에도 걱정을 하며 안부를 살핀 아리아를 밀친 탓에 손길에 분노가 가득했다.

기사들에게 둘러싸여 보호를 받는 아리아의 얼굴에는 어느새 불안함과 공포가 깃들어 있었다. 이에 이시스가 벗어나고자 발버둥 치자, 로한이 어이가 없다는 듯 말했다.

"너무하는군, 영애. 그녀가 꾸민 짓에 비하면 새 발의 피 수준인데 말이야. 보라고, 잘해 줘 봤자 이렇게 되먹지 못한 성미가 나오잖아."

그 말투에서 그간 그가 얼마나 참고 인내하며 이시스의 비위를 맞춰 왔는지가 여실히 드러났다.

"진짜 천박한 게 누군지도 모르고 누가 누구더러 천박하대? 제국의 귀족들의 지지를 한 몸에 받았다기에 조금은 기대했는데, 아주 실망이야. 이시스 공녀."

그러더니 갑자기 아리아의 편을 들었다. 자랑할 만한 출신이 아닌 것은 사실이었기에, 설마 로한이 제 편을 들어줄 거라고는 생각하지 못한 모양인지 아리아가 눈을 끔뻑이며 그를 뚫어지게 쳐다보았다.

"답답하군. 백작 부인께선 아직도 말을 안 하신 건가? 영애께서 빨리 사실을 아시고 크로아로 오셔야 할 텐데 말이야. 아리아 영애께서 계실 곳은, 여기 제국이 아니라 바로 크로아니까."

"······어머니요?"

영문을 모를 소리를 하는 로한에게 아리아가 되묻자, 대답은 하지 않고 웃는 그의 미소가 퍽 의미심장했다. 무슨 소리인지 더더욱 알 수 없다는 듯 아리아가 눈을 굴렸고, 아스가 그만하라는 듯 중재에 나섰다.

"쓸데없는 소리를 하려거든 이만 돌아가."

"이제 쓸모가 없어졌다 이거야? 아직 내가 할 일이 남았는데?"

억울하다는 듯 대답한 로한이 마차를 가리켰다. 그러자 그곳에서 바들바들 떨며 숨어 있던 미엘르가 기사들의 손에 의해 끌려 나왔다. 다행히 이시스처럼 머리채를 잡는다거나 바닥에 내동댕이쳐지는 일은 없었지만, 그렇게 하지 않더라도 충분히 겁을 먹고 공포에 질린 얼굴이었다.

"로, 로한 님……! 어째서, 이게 어떻게 되, 된……!"

사방에서 쏟아지는 날카로운 시선에 미엘르가 감히 제대로 말을 잇지 못했다. 늘 모두에게 사랑을 받으며 곱게 자란 그녀로서는 상상도 할 수 없는 처사였다.

중간에 감옥에 갇히기는 했으나, 그때까지만 해도 어느 정도 귀족 영애로서의 대우는 받은 참이었다. 하지만 지금은 아니었다. 거리의 부랑자들보다 못한 취급과 싸늘한 시선을 받아야만 했다.

"어디 감히 내 이름을 입에 담아? 주제도 모르고. 내가 제일 싫어하는 게 너 같은 족속이야. 목숨 하나 부지하려고 가족에 나라까지 팔아먹는 족속 말이야."

냉랭한 로한의 말투와 눈빛에 미엘르가 식겁하며 몸을 사렸다. 그러곤 다시 고개를 들어 그에게 퍽 애처로운 시선을 보냈다. 그간 참으로 지식도 많고 총명하다 칭찬을 일삼은 그였거늘, 따스하고 사랑스럽다는 눈빛으로 자신을 내려다보았던 것이 바로 조금 전의 일인데.

그에 위로받고 인정받아 잠시나마 행복을 느꼈었다. 자신에게 걸맞은 상대라고 생각하여 오스카에게 집착했던 것과는 달랐다. 비록 정보를 팔아 얻은 신뢰였지만, 위기에 처한 자신을 구해 준 다정한 사람이라고 생각했다.

그런데, 그게 모두 가짜라고……? 지금의 차가운 얼굴과 과거의 따뜻했던 모습이 겹쳐 보여 눈물이 날 것 같았다. 그가 덫을 놓았다는 사실 보다 지금까지 자신에게 했던 말과 행동이 모두 거짓이라는 것이 더욱더 믿기지 않았다.

"로한 님……!"

그래서 미엘르가 다시금 로한의 이름을 불렀으나, 돌아온 것은 여전히 싸늘한 시선이었다. 아니, 그에 더해 자꾸 자신의 이름을 부르는 미엘르가 불쾌하다는 시선과 경고까지 따라붙었다.

"이 이상 내 이름을 함부로 불렀다간, 가만두지 않겠어."

"흐흑……."

결국 남은 것은 미엘르의 울음뿐이었고, 그때까지 대화를 엿들으며 상황을 파악하고 정리하려 머리를 굴리던 이시스가 로한과 주고받았던 편지와 서류들을 떠올리고 고개를 번쩍 들었다.

"저, 저와 주고받으신 서류가 있지 않으십니까……!"

국왕의 인장이 찍힌 서류였다. 아무리 이것이 덫이라고는 하나, 인장까지 찍은 서류가 있는 한, 로한 역시 이번 일의 공모자로 엮을 수 있을 것이다. 그러니 빨리 자신의 편을 들고 이 어리석은 짓을 그만두라고 주장하는데, 그 뜬금없는 소리에 로한이 비웃으며 대답했다.

"설마, 그게 진짜 인장이라고 생각하는 건 아니겠지?"

"……!"

분명 크로아 왕국에서 가져온 공식 문서에도 같은 문장이 찍혀 있었는데! 혹시나 하는 마음에 손수 비교까지 했던 기억이 떠올랐다.

"확실히 일치했었는데……! 분명 비카 영식과 확인을……!"

"그래? 그럼 같이 확인한 자에게 물어보면 되겠군."

여전히 믿지 못하겠다는 반응이었기에 로한이 자신의 뒤편을 손짓했다. 그러자 믿기지 않게도, 아주 오랫동안 귀족파를 도운 데다가 이번 일까지 손수 제안한 비카가 천천히 걸어 나왔다.

"저만 너무 믿으시니 이런 꼴을 당하지 않으셨습니까. 조금 더 사람을 넓게 두셨어야죠."

비카가 퍽 송구스럽다는 얼굴로 말했다.

"죄송하지만, 제가 가져다드린 서류들은 모두 가짜 인장으로 찍은 서류입니다."

"……뭐, 뭐라고요……?"

가장 신뢰했던 자가 배신자였다는 사실을 깨달았는데 그 어떤 반응을 취할 수 있을까. 그저 믿기지 않는다는 듯 멍하니 비카를 쳐다볼 뿐이었다. 그는 귀족파의 귀족들에게 아주 오랫동안 두루두루 도움을 주고 조언을 준 존재였기에 감히 배신을 할 거라곤 상상하지 못한 탓이다.

상황을 받아들이기 힘들었던 것은 미엘르 또한 마찬가지였는지, 그녀의 울음소리가 더욱 거세졌다. 그렇게 잠시 광장에 미엘르의 울음이 퍼지는데, 그사이 멍청하게 얼이 빠져 있던 이시스가 이내 다시 답을 찾았다는 듯 되물었다.

"설령 인장이 가짜라고 해도, 로한 님께서 직접 찍으시고 되돌려 보낸 것이니 같은 효력이 있지요!"

그것이 마지막 남은 지푸라기라도 되는 양 목소리를 쥐어짜 물었다. 그가 직접 작성하고 무엇이 되었든 인장을 찍어 보낸 것이니 같은 효력이 있었다. 하지만.

"하, 아직도 이해를 못하겠어? 고작해야 타국의 반역자들을 낚기 위한 사소한 일인데, 내가 왜 그런 귀찮은 짓을 하겠어. 안 그래, 비카?"

"그렇지요. 굳이 사람과 시간을 소비해 크로아로 편지를 보내지 않아도 제가 답장을 하면 그만인 일이니까요."

완벽하게 짜인 각본이었다는 사실에 눈물마저 그친 미엘르가 새파랗게 질렸다. 이시스 역시 마찬가지였다. 아스가 짠 판 위에서 이리저리 휘둘리고 마지막엔 빠져나올 수 없는 덫에 걸렸다는 사실을 드디어 깨달아 숨조차 멈춘 채 굳어 있었다.

"왜 스스로의 죄를 뉘우칠 생각은 안 하고 자꾸 이런 사소한 것에 집착하는지 모르겠네요. 설령 정말 로한 님께서 보내신 편지라 할지라도 애초에 반역자를 색출하기 위한 과정인데 무슨 상관이 있죠? 아스 님께서 지시하신 사항이 아닌가요?"

그 사이에서 그녀들이 망해 가는 것을 지켜보던 아리아가 이상하다는 듯 물어, 아스가 참으로 영민하다고 칭찬을 하며 대답했다.

"맞는 말씀입니다. 제가 책임을 묻지 않고 용서하면 그만인데 무슨 상관인지 모르겠습니다. 상황 파악이 되지 않은 건지, 타고난 수준이 그것밖에 되지 않는 것인지."

"참으로 실망스러워, 아스테로페. 이런 하찮은 일로 나까지 이용하다니. 나는 또 무슨 큰일이라도 벌어진 줄 알고 흔쾌히 이 바쁜 시간을 쪼개 너를 도왔는데 말이야."

"얻어 간 것이 없는 것도 아니면서 생색내지 마."

"뭐, 그래. 해 준 일에 비해서 얻은 것이 많긴 하지. 나 말고 다른 사람까지도 말이야."

그리 대답하며 의미심장하게 웃은 로한이 고개를 돌려 아리아를 쳐다보았다. 이에 자세한 내막을 모르는 아리아가 다시금 미간을 찌푸리며 고개를 갸웃댔고, 아스가 로한을 쏘아보며 짜증을 냈다.

"더 이상 쓸데없는 소리 하지 말고 일이 끝났으니 돌아가. 미엘르 영애에 관한 것은 서면으로 남기고, 부족한 것은 사람을 보낼 테니까."

"······좋아, 그러도록 하지. 다른 죄인들을 태운 마차가 들어오고 있는 것 같으니 이만 해산할 때가 된 것 같기도 하고."

로한의 말이 끝남과 동시에 시끄러운 소리를 내는 마차가 광장에 도착했다. 죄인을 태우는 철 마차였다. 도망칠 수 없게 단단한 철로 만들어진 마차는, 벽면이 철창으로 되어 있어 안이 훤히 들여다보였다.

"죄인이 하도 많아서 늦어진 모양이군."

구경꾼들이 마차 안의 귀족들을 확인하고 놀라 저마다 수군대기 시작했다. 철 마차 안에는 제국에서 내로라하는 명망 높은 귀족들이 죄인의 형상을 하고 있었다. 그리고 그 속에서 타고 있던 카인이 자신을 뚫어져라 쳐다보는 아리아를 발견하고 분노를 이기지 못한 듯 소리를 지르기 시작했다.

"아리아! 네가 왜 거기 있는 거야! 어째서!"

마치 제 것을 빼앗기기라도 했다는 듯한 외침이었다.

주제도 모르고. 작게 중얼거린 아스가 신경질을 냈다.

"참으로 이상한 의문이군. 영애께선 연인인 내 옆에 있는 것이 마땅한데, 왜 저자가 난리를 피우는 거지? 시끄러우니 입을 닫게 만들어."

아스의 말이 끝나자마자 기다렸다는 듯 기사가 카인의 입에 재갈을 물렸고, 그럼에도 소리를 지르며 발버둥을 쳐 결국 얼굴을 몇 대 맞은 뒤 정신을 잃었다.

"오라버니!"

카인이 함부로 대해지는 것을 처음 목격한 미엘르가 울부짖었고, 아까부터 자신을 노려보는 공작의 모습에 이시스가 눈을 질끈 감으며 고개를 돌렸다.

"그리 고개를 돌리실 것 없어, 영애. 그대도 저 안에 타야 하니까 말이야. 그대가 로한에게 친히 바친 청구서가 증거로 채택됐지. 아주 고맙게도 깔끔하게 정리까지 되어 있더군. 덕분에 수고를 덜었어."

그렇게 말한 아스가 기사들에게 손짓하자, 기다렸다는 듯 기사들이 미엘르와 이시스를 일으켜 세웠다. 제대로 일어서지도 못했는데 곧장 등을 떠밀어 미엘르가 볼품없이 바닥으로 고꾸라졌다.

"꺄악!"

불과 몇 달 전이었다면 가여운 미엘르를 위해 모인 이들이 모두 손을 내밀었겠지만, 불행히도 그런 그녀를 위해 손을 내민 것은 다름 아닌 아리아였다.

"미엘르, 괜찮니?"

조롱을 하러 왔다고 생각한 것인지, 아랫입술을 꽉 깨문 미엘르가 있는 힘껏 적의를 내비치며 아리아를 쏘아보았다. 그녀에게서 받는 동정은 수치와 모욕 그 이외의 아무것도 아니었기에.

"영애께선 너무 마음이 여리신 것 같습니다. 몇 번이나 영애를 모함한 자에게 이리도 다정히 대하시다니요."

이를 불만스럽게 여긴 아스가 그렇게 말하며 아리아에게 어서 돌아오라는 손짓을 했으나, 돌아간 것은 아리아가 아닌 뜻밖의 대답이었다.

"아스 님께 부탁이 하나 있어요."

"부탁이요?"

"네. 미엘르에 관한 일이에요. 부디 어려우시겠지만 들어 주셨으면 좋겠어요."

무슨 일이기에 저리도 간곡히 부탁을 하는 것일까. 가만히 있어도 처형을 면치 못할 텐데, 어째서 굳이 부탁을 하는 것인지. 아스뿐만 아니라 미엘르와 로한, 그리고 광장에 모인 모든 이들까지 의문을 가지며 아리아의 다음 말을 기다렸다.

"어려운 부탁일지 모르겠지만, ……부디 미엘르에게 선처를 해 주셨으면 해요."

선처를 해 달라니? 자신을 음해하고 제국을 팔아넘기려 했던 미엘르에게 선처를 바란다는 아리아의 말에 청중들이 말도 안 되는 소리를 들었다는 듯 당황했고, 로한이 헛웃음을 삼키며 물었다.

"영애, 혹시 정신이 이상해진 건 아니신지요?"

퍽 신랄한 말투였으나 대다수가 공감하는 듯 보였다. 그리고 그것은 옹호를 받은 미엘르 역시 마찬가지였다. 드디어 자신의 목을 내칠 기회를 얻었을 텐데, 어째서 자신의 선처를 바라는지 이해할 수 없다는 얼굴이었다.

그 사이에서 아스는 아리아가 단순히 미엘르를 가엾게 여겨 선처를 해 달라고 하지 않았다는 것을 알아채, 그녀의 본심을 알아내려 노력하며 그 까닭을 물었다.

"……어째서죠?"

"미엘르는 아직 어려 제대로 된 판단을 할 수 없는 아이예요. 다들 아시다시피, 본성은 착하나 가엾게도 이 어린 나이에 이용만 당하였죠. 엄벌을 받기에는 너무 어린아이예요. 그저 휩쓸렸을 뿐이죠. 잘못이 있다면……."

미엘르의 잘못이 다른 이에게 있다는 것처럼 운을 뗀 아리아가 나오지도 않은 눈물을 닦으려 잠시 제 눈가를 매만지며 말을 멈췄다. 그러자 기다렸다는 듯 아스가 그녀가 진정으로 하고자 하는 말을 물었다.

"잘못이 있다면?"

"그건 바로 미엘르를 제대로 챙기지 못한 저에게 있겠지요. 언니가 되어서 동생이 나쁜 길로 빠지는데 막지도 못했으니까요……. 그러니 부디 미엘르에게 선처를 해 주시고 남은 엄벌을 제게 내리시기를 바라요."

"……!"

이게 대체 무슨 소리라는 말인가. 어떻게 황태자가 아리아에게 엄벌을 내릴 수 있을까. 아리아의 말이 끝나자마자 모두의 시선이 한곳으로 모였다. 바로 아스였다.

그리고 짐작대로 아스가 미간을 찌푸리며 거부감을 나타냈다. 아무리 원하는 것이 따로 있다고 하더라도 어째서 자신에게 그런 말을 하냐는 원망 또한 담겨 있었다.

"그리고 미엘르는 아직 어려 그다지 중요한 일들을 알고 있지 않았을 거예요. 비중도 없었을 테죠. 정보를 팔았다고 한들, 크게 도움이 될 만한 정보도 아니었을 테고요. 그렇죠, 로한 님?"

이번에는 화살이 로한에게 돌아갔다. 그녀의 말대로 실제로 아스의 비밀 외에는 정보라고 할 만한 것도 없었기에 맞는 말이기는 했다.

하지만 설령 그렇다고는 하여도, 이번 일에 연루된 귀족들에게 갖은 죄목을 뒤집어씌워 모두 교수형에 처해도 모자란 판에 그 죄를 선처해 달라는 말은 쉬이 이해할 수 없는 말이었다.

게다가 정말로 사이가 좋았던 자매라면 모를까, 서로가 서로를 죽일 듯 잡아먹던 아리아와 미엘르에게는 더더욱 그러했다. 아리아의 뜻 모를 지목에 로한이 한쪽 입꼬리를 올려 진심이냐는 듯 되물었다.

"지금 진심으로 하시는 말씀이신지요?"

"물론이에요. 게다가 다들 아시다시피 미엘르는 어린 나이에 여러 가지 불행을 겪어 정신적으로 심각하게 불안한 상태인걸요. 일부 제 탓이기도 해요……. 그러니 함께 죄를 나눠야겠지요. 내 말이 맞지, 미엘르? 응? 너는 그저 시키는 대로 했을 뿐이고, 처한 상황을 제대로 인지하지 못하고 살기 위해 가벼운 정보를 풀었을 뿐인 거지?"

정말 사력을 다해 자신을 옹호하는 아리아에 미엘르가 어떤 반응을 내 보여야 할지 몰라 눈만 끔뻑이며 그녀를 응시했다. 그녀의 눈엔 한눈에도 보아도 당혹감이 서려 있었다. 혹여나 완벽하게 자신을 망가뜨릴 덫을 놓는 것은 아닌지 의심하는 눈초리이기도 했다.

그리고 그런 아리아의 노력에 결국 한 발 물러선 것은 아스였다. 아리아가 저리도 애원을 하며 설득하려 애쓰는데 어찌 들어주지 않을 수가 있을까. 속뜻은 궁금하겠지만, 지나가듯 가볍게 부탁해도 들어줄 용의가 있었다.

"……영애께서 하시는 말씀은 잘 알겠습니다. 로한의 서류와 조사를 통해 면밀히 밝힐 터이니 걱정하지 마십시오. 정말로 미엘르 영애의 죄가 정말로 가볍다면, 처벌 또한 가벼워지겠지요."

모두가 듣는 앞에서 이렇게까지 말했으니 미엘르가 한 짓에 합당한 엄벌을 내리기는 힘들 것이다.

이에 아리아가 만족한 듯 퍽 기쁜 얼굴로 미엘르를 껴안았다.

"어떤 판결이 날지는 아직 모르겠지만, 어쨌든 다행이야, 미엘르. 앞으로는 이 언니가 널 손수 데리고 다니며 옳고 그름을 알려줄게. 더는 네가 위험한 길로 빠지지 않도록 말이야."

부드럽게 웃으며 말하는 아리아에 그제야 그녀의 본심을 조금 알아챈 미엘르가 숨을 삼키며 고개를 젓기 시작했다.

"아, 아니……! 그게 무슨……!"

……손수 데리고 다니며, 알려 준다고!?

"그럼 판결이 날 때까지 부디 지난날을 반성하고 있으렴."

그리고 미엘르가 말을 꺼내기 전에 서둘러 그녀의 신병을 기사에게 맡긴 아리아가 조금 떨어진 곳에서 미엘르가 끌려가는 것을 지켜보았다.

아주 자애로운 언니의 미소를 띠고.

"저, 저는……!"

이시스와 함께 마차 안에 갇힌 미엘르가 무어라 소리를 치려고 하다가 이내 불안해하는 얼굴로 소리 없이 입만 뻐끔댔다. 자신의 처지와 상황을 깨달은 탓이었다. 달리 어떤 반박을 할 수 있을까. 그 어떤 말을 해도 불리할 것이 뻔한데.

감히 타국의 왕에게 가장 오래, 그리고 긴밀히 붙어 있었던 탓에 아리아의 도움이라도 받지 않는다면 곧바로 형장의 이슬로 사라질 가능성도 있었다.

그렇게 소란을 피우며 광장에서 죄인들을 모두 태운 마차가 황성과는 반대 방향으로 사라졌고, 모인 인파를 물리는 동안 어쩐지 불만스러운 얼굴의 아스에게 아리아가 먼저 말을 걸었다.

"황성으로 돌아가시나요? 혹 괜찮으시다면 마차에 동석해도 될까요?"

상당수의 귀족들을 잡아들여 아스가 할 일이 산더미였기에 따로 자리를 마련하기보다는 그가 황성으로 돌아가는 동안 대화를 끝낼 요령이었다.

"그것보다는 근처에서 차를 마시는 것이 어떻겠습니까? 영애와 차를 마실 시간 정도는 있습니다."

하지만 아스는 그런 아리아의 생각을 읽고 없는 시간을 쪼개 역으로 차를 권했다.

"나도 합석해도 돼?"

그리고 이야기를 듣고 싶었던 모양인지 로한이 냉큼 얼굴을 들이밀었으나, 아리아가 대답을 하기도 전에 짜증 어린 아스의 대답에 단호하게 차단되었다.

"아니, 넌 할 일이 모두 끝이 났을 테니, 어서 네 나라로 돌아가

도록 해."

"……너무하는군. 애써 반역의 유혹을 뿌리치고 편이 되어 주었건만."

"그래? 후회한다는 말인 모양인데, 그럼 약속을 깨고 전쟁을 시작해 보는 것도 나쁘지 않겠어."

"말이 그렇다는 거지 무슨 전쟁이야? 나는 앞으로 100년은 더 평화로웠으면 좋겠다고. 아니, 가능하다면 200년."

퍽 날카로운 아스의 물음에 로한이 눈에 띄게 정색하며 대답했다.

"그걸 바란다면 빨리 돌아가."

"알겠어, 알겠다고. ……아리아 영애와는 앞으로 언제든 만날 수 있을 테니, 뭐."

결국 로한이 의미심장한 말을 남기며 마차를 타고 사라졌고, 아리아 또한 아스와 함께 자리를 이동했다. 차를 마시며 중요한 이야기를 은밀하게 나눌 수 있는 곳은 플라워 마운틴이 제격이었기에, 그곳의 프라이베이트 룸에 자리한 아리아가 주문을 마친 뒤 아스에게 물었다.

"약속이 뭐죠? 로한 님과 어떤 약속을 하셨나요?"

먼저 미엘르를 옹호한 것에 대해 말해야 하거늘, 궁금해 견디지 못하겠다는 그 얼굴이 참으로 아리아답다며 아스가 피식 웃음을 흘리며 대답했다.

"예, 영애께 딱히 숨길 일도 아니니 말씀드리겠습니다. 그가 이번 일을 도와주는 대신 크로아 왕국과 50년 동안 평화를 유지할 것을 약속했습니다."

"……50년이나요? 그런데, 어차피 전쟁을 하실 일이 없지 않나요?"

사이가 그리도 좋아 보이니 말이다. 이에 아스가 뜻 모를 미소를 지으며 대답했다.

"글쎄요. 언제 어떻게 될지는 장담할 수 없겠지요. 지금은 사이가 좋다고 하지만, 과거에는 제국과의 긴 전쟁으로 수많은 백성들이 죽고 드넓은 땅을 빼앗긴 역사가 있으니까요."

"……그렇군요."

그래서 제국이 두려워 평화를 조건으로 귀족파를 처단하는 것을 도왔다는 말이었다. 내부의 사정이 어떠하든 대륙에서 가장 큰 영토와 병력을 가진 것은 다름 아닌 제국이었으니까.

"그럼, 이제 제 차례입니다. 어째서 미엘르 영애를 선처를 해 달라고 하셨죠?"

쓸데없이 로한과 한 약속으로 시간을 조금 버린 탓에 아스가 시계를 힐끗대며 물었다. 조금 조급해 보였기에 아리아가 곧장 그의 질문에 대답했다.

"그대로 내버려 두었다간 분명 교수형에 처해질 테니까요."

"그걸 바라시는 게 아니셨습니까?"

과거의 이야기를 아리아에게 다 들어 알고 있었기에, 아스가 의아하다는 듯 물었다.

"최종적으로는 그게 좋겠지요. 하지만 가만히 생각해 보니 그리 빨리 편안하게 보내 주기에는 주어진 이번 기회가 너무 아까워서요."

"기회라고 하신다면……?"

"주객이 전도가 된 상황이라고 하시면, 이해가 되실까요?"

그리 대답하는 아리아의 표정이 퍽 사악했다. 마치 그간 바라고 바랐던 장난감을 손에 넣은 아이처럼 보이기도 했다. 이제 곧 자신의 손에 떨어질 미엘르라는 이름의 장난감을 어떻게 가지고 놀까 고민하는 얼굴이었다.

천박하다 괄시했던 자에게 천대를 받는다면, 과연 기분이 어떨까.

악녀의 본성이 아리아의 눈을 빛나게 했다.

"그러니 부디 아스 님께서 미엘르를 제게 주셨으면 좋겠어요. 그렇다고 아무런 죗값도 치르지 않기에는 그녀가 지은 죄가 너무 크니, 적당한 벌도 함께 내리시는 것이 좋겠지요."

마치 아리아의 그 말이 미엘르에게 흠씬 고통과 괴로움을 안기고 난 뒤에 자신에게 달라는 말과 같이 들려 아스의 눈매가 잠시 가늘어졌다. 그것은 잔혹함을 내비치는 아리아에 대한 거부감이 아닌, 주어진 것을 놓치지 않고 끝까지 물어뜯어 복수를 하려는 그녀에 대한 감탄에 가까웠다.

그리고 아리아는 아스가 그런 자신에게 흥미를 느끼고, 또 마음에 들어 한다는 것을 익히 알고 있었기에 속내를 거침없이 드러낼 수 있었다.

"알겠습니다. 과거에 지은 죗값과 더불어 최종적으로는 현재에 지은 죗값까지 모두 치르는 셈이 될 것 같으니, 영애의 말씀대로 하겠습니다."

"고마워요."

누군가를 괴롭히고 처단하겠다는 사람과는 어울리지 않게 아리아가 화사하게 미소를 지었다. 그러자 아스가 퍽 난감한 표정을 지으며 말했다.

"그리 기뻐하시면 돌아가기 아쉬워지지 않습니까."

"그럼 조금 더 있다가 가세요. 점심까지 같이 드시겠어요?"

그래서 그렇게 하지 못하는 것을 알면서 모르는 척 붙잡자 아스의 얼굴에 더욱더 아쉬움이 묻어났다.

"······그렇게 할 수 없어서 화가 납니다."

"어쩔 수 없네요. 빨리 일을 마치시는 수밖에요."

현실을 고했음에도 아스의 아쉬움이 가시지 않아 그의 손을 부드럽게 감싸 잡은 아리아가 기운을 내라며 응원의 말을 덧붙였다.

"일이 끝나면 휴양을 다녀오는 게 어떨까요? 조금 멀지만 바다에 다녀오고 싶어요. 아스님과 단둘이서요."

그 말에 아스의 표정이 딱딱하게 굳었다. 신분 때문에 시종들과 기사들이 자동적으로 따라붙었기에 단둘이 여행을 떠날 수 없음을 알면서도 은근한 아리아의 제안에 동하는 마음을 감출 수가 없는 모양이었다.

"······일을 빨리 끝내야겠군요."

"기다리고 있을게요."

조금밖에 마시지 못해 아직 한참이나 남은 차를 뒤로하고 자리에서 일어나려던 참이었다. 아스가 돌연 천천히 문으로 향하던 발걸음을 멈췄다.

"······아리아 영애."

그러곤 조금 낮게 가라앉은 목소리로 아리아의 이름을 불렀다. 낯설지만 들어 본 적 있는 그 목소리에, 아스가 이 다음 무엇을 말할지 직감한 아리아가 천천히 고개를 돌려 그의 눈을 응시했다.

"네."

"······입을, 맞춰도 되겠습니까?"

너무나도 직설적인 그 말에 잠시 대답을 않고 멀뚱멀뚱 아스를 쳐다보던 아리아가 이내 부드럽게 눈매를 휘며 대답했다.

"마음대로 하실 땐 언제고 이번에는 허락을 구하시네요."

"⋯⋯그땐 저도 모르게 마음이 동해서 그랬습니다만, 혹시 영애께서 기분이 상하셨을까 봐 걱정이 되어서 말입니다."

진심인 듯 내뱉는 말이 조심스러웠다.

그럴 리가. 조금 놀라기는 했지만 기분이 상하기는커녕 밤새 심장이 두근거려 주체할 수 없을 정도로 설레었다.

"전혀요. 놀랐을 뿐이에요."

그래서 그렇게 대답하자 어느새 걱정을 털어 낸 아스가 손을 들어 아리아의 보드라운 뺨을 쓸었다.

"그럼 앞으로 제 마음대로 하겠습니다."

정말로 곧장 그것을 실행하겠다는 양 아리아의 대답을 듣지도 않은 아스가 곧장 그녀의 입술에 제 입술을 포갰다.

* * *

귀족파의 귀족들이 반역죄로 모두 잡혀갔다는 소문은 반나절을 넘기지 않고 수도에 퍼졌고, 일주일을 넘기지 않아 제국 전역에 퍼졌다. 그만큼 그것은 굉장한 소식이었고 누군가에게는 위험한 소식이었다.

때문에 소식을 접한 이들 중 귀족파의 귀족들과 거래를 하거나 인연이 닿았던 자들은 언제 그랬냐는 듯 손바닥을 뒤집어 아닌 척 관계를 끊었고, 혹시나 불똥이 튈까 전전긍긍하며 사태를 주시했다. 개중에는 갑작스레 휴양을 떠난다며 국외로 피신한 자도 있었다.

물론, 반역으로 몰려 잡힌 귀족들 또한 가만히 있지 않고 갖가지 방법을 동원해 있는 죄를 지우려 애를 썼지만 그들의 뜻대로 되지 않았던 것은 그들이 몰랐던 황태자와 로한의 마지막 계략 때문이었다.

"저, 저택의 모든 보석들이 사라졌습니다……!"

"……뭐라고!?"

메리아트 자작 부인이 놀라 숨을 삼키며 충격적인 소식을 전한 집사에게 되물었다. 반역죄로 잡혀간 남편을 구하기 위해 제국에서 가장 유능하다는 변호사를 구하고자 이미 병사들에게 모두 털려 없는 재산을 모두 쓸어 모으던 참이었는데, 이 무슨 날벼락이라는 말인가.

"그, 그 대신 이 편지가 놓여 있었습니다……!"

집사가 건네는 편지를 받아 든 메리아트 자작 부인의 손이 바들바들 떨렸다. 그리고 몇 줄 되지 않는 편지를 읽기 시작한 자작 부인의 눈이 걷잡을 수 없이 크게 뜨였다.

『제국을 탈환하지 못할 경우, 파견한 병사들의 임금을 지원하지 않기로 프레데리크 이시스 공작 영애와 계약하였기에 해당 금액을 저택에서 회수하였습니다. 상세 내역을 남겨 두었으니 참고하시고 모자란 금액은 후에 다시 청구하도록 하겠습니다.』

이게 도대체 무슨……!? 보고도 믿기지 않음에 몇 번이고 다시 내용을 확인해도 내용은 변하지 않았다.

"보석이…… 모두 사라졌다고?"

"예, 예……! 값비싼 장식품들도 모두 사라졌습니다……!"

확인 사살을 하듯 고개까지 끄덕이며 대답하는 집사의 모습에 결국 메리아트 자작 부인이 바닥에 주저앉았다.

"괜찮으십니까!?"

그러자 집사가 깜짝 놀라며 자작 부인의 상태를 살폈다. 예상한 반응이었기에 그 손길이 꽤 재빨랐다. 그러나 불행히도 창백하게 질려 바들바들 떠는 그녀의 상태는 퍽 좋아 보이지 않았고, 주변에서 그것을 지켜보던 시종들이 발을 동동 구르며 어찌할 바를 몰랐다.

"잠시, 조용히 해 봐!"

그렇지 않아도 머리가 아픈데 주변의 이들이 소란을 피웠기에 자작 부인이 목소리를 높였다. 그제야 쥐 죽은 듯 조용해진 주변에, 그녀가 머리를 짚으며 잠시 생각에 잠겼다.

'이제 어쩌지……!?'

집사의 말대로 보석과 장식품들을 모두 가져갔다면 이제 더는 자작을 도울 방법이 없었다. 취득시에 신고를 해야 하는 저택이나 영지와 같은 부동산이라면 모를까, 보석이나 장식품 같은 동산이라면 달리 보고를 하지 않아도 되었기에 몰래 처분하여 자금을 마련하려고 했는데, 그것들을 모두 가져가 버렸다면 남은 것이 없었기 때문이다.

게다가 저택과 영지는 거래를 할 수 없게 황태자가 미리 막아 놓은 참이었다. 만약 죄가 입증되어 반역자로 낙인이 찍힌다면 모두 제국에 귀속되기 때문이었다. 그러니 더는 남편을 위해 할 수 있는 일이 없었고, 정말 반역에 가담했기 때문에 저택과 땅을 모두 빼앗긴 뒤 작위까지 박탈당하는 일만 남았다.

게다가 다른 죄도 아닌 반역이니, 분명 자작뿐만 아니라 가문 전체가 목숨을 부지할 수 없을 것이다. 잠시 눈을 깜빡이며 생각에 잠겨 있던 자작 부인이 입매를 단단히 굳히며 손을 뻗었다.

"……부축을."

"예, 예!"

그에 시녀들이 서둘러 자작 부인을 부축하여 일으켜 세웠다. 편지를 읽을 때와는 달리 차갑게 식은 눈빛이 무언가 결심을 한 듯 확고해 보였다.

"……마차와 식량을 준비해 줘. 여분의 의복도."

"예……? 어디로 가실 생각이십니까……?"

식량과 의복까지 챙기라는 말에 집사가 퍽 놀란 얼굴로 되물었다. 이에 자작 부인이 태연하게 대답했다.

"일단은 쉐라튼으로 돌아가야겠어. 어차피 반역은 그이 혼자 준비한 일이니 나는 모른다고 잡아떼야지. 죄가 무겁지 않다면 내게는 피해가 미치지 않을지 몰라. 그 틈에 이혼을 준비하고……. 그래도 여의치 않다면 숨든가, 망명을 하든가……. 어떻게 해서든 살아남아야 해. ……책임을 질 수 없으니, 모두에게 따라오라는 말은 하지 않으마."

수중에 한 푼도 남지 않은 탓에 그녀가 선택한 사람은 집사뿐이었다. 갑자기 직업을 잃은 남은 시종들이 자작 부인이 떠나는 모습을 멍하니 지켜만 보았다.

그리고 지체하지 않고 남편을 버리고 떠나겠다는 자작 부인의 선택은 아주 현명했다. 오랜 기간 귀족파를 처단하려 준비한 황태자는 기회를 놓치지 않고 갖은 수를 써 그들의 죄목을 불렸고, 뜻밖의 고발자까지 나타나 더는 발뺌할 수 없는 상황이 되었기 때문이었다.

그 고발자는 다름 아닌 프레데리크 공작가의 후계자, 오스카였다.

"죄인 프레데리크 오스카는 어디 있지?"

반역의 주동자인 이시스와 공작을 연행한 뒤, 다시 들이닥친 기사들이 오스카를 찾았다. 오스카는 공작가의 후계자이기는 하지만 이번 사건에서 직접적으로 나서지 않았고, 그 어떤 서류에도 서명을 하지 않아 사건과는 무관하다고 보아도 무방했기에 굳이 연행할 필요가 없음에도 어째서인지 기사들이 그를 찾았다.

"오, 오스카 님께선…… 갇혀 계십니다."

"갇혀 있다고? 그게 어디지?"

시종들의 말에 기사들이 미간을 찌푸리며 그곳이 어디냐고 닦달했다.

"안내하겠습니다."

그리고 서둘러 안내하겠다는 시종을 따라 도착한 그곳에서 쌓인 가구들을 치우고 문을 열자, 정말 오스카가 안에 있었다. 꽤 수척해진 얼굴을 잠시 확인하던 기사가 물었다.

"프레데리크 오스카 님이 맞으십니까?"

"……맞습니다."

올 것이 왔다는 듯 오스카가 동요하지 않고 대꾸했다. 황태자가 직접 당장 잡아 오라고 하여 꽤 긴장을 하며 달려왔건만, 너무나도 태연한 반응에 기사들이 의아함을 애써 감추며 오스카를 관찰했다.

"지금이라도 늦지 않았다면 제가 모든 것을 말씀드리겠습니다."

그리고 잠시 기사들의 시선을 받던 오스카가 뜻밖의 말을 꺼냈다. 이에 기사가 무슨 뜻이냐며 되물었다.

"모든 것이라니요?"

"이번 일에 대한 내막 말입니다. 조사를 하셨을 테니 아시겠지만, 저는 비록 직접적인 관련은 하지 않았습니다. 하지만 누이와 아버지를 통해 사정을 알고 있으니…… 협조하겠습니다."

순순히 조사에 응하겠다는 그 말에 기사들이 지금 들은 것이 사실이냐는 듯 서로의 얼굴을 쳐다보며 무언으로 확인했다. 아니라고 잡아떼도 모자란 판에 협조라니?

"진심이십니까?"

"……예."

고개를 끄덕이며 대답하는 오스카에, 그제야 그가 진심이라는 것을 깨달은 기사가 이내 처음보다 퍽 부드러워진 말투로 알겠다고 대답했다.

"알겠습니다. 그럼 같이 가시죠. 조사에 응하겠다고 하셨으니 포박을 하진 않겠습니다."

저항하지 않는 오스카에 기사의 태도 또한 정중했다.

"오스카 님……."

오스카가 조용히 기사의 뒤를 따르자 걱정하는 집사의 목소리가 따라붙었다. 이에 잠시 걸음을 멈춘 오스카가 집사에게 저택을 부탁했다.

"……저택을 부탁하지."

"알겠습니다……. 부디 조심히 다녀오십시오."

연행된 다른 귀족들과 마찬가지로 조사를 위해 마련된 임시 감옥에서 하룻밤을 지낸 오스카는, 뜻밖에도 다음 날 바로 거처를 옮기게 되었다.

"그대가 협조를 한다고 해서 참으로 놀랐지."

"저, 전하를 뵙습니다."

황성으로 거처를 옮긴 것도 놀라운데 이렇게나 빠른 시일 내에 황태자를 만날 수 있을 줄이야. 놀란 오스카가 고개를 조아리며 예를 갖췄다.

이에 그 모습을 퍽 못마땅하게 흘기던 아스가 자세를 바로 하라 말했다.

"협조하겠다고?"

"……그렇습니다."

"그렇군……."

그러지 않기를 바랐는데. 덧붙는 말에 놀란 오스카가 한차례 몸을 움찔했다. 그러나 이내 어째서 황태자가 그렇게 생각했는지 이해할 수 있었다.

분명 아리아 때문일 테지. 지금은 황태자와 공식적으로 교제를 한다고 밝혔으나, 과거에는 자신과도 염문설이 퍼졌던 아리아였다. 미엘르와의 조기 약혼으로 사라진 소문이기는 하였으나 꽤 오랫동안 사람들의 입방아에 오르내렸다.

아리아와 교제를 하고 있는 황태자라면 진실을 알지도 모른다는 생각이 들었다. 자신이 여전히 아리아에게 마음이 있다는 것을 말이다. 그래서 주동자도 아닌데 곧장 잡아들이려 기사를 보냈을지도 모르는 일이었다. 아니, 그게 맞을 것이다. 이미 아리아는 너무도 큰 존재가 되어 감히 손을 뻗을 수도 없건만, 황태자는 여전히 자신이 못마땅한 모양이었다.

그랬기에 협조하지 않고 누이와 아비의 편을 들어 같은 죄로 처형을 당하기를 바랐던 것일지도 모른다는 생각에 다다랐다. 그리고 그것이 정답인 듯, 고분고분한 오스카의 태도에 아스의 심기가 한껏 불편해 보였다.

"자진해서 협조를 하겠다는 마음이 부디 애국심에서 우러나온 것이었으면 좋겠군."

"……!"

마치 이번 협조가 애국심이 아닌 불순한 의도에서 기원했다는 것을 꿰뚫듯 내뱉는 아스의 말에, 동요한 오스카가 그의 시선을 피하며 마른침을 삼켰다.

아리아가 제국의 별이라는 것을 알았을 때부터, 아니 황태자의 편이 되었다는 것을 알았을 때부터 부디 공작가를 비롯한 귀족파가 황태자와 그만 대치하기를 바랐다. 그녀의 앞길을 막지 않기를 바랐다.

이제는 너무 대단한 업적을 세우고, 감히 거스를 수 없는 이와 인연을 맺은 존재가 되어 버렸지만 최소한 적이 되고 싶지는 않았다. 그래서 이 무모한 짓을 그만두라고 몇 번이고 누이와 아비를 막으려 목소리를 내었지만, 결국 얻은 것은 이런 비참한 결과였다.

때문에 제국을 위해서라기보다는 아리아를 위해서 자발적으로 협조를 한 것이었기에 애써 아닌 척하며 대답을 미루자, 그런 오스카를 한동안 뚫어지게 응시하던 아스가 이내 비웃음을 머금으며 차가운 말을 뱉었다.

"좋아. 그 까닭이 무엇이 되었든 이제 내가 영식을 경계할 필요는 없는 것 같으니 제쳐 두도록 하지. 어차피 아리아 영애께선 나 이외엔 관심이 없으시거든."

"……."

경계를 하지 않으면 저런 말을 할 필요도 없을 텐데, 굳이 아리아의 이야기를 꺼낸 까닭은 일종의 경고와 협박을 하기 위함인 듯 보였다. 아리아는 마음이 전혀 없으니, 꿈도 꾸지 말라는 협박. 그리고 자신이 옆에 있으니 상상조차 하지 말라는 협박이었다.

이미 알고 있었기에 알았다고 고개를 끄덕여 황태자의 적의를 사그라지게 만들면 그만이건만. 그렇게 하지 못하고 입을 꾹 다문 것은 괜한 오기였고 자존심이었다. 황태자와 공작가의 후계자라고는 볼 수 없는 유치한 감정싸움으로 승리를 쟁취한 아스가 어느새 죄인을 취조하는 얼굴로 돌변해 오스카에게 물었다.

"그래서, 뭘 협조한다는 말이지?"

"……제가 아는 것을 모두 말씀드리겠습니다."

"가문과 동료들을 팔아 네가 얻고자 하는 것은?"

"……없습니다. 그저 이 이상 제국을 어지럽히는 이들이 없었으면 하는 바람뿐입니다."

진심이었다. 제국이 안정을 찾아야 아리아의 마음 또한 편할 테니까. 그러나 아스는 오스카에게는 존재하지 않는 불순한 의도를 애써 찾아냈다.

"영식께선 참으로 기회주의자야. 공작과 이시스 공녀와는 다르게 그 어느 서류에도 기록이 남지 않은 열외자임에도 반역의 주동자 가문의 후계자로서 마땅히 그들과 같은 벌을 받아야 하지만…… 이렇게 솔선하여 다른 이들의 죄를 폭로하는 것으로 엄벌을 피하려 하니 말이야."

그의 표정이, 태도가 그런 의도가 아님을 여실히 설명했지만 그것을 모른척한 아스가 비아냥댔다. 정말로 반역자들을 폭로하고 협조하는 것으로 참형을 면할 수 있기 때문이었다.

그간 쌓였던 것이 많았는지, 가뜩이나 시간이 부족한데 쓸데없는 말로 오스카를 공격하며 무의미한 시간을 보낸 아스가 그제야 만족한 듯 본론을 꺼냈다.

"아직 취조를 시작한 시점이니, 앞으로 황성에서 기거하며 협조하도록 해. 곧 서류를 보내지. 방은 이곳으로 하는 게 좋겠어."

"……알겠습니다."

"이미 자료는 충분하지만, 무려 프레데리크 공작가 후계자의 증언을 첨언한다면 더할 나위가 없겠어. 뭐, 이제 곧 프레데리크라는 성을 잃을 테지만 말이야."

마지막까지 비아냥거리는 말로 오스카에게 적의를 드러낸 아스가 몸을 돌려 방을 나섰다. 순식간에 정적에 휩싸인 방 안에서 홀로 남겨진 오스카가 참았던 깊은 한숨을 토해 냈다.

* * *

그 누구도 빠져나갈 수 없게 촘촘한 덫을 놓은 아스와, 오스카의 적극적인 도움으로 연일 귀족파의 조사가 이루어졌다. 물론 처음에는 모두 자신의 결백을 주장했으나, 스스로 제출한 경비 내역서로 인해 발목이 잡히고야 말았다. 그래서인지 태세를 전환한 자들이 속출하기 시작했다.

"살기 위해선 어쩔 수 없었습니다……. 그저 하는 척만 했을 뿐입니다! 아무렴요. 공작님과 이시스 영애께서 함께 요구하시는데 거절을 할 수 있었을 리가요! 마지막에 배신을 할 생각이었죠! 상식적으로 생각해서, 나고 자란 제국에서 어떻게 감히 반역을 저지르겠습니까! 하는 시늉만 했던 겁니다!"

메리아트 자작이 소리쳤다. 억울하다는 듯 주장하는 목소리가 귀족답지 않게 컸다. 마치 짜기라도 한 듯, 벌써 열 명째 같은 식의 주장을 펼치고 있었다.

전혀 설득이 되지 않음에도 그리 주장하는 이유는 이렇게라도 하지 않는 이상 다른 방법이 없기 때문이었다. 어떻게든 시간을 끌면 그사이 빠져나갈 방도가 생길지도 모른다는 희망을 안고.

"흠, 그렇군요. 그럼 사실을 확인해 보아야겠습니다."

사흘이나 계속된 방식이었기에 해결책을 찾은 조사관이 잠시 취조실을 비웠다. 정확한 증거를 찾을 수 없는 사실을 어떻게 확인한다는 것인지. 때문에 메리아트 자작이 의문에 휩싸여 오매불망 조사관을 기다리는데, 다시 나타난 조사관은 혼자가 아닌 다른 누군가와 함께였다.

"비, 비카 영식……!?"

바로 이번 일에 대해 모두 알고 있는 비카였다. 아니, 그는 이번 일뿐만 아니라 귀족파의 모든 것을 알고 있었다. 왜냐하면 귀족파의 귀족들은 언제나 비카에게서 조언을 얻었기 때문이었다.

늘 적절하고 유익한 조언을 해 준 덕분에 모두가 비카에게 의존했고, 사정을 털어놓았다. 그랬기에 그는 귀족파의 일에 대해서 모르는 것이 없었다.

"오랜만에 뵙습니다. 아, 그리 오랜만도 아닌가요?"

그런 그가 황태자의 첩자였다는 사실은 모르는 이가 없을 정도로 널리 알려진 사실이었기에, 메리아트 자작이 심히 경계하며 비카를 흘겼다.

"마지막에 저처럼 배신을 하실 생각이셨다고요?"

비카가 웃으며 물었다. 첩자답게 비열한 웃음이었다.

"……그렇습니다만."

이에 자작이 헛기침을 하며 긍정하자, 비카의 웃음이 짙어졌다.

"잠시 자리를 비워 주시겠습니까."

"……저, 말씀이십니까?"

조사관이 손가락으로 자신을 가리키며 물었고, 비카가 고개를 끄덕여 긍정했다.

"예. 금방 끝납니다."

"……알겠습니다."

황태자의 최측근인 그의 말을 감히 거역할 수가 있을까.

조사관이 곧 자리를 나섰고, 문가를 지키던 기사마저 자리를 비우자 비카가 자작의 맞은편에 앉으며 말했다.

"얼마나 핑계가 없으면……. 그게 정말 통할 거라고 생각하십니까?"

비카의 조소 섞인 물음에 자작이 입을 닫았다. 그 역시 통하지 않을 것을 알면서도 마지막 발악을 하고 있을 뿐이었기 때문이었다. 이렇게 시간을 끌어도 소용이 없다는 것을 알고 있으면서 말이다.

"옛정을 생각해서 한 가지 충고를 드리지요."

마치 도움이라도 주겠다는 그 말에 자작이 눈이 휘둥그레졌다.

그러다가 이내 의심하는 눈초리로 변모했다. 자신을 이 지경 이 꼴로 만들어 놓고 이제 와서 무슨 충고냐는 눈초리였다. 그 생각을 읽은 듯, 비카가 부드럽게 웃으며 말을 이었다.

"제가 자작님을 특별하게 생각했던 것을 모르시고 이러십니까?"

"트, 특별이라니요!?"

이 무슨 해괴망측한 소리란 말인가. 갑작스런 말에 메리아트 자작이 식겁하며 되물었다.

"아, 이상한 의미가 아니니 오해하지 마시기를. 그저 사업 수완이 좋으셔서 눈여겨보았다는 말입니다. 그러니 자작님께 이런저런 정보를 알려 드렸던 거죠."

비카가 정색하며 대답하자, 그제야 안심한 자작이 가슴을 쓸어내렸다.

그러고 보니 과거에 그가 자신에게 꽤 여러 가지 정보를 주었던 기억이 떠올랐다. 덕분에 사업 또한 순조롭게 이어 갔던 것도. 이에 조금 경계를 풀자, 그 틈을 놓치지 않고 비카가 말했다.

"어차피 무사히 빠져나가실 수 없다는 건 아실 겁니다. 그러니 최대한 피해를 줄일 생각을 하셔야죠."

"……어떻게, 말입니까?"

"간단합니다. 폭로를 하시는 겁니다."

폭로. 누구를?

자작이 눈을 끔뻑이며 대답하지 못하자, 비카가 재차 설명했다.

"자작님처럼 혐의를 부인하는 누군가를 폭로하십시오. 폭로를 해서 감형을 받는 겁니다. 다른 말로는 밀고라고도 하지요."

"……어, 어떻게 그런 치졸한 짓을 할 수가 있겠습니까!"

폭로와 밀고라는 단어에 반감이 든 것인지, 자작이 버럭 화를 내며 그럴 수 없다고 단호하게 대답했다. 그의 모습을 본 비카가 참으로 어리석다며 혀를 찼다.

"폭로라고 해도, 그저 있는 그대로의 죄를 말씀하시는 것에 지나지 않습니다. 이대로 말을 하지 않고 교수형에 처하느니, 사실을 말씀하시고 목숨을 부지하는 편지 좋지 않겠습니까? 어차피 죽으면 끝나는 목숨인데 말입니다."

"……."

어리석은 그에게 예정된 '죽음'을 언급하자, 자작의 안색이 눈에 띄게 창백해졌다. 홀로 생각할 때와는 다르게 타인의 입에서 듣는 '죽음'이라는 말은 그에게 긴장감을 실어 넣기 충분했다. 비카가 다시 한번 쐐기를 박았다.

"아는 것을 고하시고 살아남겠습니까, 이대로 의미 없는 저항을 하시다가 귀한 명을 달리하시겠습니까?"

"……."

죽음. 죽는다. 이대로 있다간 죽음을 면치 못할 것이다. 말없이 고민에 빠진 메리아트 자작의 이마에서 흐른 땀이 뺨과 턱을 지나 뚝 테이블 위로 떨어졌다. 대답은 없었지만 살기 위한 방법이 하나밖에 없다는 것을 그 역시 알고 있을 터였다.

이에 용건을 마친 비카가 자리를 떠나기 전, 그의 결정에 힘을 실어 줄 마지막 조언을 첨언했다.

"프레데리크 공작가의 후계자인 오스카 영식 또한 그렇게 목숨을 보장받았다고 들었습니다. 그 사실을 자작님께서도 이미 알고 계시겠지요."

프레데리크 오스카. 소문으로는 들었지만, 진정으로 목숨을 부지한 것인가! 뒤늦게 황태자의 편이 되어 거취마저 황성으로 옮겼다는 소문을 듣고 길길이 날뛰었던 기억이 떠올랐다. 불과 며칠 전의 일이었다. 비겁하고 치졸한 짓이라 욕을 했지만, 정말 그렇게 해서 목숨을 부지할 수 있다면…… 그러는 편이 낫지 않을까?

"비록 저는 배신자이지만, 이대로 자작님을 잃고 싶지 않으니 좋은 결정을 하시길 바라겠습니다. 게다가 어차피 후대가 기억하는 것은 반역자들을 처단하고 살아남은 자이지, 반역죄로 죽은 자가 아니니까요. 치욕은 한순간입니다, 자작님."

역사는 승자를 호의적으로 그리기 마련이니까. 그 말을 남긴 비카가 미련 없이 자리를 비웠다. 그 뒤에 잠깐의 틈도 주지 않고 곧장 조사관과 기사가 돌아왔고, 멈췄던 심문 역시 다시 시작되었다.

"무슨 말씀을 나누셨습니까?"

조사관이 퍽 날카로운 말투로 물었다. 비카와의 대화를 의심하는 눈초리였다. 자작의 표정이 처음과는 너무도 달랐기 때문이기도 했다. 그리고.

"……모두 말씀드리겠습니다."

언제 소리를 쳤냐는 듯 고분고분하게 변모한 자작의 말에 조사관이 눈을 크게 뜨며 되물었다.

"무엇을 말씀이십니까?"

"제가, 제가 꾸몄던 짓을 말입니다. 모두 인정하고, 죄를 뉘우치고…… 그리고……."

자작의 말이 아직 끝이 나지 않았음에 조사관이 고개를 끄덕이며 뒷말을 기다렸다. 이에 잠시 머뭇거리며 눈치를 보던 자작이 마른 침을 꼴깍 삼키며 말을 이었다.

"그리고…… 다른 이들이 부정하는 것에 대해 사실대로 말씀드리면 목숨을, 목숨을 부지할 수 있겠습니까……?"

기다렸던 말을 내뱉는 자작에 조사관이 함박웃음이 터지려는 표정을 애써 관리하며 대답했다.

"아마도 그렇지 않겠습니까? 전하께선 너그러우신 분이시니까요. 한 번의 실수쯤은 가벼이 넘어가 주시는 분이지요. 게다가 제국의 법으로 보장이 되어 있는 부분입니다. 조사에 협조를 하는 자에게는 감형을 한다는 사실이 말입니다."

그 대답이 제 목숨을 살려 줄 동아줄이라도 되는 양 단단히 새겨들은 자작이 이내 폭로자의 얼굴을 만들어 냈다. 그러곤 확인을 하듯 다시 조심스레 물었다.

"비밀 보장은……?"

"됩니다. 물론 전하께는 말씀드려야 하니, 아무래도 조사서에는 이름이 남겠지만요."

조사서에 이름이 남는다는 말이 꺼림칙했지만, 황태자에게는 폭로를 한 이가 누군지 알려야 하니 당연한 절차라는 생각이 들었다. 조금만 더 시간이 있었다면, 그리고 걸린 것이 목숨이 아니었다면 신중하게 다시 검토했을 문제였지만, 목숨을 담보로 한 상황이었기에 오래 생각할 여유가 없었다.

"……그, 그럼 제가 모두 말씀드리겠습니다."

이윽고 결심한 자작의 눈빛이 확고했다. 타인을 팔아 제 목숨을 부지할 준비가 단단히 되어 있는 눈이었다.

이미 그 죄가 너무 커 감형을 해도 아무런 소용이 없다는 것을 모르고. 만족할 만한 결과에 조사관이 죄인에게 따뜻한 차를 선사했고, 조사가 날개를 단 듯 순조롭게 이어지기 시작했다.

* * *

누군가가 밀고를 하기 시작했다는 소문이 연행된 자들에게 금세 퍼졌다. 그것은 오스카의 소문과 함께였다. 밀고를 하면 목숨을 부지할 수도 있다는 소문이었다. 출처는 알 수 없었으나 확실했다. 누군가 밀고하지 않고서야 절대 알 수 없는 정보까지 조사관이 파악하고 있었기 때문이었다.

도대체 누가? 이름을 밝히지 않았기에 서로를 향한 의심이 커지는 것은 순식간이었다. 게다가 진짜 밀고자인 메리아트 자작이 아닌 척을 하느라 길길이 날뛰며 화를 냈기에 상황은 걷잡을 수 없이 악화되었다.

게다가 그와 함께 오스카처럼 밀고를 하면 목숨만은 건질 수 있을지 모른다는 소문이 퍼져 귀족들이 갈등하기 시작했다. 자신 또한 밀고를 하여 목숨을 구걸하는 게 좋지 않을까 말이다.

"……오스카는 우리와는 전혀 다른 입장인 것도 모르고!"

그 소문을 들은 카인이 버럭 화를 냈고, 조용한 복도에 그의 목소리가 울렸다. 카인의 목소리에 절대 굴하지 않겠다는 의지가 서려 있었다. 귀족의 고고함을 끝까지 지키겠다는 의지가. 카인과는 꽤 가까운 방에 수감된 이시스가 그의 목소리를 듣고 주먹을 꽉 쥐었다.

"어떻게 감히……."

내뱉는 혼잣말에 살기가 등등했다. 아스와 로한에게 배신당한 것도 모자라, 같은 편이었던 귀족들과 친동생까지 등을 돌린 상황은 그녀로서는 납득할 수 없었다. 게다가.

"……이게 다 이시스 님 때문이에요."

같은 방에 수감된 미엘르가 자꾸 그녀를 괴롭혔다. 물리적으로 괴롭힌 것이 아니라, 모든 책임을 이시스에게 떠넘기며 밤낮 없이 그녀의 정신을 피폐하게 만들었다.

"처음부터 황태자 전하께 대드는 것이 아니었는데……. 흐흑."

이미 늦어 버린 과거를 꺼내며 울먹이는 미엘르는 상태가 퍽 좋지 않아 보였다. 연행되기 직전에 아리아에게서 들은 말이 있기 때문이기도 했다.

선처를 바란다니, 그 악녀가? 악랄한 심성을 숨긴 매춘부의 딸 주제에?

미엘르는 며칠 동안이나 자신을 옹호했던 아리아의 말을 곱씹으며 필시 그녀가 자신을 말려 죽일 것이라 중얼댔다. 이따금 공포에 질려 발작적으로 깨어나는 등 잠을 설치기도 했다.

"……영애께서 처음부터 제가 시킨 일을 잘해 냈다면 이렇게 될 일은 없었겠죠!"

미엘르가 아리아를 잘 처리했다면. 그랬다면 황태자도 눈을 돌리지 않았을 테고, 일이 이렇게 틀어지지 않았을 것이라며 이시스가 날카롭게 대꾸했다.

"이시스 님을 따르는 게 아니었어……. 모두 망쳐 놓았어……!"

그런 이시스의 말은 들리지도 않는지 퉁퉁 부운 눈으로 하염없이 눈물을 흘리며 미엘르가 말했다. 그녀는 마치 정신이 나간 것 같았다. 벌써 며칠째 반복되는 일이었기에 새삼스럽지도 않았다.

"……그만 좀 닥치세요!"

그럼에도 견디지 못한 이시스가 소리쳤다. 그녀 역시 멀쩡한 상태가 아니었기 때문이다. 하나부터 열까지 황태자의 계략대로 돌아가는 상황에 피가 식어 가는 기분을 느끼며 변호인을 기다렸지만, 아무도 이시스를 찾지 않았다.

아니, 찾을 수 없었다. 그녀에게 동조했던 이들은 이미 모두 같은 처지에 놓여 있었기에. 게다가 다른 귀족들처럼 재산마저 모두 빼앗겨 남은 것이 없었다. 그래서 망가진 인형처럼 자리에 주저앉으며 깊이를 알 수 없는 좌절감에 빠지는데, 문득 익숙한 목소리가 들려왔다.

"미엘르."

고개를 들자, 그곳에는 이 모든 일의 원흉이라고 볼 수 있는 아리아가 서 있었다. 이제는 이시스와 미엘르가 누릴 수 없는 화사한 의복을 걸친 그녀는, 마치 하늘에서 내려온 천사처럼 아름다웠다.

자신을 나락에 떨어뜨린 여인이었음에도 그 절대적인 아름다움에 저절로 말문이 막혔다. 단 한 번도 느껴 보지 못했던 초라함과 수치심이 전신에 스며들 정도로.

어째서? 그 누구보다 출신이 미천한 그녀이건만, 어째서 저리도 아름다운 것일까. 이런 감정을 느낄 이는 자신이 아니라 바로 저 여자이거늘……!

"괜찮니?"

"……!"

다정한 아리아의 말투에 미엘르가 식겁하며 소리 없는 비명을 흘렸다. 마치 사신이라도 본 듯한 얼굴이었다.

"가엽기도 하지……. 얼굴이 많이 상했구나."

분명 걱정하는 목소리였지만 그 속내를 알 수 없었기에 더없이 큰 공포심이 밀려들었다.

"이제 걱정하지 않아도 돼. 하나뿐인 동생을 이대로 방치할 리 없잖니?"

웃으며 말한 아리아가 동행한 기사에게 손짓했다. 그의 손에는 감옥의 단단한 철장을 열 수 있는 열쇠가 들려 있었다.

"지금 당장 여기서 꺼내 주고 싶지만, 판결이 날 때까지는 그렇게 할 수가 없어. 아무래도 지은 죄가 있으니까……."

그럼 들려 있는 그 열쇠는 도대체 무엇이란 말인가. 불안에 떠는 미엘르의 시선이 열쇠로 향하자, 아리아가 웃으며 대답했다.

"오늘은 잘 지내고 있는지 걱정이 되어서 온 거야. 같이 차라도 마시는 것이 어떻겠니?"

아리아의 말이 끝나자마자 미엘르가 승낙을 하지도 않았는데 감옥 문이 열리고 기사가 들어왔다. 아니, 미엘르의 허락은 필요 없었다. 이제 그녀에겐 선택의 기회란 없었다. 그러한 권력과 지위를 모두 잃었기에.

"차, 차라니요……!?"

갑자기 차를 마시자고 하여 당황한 미엘르가 물었으나, 아리아가 대답하지 않고 걸음을 옮겼다. 이에 도살장으로 끌려가는 가축처럼 잔뜩 겁에 질린 미엘르가 기사의 손에 의해 끌려갔다.

"도, 도대체 어디로 데려가는 거예요……!"

소리쳤지만 돌아오는 목소리는 없었다. 앞서 가는 아리아는 아무것도 들리지 않는다는 듯, 그저 우아하고 고고하게 걸음을 옮길 뿐이었다.

설마……! 차를 마시자고 해 놓고는 목을 치려는 건 아니겠지……!? 두려움에 몸부림치며 끌려가는데, 다행히도 도착한 곳은 처형대가 아닌 응접실이었다. 미리 준비한 듯 김이 모락모락 나는 따뜻한 차와 쿠키, 과일 등이 마련되어 있었다. 부드럽고 푹신한 소파에 먼저 자리한 아리아가 자신의 반대편을 가리키며 다정하게 말했다.

"왜 그렇게 사색이 된 얼굴인 거야, 미엘르. 설마 내가 널 어떻게 하기라도 하겠니?"

그녀의 길고 풍성한 속눈썹이 작은 새가 날갯짓하듯 깜빡였다. 그 아래 자리한 녹색 눈동자에는 정말 순수하게 아무런 위해도 가하지 않겠다는 마음이 담겨 있었다.

"네가 왜 이리도 겁을 먹는지 모르겠어. 생각해 봐, 언제 내가 너에게 위해를 가했는지."

아리아가 다시 말했다. 부드럽게 웃으며 묻는 그 얼굴은 정말 여동생을 위한 언니의 얼굴이었다.

도대체 무슨 꿍꿍이지? 그럼에도 경계심을 늦추지 않은 미엘르가 조심스레 자리에 앉았다. 입은 여전히 꾹 닫은 채였다. 이에 아리아가 차를 한 모금 마시며 다시 물었다.

"생각해 보라니까?"

"……뭘 생각하라고 하시는지 모르겠어요."

계속되는 아리아의 질문에 의도를 파악할 수 없어 그리 말하자, 아리아가 다정한 얼굴로 친절히 설명했다.

"내가 언제 네게 위해를 가했는지 말이야. 그리도 겁을 먹으니 의문이 들어서. 네가 엠마를 이용해 마차 사고를 내려고 했을 때도 난 그냥 넘어갔잖니. 마음을 풀라며 너에게 목걸이까지 선물했고 말이야."

"……!"

뭐라고……? 너무 갑작스레 옛날 과오를 꺼내 미엘르가 아무런 반응도 내 보이지 못한 채 멍청히 굳었다. 때문에 아리아가 조금 더 친절하게 과거를 되짚어 주었다.

"분명 나는 널 내 생일에 초대했는데 초대를 받지 못했다며 거짓말을 해서 영애들 앞에서 망신을 주기도 했잖아."

그때 참으로 놀랐었다며 아리아가 웃으며 말했다. 그녀가 처음으로 영애들을 초대해 실내 정원에서 파티를 열었을 때였다. 아프다는 핑계로 얼굴도 내비치지 않다가 만인의 앞에서 착한 척을 하는 아리아를 모욕하려 일부러 그리했었다.

꽤 시간이 지났고 대수로운 일도 아니었기에 잊고 있었는데, 그걸 기억하고 있다니……. 게다가 그 직후에 오스카가 방문해 질투에 미쳐 정신이 하나도 없었다. 그래서 잊고 있었다.

"그리고 내 차에 독을 탔을 때도 말이야. 넌 달리 처벌을 받지 않고 그냥 넘어갔잖아? 정말로 사주한 것은 너인데."

그것도 모두 알고 있었다고……?

독. 엠마가 희생된 그 독. 멍청한 베리가 배신하여 모든 것이 망해 버린 그 사건. 베리만 제대로 처신했다면 성공했을 일이었는데, 출신은 속이지 못한다고 평민답게 모든 것을 망쳐 놓았다.

만약 그때 베리가 성공했다면 이런 신세가 되진 않았겠지. 그리고 엠마 또한…… 살아서 자신의 곁에 있었을 텐데. 시간이 지나 괜찮아진 줄 알았는데 엠마를 떠올리자 눈가가 뜨거워졌다. 어처구니없게 형장의 이슬로 사라진 유일한 자신의 편이었다.

복잡한 마음에 감정이 북받쳐 올랐다. 촉촉이 젖어 가는 미엘르의 눈가를 확인한 아리아가 다시 처음 했던 질문으로 되돌아가 다시 물었다.

"떠올려 보렴. 네가 내게 해코지를 했을 때 내가 어떻게 했는지. 보복이라도 했니?"

"……."

미엘르가 그제야 아리아의 질문을 이해하고 눈을 끔뻑였다.

……보복? 아니, 그렇지 않았다. 모두 실패하고 들켜 망신을 당하기는 했지만, 그녀는 똑같이 복수를 해 오거나 보복을 하진 않았다. 그저 정해진 대로 법의 심판을 받았을 뿐이었다.

"아니면, 네게 험한 말이라도 했니?"

"……."

그것도 아니었다. 비아냥거리는 듯한 뉘앙스는 있었지만 당한 것에 대해 비난이나 욕을 한다거나 울분을 토하진 않았다. 그저 조용히, 묵묵히 넘어갔던 기억이 났다. 언제나 미엘르 홀로 기분이 나빴을 뿐이었다.

"정말 소문처럼 악녀다운 짓을 했니?"

"……."

그것도 아니었다. 언제부턴가 진짜 귀족처럼 몸가짐도 바로 했고, 누군가를 못살게 굴지도 않았다. 오히려 저택의 시종들과 사이를 돈독히 하고 새로운 세력을 만들었다.

물론, 그것은 모두 미엘르를 철저히 무너뜨리기 위해 쌓아 온 것들이었지만, 미엘르는 그 속내를 알지 못했기에 당황하며 아리아의 이야기를 들었다.

"아버지를 계단에서 민 사건은 그 정도가 너무 커 어쩔 도리가 없었지만, 이를 이용해서 네게 복수를 한다거나, 되갚아 주진 않았잖아?"

아리아가 거기까지 언급하자, 충격을 받은 미엘르의 얼굴이 창백해졌다. 그녀의 말대로 스스로 덫에 빠져 허우적댔을 뿐이지 달리 해코지를 당하지는 않았다. 게다가 그간 수없이 아리아를 악녀라 욕하며 천박하다 했는데, 사실 그것은 모두 날조된 것이었다.

정말 세간에 소문이 퍼진 것처럼 행동한 악녀는…….

곧 쓰러질 것처럼 미엘르의 안색이 창백해짐에 아리아가 손을 뻗었다. 작은 테이블을 사이에 두고 있었기에 뻗은 그녀의 손이 미엘르의 뺨에 닿았다.

"미엘르, 괜찮니? 얼굴이 창백한데……. 의사라도 불러 줄까?"

갑자기 닿은 손에 흠칫 놀라 몸을 뒤로 빼려다가, 이내 걱정스레 묻는 아리아의 따뜻한 말투에 움직임을 멈추고 천천히 고개를 저었다. 출신을 잊을 정도로 오랜만에 느끼는 다정함이었다.

"그렇다면 다행이야. 난 동생이 생겨서 참 좋았는데, 자꾸 오해하니 마음이 아팠어."

진심일까. 과거를 아무리 되짚어 보아도 자신은 아리아에게 해코지를 하려 한 것밖엔 없는데? 의심하는 눈초리에 아리아가 말을 이었다.

"그러니 이리 경계하며 떨지 않아도 돼. 비록 우리가 살갑게 정을 나눈 자매는 아니었지만, 난 동생이 된 너를 버릴 생각이 없어. 그래서 이렇게 널 구하러 왔잖니."

믿기지 않았다. 죽음보다 더 큰 벌을 주기 위함이라고 생각했었다. 분명 그럴 거라고 생각했는데…… 왜 자꾸 저런 말을 하는 걸까.

"그, 그럼 진짜로 절 여기서 빼내 주시겠다는 말씀이세요……?"

"그렇대도. 하나뿐인 동생을 그리 쉽게 잃을 수야 없지. 그리고 모 처럼 널 구할 수 있을 만큼의 권력이 생겼으니, 응당 그리해야지."

부드럽게 웃는 그 얼굴에 한 치의 거짓도 담겨 있지 않았다.

"……전하께서, 허락하셨나요……?"

그렇게나 경멸에 가득 찬 시선을 자신에게 보냈는데……? 정말 로 제국을 팔아 중죄를 지었는데……? 게다가 후회조차 하고 있지 않았다. 그저 반역이 실패해 억울하다는 마음뿐.

"그래, 널 만나서 차를 마시는 것도 허락하셨단다. 아주 다행히 도 전하께선 날 많이 좋아하셔서 부탁을 거절하지 못하시지."

주제넘은 자만이라고 치부할 수 있는 발언이었지만, 당장 처형을 당해도 모자란 자신과 이렇게 여유롭게 차를 마시고 있으니 거짓 이 아닐 것이다. 그리고 아리아를 향한 황태자의 시선에서 주체할 수 없는 사랑스러움을 미엘르 또한 본 바가 있었다.

"그러니 걱정 말고 있으렴. 곧 감옥에서 나올 수 있을 거야. 물론 약간의 처벌은 받겠지만, 처형이 아닌 처벌로 끝이 날 거야."

거기까지 설명을 들으니 안심이 되기보다는 의문이 증폭됐다. 왜? 어째서? 무엇 때문에……? 아리아의 말대로 자신은 그녀를 괴 롭히기만 하지 않았는가. 그러니 벌을 받고 고통에 허덕이는 자신 을 보고 까르르 웃어야 마땅하거늘, 어째서 지옥의 구렁텅이에서 꺼내 주겠다 속삭이는가.

"……왜요?"

"응?"

"언니 말대로 저는 언니에게 나쁜 짓을 했고…… 또 엄벌을 받아 야 마땅한 죄인인데 왜…… 왜 도와주려고 하시냐고요."

그래서 그리 묻자, 기다렸던 질문이라는 듯 환하게 웃은 아리아가 미엘르의 손을 잡으며 대답했다.

"아직 네게 해 주지 못한 게 많잖아. 그게 마음에 남아서 도저히 참을 수가 없더라고. 네가 뭘 몰라서 그런가 보다, 어려서 그런가 보다 생각했어. 그러니 이젠 내가 네 옆에서 하나하나 다시 알려 줘야겠다고 판단했지."

거짓 없는 그 대답에 그제야 미엘르의 마음에서 불안과 의심이 조금 사라졌다. 이상하다고 생각되는 부분은 있었지만 실제로 아리아가 자신에게 해를 끼쳤던 적은 없었고, 지금 또한 이렇게 도움을 주려고 하지 않는가.

감히 천박한 출신 주제에 자신을 가르친다는 말이 듣기 거북했지만, 일단은 살아야 했다. 감형을 받아야 했다. 앞뒤 재지 않고 멍청하게 굴다가 죽을 순 없었다.

"……알겠어요."

그래서 그제야 순순히 납득하며 고개를 끄덕이자, 아리아의 웃음이 짙어졌다. 그런 그녀에게 미엘르가 조심스레 물었다.

"저, 오라버니는요……?"

"……오라버니? 아아, 카인 오라버니를 말하는 거니?"

"네. 오라버니도 언니가 도움을 주시는 건가요?"

자신을 구했으니 당연히 카인에게도 도움을 주리라 생각해 그리 묻자, 아리아가 뜻 모를 미소를 지으며 대답했다.

"어머니께서 유능한 변호사를 구했으니 걱정하지 않아도 돼. 분명 오라버니께서도 감형을 받으실 수 있을 거라고 믿어."

"그렇다면 다행이에요……."

카인까지 챙기겠다는 말에 미엘르가 눈에 띄게 안심하자, 아리아가 그 얼굴을 한참이나 말없이 응시했다.

"그럼 이만 나는 가 봐야겠어. 다시 만날 그때까지 부디 몸 건강히 잘 지내렴."

아리아가 미련 없이 자리에서 일어났다. 미엘르 역시 그녀를 따라 자리에서 일어났다. 처음 아리아를 맞이했을 때와 비교하면 정반대의 얼굴을 하고 있었다.

"……표정이 꽤 밝아졌네요."

그리고 다시 감옥으로 돌아가자, 나갈 때와는 달리 퍽 안정된 표정을 하고 있는 미엘르에게 이시스가 말했다. 무슨 일이 있었냐는 간접적인 물음이었다.

"저는 공녀님과는 다른 길을 걷게 될 것 같거든요."

마치 이시스를 동정하듯 눈썹 끝을 내리며 가엾다는 표정을 지은 미엘르의 대답에, 이시스가 한껏 불쾌함을 느끼고 반박했다.

"정말 그 여자가 영애를 도울 거라고 생각하나요?"

"글쎄요, 앞으로 엄벌을 받으실 공녀님께서 관여하실 문제는 아니겠죠."

"……참으로 어리석군요."

그리 대답한 이시스는 미엘르가 혼자 살아남게 될 거라는 사실 때문에 질투를 하는 것이 아니라 진심인 듯 보였다.

"그렇게 희망을 주고 마지막에 배신을 당할 가능성도 있는데 말이에요."

충분히 가능한 미래에 다시 불안감이 엄습한 미엘르였으나, 애써 아닌 척을 하며 태연하게 대답했다.

"……절 겁주려는 생각이시라면 그만두세요. 곧 변호사가 오라버니도 구해 줄 거라 했으니까요."

"그럼 곧 그 천박한 여자의 의도를 알 수 있겠군요."

이시스가 조소했고, 그에 따라 미엘르의 불안이 한층 더 커졌다. 하지만 그런 이시스의 조소를 비웃듯, 아리아의 말대로 백작 부인이 엄선한 변호사가 곧 카인을 찾아왔다.

"들으셨나요? 오라버니께 변호사 라이어가 붙었다는 사실을요!"

변호사가 감옥에 방문하여 카인과 면담을 했기에 소문은 금방 퍼졌다. 그는 무슨 수를 써서든 고용주의 뜻대로 일을 처리한다는 소문으로 자자한, 제국에서도 손꼽히는 유능한 변호사였기에 미엘르의 불안을 떨쳐 내기 충분했다.

"……!"

그랬기에 미엘르를 비웃었던 이시스 역시 더는 아무런 반박을 할 수가 없었다.

"공녀님과는 다르게 저희 오누이는 살아남을 모양이에요!"

"……."

언제 아리아를 천박하다 욕했느냐는 듯 완전하게 신뢰하는 말에도 말이다. 그러나 차가운 시선은 여전했기에, 자신이 너무 들뜬 것을 깨달은 미엘르가 이내 올라간 입꼬리를 내리며 태연한 척을 했다.

(악녀는 모래시계를 되돌린다 4권에서 계속)